# À PROPOS DE L'AUTRICE

Julia London a grandi au Texas, où elle nourrit très tôt sa passion de la littérature. Après avoir travaillé à Washington dans la fonction publique et voyagé pendant des années, elle décide de revenir au Texas pour devenir écrivain. Elle est aujourd'hui plébiscitée pour ses romances historiques et contemporaines.

# *Une valse avec le scandale*

*Collection :* VICTORIA

*Titre original :*
A ROYAL KISS & TELL



**HARPERCOLLINS FRANCE**
83-85, boulevard Vincent-Auriol, 75646 PARIS CEDEX 13
Service Lectrices — Tél. : 01 45 82 47 47 - www.harlequin.fr
ISBN 978-2-2804-4770-6 — ISSN 2493-013X

Composé et édité par HarperCollins France. Achevé d'imprimer en janvier 2021.
par CPI Black Print - Barcelone - Espagne
Dépôt légal : février 2021.

FSC www.fsc.org
MIXTE
Papier issu de sources responsables
FSC® C159065

Pour limiter l'empreinte environnementale de ses livres, HarperCollins France s'engage à n'utiliser que du papier fabriqué à partir de bois provenant de forêts gérées durablement et de manière responsable.

JULIA LONDON

# *Une valse avec le scandale*

Traduit de l'anglais (États-Unis) par
Catherine Berthet

Victoria

HARLEQUIN

# *Chapitre 1*

*Helenamar, Alucie*
*1846*

*C'est une vérité universelle. Tous les hommes et toutes les femmes du monde désirent s'unir à une personne pour l'aimer et la chérir jusqu'à la fin de leurs jours. Et rien ne suscite autant de joie dans le cœur des humains qu'un mariage.*

*Dernièrement, l'union de lady Eliza Tricklebank et de Son Altesse Royale Sebastian Charles Iver Chartier, prince royal d'Alucie, a réjoui nos cœurs.*

*La mariée pénétra dans Saint-Paul, la cathédrale de Helenamar, capitale d'Alucie, à midi et demi. Elle était vêtue d'une robe de soie blanche agrémentée de mousseline dans le plus pur style d'Alucie, avec une coupe près du corps et une traîne de près de dix mètres de long. La traîne, brodée de fils d'or et d'argent, réunissait les symboles d'Alucie et d'Angleterre. Pour Alucie, les chevaux de course, la renoncule des montagnes et le blason de Chartier. Pour l'Angleterre la rose Tudor, le lion et la bannière royale. La devise nationale d'Alucie, Libertatem et Honorem, était brodée en lettres minuscules sur le bord des manches.*

*La mariée portait un voile, maintenu par une tiare de diamants, prêtée par Sa Majesté la reine Daria. Son cou était orné du cadeau de Sa Majesté le roi Karl, un collier comprenant vingt-trois perles, chacune représentant une des provinces d'Alucie. Accrochée à son corsage se trouvait une broche d'or et de saphir, cadeau de mariage de son fiancé le prince Sebastian.*

*Le prince portait un costume de laine noire composé d'une longue redingote, d'un gilet blanc brodé des mêmes symboles que la traîne de la mariée, et une cravate de soie sur laquelle s'entrecroisaient des fils d'or et d'argent. Sur sa tête était posée la couronne du prince royal.*

*Après la cérémonie, les jeunes mariés regagnèrent le palais Constantin dans une voiture découverte, traversant l'immense foule des admirateurs venus les saluer.*

*Le roi ayant octroyé au prince et à sa jeune épouse le titre de duc et duchesse de Tannymeade, les nouveaux mariés résideront désormais au palais de Tannymeade.*

*Honeycutt's,*
*gazette mode et maison pour ladies*

L'idée d'un mariage, quel qu'il fût, était de nature à vous émouvoir. Mais des noces royales donnaient le sourire à tous, y compris le plus blasé des humains. Et, lorsque la mariée royale était votre meilleure amie, cet événement suscitait en vous un bonheur fou.

Lady Caroline Hawke était transportée de joie. Sa plus chère amie, Eliza Tricklebank, était en ce moment même en train de jurer amour et fidélité au prince Sebastian. Quelques mois plus tôt, Eliza avait décidé de ne jamais se marier afin de veiller sur son père aveugle. Elle passait ses journées vêtue d'une austère robe grise et d'un tablier. Quand elle ne faisait pas la lecture à son père, elle était absorbée par son curieux passe-temps qui consistait à réparer des horloges. Puis un jour Eliza fut invitée au bal à la Cour. Un homme fut assassiné ce soir-là et, guidée par des bribes de conversations qu'elle avait pu surprendre, elle devina l'identité du tueur. Avant que Caroline ait compris ce qui se passait, sa chère Eliza avait épousé l'homme destiné à régner un jour sur le pays, ce qui signifiait qu'elle serait alors reine.

Cette suite d'événements était si improbable, si impossible, qu'elle surpassait de loin tous les contes de fées que Caroline avait pu lire, et sa propre imagination.

Assise au premier rang dans la cathédrale, une place d'honneur qu'elle devait à l'amitié qui la liait à Eliza, Caroline avait les yeux humides. Eliza rayonnait de bonheur. Bien qu'elle ne se soit jamais considérée comme sentimentale, Caroline ne pouvait nier l'émotion qu'elle ressentait.

Son regard passa sur le prince Leopold, qui se tenait à côté de son frère, le prince Sebastian. Que pensait-il de cette union ? Il était très grand, avec une carrure imposante. Son allure était si virile et majestueuse qu'elle s'autorisa à rêver un instant et se représenta à son bras, s'avançant vers l'autel.

Elle refusa de gâcher son rêve en repensant au mauvais accueil qu'il lui avait fait, au banquet royal. Il l'avait toisée de haut, comme si elle était une servante venue ramasser son linge sale. Il avait recommencé lors d'une promenade matinale dans Klevauten Park, organisée pour les invités. Ce jour-là, alors qu'elle galopait à côté de lui et de ses amis, il s'était rembruni et lui avait lancé :

« Vous avez dû vous égarer, madame ! »

Comme si elle n'était qu'une va-nu-pieds, s'introduisant clandestinement dans un cortège royal !

Heureusement pour lui, Caroline n'était pas rancunière. Malgré cette vexation, elle pouvait encore imaginer qu'il lui souriait comme Sebastian souriait à Eliza. Quelle joie ce serait de s'avancer dans l'église à son bras, vêtue d'une robe aussi belle que celle d'Eliza. Naturellement, Caroline avait aidé les couturières royales à la dessiner, car elle avait un don pour cela.

À côté d'Eliza se tenait sa sœur, Mrs Hollis Honeycutt, qui était sa dame d'honneur. Hollis était aidée par huit fillettes qui tenaient délicatement la traîne fixée à la robe d'Eliza. Ces petits anges portaient des robes identiques à celle de la mariée, exception faite de la traîne, bien entendu, car elles auraient eu trop de mal à se mouvoir ainsi parées. En revanche, elles portaient des couronnes de fleurs.

Si un jour elle se mariait, Caroline aurait aimé avoir toute une escorte de demoiselles d'honneur. Mais ce n'était pas la coutume en Alucie, lui avait expliqué Eliza. Ici, il n'y avait que des « jeunes filles aux fleurs » comme on les nommait.

« Elles viennent de tout le pays. C'est apparemment un grand honneur d'être choisie pour tenir ce rôle.

— Mais pourquoi ne peux-tu avoir ce qui te ferait plaisir ? » avait protesté Caroline, croyant qu'Eliza aimait les mêmes choses qu'elle.

Depuis le jour des fiançailles d'Eliza, Caroline avait cru à tort qu'elle serait sa principale demoiselle d'honneur. Après tout, Eliza, Hollis et elle ne s'étaient jamais quittées depuis l'enfance.

« Les jeunes filles aux fleurs me conviennent très bien, je t'assure. En fait, je me serais contentée d'un mariage très simple. Le mariage civil était parfaitement à mon goût. Mais la reine Daria a préféré faire les choses en grand.

— Naturellement. Tous tes futurs sujets viendront te voir le jour des noces. »

Eliza avait eu un petit rire narquois.

« Je n'aurai jamais de pouvoir sur eux, Caroline. J'aurai déjà bien de la chance si je parviens à retrouver mon époux, dans cet immense château. »

Elle n'exagérait pas. Le palais Constantin semblait encore plus grand que celui de Buckingham.

« Permets-moi d'être ta demoiselle d'honneur, avait supplié Caroline. Je suis plus apte à m'occuper de ta traîne que Hollis.

— Je te demande pardon ? s'était exclamée Hollis. Je te rappelle que je suis sa sœur.

— Hollis, la traîne mesure dix mètres de long. Comment feras-tu ? Tu parviens à peine à avancer avec la tienne, depuis que nous sommes en Alucie. Et il faut que ma robe soit vue de tous. Je n'ai pas regardé à la dépense pour ma toilette. »

Eliza et Hollis l'avaient fixée.

« De toute évidence, tout le monde verra la tienne avant la mienne, avait-elle ajouté en haussant très légèrement les épaules.

— Je savais que c'était ce que tu voulais dire », avait répondu Eliza, toujours charitable.

Elles avaient toutes les trois adopté la mode d'Alucie depuis leur arrivée à Helenamar, un mois plus tôt. Les robes anglaises, avec leurs jupes amples, leurs cols montants et leurs manches longues, étaient trop lourdes et trop chaudes pour le climat. Les trois jeunes femmes avaient été séduites par ces superbes robes qui mettaient en valeur les courbes féminines et étaient garnies de traînes aux broderies recherchées… avant de s'apercevoir que ces longues traînes compliquaient un peu la vie de celles qui les portaient.

« Je me débrouillerai, avait déclaré Hollis. Les gens ne viennent pas au mariage pour voir ta robe, Caro.

— C'est certain, Hollis. Mais ils seront tout de même enchantés, n'est-ce pas ? Et, au fait, aucune loi ne stipule que la demoiselle d'honneur doit être la sœur de la mariée.

— Non, il n'y a pas de loi à ce sujet, mais Hollis est ma sœur et elle sera ma demoiselle d'honneur, avait répliqué Eliza. De plus, si ce rôle te revenait, j'aurais peur pendant toute la cérémonie que tu sois si fascinée par Leo que tu en oublies de t'occuper de ma traîne. »

Arquant ses sourcils blonds, elle avait fixé Caroline. Comme si celle-ci avait fait quelque chose de mal…

« Leo ? C'est ainsi que tu appelles le prince royal Leopold, à présent ? »

Le prince Leopold, comme tout le monde le savait,

avait passé ces dernières années en Angleterre, où il suivait des cours à Cambridge. C'est-à-dire, en réalité, qu'il passait plus de temps dans les soirées, dans les clubs et les pavillons de chasse qu'à étudier. Caroline l'avait rencontré l'été dernier à Chichester, chez des amis. Ils avaient eu une charmante conversation, dont Caroline n'avait pas oublié un seul mot. Le prince Leopold, de son côté, n'en gardait aucun souvenir. Pis encore, il ne semblait même pas se rappeler avoir déjà vu Caroline.

La voix grave de l'archevêque s'éleva soudain, psalmodiant quelques paroles, et l'attention de Caroline fut ramenée à la cérémonie. *Ciel ! Voilà qu'elle pensait de nouveau au prince Leopold, alors qu'elle aurait dû regarder sa meilleure amie épouser un prince !* À cet instant, Eliza glissa sa main dans celle de Sebastian et la serra, tandis que l'archevêque lui demandait de répéter après lui, en anglais : *Pour l'aimer, l'honorer, le protéger et le défendre.*

C'était tellement romantique.

Caroline jeta un coup d'œil sur sa droite. Elle était assise à côté de son frère, le baron Beckett Hawke. Celui-ci, qui avait six ans de plus qu'elle, était son tuteur depuis qu'elle avait eu huit ans. Elle se pencha vers lui.

— Tu ne la trouves pas jolie ? chuchota-t-elle.

— Chut !

— Je la trouve encore plus belle que la reine Victoria le jour de son mariage. Sa robe est magnifique. C'est moi qui ai eu l'idée des fils d'or et d'argent sur la traîne.

Beck fit semblant de ne pas avoir entendu.

— Tu sais, je crois que j'aurais pu faire cette traîne moi-même.

Son frère lui posa une main sur le genou et serra un

peu, en dardant sur elle son regard vert pâle. Il fronçait les sourcils, l'air fâché.

Caroline repoussa sa main et regarda autour d'elle. Cette cathédrale Saint-Paul était immense. Une multitude d'anges décoraient les hautes voûtes. Tous les meubles étaient incrustés d'or, particulièrement la chaire monumentale. Les vitraux traversés par les rayons du soleil matinal avaient transformé la traîne d'Eliza en arc-en-ciel.

Chaque siège était occupé. Les gens étaient beaux, avec des nuances de carnation différentes, des costumes chatoyants et des bijoux multicolores. Ils étaient tous venus de loin, de pays dont Caroline n'avait même jamais entendu parler.

Sur la galerie placée au-dessus de l'autel se tenait la chorale. De jeunes hommes et des garçons chantaient des cantiques qui accompagnaient la cérémonie.

Celle-ci, qui durait depuis près d'une heure, était très solennelle. Elle se déroulait pour partie en latin et pour partie en alucien. Seules les paroles qu'Eliza devait prononcer étaient en anglais. Caroline eut l'impression qu'Eliza et Sebastian ne cessaient de s'agenouiller et de se relever, sans se quitter un instant des yeux. Pendant un moment, la mariée resta agenouillée, seule. L'archevêque sembla accomplir un rite mystérieux, comme pour l'anoblir. Enfin, il lui posa une main sur le front. Le roi et la reine se levèrent et le prince Sebastian lui épingla sur la poitrine une splendide broche d'or et de saphirs.

— C'est une vraie princesse à présent, murmura Caroline en se penchant vers Beck.

Celui-ci l'ignora de nouveau.

Caroline aurait aimé que le père d'Eliza, le juge

Tricklebank, soit là. Mais hélas son âge avancé et sa cécité l'avaient empêché d'assister à la cérémonie. Une union civile avait été célébrée en privé, en Angleterre, avant le retour de Sebastian en Alucie. Cette cérémonie, à laquelle le père d'Eliza avait assisté cette fois, avait semblé nécessaire, car les fiancés semblaient incapables de maintenir la moindre distance entre eux.

Il y avait eu une deuxième union civile quand Eliza était arrivée en Alucie, afin d'éviter tout accroc aux convenances, car l'attirance des deux jeunes gens devenait de plus en plus évidente et pouvait devenir embarrassante au regard de l'étiquette.

Mais ces deux cérémonies civiles n'avaient rien eu en commun avec celle-ci. Ce mariage religieux était spectaculaire et avait de quoi combler les cœurs les plus romantiques.

Caroline se demanda si tous ces gens seraient présents au bal le soir même. Il fallait l'espérer ! Sa robe alucienne bleue, garnie de festons dorés, était d'une beauté stupéfiante. Elle avait confectionné la traîne elle-même. Le bal serait une occasion de resplendir… sans éclipser Eliza, bien entendu.

La veille, Eliza avait fait le compte de toutes les personnalités qui assisteraient aux noces et au bal. Le nombre était considérable. Eliza avait un peu pâli, alors que le cœur de Caroline bondissait de joie.

« C'est terrible ! s'était exclamée Eliza. Tu me connais. Imagine que je dise un mot de travers ! Sais-tu combien de cadeaux nous avons reçus ? Comment pourrais-je me souvenir de tout ? Je n'avais jamais vu autant de gobelets d'or, de plats d'argent et de porcelaine, de toute ma vie ! Et si je trébuche ? Si je renverse quelque chose sur ma robe ?

— Si j'ai un conseil à te donner, ma chérie, c'est de ne pas mettre trop de choses dans ton assiette », avait distraitement répondu Hollis.

Penchée sur la table, elle prenait des notes pour le journal qu'elle avait créé, *Honeycutt's, gazette mode et maison pour ladies*. La gazette, qui paraissait deux fois par mois, couvrait divers sujets tels que la mode et la tenue de la maison, dispensait des conseils de santé, et surtout les tout derniers commérages concernant la haute société londonienne. C'était la partie que Caroline préférait.

En ce moment, Hollis avait du mal à satisfaire la curiosité de ses lectrices concernant la haute société. Elle envisageait de publier une gazette deux fois plus fournie que celle-ci, contenant tous les détails du mariage royal, dès son retour à Londres. Elle avait envoyé de nombreux courriers à Donovan, son majordome, pendant le mois qu'elles avaient passé en Alucie, afin qu'il les garde en sécurité.

Elle était si préoccupée qu'elle avait parlé sans réfléchir. Eliza prit ombrage de sa remarque.

« Je te demande pardon, Hollis ? Je n'ai presque rien avalé depuis notre arrivée en Alucie. La reine me surveille pendant tous les repas, comme si elle désapprouvait tous mes gestes ! Je me sens si gênée que j'ose à peine manger. Et, là, ils auront tous les yeux braqués sur moi. Ils attendront que je commette une faute, se demanderont si je porte déjà un héritier. Tu ne peux pas imaginer comme ma capacité à produire un héritier les intéresse !

— Naturellement ! s'était joyeusement exclamée Caroline. Mais, une fois que tu leur auras donné ce qu'ils veulent, tu pourras passer le reste de ta vie sur un nuage de bonheur conjugal, entourée par la richesse, les privilèges, et une suite de domestiques.

— Ils n'auront pas tous les yeux braqués sur toi, Eliza, avait remarqué Hollis en faisant un clin d'œil. La moitié de l'assistance au moins regardera ton époux. »

Caroline revint brusquement au moment présent quand l'archevêque éleva un lourd calice orné de pierreries au-dessus des têtes d'Eliza et du prince Sebastian. Cela devait signifier que la cérémonie touchait à sa fin ? Le prince prit la main d'Eliza et ils tournèrent le dos à l'archevêque pour faire face aux invités en souriant. Ils étaient enfin mariés !

Hollis se retourna aussi, et Caroline vit que ses yeux bleus étaient brillants de larmes. Les invités se levèrent, tandis que le prince et son épouse s'engageaient dans l'allée centrale. Une pluie de pétales de rose tomba de la galerie sur le jeune couple et l'assistance. Les petites jeunes filles aux fleurs suivaient Eliza comme un bouquet de papillons. Le prince Leopold offrit le bras à Hollis, qui lui adressa un sourire rayonnant. Caroline se sentit mise à l'écart. Eliza et Hollis étaient ses amies les plus chères, elle les aimait comme des sœurs, et aurait voulu être avec elles en ce moment.

Eliza et le prince Sebastian passèrent à côté de Caroline et de Beck sans même leur accorder un regard. Ce n'était pas étonnant. Ils semblaient être ailleurs, entièrement absorbés l'un par l'autre. Ils étaient si inconscients de ce qui les entourait que Caroline craignit un instant qu'ils ne heurtent l'une des colonnes de marbre sur leur passage.

Comme elle les enviait ! En Angleterre, elle ne pensait jamais au mariage. Sauf lorsque Beck la pressait de trouver quelqu'un, *n'importe qui,* qui le dégagerait de sa responsabilité envers elle. En réalité, cette responsabilité n'était pas aussi pesante pour lui qu'il voulait le lui faire croire. Caroline le soupçonnait même de vouloir la garder sous sa coupe le plus longtemps possible. Aussi courait-elle d'une réception à l'autre, heureuse de capter l'attention des nombreux gentlemen qui croisaient son chemin, appréciant cette liberté d'agir à sa guise.

Mais, en regardant Eliza, Caroline se rendit compte qu'elle souhaitait connaître un jour un homme qui serait aussi amoureux d'elle que le prince Sebastian l'était d'Eliza. Elle voulait éprouver ce même sentiment.

Le prince Leopold et Hollis passèrent à la hauteur de Caroline et de Beck. Le prince adressa un vague sourire à l'ensemble de l'assemblée. Son regard effleura à peine Caroline, mais elle lui adressa néanmoins un sourire radieux en retour. Alors qu'elle s'apprêtait à lever la main, elle reçut une brusque bourrade dans les côtes et se tourna vers son frère, les yeux écarquillés.

— Cesse donc de te tordre le cou ! Tu vas finir par avoir un torticolis, chuchota-t-il.

Caroline prit un air hautain, pour remettre en place une des boucles de son chignon. Beck reporta son attention sur la procession. Le roi et la reine arrivaient à leur hauteur.

— C'est un *prince,* Caro, murmura Beck en se penchant vers elle. Tu n'es qu'une petite Anglaise. Et tu crois encore aux contes de fées. Je le vois dans tes yeux.

*Juste une petite Anglaise ?* Elle eut envie de lui décocher un coup de pied dans les tibias, comme lorsqu'elle était petite fille.

— Il vaut mieux croire aux contes de fées que de ne croire en rien du tout !

Beck leva les yeux au ciel. Impassible, il regarda passer l'archevêque et les enfants de chœur, qui suivaient le roi et la reine.

*Juste une petite Anglaise.* Ah, vraiment ?

# Chapitre 2

*La nouvelle duchesse de Tannymeade fait l'admiration de tous les citoyens d'Alucie, et à vrai dire du monde entier. Après le mariage à l'église se tint une cérémonie privée lors de laquelle le couple reçut les hommages de la famille du duc et de quelques invités de choix. La duchesse reçut ses cadeaux de mariage, parmi lesquels figuraient un collier de rubis offert par l'empereur Ferdinand 1er d'Autriche, un coffret d'or et de porcelaine offert par le sultan Abdülmecid de Turquie, et un couple de chevaux, présent du prince Florestan de Monaco. Nos souverains, la reine Victoria et le prince Albert, offrirent au duc et à la duchesse une résidence de campagne dans le Sussex. Les clés de Crawley Hall furent remises au jeune couple, de la part de la reine, par l'Honorable lord Russell.*

*Le duc et la duchesse de Tannymeade ne furent pas les seuls à monopoliser l'attention au cours de la cérémonie. Certains observateurs remarquèrent qu'un parent très proche du duc éprouvait un intérêt considérable pour une certaine héritière.*

*Honeycutt's,*
*gazette mode et maison pour ladies*

Il n'y avait sans doute jamais eu de cérémonie plus longue dans toute l'histoire de l'humanité. Même les bacchanales grecques ne devaient pas durer aussi longtemps. La cravate du prince Leopold était trop serrée. Les médailles qui ornaient son costume tiraient sur le tissu, l'obligeant à tourner régulièrement l'épaule pour rajuster sa veste. À quelle heure Freddar, son valet, l'avait-il aidé à se coucher ce matin ? 4 heures ? Les souvenirs de Leo étaient confus. Ce n'était vraiment pas sa faute. Il avait été obligé de relever le défi et de boire cette liqueur redoutable, *la fée verte,* comme l'appelait l'ambassadeur de Suède.

Avant de quitter la cathédrale avec la longue procession des invités, le couple entra dans un petit vestibule afin de signer le registre des mariages de la paroisse. Leo, Mrs Honeycutt et l'archevêque les suivirent à l'intérieur. Leo regarda son frère inscrire son nom dans le registre d'un geste sûr. Sebastian Chartier. Il se rendit compte qu'il tapotait la couture de son pantalon avec impatience, en regardant Eliza s'emparer de la plume pour signer à son tour. Les doigts de la jeune femme tremblaient en traçant les lettres *Eliza Tricklebank Chartier,* et elle fit une tache sous la signature. Dès qu'elle eut reposé la plume, elle se jeta dans les bras de Mrs Honeycutt et elles rirent toutes les deux, Mrs Honeycutt pressant sa tête brune contre les boucles blondes d'Eliza.

Sebastian et Leopold échangèrent un coup d'œil. Ou plutôt Leo le regarda brièvement, avant de poser les yeux sur la pendule, au-dessus de l'épaule de son frère. Il ne voulait pas être impoli, mais ses tempes étaient douloureuses et ses lèvres sèches. Depuis quinze jours, les cérémonies succédaient aux célébrations, et les événements officiels aux réceptions. Il avait assisté à chaque réunion, remplissant ses obligations de prince, de témoin, faisant tout ce qu'on attendait de lui, sans cesser de boire pour oublier son ennui. Il lui tardait d'en avoir fini, pour aller retrouver ses amis.

Leo préférait sa vie loin de l'Alucie, en Angleterre, avec ses compagnons, à cette existence de prince inutile que l'on exhibait dans les cérémonies officielles.

— Vous devez signer aussi, Mrs Honeycutt, dit-il pour faire avancer les choses.

Il s'empara de la plume et la lui tendit, au cas où elle n'aurait pas compris.

— Oui, bien sûr, répondit-elle avec un peu de nervosité, en lâchant sa sœur.

Elle traça un paraphe élégant sous la tache d'encre laissée par la nouvelle mariée.

Pressé d'en finir, Leo inscrivit aussi son nom et se redressa, nouant les mains dans son dos tandis que l'archevêque prononçait une dernière bénédiction. Combien de bénédictions fallait-il pour qu'un jeune couple soit heureux ?

Enfin, ils purent sortir de la cathédrale. Sebastian et Eliza prirent place dans un carrosse découvert. La journée était belle et ensoleillée, et le jeune couple serait escorté par les gardes royaux le long de l'avenue menant au palais, afin que la foule puisse acclamer la nouvelle princesse au passage. Eliza était devenue très populaire depuis son arrivée en Alucie. Les gens la considéraient comme l'une d'entre eux, une roturière qui avait charmé le prince tout en étant elle-même. Leo comprenait cette fascination, c'était un conte, un rêve devenu réalité. La plupart des gens travaillaient dur pour gagner de quoi subsister et cette vie dans un palais les faisait rêver. Eliza avait réussi à abattre les murailles qui la séparaient de la royauté et des privilèges, et ils l'aimaient pour cela.

Toutefois, cela n'avait rien de fascinant pour lui. Il n'aimait pas la cage dorée dans laquelle il vivait à Helenamar. Son comportement était soumis aux règles du protocole et il n'était pas libre de choisir à qui parler, où s'asseoir, et ce genre de choses. En Angleterre les gens savaient qu'il était prince, naturellement. Mais la plupart des gens ordinaires l'ignoraient, personne ne se demandait s'il avait même un titre. Ce qui lui convenait très bien, puisque en réalité il n'était rien d'autre qu'un homme à la bourse bien garnie, toujours accompagné de deux gardes du corps. En Angleterre il pouvait se rendre où bon lui semblait, chasser quand il en avait envie, faire la fête à loisir avec ses nombreux amis, monter à cheval, courtiser les femmes et s'asseoir où il le voulait. Sans se préoccuper des règles à suivre.

Du moins, il avait pu jouir de cette liberté jusqu'à ce que son frère arrive à l'improviste à Londres, afin de négocier un contrat commercial. Son secrétaire particulier avait alors été assassiné et tout le monde en Angleterre avait appris à cette occasion que deux princes célibataires se trouvaient en ville. Depuis, son existence avait considérablement changé. Il était plus connu qu'auparavant. Leo espérait sincèrement qu'à son retour en Angleterre l'excitation suscitée par le mariage d'une Anglaise avec un prince d'Alucie serait retombée et qu'il pourrait reprendre sa vie d'avant.

Malheureusement, il était encore loin d'embarquer à bord d'un navire et de larguer les amarres.

Aujourd'hui, après la réception privée réservée à la famille et quelques centaines d'intimes, Leo allait retrouver des amis de jeunesse et il aurait un moment de répit avant le bal final de ce soir. Après sa nuit d'ivresse, boire de nouveau ne serait pas facile. Mais, s'il y avait un domaine dans lequel Leo excellait, c'était bien la fête.

Leo monta dans le carrosse de ses parents avec Mrs Honeycutt, qui semblait très intimidée, et ils suivirent la voiture des jeunes mariés. Elle était assise d'un air guindé, et ses mains croisées sur les genoux étaient si crispées qu'il craignit qu'un de ses doigts ne se brise. Il aurait voulu pouvoir la rassurer et lui dire qu'elle n'avait pas à s'inquiéter. Ses parents faisaient à peine attention à elle. Après avoir échangé quelques remarques agréables sur le mariage, ils concentrèrent leur attention sur la foule. Leo savait ce que tous pensaient de Mrs Honeycutt. Celle-ci n'était qu'une étrangère, une roturière qui repartirait bientôt en Angleterre. Il n'y avait rien à gagner à faire sa connaissance.

Cependant, Leo était désolé pour elle, et il lui sourit en espérant l'aider à se détendre. Cette journée avait dû être aussi éprouvante pour elle que pour sa sœur. À vrai dire, il lui arrivait parfois à lui aussi de se sentir étouffé par la foule trop dense, au point d'envier la vie d'un homme ordinaire, qui pourrait se rendre au pub pour boire à la santé du prince, puis rentrer chez lui pour retrouver sa femme, ses enfants et son lit.

Il avait averti Sebastian qu'Eliza aurait peut-être un peu de mal à s'adapter à sa nouvelle vie.

« Veille sur ton épouse, lui avait-il dit, profitant d'un

bref instant en tête à tête avec son frère. Ce monde est nouveau pour elle.

— Je prendrai soin d'elle », avait répondu Sebastian, d'un ton détaché.

Mais une flamme avait brillé dans ses yeux, laissant entrevoir l'amour infini qu'il éprouvait pour Eliza.

Ce qui était une excellente chose, car elle aurait grand besoin de sa protection. L'aristocratie d'Alucie la regardait de haut. Les nobles anglais qui avaient assisté au mariage semblaient horrifiés par cette union. Eliza elle-même balançait entre la nervosité et une joie charmante. Sa sœur semblait sans cesse mal à l'aise.

Une seule personne, dans l'entourage d'Eliza, demeurait complètement indifférente aux privilèges de la royauté. C'était la sœur de lord Hawke. Cette femme aurait sans doute maîtrisé n'importe quelle situation sans se troubler. Les circonstances officielles, pourtant peu familières pour elle, semblaient renforcer son audace. Avec son sourire inébranlable, ses joues roses et son spectaculaire chignon de boucles blondes, elle surmontait toutes les épreuves. Plus grande que la moyenne et très séduisante, elle ne passait pas inaperçue. C'était une de ces rares personnes capables d'entamer une conversation avec quiconque croisait son chemin. Elle adorait faire entendre sa voix, que son interlocuteur soit un duc ou un majordome, une reine ou une femme de chambre. Elle semblait aimer tout particulièrement se mêler aux conversations afin d'offrir une opinion différente, et se moquait de savoir qui était dans les parages.

L'attention dont elle était l'objet semblait lui donner de l'énergie et la pousser à franchir les limites. Elle n'avait pas hésité à l'aborder lors du banquet royal, deux jours plus tôt, comme si cela était tout naturel. Soit elle ignorait qu'on n'approchait pas un prince royal sans lui avoir été présentée, soit elle se moquait des convenances. Au beau milieu d'une conversation, alors qu'il se sentait agréablement enivré après avoir bu quelques verres, Leo l'avait vue surgir à ses côtés, lui souriant comme s'ils avaient été seuls dans la salle.

« Bonsoir ! avait-elle dit, en fixant sur lui ses yeux verts et brillants comme des émeraudes. Quelle magnifique soirée ! Je suis très impressionnée par le merveilleux accueil qu'Eliza a reçu à Helenamar. Pas vous ?

— Elle est très appréciée », avait répondu Leo, d'un ton plat.

Il n'était pas étonné par le comportement de cette dame. Mais ses compagnons, tous issus de la plus haute noblesse d'Alucie, l'avaient dévisagée avec stupeur. Son manquement aux règles de l'étiquette royale serait sans doute longuement critiqué. En particulier par lady Brunella Fortengau. Sous le choc, la jeune femme avait écarquillé les yeux et regardé Leo comme s'ils étaient menacés par la peste et qu'il devait absolument faire quelque chose.

Mais il n'y avait rien à faire, et Leo le savait depuis un certain temps. Sous le regard désapprobateur de lady Brunella, la sœur de Hawke avait saisi une coupe de champagne sur le plateau d'un valet.

« Oh ! ciel, vous permettez ? avait-elle lancé au pauvre homme, comme si elle s'attendait à ce qu'il réponde. J'ai pris une coupe de champagne pendant le déjeuner, malheureusement il était éventé. Avez-vous goûté celui-ci ? »

Tout en parlant, elle avait brandi la coupe sous le nez du valet, qui était devenu écarlate.

« Non, madame. »

Étrécissant les yeux, elle avait avalé une gorgée du breuvage, puis au bout de une seconde ou deux elle avait souri au valet en déclarant que ce vin était sublime. Après quoi, elle avait tendu une autre coupe à lady Brunella, en l'encourageant à goûter cet excellent millésime.

À en juger par son expression, lady Brunella n'avait pas apprécié une telle désinvolture de la part de cette Anglaise fantasque, et Leo avait décidé de se débarrasser de la jeune femme au plus vite, alors même qu'elle l'invitait à son tour à goûter le champagne.

« Merci, mais j'attendrai l'arrivée du roi et de la reine.

— Je crains que vous ne deviez attendre longtemps, avait-elle rétorqué en riant. Ils étaient très en retard hier soir, n'est-ce pas ?

— Je vous demande pardon ? »

D'un signe de tête, il avait renvoyé le valet, qui avait filé sans demander son reste.

« Je plaisantais, avait-elle répondu. Mais ils étaient vraiment en retard. »

Les amis de Leo l'avaient dévisagée, abasourdis. Nul d'entre eux n'aurait eu l'audace de faire une remarque sur la ponctualité du roi et de la reine.

« Nous nous connaissons, avait-elle alors expliqué, en désignant Leo.

— Pas vraiment, avait rectifié celui-ci.

— Nous nous sommes rencontrés en Angleterre, avait-elle précisé avec un sourire mutin.

— Oui peut-être, en passant », avait-il poliment

admis, un peu vexé qu'elle insiste au sujet de cette rencontre chez des amis, à Chichester.

Comment diable aurait-il pu se rappeler qui il avait rencontré dans cette maison ? Avec la quantité d'alcool qu'il avait ingurgitée, c'était déjà un miracle qu'il se souvienne de cette soirée. D'un mouvement imperceptible de son petit doigt, il avait fait signe au majordome, qui était intervenu promptement.

« Madame ? Si vous permettez », avait-il dit en lui désignant son siège d'un geste vague.

Au début, quand les célébrations du mariage avaient commencé, Leo avait cru que la sœur de Hawke était simplement naïve. Une sorte de campagnarde invitée à un mariage royal. Mais plus il l'observait, plus il comprenait quelle sorte de personne elle était en réalité. Elle possédait un esprit intrépide, saupoudré d'insolence, avec une pincée d'audace et un brin de gaieté, dont elle faisait profiter tous ceux qu'elle rencontrait, qu'ils le veuillent… ou non. Tout cela sans jamais se départir de son sourire charmeur, rehaussé par des yeux verts et rieurs.

Elle était exactement le genre de personne que les courtisans n'avaient pas envie d'accueillir au sein de leur groupe. Ils détestaient ceux qui attiraient tout naturellement sur eux l'attention qu'ils cherchaient en vain à obtenir. Et, lorsque par-dessus le marché cette personne était une étrangère à la beauté particulièrement piquante, ils avaient tendance à la rejeter par principe.

Le cortège des carrosses royaux arriva enfin au palais, salué par les trompettes et par la foule. Des personnes en habits militaires et tenues d'apparat en descendirent. La famille royale fut introduite dans une salle de réception, où Sebastian et Eliza allaient recevoir les dignitaires étrangers.

Quand elle fut présentée au roi et à la reine dans le salon, Eliza fit une profonde révérence, sous le lustre de cristal brillamment éclairé. Elle avait fait beaucoup de progrès. À son arrivée en Alucie, elle se penchait tellement sur le côté que Leo craignait toujours de la voir basculer.

Sebastian était radieux. Leo n'avait jamais vu son frère laisser autant éclater sa joie. Lui qui avait un caractère si réservé, si convenable. Les courtisans faisaient toujours remarquer que c'était la différence entre le fils aîné, élevé pour devenir roi, et le cadet. Pendant que Sebastian apprenait comment se comporter dignement en toutes circonstances, Leo avait appris à mener la belle vie.

Sebastian agrippa le bras de son frère et le serra en souriant.

— Je suis un homme marié maintenant, Leo.

— Je sais. J'étais à côté de toi, quand c'est arrivé.

Sebastian se mit à rire comme si cette réponse était hilarante. Son expression rappela à Leo quelque chose qui était arrivé quand ils étaient enfants et vivaient sous la surveillance des gouvernantes et des précepteurs. Ils étaient tombés par hasard au cours d'une promenade sur un sac contenant une portée de chiots aux longues oreilles noires, dont on avait visiblement décidé de se débarrasser. Quand ils les avaient libérés, ils avaient été assaillis par ces petits êtres aux grosses pattes, qui remuaient frénétiquement la queue. Sebastian était aux anges. Aujourd'hui encore, Leo se rappelait la joie de son frère quand il s'était allongé sur le dos et avait laissé les chiots gigoter gaiement autour de lui pour venir lui lécher le visage.

Ils avaient ramené les petits chiens au palais et Sebastian avait insisté pour leur trouver à chacun une famille d'adoption. Il avait gardé l'un d'eux, et ils étaient devenus des compagnons inséparables jusqu'à la mort de l'animal, quatorze ans plus tard. Aujourd'hui, Sebastian semblait plus attaché à Eliza qu'il ne l'avait été à ce cher Pontu.

— Regarde-la, lui dit-il en désignant un point derrière lui.

Ce dernier se retourna, et son regard tomba sur un petit groupe de femmes parmi lesquelles se trouvait sa nouvelle belle-sœur, Mrs Honeycutt, une héritière d'Alucie qu'il avait déjà rencontrée une ou deux fois, et naturellement la sœur de Hawke. Celle-ci lui fit un signe de la main, comme s'ils se trouvaient à la fête du village.

— Elle est si belle, reprit Sebastian. J'ai eu une chance inouïe de la découvrir. Je n'arrive pas à croire qu'elle est ma femme.

Honnêtement, Leo avait aussi du mal à le croire. Eliza Tricklebank était aussi différente que possible du genre de femmes que son frère et lui étaient censés épouser. Leo ne pourrait jamais oublier leur première rencontre dans une modeste maison de ville, avec tous ces chiens qui jappaient, ce chat d'une incroyable insolence et ces innombrables pendules.

— J'ai toujours cru que j'épouserais une femme d'Alucie, continua Sebastian, pensif. Je suppose que ce sera le cas pour toi, ajouta-t-il avec un grand sourire.

— Je t'interdis d'en parler, marmonna Leo en jetant

un coup d'œil à la ronde. Ma vie de solitaire me convient parfaitement, merci. En fait, j'ai hâte de la retrouver.

— Quand comptes-tu embarquer ?

— Dans deux jours.

Toujours souriant, Sebastian fit un geste tout à fait inattendu. Il passa un bras sur les épaules de Leo et le serra affectueusement contre lui.

— Tu ne perds pas de temps. Je te souhaite bonne chance, Leo. Nous partons pour Tannymeade, où j'ai bien l'intention de profiter de ma lune de miel.

Et son frère toujours si guindé éclata de rire en lui donnant un coup de coude dans les côtes.

C'était le genre de choses que Leo aurait pu dire, et avant de rencontrer Eliza Sebastian l'aurait sévèrement repris.

— Le mariage fait donc cet effet-là aux hommes ? Il les rend complètement fous de désir ?

Sebastian eut un rire si sonore que les gens se retournèrent pour le considérer, d'un air surpris.

Leo était très heureux pour son frère, mais il le serait encore plus quand les cérémonies auraient pris fin, et que les mariés seraient enfin occupés à concevoir un héritier pour le royaume. Il serait fou de joie quand il pourrait se débarrasser de sa cravate, de ces satanées médailles, et prendre un remède contre le mal de tête.

Mais tant que le jeune couple n'aurait pas reçu les dernières félicitations et le dernier cadeau, tant que le gâteau de mariage n'aurait pas été découpé et la dernière danse achevée, il devrait supporter l'attention des jeunes filles à marier et de leurs parents, qui lui tournaient autour en espérant conclure une union avantageuse entre leurs familles. Tous ces gens voulaient faire pour leurs filles ce qu'Eliza Tricklebank avait réussi toute seule.

La jeune femme venait justement de traverser la foule, suivie par ses amies.

— Il faut que vous goûtiez le champagne ! déclara-t-elle en tendant une coupe à Sebastian. Il est délicieux.

— Ah, le cadeau de l'ambassadeur de France.

— Cet homme est très généreux. Il nous a aussi envoyé du vin, n'est-ce pas ? Nous devons absolument devenir ses amis.

Eliza regarda autour d'elle, faisant mine de chercher l'ambassadeur.

Apparemment, elle n'en était pas à sa première coupe de champagne, aujourd'hui.

— Et nous voilà tous réunis, comme une bande de joyeux troubadours ! s'exclama la sœur de Hawke en glissant un bras sur les épaules d'Eliza.

Elle posa sur Leo un regard pétillant, et il la soupçonna d'avoir bu au moins autant de champagne qu'Eliza.

— Eh bien, Votre Altesse, qu'en pensez-vous ? lui lança-t-elle. La cérémonie s'est déroulée à la perfection, n'est-ce pas ?

— En effet.

Combien de temps encore allait-il être obligé de faire la conversation, avant de pouvoir s'échapper ?

— Je suis contente de vous l'entendre dire ! J'étais inquiète pour vous. Je vous trouvais l'air morose, à côté de votre frère.

Il dut réfléchir un instant, avant de comprendre ce qu'elle voulait dire. Avait-il vraiment fait une tête étrange pendant la cérémonie ?

— Je vous demande pardon ?

— Caro ! s'exclama Eliza en riant. Quelle remarque !

— Mais c'est la vérité !

— Je suis sûre que Son Altesse se sentait un peu nerveuse. Comme moi, déclara Mrs Honeycutt. C'était terrifiant de se retrouver au milieu de tous ces gens.

Sebastian jeta à son frère un coup d'œil amusé.

— Tu étais terrifié, Leo ? demanda-t-il avec un clin d'œil.

*Absolument pas !* Il avait simplement fait de son mieux pour se tenir droit, à vrai dire.

— Je voulais m'adapter à la solennité du moment.

— La solennité ! répéta la sœur de Hawke, dans un éclat de rire. Mais c'était un moment de joie ! Le moment le plus joyeux que j'aie connu depuis que je suis l'amie de notre chère Eliza. C'était si plaisant que cela m'a donné envie de l'imiter.

— De faire quoi ?

— Comme toi, ma chérie ! De traverser l'église dans une robe resplendissante, au bras d'un beau gentleman.

Personne ne dit mot. Leo était stupéfait. Qui pouvait parler aussi librement, en dévoilant ses sentiments à tous ?

La sœur de Hawke les considéra les uns après les autres et constata leur surprise.

— Quoi ? Je n'ai pas le droit d'avoir de l'imagination ?

Elle rit, et avant que quiconque eût trouvé quelque chose à répliquer elle ajouta :

— Les jeunes filles aux fleurs n'étaient-elles pas adorables ?

Son regard se posa directement sur Leo, comme si elle attendait qu'il lui donne une réponse.

Mais quel était donc le problème de cette femme ? Pourquoi lui parlait-elle de cela ? Tout le monde se tourna vers lui, attendant de connaître son opinion sur ces jeunes filles qu'il avait à peine remarquées. Sebastian eut un sourire diabolique.

— Je… euh… oui. Pour autant que je m'en souviens, marmonna-t-il en détournant le regard.

Mais la sœur de Hawke ne comptait pas en rester là. Elle continua son verbiage.

— J'avais dit à Eliza qu'elle devait avoir des demoiselles d'honneur, mais elle m'a expliqué que la mode ici était aux jeunes filles portant des paniers de fleurs. Je me demandais de quoi cela aurait l'air dans un lieu aussi somptueux que la cathédrale, mais je dois avouer…

— Je vous demande pardon, dit une voix grave et masculine.

Leo n'avait pas vu son père approcher, et il ne l'aperçut que lorsqu'il s'arrêta derrière la sœur de Hawke. Celle-ci eut le bon sens de se taire en voyant apparaître le roi. Elle s'écarta et fit une révérence.

— Majesté, dit-elle d'un ton solennel.

— Je ne veux pas vous interrompre, cependant j'aimerais dire un mot à mon fils. Si vous permettez ?

— Bien entendu, répondit Sebastian.

— Pas vous, Sebastian. Profitez de la réception. Je parlais de mon autre fils.

Le roi regarda Leo en souriant.

Le jeune homme fut aussitôt sur ses gardes. Il dévisagea son père avec curiosité, et regretta de ne pas s'être éclipsé plus tôt. Son père lui parlait rarement en tête à tête, et réservait ses conversations les plus graves à Sebastian.

— D'accord, Leopold ?

— Oui, dit ce dernier.

Adressant un bref signe de tête à ses amis, il emboîta le pas à son père.

Le roi souriait et de fines rides se dessinaient au coin de ses yeux, signe qu'il était de très bonne humeur. Comme pour confirmer cette impression, il déclara :

— Cette journée fut excellente sur tous les plans. Votre mère et moi ne pourrions être plus heureux. Sebastian est enfin marié.

Il sourit de nouveau en regardant Leo.

Ce sourire quelque peu artificiel l'inquiéta et un nœud se forma au creux de son estomac. Leo évitait généralement avec habileté le genre de conversation qu'il sentait son père sur le point d'aborder. Mais avec toutes ces célébrations, ce champagne, et cette femme à la fois belle et agaçante qui était venue lui parler des jeunes filles aux paniers de fleurs, ses réflexes étaient un peu endormis.

Son père s'arrêta près d'une des immenses fenêtres. Dans les jardins entourant le palais, la foule s'attardait encore, espérant entrevoir une dernière fois les jeunes mariés.

— Maintenant que notre fils aîné est marié, dit le roi en s'approchant de Leo, nous allons pouvoir penser à vous, votre mère et moi.

— Comment cela à moi ?

Leo se sentit aussi fragile que s'il était parti à la guerre sans armure et sans épée.

— Je… je dois retourner en Angleterre dans deux jours, balbutia-t-il.

Le sourire de son père ne vacilla pas. Il fit signe à un valet, prit deux coupes de champagne sur le plateau et en tendit une à Leo. Celui-ci saisit le verre sans même s'en rendre compte. Il était désarçonné. Stupéfait que son père profite de la réception de mariage de son frère, alors que l'encre n'était pas encore sèche dans le registre, pour s'en prendre à lui, tambour battant.

— Écoutez-moi bien, Leopold, dit le roi d'un ton débonnaire. Je veux que ceci se fasse facilement, sans vous causer le moindre souci. Des discussions ont déjà eu lieu.

Une alarme se déclencha dans l'esprit de Leo. Il crut entendre un claquement de cymbales. Son mariage se ferait facilement, sans le moindre souci ? Leo ne voyait rien de facile dans le fait de s'enchaîner pour la vie à une femme qu'il connaissait à peine. Il y avait déjà eu des discussions ? Avec qui ? Certainement pas avec lui.

— J'aimerais…

— Nous avons fait de grands progrès avec la Wesloria, n'est-ce pas ? questionna vivement son père.

Le nœud dans l'estomac de Leo se resserra. Des progrès, vraiment ? Il n'y avait même pas un an que des gens, aidés par des traîtres en Alucie, avaient comploté dans le but d'enlever Sebastian. Les deux pays avaient une longue histoire commune, fondée sur les guerres et la méfiance, mais son père faisait allusion aux récentes tentatives d'apaiser les tensions entre les deux royaumes.

À l'origine de la discorde se trouvaient deux demi-frères de sang royal. Quand Karl, le père de Leo, était monté sur le trône quarante ans plus tôt, l'oncle Félix avait été banni d'Alucie. Principalement parce qu'il pensait avoir droit plus que Karl à ce trône.

La question de la succession remontait à une guerre civile du XVI^e^ siècle, à l'issue de laquelle le premier des Chartier était devenu souverain. Les ancêtres de Félix, la branche des Oberon, avaient perdu la guerre et ils s'étaient repliés en Wesloria, prenant le parti du roi et des nobles de ce pays. Ils avaient longtemps prétendu que les Chartier n'étaient pas les souverains légitimes d'Alucie, et pendant des années des escarmouches avaient eu lieu à la frontière entre les deux royaumes.

Le grand-père de Leo avait tenté de réunir les deux pays après la mort de sa première femme, en s'appuyant sur Félix et Karl. Sa seconde épouse, une lointaine cousine et une Oberon, était une intrigante. Après la naissance de son fils Félix, elle avait fait en sorte de s'insinuer dans la liste des héritiers du trône. Visiblement, son plan n'avait pas marché.

Oncle Félix faisait beaucoup de bruit en Wesloria. Son influence sur le roi weslorien n'était un secret pour personne. Félix avait promis d'unir les deux pays s'il parvenait à monter sur le trône d'Alucie. Avec les nombreux loyalistes dévoués à la cause des Oberon, une menace de guerre pesait au-dessus des deux nations. Les Chartier s'arrangeaient pour supprimer les sympathisants de la Wesloria, ce qui freinait le développement économique des deux pays. Chaque semaine de nouvelles rumeurs émergeaient concernant un noble ou un riche marchand complotant pour renverser le roi Karl.

Sebastian souhaitait aussi réunir Alucie et Wesloria. Son idée était de conclure un accord commercial avec l'Angleterre. Il voulait que les Chartier, les Oberon et tous leurs sujets s'unissent dans un projet d'industrialisation, et qu'ils répartissent ainsi la prospérité, au lieu de se laisser détruire par les ravages de la guerre.

Malheureusement, tout le monde ne partageait pas son désir de paix. Lors du séjour de Sebastian en

Angleterre, un complot impliquant de hauts dignitaires d'Alucie avait été découvert. Au cours de ces événements, le secrétaire personnel de Sebastian avait été assassiné. Mais la tragédie révélait toujours un aspect inattendu de la vie. C'est ainsi que son frère avait connu Eliza et qu'il était tombé éperdument amoureux.

Aujourd'hui, ils célébraient un événement heureux. Mais la menace de la guerre et les tentatives de coup d'État visaient toujours la famille royale, en dehors du palais. Personne ne l'oubliait, le roi moins que quiconque.

— Nous pouvons faire de plus grands progrès encore, en nous alliant avec les bons Wesloriens, dit son père en lui lançant un coup d'œil par-dessus son épaule.

— Les *bons* Wesloriens ?

— Ceux qui ne sont pas pour l'unification. Il y a de nombreux avantages à conserver nos frontières et notre souveraineté.

Leo ignorait quels étaient ces avantages, et il n'avait aucune envie de les connaître. Il préférait ne pas savoir certaines choses. Tout cela paraissait trop complexe.

— Un ministre haut placé dans le gouvernement weslorien tient à favoriser le commerce et les arrangements économiques avec la Wesloria. C'est le ministre du Travail, et tout laisse penser qu'il deviendra le prochain chef du gouvernement, dit le roi, qui haussa les sourcils d'un air entendu. Un mariage avec sa fille arrangerait bien nos affaires.

*Nos affaires.* Son père avait dit cela sans hésitation, sans la moindre ironie. Comme si ses parents allaient aussi épouser cette jeune femme !

— Je comprends, répondit Leo, en s'efforçant de

réfléchir à une façon de se tirer rapidement de ce mauvais pas. Mais je ne suis pas…

— Vous ferez la connaissance de cette jeune fille ce soir, pendant le bal. Il faudra que cela se passe en public, afin que tout le monde vous voie. Vous l'inviterez à danser.

Leo eut l'impression que le peu de sang qui restait dans ses veines après les festivités de la veille quittait lentement son corps. Donc, tout avait été arrangé à l'avance.

C'était exaspérant. Quand il était jeune homme, Leo avait souhaité avoir ce genre de responsabilités. Il voulait être un prince servant une cause, il brûlait de se rendre utile. Mais son père avait confié toutes les vraies responsabilités à Sebastian. Leo n'avait pas eu le droit d'intégrer la cavalerie, car son frère devait le faire. Quand il avait supplié son père de lui donner une mission, le roi l'avait nommé patron royal des crieurs publics. Il en avait conçu une profonde amertume, qui ne l'avait plus quitté. Satanés crieurs publics.

Il y avait eu d'autres choses, et au fil du temps Leo avait cessé de se soucier de son rôle en ce monde. L'engagement politique était réservé à Sebastian.

— Vous n'avez pas envie de savoir qui est cette jeune fille ? demanda son père, d'un ton réjoui.

Le roi était fier d'avoir conçu cet arrangement, et il se moquait de savoir ce que Leo ressentait. Le prince haussa les épaules avec indifférence.

— Il s'agit de lady Eulalie Gaspar.

Leo ne connaissait personne du nom de Gaspar, et encore moins d'Eulalie.

Son manque d'enthousiasme fit sourire son père,

qui lui posa une main sur l'épaule. Il resserra un peu les doigts sur lui, comme s'il s'adressait à un enfant encore rétif.

— Tout est arrangé, Leopold. Nous voudrions le révéler officiellement quand vous serez revenu d'Angleterre, avant la fin de l'été. Vous lui ferez la cour pendant quelques semaines, et vos fiançailles seront annoncées. Mais, quoi qu'il en soit, vous pouvez déjà vous considérer comme fiancé.

— Fiancé, avant même de l'avoir vue ? Avant de l'avoir embrassée ? rétorqua froidement Leo.

Son père soupira et laissa retomber sa main.

— Vous savez très bien comment se passent ces choses-là. Nous n'avons pas exigé grand-chose de vous jusqu'ici, mais à présent j'ai besoin que vous fassiez cela pour nous.

Le fait que ses parents ne lui aient rien demandé jusqu'à présent était justement la source de son mécontentement.

— Ce n'est pas comme si vous me demandiez d'aller promener votre chien.

— Mon fils, reprit son père d'un ton grave. Vous avez toujours su que ce jour viendrait. À vous voir, on croirait que j'ai donné l'ordre de vous couper la tête. Il s'agit simplement d'une femme, pour l'amour du ciel.

*Une femme.* Il ne parlait pas d'une épouse, ou d'une compagne. Juste d'une femme.

— À présent, allez dire quelques mots à l'ambassadeur de Wesloria. Demandez-lui des nouvelles de ses chevaux. Il prétend posséder le cheval le plus rapide de cette partie du monde.

Le roi fit à Leo un clin d'œil complice, avant de

s'éloigner en dégustant son champagne à petites gorgées. Il ne tarda pas à disparaître, avalé par la foule des courtisans qui cherchaient à attirer son attention.

Leo demeura cloué sur place, en proie à une profonde indignation. Son père avait raison, il savait que ce jour viendrait. Mais il avait cru qu'il pourrait en discuter et que ses désirs seraient pris en compte.

Ressentant le besoin de boire un verre, il chercha des yeux un valet. Pas de vin, merci. Il lui fallait une boisson plus revigorante. Du gin, ou du whisky.

Il fit le tour de la salle du regard, afin de repérer l'ambassadeur, et le vit en pleine conversation avec la sœur de Hawke. Du moins, c'était elle qui monopolisait l'attention d'un cercle de gentlemen, accompagnant l'histoire qu'elle leur contait de charmants gestes de ses mains fines. Cette femme avait un don pour attirer les foules. Rejetant soudain la tête en arrière, elle éclata de rire.

L'ambassadeur parut décontenancé.

*Quelle femme.* Bruyante, avenante. Elle riait de bon cœur, racontait des histoires en agitant les mains pour mieux se faire comprendre, touchait un bras, effleurait une épaule. Elle se trouvait dans un palais royal, au beau milieu d'une réception, et s'amusait sans se soucier le moins du monde de l'étiquette. De son côté, il était un prince sans pouvoir. Soumis aux règles de la société et du protocole, qui décidaient pour lui ce qu'il devait dire, ce qu'il devait manger et qui il devait épouser. On exigeait de lui qu'il aille parler chevaux avec un homme qu'il ne connaissait pas et n'avait aucune envie de connaître, alors qu'elle bavardait gaiement et disait ce qui lui passait par la tête.

Leo dut rester trop longtemps planté là à la contempler, car des regards commencèrent à se tourner vers lui. Ces gens semblaient avoir envie de venir lui dire un mot. Ce qui signifiait qu'ils avaient des requêtes à lui présenter, requêtes qu'il n'avait aucune envie d'entendre.

Leo voulait s'enfuir de ce palais. Mais, comme c'était impossible, il décida qu'il s'éclipserait sous peu pour aller retrouver ses amis, comme prévu.

Pour se redonner un peu de courage, il se dit que tout ce dont il avait besoin, c'était de temps. Juste un peu de temps, pour trouver comment repousser encore une issue inévitable.

# *Chapitre 3*

*Les célébrations du mariage princier prirent place dans toute la ville de Helenamar. Y compris au pub Foxhound, lieu de rassemblement privilégié dans le centre de la vieille ville, où, s'il faut en croire les rumeurs, le prince Leopold fit une apparition. M. Bernard, un célèbre Français que les habitants d'Alucie soupçonnent de comploter avec la Wesloria, fut également aperçu au Foxhound en compagnie du prince Leopold.*

*Les bottes de satin blanc sont du dernier cri, et toutes les Aluciennes élégantes ne manqueront pas d'en porter avec leurs tenues de soirée. Elles sont souvent décorées de perles et de rubans assortis à la robe, et leurs talons sont si hauts qu'un observateur non averti peut craindre de voir la dame qui les porte tomber à la renverse.*

*Honeycutt's,*
*gazette mode et maison pour ladies*

Peu de temps après que Sebastian et Eliza se furent discrètement enfuis de la réception, sans doute afin de trouver une chambre, car leur attirance l'un pour l'autre était désormais de notoriété publique dans toute la ville, Leo parvint à partir également.

Depuis son arrivée à Helenamar, il attendait avec impatience de retrouver ses vieux amis. Qu'un événement aussi important au sein de la famille royale engendre autant de cérémonies était inévitable. Il était tout aussi inéluctable que Leo en soit irrité et souhaite y échapper. Par chance, il connaissait depuis des années deux gardes du palais royal, qui avaient pris l'habitude de faciliter ses escapades.

Le Foxhound était situé entre deux imposantes maisons de maître, et face à une écurie publique. Le pub accueillait donc une clientèle étrangement disparate. C'était le seul établissement de Helenamar où les aristocrates côtoyaient les résidents ordinaires de la ville. Le seul endroit où Leopold pouvait se rendre sans être assailli par des hommes ou des femmes qui avaient des requêtes à lui présenter, et où il pouvait glaner des nouvelles du pays qui n'avaient pas été filtrées par le personnel du palais. La vérité parvenait toujours à émerger.

Ses amis étaient tous sur place aujourd'hui, et ils en étaient à leur troisième chope de l'après-midi. Quand il entra, il fut accueilli par des cris de joie.

— Avez-vous pensé aux festivités de ce soir ? demanda Leo en riant tout en désignant les chopes vides sur la table.

— Nous avons tout le temps de dessoûler et de nous rendre présentables, répondit François.

Passant familièrement le bras sur les épaules de

Leo, il cria à la serveuse de leur apporter de nouvelles chopes remplies.

François était un Français venu s'établir en Alucie très jeune. Il avait fréquenté les mêmes écoles que Leo et Sebastian. La mèche de cheveux roux qui lui retombait sur le front lui donnait du charme, et il était toujours de bonne humeur. C'était aussi un très bon conteur, et aujourd'hui il avait rapporté à ses amis l'histoire de sa rencontre avec une danseuse de music-hall.

Leo et ses compagnons continuèrent de boire en portant des toasts en l'honneur de Sebastian et de son épouse, évoquèrent leurs années d'écoliers et échangèrent des histoires paillardes qui les firent rire aux larmes. Un peu plus tard dans l'après-midi, Leo s'aperçut qu'une serveuse était assise sur ses genoux. Il ne se rappelait pas comment c'était arrivé, mais elle était là et lui caressait tranquillement les cheveux, calant une mèche derrière son oreille.

Apparemment, songea-t-il dans un brouillard, il avait beaucoup trop bu. *Une fois encore…*

Harvel, un de ses anciens camarades de classe, semblait être du même avis.

— Eh bien, Majesté, vous devriez cesser de boire. N'êtes-vous pas censé assister au bal ?

— En effet, répondit Leo en reposant sa chope. En tant que frère du duc, fils du roi et…

Il s'efforça de rassembler ses idées.

— Il est rond comme un prince ! cria Voltan.

— Rond comme un prince ! répéta Leo avec conviction.

Il souleva sa chope et répandit la moitié de son contenu sur la table. Il était manifestement ivre. Tellement soûl qu'il dut s'y reprendre à deux fois pour repousser la fille et se lever de sa chaise. Une fois debout, il tapota les poches de sa veste et de son pantalon, à la recherche de une pièce ou deux, et n'en trouva pas. Ah ! bien sûr ! Quand il était en Alucie, il n'avait pas besoin d'avoir d'argent sur lui.

La tête lui tournait et il regrettait d'avoir autant bu. Mais ses amis étaient très amusés de le voir chercher sa bourse.

— N'y pense plus, Chartier ! s'exclama François. Nous payerons ta bière. Considère cela comme notre dernier cadeau à un homme libre.

— Qu'est-ce… tu dis ? marmonna Leo, en se penchant pour plaquer les deux mains sur la table. Tu sais quelque chose que je devrais savoir peut-être ?

— Seulement ce que tout Helenamar sait déjà, mon vieux.

François fit un clin d'œil, et tous les autres se mirent à rire.

— Allez, passe une bonne soirée au palais pendant que tes fidèles sujets payeront ta consommation.

— Je réglerai ma dette, répondit Leo en s'inclinant cérémonieusement. Où sont mes gardes ? Je suis sûr d'être venu avec eux.

— Ici, Majesté.

Kadro s'avança et prit Leo par le bras. Arthur demeura stoïquement à côté de lui. Leo sourit.

— Ah, vous voilà enfin ! cria-t-il gaiement.

Seigneur, il était sérieusement éméché. S'il ne dessoûlait pas au plus vite, il risquait de le payer cher. Le courroux de son père, quand il se déclenchait, était à vous glacer le sang.

Bredouillant, et les larmes aux yeux, Leo fit ses adieux à ses amis. Il les invita tous à lui rendre visite en Angleterre, et ils acceptèrent de bon cœur.

Leo émergea dans la rue silencieuse, encadré par Kadro et Arthur. Aveuglé par la lumière du jour, il cligna les paupières, mais parvint à marcher droit.

— Regardez-moi ! s'écria-t-il en riant. Le roi va me faire couper la tête, vous ne croyez pas ?

Il n'était pas ivre au point de ne pas remarquer que les gardes ne le contredisaient point.

Leo balaya la rue du regard, s'attendant à voir la voiture qui l'attendait. À Helenamar, Leo avait toujours un carrosse à sa disposition, dès qu'il franchissait les portes du palais. Avec les escarmouches incessantes à la frontière, toutes les précautions étaient prises dès qu'un membre de la famille royale mettait un pied dehors.

— La voiture ? questionna-t-il, comme si ses gardes du corps n'avaient rien noté. Où est-elle ?

Les deux hommes échangèrent quelques mots. Apparemment, ils avaient demandé au cocher d'attendre un peu plus loin, afin que la présence du prince dans le pub passe inaperçue.

— Avec votre permission, je vais jeter un coup d'œil au coin de la rue, Majesté, suggéra Kadro.

— Comme vous voudrez.

Un peu hébété, il regarda le garde disparaître dans une rue adjacente. Puis il y eut un bruit étrange derrière lui, comme des coups de feu répétés. Arthur sursauta.

— Attendez ici, Majesté, ordonna Arthur, en s'élançant dans la direction d'où provenait le tapage.

Malgré son ivresse, Leo trouva plus qu'étrange d'être laissé ainsi sans aucune protection. S'adossant contre le mur, il sourit béatement. Dans l'ensemble, la journée avait été bonne. Exception faite de ce maudit mal de tête, qui le poursuivait depuis son réveil. Et de ce que lui avait dit son père. Leo avait réussi à oublier ces paroles déplaisantes l'espace de quelques heures, mais elles lui revinrent soudain à l'esprit, perturbant la tranquillité qu'il avait réussi à retrouver en compagnie de ses amis.

Réfléchissant à tout ce qu'il aurait dû répondre à son père, il ne prêta pas attention aux deux hommes qui traversaient la rue, et ne les vit que lorsqu'ils furent parvenus à sa hauteur. Il était trop tard pour réagir au moment où ils l'entraînèrent dans la ruelle qui longeait le pub. Leo voulut appeler ses gardes, mais la voix lui manqua. Son esprit était confus et ses jambes le portaient à peine.

Il était coincé dans une ruelle, avec deux hommes qu'il n'avait jamais vus. La terreur lui noua l'estomac, et il éprouva une violente nausée.

— Que signifie tout ceci ? demanda-t-il en alucien.

— Restez calme, Majesté, dit l'un des inconnus alors qu'ils l'entraînaient à l'autre extrémité de la voie.

Ils essayèrent de le plaquer contre le mur.

— Calme ? s'écria-t-il en les repoussant. Qui êtes-vous ? J'ai le droit de savoir ce qui se passe.

Toutes sortes de pensées et d'émotions se mirent à tourbillonner en lui. La peur, le regret, l'impatience. Elles le menèrent rapidement à la même conclusion : ce qui lui arrivait était inévitable.

— Je vais faire le guet, dit un des deux hommes.

Il leur tourna le dos et se dirigea vers le bout de la ruelle. L'autre fit un pas vers Leo.

— Écoutez, je sais que la mort est inéluctable, commença Leo.

— Majesté, nous ne…

— Et, si je dois mourir ainsi, je l'affronterai avec grâce et courage, poursuivit-il en écartant les bras.

L'espace d'un instant, il craignit surtout de perdre l'équilibre. Il reprit alors :

— Mais ne vous leurrez pas, monsieur. Je ne mourrai pas sans combattre. Bien que vous ayez l'avantage du nombre, et que je ne voie rien qui puisse me servir d'arme.

Il étrécit les yeux en apercevant un chat, totalement indifférent à ce qui se jouait à deux pas de lui, juché sur une pile de cageots.

— Est-ce bien un chat ?

L'homme se tourna pour regarder.

— Je me maudis d'avoir bu autant, continua Leo en cherchant quelque chose pour lui taper sur la tête. Et, si je survis à cet enlèvement, je ne boirai plus jamais une goutte d'alcool. Enfin. Plus après le bal de ce soir. Car je serai obligé de boire à la santé de mon frère, bien entendu.

— Majesté…, répéta l'homme en faisant un pas vers Leo, le bras tendu, la paume de la main tournée vers lui.

C'est alors que Leo remarqua son brassard vert. C'était une coutume de Wesloria. Un ruban vert foncé enroulé autour de la manche ou épinglé sur la poitrine, qui indiquait que la personne était originaire du lieu.

— Vous êtes weslorien. J'aurais dû m'en douter. Vous voulez me supprimer, comme ce pauvre Mathus. Vous devriez avoir honte d'avoir choisi le moment du mariage de mon frère pour me tuer. Vous auriez pu au moins attendre que les cérémonies soient achevées. Même si, je vous l'accorde, elles paraissent interminables.

— Majesté, je vous en prie ! Nous ne vous voulons aucun mal, répondit l'homme en levant les mains devant lui.

— Ah, vraiment ? rétorqua Leo, incrédule. J'ai peut-être bu, mais je ne suis pas idiot !

— Je vous en supplie, Majesté, nous n'avons pas beaucoup de temps, dit l'homme en s'approchant encore.

Leo constata qu'il était assez petit. S'il ne s'était pas tenu aussi près, il l'aurait pris pour un jeune garçon. Leo se sentit vaguement offensé. Il allait donc être tué, ou enlevé, par un homme deux fois plus petit que lui.

— Nous avons un message de Lysander.

Plusieurs secondes s'écoulèrent avant que Leo comprenne ce que l'homme lui disait. *Lysander.* Il cligna les yeux et s'efforça de mettre de l'ordre dans ses idées. Lysander passait sa vie à réparer les torts dont ses semblables étaient victimes. C'était un bon Samaritain. Leo avait entendu parler de lui quand celui-ci avait soutenu les habitants de Helenamar qui voulaient faire fermer les hospices. À l'époque Leo était à l'étranger, mais l'intervention de Lysander avait provoqué pas mal d'agitation.

— Quel message ? demanda-t-il, le regard trouble.

— Il a besoin de votre aide.

— Mon aide ? Pourquoi moi ? Et pour quoi faire ?

— Il voudrait vous l'expliquer en personne. Aussi vous demande-t-il, avec tout le respect qui vous est dû, si vous accepteriez de le rencontrer demain après-midi.

Le petit homme à la silhouette de lutin sourit.

Pourquoi ? C'était agaçant, compte tenu des circonstances. Leo avait du mal à réfléchir, mais il ne voyait vraiment pas pour quelle raison le célèbre Lysander aurait voulu le rencontrer.

— S'il a besoin de mon aide, pourquoi n'est-il pas venu lui-même ? Pourquoi ne se trouve-t-il pas dans cette ruelle, avec nous et… ce chat ?

— C'est impossible, Majesté. Votre famille et vous étiez entourés par une armée pendant les célébrations. Lysander est un homme recherché.

— Recherché ?

Leo tenta de se rappeler ce qu'il avait entendu au sujet des émeutes. L'affaire n'avait-elle pas été réglée ? Il lui semblait que Lysander avait été traité en héros, et remercié d'avoir attiré l'attention du roi et du Parlement sur le problème des hospices.

— Il vous demande, respectueusement, si vous accepteriez de le rencontrer demain après-midi à 3 heures, dans les jardins du palais.

— Il refuse de venir ici et préfère me rencontrer au palais ? s'exclama Leo en ricanant.

— Les murs des pubs ont des oreilles.

— Et les jardins du palais n'en ont pas ? S'il ne peut s'aventurer dans la rue, comment fera-t-il pour pénétrer dans le palais royal ? Comment puis-je être sûr que ce n'est pas un piège ?

— Je vous demande pardon, Majesté, mais je ne puis répondre à ces questions. Lysander a une façon d'agir qui lui est propre, et je n'ai pas la prétention de comprendre pourquoi il fait ce qu'il fait. Il a décidé que les jardins du palais étaient l'endroit le plus sûr pour lui. Personne n'aurait l'idée de l'y chercher, n'est-ce pas ? Il vous prie de le recevoir là, sans témoin ni conseiller.

Les soupçons de Leo s'aggravèrent. Que lui voulait cet homme ?

— Je ne sais rien sur les hospices. Je ne sais rien sur rien. J'ai passé les six dernières années en Angleterre. Pourquoi ne m'a-t-il pas envoyé un message à la fin ? Pourquoi profiter du mariage de mon frère pour me faire enlever ?

— Je regrette profondément que vous ayez cru que nous voulions vous enlever, ou…

— Ou me tuer.

L'homme grimaça.

— Vous savez bien que certaines personnes dans votre entourage feront tout pour l'empêcher de vous parler.

Leo observa l'inconnu. Que sous-entendait-il ? Qu'il était entouré d'espions ?

— Qui ?

L'homme qui se trouvait derrière lui siffla et son interlocuteur tressaillit.

— Demain dans les jardins du palais, à 3 heures. Je vous en prie. C'est très important, lança-t-il en courant vers le bout de la ruelle.

— Attendez ! cria Leo. *Attendez !*

Les deux hommes s'enfuirent. Leo se lança à leur poursuite, mais il était trop tard. À peine eurent-ils atteint l'extrémité de la rue qu'ils disparurent. Leo jeta un coup d'œil à la ronde et vit Kadro, qui venait dans sa direction.

— Où étiez-vous passé ?

Kadro eut l'air surpris.

— Nous avons la voiture, Votre Altesse, répondit-il en faisant un signe de tête.

Leo pivota sur lui-même. Arthur se tenait à côté du

carrosse. Un petit groupe de curieux s'était formé face à lui, pour voir qui allait monter dans le véhicule. En proie à une totale confusion, Leo reporta son regard sur Kadro. Ses gardes du corps savaient-ils qu'il avait été accosté par des inconnus ? Avaient-ils pris part à cette rencontre inattendue ? Étaient-ils eux aussi des espions ? À Londres, après le meurtre de Mathus, Sebastian lui avait dit qu'il ne pouvait accorder sa confiance à personne. Pourtant, Leo n'aurait jamais cru que sa méfiance devait s'étendre à ces deux hommes, qui étaient à son service depuis des années et ne le quittaient jamais.

Il ne dit rien et se dirigea vers la voiture d'un pas vif. Sa démarche était plus assurée, l'incident ayant contribué à le dessoûler.

Une fois seul dans le carrosse, Leo s'adossa aux coussins et ferma les yeux. Une douleur sourde lui martelait le crâne. C'était absurde. Il n'était pas question de rencontrer cet individu dans les jardins demain après-midi ! Il était furieux d'avoir été assailli de cette manière, et encore plus furieux d'avoir été aussi imprudent.

Sa colère était telle qu'il ne savait si c'était la bière ingurgitée ou son humeur qui lui laissait une amertume en bouche.

# *Chapitre 4*

*Le roi et la reine d'Alucie ont eu la joie de donner un bal pour célébrer le mariage du prince Sebastian avec lady Eliza Tricklebank, au palais Constantin. Parmi les invités figuraient de hautes personnalités et des chefs d'État de différents pays européens et asiatiques, ainsi qu'un nombre important d'aristocrates anglais.*

*La pièce montée comprenant cinq étages était décorée de colombes de pâte d'amandes dorée, qui semblaient voleter autour du gâteau. On servit aux convives du bœuf d'Alucie accompagné de Krantanhange, un délicat mets traditionnel composé de pommes de terre, de poireaux et d'asperges. Pour le bal, un orchestre de dix musiciens accompagna les danseurs, avec un mélange de danses aluciennes, de valses anglaises et de menuets.*

*Un nouveau prince à marier a été remarqué au cours de la soirée. À en juger par les œillades enflammées que les héritières aluciennes lançaient dans sa direction, il nous est permis d'affirmer, sans risque de nous tromper, que de nouvelles noces auront lieu bientôt à Helenamar.*

*Il est à noter que les dames d'Alucie n'hésitent pas à faire usage de cosmétiques pour rehausser leur beauté. Le résultat est tel que nous ne pouvons que recommander à nos lectrices de les imiter, en appliquant une crème aux amandes sur le visage chaque soir, avant d'aller dormir.*

*Honeycutt's,*
*gazette mode et maison pour ladies*

Caroline n'avait jamais vu de robe aussi belle que celle qu'elle allait porter pour le bal. Le fourreau de soie bleu et or était si ajusté qu'elle pouvait à peine respirer. Mais cela lui était égal. Tant de gens allaient la voir qu'elle pouvait bien supporter ce petit inconvénient.

Cette robe lui avait coûté si cher qu'elle avait dû convaincre la couturière d'envoyer à son frère deux factures de la moitié de la somme, afin qu'il ne soupçonne pas le prix réel de sa toilette. Beck avait tendance à se fâcher quand elle achetait des vêtements et des fanfreluches. Comme la traîne ne lui plaisait pas, Caroline l'avait refaite elle-même. C'était, selon elle, une véritable œuvre d'art.

Alors qu'elle se préparait pour le bal, elle voulut faire admirer sa robe à Hollis. Mais, comme d'habitude, la sœur d'Eliza était penchée sur ses papiers et écrivait avec acharnement, s'efforçant de capturer chaque moment de la cérémonie pour ses lecteurs.

Le périodique avait été créé par son défunt mari, Sir Percival. À l'origine, c'était une gazette mensuelle classique, qui commentait les nouvelles politiques et économiques de la vie londonienne. Après la mort tragique de son époux dans un accident de voiture,

Hollis n'avait pas voulu laisser le journal disparaître. Elle souhaitait absolument qu'il honore la mémoire du disparu. Cependant, elle ne connaissait rien à la politique ni aux finances, aussi avait-elle complètement transformé cette gazette en la consacrant à des sujets qui intéressaient uniquement les femmes. À présent, l'illustré Honeycutt paraissait deux fois par mois, avait deux fois plus de lecteurs que du temps de Percival, et ses ventes ne cessaient de s'accroître.

Caroline décida de faire ce qu'il fallait pour que Hollis remarque sa robe.

— Regarde comme je suis belle ! déclara-t-elle en écartant les bras. Je trouve que ma robe est au moins aussi belle que celle d'Eliza. N'es-tu pas de cet avis ?

Hollis leva à peine les yeux.

— En fait, je suis si aveuglée par ta modestie que je ne vois pas la robe.

Caroline ricana doucement.

— Il faut que les gens remarquent cette tenue, et s'ils ne le font pas d'eux-mêmes je les y obligerai.

— La robe est splendide. Mais Beck a raison, Caro. Tu es terriblement prétentieuse.

— Eh bien, ce n'est pas ma faute, n'est-ce pas ? J'ai toujours été tellement admirée que je suis obligée de croire à mon charme.

Hollis leva enfin la tête, surprise par le manque d'humilité de son amie. Caroline éclata de rire.

— Je te taquine, Hollis. Mais avoue que je n'ai pas entièrement tort. Maintenant, veux-tu bien regarder ma robe ? Très franchement, elle est encore plus belle que la tienne. Pourtant, je pensais n'avoir jamais rien vu d'aussi beau que ta toilette de bal.

— Ta robe est toujours plus belle que la mienne, reconnut Hollis en se calant dans son fauteuil pour observer Caroline. Tu as raison. Elle est magnifique. Et tu es superbe.

— Merci, répondit Caroline en esquissant une courte révérence.

Elle pivota vers le miroir. Dans le mouvement, une partie de sa traîne se détacha et tomba sur le sol.

— Oh ! zut !

Hollis lui fit signe d'approcher, comme elle l'aurait fait avec un enfant. Elle reboutonna la traîne, qui était très longue.

— Rappelle-toi, pas de mouvements brusques. Ces boutons se détachent quand tu gigotes trop.

— Je ne gigote jamais, et j'espère que tu vas enfin te décider à poser ton stylo. Nous allons au bal ce soir, Hollis.

— Étant donné que la mariée est ma sœur, je ne risque pas de l'oublier, ma chère. Comme tu peux le voir, je suis déjà prête. Mais je ne veux pas prendre le risque d'oublier un seul détail ! Le seul moyen de ne rien laisser passer est de noter les choses au fur et à mesure que je les observe.

Une lueur de détermination passa dans les yeux bleu foncé de Hollis. Caroline savait qu'elle voulait absolument que sa gazette soit prise au sérieux par les lecteurs londoniens.

Hollis ressemblait terriblement à Eliza, en dépit de sa chevelure presque noire. Les boucles d'Eliza étaient blondes comme les blés mûrs. Les deux sœurs étaient aussi avenantes l'une que l'autre. Si Caroline ne les avait pas autant aimées, elle les aurait enviées.

— Tu sais, ma chérie, reprit Caroline d'un ton malicieux, si tu levais les yeux de tes papiers de temps en temps, il se pourrait que tu rencontres l'homme de ta vie, dans ce genre de réceptions.

Hollis eut le souffle coupé, comme si elle venait de recevoir une gifle.

— Comment oses-tu suggérer une chose pareille, Caro ! Percival était le seul homme de ma vie, il n'y en aura pas d'autre ! Il me serait impossible de retrouver un amour aussi fort que celui qui nous unissait.

Caroline se tourna légèrement de côté afin que Hollis ne la voie pas lever les yeux au ciel. La façon dont elle parlait de son mari était propre à décourager n'importe quelle femme de trouver l'amour. Car Hollis et Percy avaient découvert l'amour parfait et l'avaient capturé, afin que nul en ce monde ne puisse expérimenter un sentiment similaire au leur.

Et pourtant certains croyaient, et Caroline était de ce nombre, que la belle veuve Honeycutt avait trouvé son prochain amour en la personne de Donovan, son intendant. Quiconque était un jour allé chez elle avait remarqué les traits virils et harmonieux de son majordome. Ou son régisseur. Ou son cuisinier. Quel que soit le rôle que Donovan remplissait vraiment dans la maison. Hollis demeurait assez vague à ce sujet, et Donovan lui était entièrement dévoué. Caroline était certaine qu'ils avaient une liaison secrète. Du moins, si elle avait été à la place de Hollis, c'est ce qui se serait passé. Une femme de son rang ne pouvait se lier officiellement avec un domestique, mais une fois la porte fermée…

— Occupe-toi donc de trouver l'homme de ta vie, marmonna Hollis.

Caroline ne dit rien. Ce devait être possible. Toutes sortes de gentlemen importants allaient assister à ce bal. Ce satané prince Leopold, par exemple, qui prenait toujours un air distant comme s'il se croyait supérieur à tous ceux qui l'entouraient. Certes, elle voulait bien reconnaître qu'avec sa beauté et son titre de prince il surpassait presque tout le monde. Mais, pour l'amour du ciel, il n'était tout de même pas roi.

À quoi bon parler de lui ? Elle refusait de lui accorder ne serait-ce qu'une pensée. D'ailleurs, elle avait songé à lui beaucoup trop souvent ces dernières semaines, alors qu'elle aurait dû avoir des choses plus importantes en tête.

Caroline examina son reflet dans le miroir. Elle s'exerça à bouger, se penchant d'un côté et de l'autre, non seulement à cause de sa traîne encombrante, mais aussi parce que son décolleté était si profond qu'il était tout à fait possible que certains voient son nombril pendant la soirée.

Beck allait être très mécontent. Elle sourit.

Si le prince Leopold la voyait, elle était certaine que sa silhouette lui plairait... À condition qu'il ne soit pas ivre. Il semblait être souvent dans les vignes du Seigneur.

Le problème était de faire en sorte que le prince la voie. Ils étaient presque parents désormais, et pourtant elle avait la nette impression qu'il ne l'appréciait pas. Pourquoi ? Elle n'avait rien fait d'inconvenant. Elle n'avait pas répandu d'affreuses rumeurs sur lui. Elle n'avait commis aucun faux pas en sa présence.

Elle ne parvenait jamais à se retrouver en tête à tête avec lui. Il était constamment entouré par des valets, des gentlemen d'Alucie, et des femmes. Beaucoup de femmes. Pourquoi y avait-il autant de femmes dans le monde ?

Caroline sentait l'impatience la gagner. Hollis refusait de lui accorder un peu d'attention et elle n'allait pas attendre poliment l'arrivée de Beck. Elle sortit donc de la suite sans que Hollis s'en aperçoive.

Caroline avait découvert le mois dernier une galerie dans le hall du deuxième étage, galerie qui se trouvait sous une coupole en verre qui permettait à la lumière de pénétrer dans les étages inférieurs. En se penchant par-dessus la balustrade, il était possible de voir l'entrée de cette partie du palais.

Hollis, Beck et elle étaient logés dans une aile privée du palais, où résidaient aussi quelques membres de la famille royale. Caroline aimait regarder les gens aller et venir sans être vue, car la lumière éblouissante de la verrière empêchait les gens qui entraient de distinguer les étages. C'était ainsi qu'elle avait vu lady Senria Ferrassen arriver un soir en compagnie de l'écuyer du roi. Ils s'étaient séparés après avoir furtivement échangé un baiser. Une autre fois, par un jour de grand vent, elle avait vu trois femmes de chambre se retrouver dans le hall et chuchoter d'un air surexcité, avant de s'éparpiller vivement dans le couloir lorsque lady Senria était entrée, les cheveux ébouriffés et les joues enflammées.

Caroline était déjà apprêtée pour le bal et elle ne s'aventura pas plus loin. Sa robe ne devait être vue que lorsqu'elle ferait son entrée dans la salle de bal, afin de faire sensation. À cette heure, la plupart des gens se préparaient pour la soirée, ou bien s'étaient déjà dirigés vers la salle principale où aurait lieu la réception. Il n'y avait personne à part des valets et des femmes de chambre, traversant d'un pas rapide la pièce dallée de marbre noir et blanc.

Lassée, Caroline allait revenir sur ses pas, quand la porte d'entrée s'ouvrit. Un homme entra. Il s'immobilisa au beau milieu du hall, rejeta ses cheveux noirs en arrière et posa les poings sur ses hanches. Stupéfaite, elle reconnut le prince Leopold. Que faisait-il ici à cette heure, et dans cette tenue ? Il portait des vêtements quelconques, ses cheveux étaient en désordre, et il paraissait perplexe. Un peu comme s'il venait d'apprendre une mauvaise nouvelle. Tout à coup, il leva les yeux.

Ses prunelles d'un bleu d'azur se posèrent immédiatement sur elle, et Caroline eut l'impression qu'il la transperçait du regard. Poussant un petit cri étranglé, elle se rejeta en arrière, pressant une main contre son cœur. Puis, presque aussitôt, elle retourna se pencher au-dessus de la balustrade. Il était toujours là. Soudain, il eut un sourire si charmant et si chaleureux qu'elle en eut le souffle coupé. C'était bien à elle qu'il souriait ! Elle sentit un sourire se former sur ses propres lèvres, et éprouva toutes sortes de réactions contradictoires en elle. Rire de bonheur. Picotements sur la nuque.

— Je suis pris sur le fait, lança-t-il.

Caroline ne sut pas quoi dire pour une fois. En acquiesçant, elle aurait eu l'air d'avouer qu'elle l'espionnait. Elle pouvait dire qu'elle passait par là par hasard, ou…

— J'espère que cela vous fait plaisir, répondit une voix familière.

Caroline étouffa une exclamation et se rejeta en arrière. Cette voix était celle de son frère, et elle provenait du rez-de-chaussée. Il venait probablement la chercher, pour l'accompagner au bal. Elle comprit subitement que ce n'était pas à elle que le prince avait souri, mais à son frère. À Beck ! Ce maudit Beck ! Toujours sur son chemin !

— En effet, dit le prince.

— Vous vous rendez au bal, n'est-ce pas ? J'ai entendu dire qu'on allait miser gros ce soir, à la table de jeu.

Caroline s'écarta de la rambarde et repartit aussi silencieusement que possible dans le couloir, maudissant le bruissement de soie de sa robe. Le sang battait si fort dans ses tempes qu'elle n'entendit pas la réponse du prince.

Elle fit irruption si brusquement dans la suite qu'elle partageait avec Hollis que celle-ci tressaillit.

— Mon Dieu, Caro, regarde ce que tu me fais faire ! s'exclama-t-elle d'un ton fâché.

Hollis se leva vivement, en montrant l'encre renversée sur son papier.

— Je suis vraiment désolée.

Caroline pressa les mains contre sa poitrine, dans le vain espoir de calmer les battements de son cœur. Elle était haletante. D'où venait le prince vêtu de la sorte ? Elle s'était demandé où il était passé, pendant la réception. Alors qu'elle discutait avec l'ambassadeur de Wesloria en Angleterre, et lui racontait un accident de cheval qui avait eu lieu lors d'une partie de campagne, elle avait constaté du coin de l'œil que le prince Leopold avait disparu. Quand elle avait pu scruter la salle plus à son aise, elle ne l'avait vu nulle part. Disparu ! Non qu'elle eût guetté tous ses faits et gestes. Pas du tout. Elle avait simplement tendance à remarquer certaines choses.

Il s'était absenté pour se rendre à un rendez-vous galant. Bien sûr ! Pour quelle autre raison se serait-il éloigné du palais à cette heure de la journée ? Pourquoi reviendrait-il tout déguenillé, comme s'il était tombé du lit ? Les hommes étaient-ils donc tous obsédés par le sexe ?

Un coup sec fut frappé à la porte. Celle-ci s'ouvrit et Beck entra. Il marqua une pause sur le seuil et dévisagea les deux jeunes femmes.

— J'espérais que quelqu'un était déjà venu pour vous escorter jusqu'à la salle de bal et m'épargner cette corvée. Je constate hélas que mes rêves sont anéantis.

— Je vous souhaite une excellente soirée également, Beck ! répliqua Hollis d'un ton guilleret.

— L'usage voudrait que vous m'appeliez milord, Hollis. Mais, en raison du bonheur fou causé par le mariage de votre sœur, je vous autorise à m'appeler par mon prénom.

— Où étais-tu ? interrogea Caroline. Je t'ai attendu pendant des heures.

— Que racontes-tu ? J'ai juste un peu flâné, pour te laisser le temps d'admirer ton reflet dans le miroir. Tu es prête ?

— N'est-ce pas évident ? Nous sommes prêtes toutes les deux depuis fort longtemps. Tu étais censé passer nous chercher il y a une demi-heure.

Elle vérifia sa coiffure une dernière fois dans le miroir.

— Je te demande pardon. J'étais sorti avec mes amis aluciens. De joyeux lurons, je dois l'avouer. Où est passé ton corset, Caroline ? On dirait que tu n'en portes pas.

— Tu étais avec des amis ?

Caroline arqua les sourcils, espérant lui faire oublier le corset qui avait effectivement disparu, puisqu'elle avait décidé de ne pas en porter.

— Quels amis ? De quel sexe ?

— Un des deux qui existent. C'est encore une nouvelle robe ?

La jeune femme leva les yeux au ciel.

— Comment oses-tu poser cette question ? Bien sûr qu'elle est nouvelle. Je ne pourrais pas remettre une robe que j'ai déjà portée pour un bal de cette importance. Même toi, tu devrais le savoir.

— Crois-tu pouvoir puiser dans nos finances comme dans un puits sans fond ? demanda-t-il d'un ton sévère, en prenant place dans un fauteuil. Tu achètes des robes comme si cela ne coûtait rien.

— Je vous demande pardon, Beck, mais n'est-ce pas vous qui avez acheté un cheval de course la semaine dernière ? demanda Hollis en refermant son cahier. Vous achetez des chevaux comme s'ils ne coûtaient rien.

Beck agita un doigt.

— Vous n'êtes pas censée donner votre opinion pour le moment. On ne vous a jamais dit de vous mêler de vos affaires ?

— Souvent ! reconnut Hollis en riant. Mais je vous préviens, si je ne peux pas m'exprimer de vive voix, je donnerai mon avis par écrit.

Pour un observateur extérieur, cet échange aurait pu paraître terriblement inconvenant. Mais Beck connaissait Hollis et Eliza depuis toujours. Elles faisaient partie de la famille, en réalité. Pendant des années, Eliza et Hollis avaient passé l'été avec eux dans le domaine de Hawke. Caroline leur rendait fréquemment visite dans la maison de leur père, le juge Tricklebank, qui était veuf et la traitait comme sa propre fille. Leurs mères respectives, des amies proches, étaient mortes du choléra. La mère de Caroline avait succombé à la maladie après avoir soigné avec dévouement la mère de Hollis et Eliza. Par la suite, Beck avait toujours eu envers elles la même attitude qu'envers sa propre sœur, dont il était le tuteur.

C'est-à-dire que la plupart du temps il ne faisait pas attention à elles, et qu'elles le lui rendaient bien.

Beck posa les pieds sur un pouf.

— Je suis épuisé. Toutes ces célébrations ont eu raison de ma résistance. Je pourrais dormir pendant des jours…

— Non, non, non ! protesta vivement Caroline. Tu ne dois pas te mettre à ton aise, Beck. Nous sommes déjà en retard ! Il faut partir au bal tout de suite. Il serait très impoli d'arriver après les jeunes mariés. N'est-ce pas, Hollis ? Partons sur-le-champ.

— Un instant, dit Hollis. Je note l'achat du cheval de course, précisa-t-elle en jetant à Beck un regard en coin.

— Je n'aurai donc jamais la paix ? grommela Beck. Pour l'amour du ciel ! Allons-y, puisqu'il le faut. J'éprouverai un immense soulagement quand vous serez mariées toutes les deux et que je ne serai plus obligé de vous escorter dans toutes les réceptions.

— Ce que tu dis est absurde, rétorqua Caroline en se contemplant encore une fois dans le miroir. Grâce à nous tu peux assister à toutes ces réceptions, et personne ne sait que tu n'as pas un seul ami en ce monde. Tu as besoin de nous, Beck.

— J'ai surtout besoin de silence et d'un bon lit,

dit-il en offrant un bras à chacune des jeunes femmes. Finissons-en, mesdames.

— Oh ! Beck, vous êtes si charmant, dit Hollis, pensive. Au moment où je m'apprêtais à vous détester, je m'aperçois que je vous aime de nouveau.

Quand lord Hawke fut annoncé et entra avec ses protégées dans la salle bondée, Caroline chercha des yeux le prince Leopold. Naturellement, après cette journée de débauche, il ne fallait pas s'attendre à le voir.

Caroline fut inexplicablement exaspérée. N'aurait-il pas dû être là, au centre de toutes les attentions ? N'était-ce pas son devoir, en tant que frère du marié ? Le prince Sebastian et Eliza allaient arriver d'un instant à l'autre. Et le frère du prince ne se donnait même pas la peine d'être à l'heure ? Le roi et la reine étaient déjà là, ainsi qu'une partie de la noblesse d'Alucie.

Et pourquoi était-il entré un peu plus tôt dans cette partie du palais, aussi dépenaillé que s'il s'était battu ?

Elle s'en moquait. Quand il daignerait faire une apparition, elle était certaine que sa robe éblouissante et sa beauté attireraient son regard. Mais ce serait trop tard pour lui ! Car elle serait entourée par une foule d'admirateurs et il n'y aurait plus de place dans son carnet de bal. Après tout, être sans cesse admirée était son principal atout.

Elle vérifia que sa traîne était convenablement fixée et avança dans la foule, allant à la rencontre des gentlemen émerveillés.

# *Chapitre* 5

*Pour la plupart des gens, avoir l'opportunité d'assister à un somptueux mariage royal serait extraordinaire et amplement satisfaisant. Mais, pour les familles de plusieurs jeunes femmes de la noblesse, le bal qui se tint en cette occasion offrit en sus une excellente opportunité de parler d'un nouveau mariage qui pourrait bien avoir lieu sous peu. Malheureusement, bien que le prince Leopold ait été vu dansant avec au moins une douzaine de ces jeunes filles nobles, chacun sait désormais que des fiançailles avec une héritière weslorienne ont été arrangées, et que l'annonce officielle aura bientôt lieu.*

*Cette nouvelle n'empêcha pas celui qui est donc maintenant le seul prince libre d'Alucie de quitter le bal avant tout le monde.*

*Honeycutt's,*
*gazette mode et maison pour ladies*

Après avoir ingurgité deux tasses d'une infusion de plantes médicinales et avoir pris un bain froid, Leo commença enfin à se sentir de nouveau en pleine possession de ses facultés mentales. Il s'était senti vraiment mal en point, cette rencontre dans la ruelle l'avait ébranlé. Tout d'abord assailli par la peur d'une mort brutale, il avait ensuite été gagné par la crainte d'un complot contre lui. À présent, il redoutait d'entendre ce que Lysander avait à lui dire. Tout cela lui donnait l'impression de perdre pied.

Des espions rôdaient-ils vraiment parmi eux ? Après le meurtre de Mathus à Londres, il avait espéré que le mal avait été tué à la racine, et que le palais était définitivement débarrassé de ceux qui complotaient pour renverser le roi. Tout à coup, l'idée que les conspirateurs et les intrigues avaient disparu lui parut terriblement naïve. Néanmoins, ces complots ne l'avaient jamais visé.

Que lui voulait donc Lysander ?

Plongé dans son bain, Leo essaya de se rappeler les détails concernant les émeutes qui avaient eu lieu quelques années plus tôt. Lysander était un prêtre des montagnes du nord de l'Alucie, qui formaient une frontière naturelle avec la Wesloria. Il était venu dans la capitale, comme tant d'autres, dans l'espoir d'y trouver du travail. D'après les rapports établis sur lui à l'époque des émeutes, il avait été révulsé par les conditions de vie déplorables dans les hospices où logeaient les ouvriers.

Un jour, alors que Leo passait à cheval avec des amis dans les rues de Helenamar, il avait vu cet homme, juché sur une caisse, haranguant une foule captivée par ses paroles.

« Ces gens meurent dans des maisons de travail ! hurlait-il. Ils n'ont pas d'eau potable, ni de nourriture suffisante !

— Parlait-il des maisons de travail ou des maisons

closes ? » avait malicieusement remarqué Edward, un des compagnons de Leo.

Sa blague avait fait rire tout le monde, sauf Leo. Il s'était demandé si cet homme disait la vérité.

Ce géant blond et échevelé, qui avait le courage de se rebeller contre les conditions de vie de ces malheureux et ne craignait pas d'être arrêté et jeté en prison, avait de quoi l'intriguer.

« Vous croyez que c'est vrai ? avait-il demandé à ses amis.

— Non, avait aussitôt répliqué Edward. Il veut faire l'intéressant, c'est tout.

— Il a de la chance que la police ne s'intéresse pas à lui, avait ajouté Jacques.

— Si Helenamar a la prétention de devenir le joyau de l'Europe, croyez-vous qu'il soit normal qu'une partie de ses habitants vivent dans de telles conditions ? avait lancé le géant à la foule. Si l'Alucie veut montrer le chemin du développement économique, peut-elle traiter ses ouvriers comme des rebuts ? »

La foule s'était mise à scander des slogans. *Du pain et de l'eau ! Du pain et de l'eau.*

« Les hommes qui occupent les plus hauts postes du gouvernement vont-ils écouter un homme comme moi ?

— *Nooon !* » avait rugi la foule.

Lysander avait secoué la tête.

« Non, vous avez raison. Mais ils nous écouteront si nous sommes tous ensemble. »

La foule avait hurlé de plus belle, avec enthousiasme.

« Viens, avait dit Edward. Éloignons-nous, avant que cela ne dégénère en émeute. »

Quinze jours s'écoulèrent avant que Leo, poussé par

la curiosité, ne trouve un moyen d'aller lui-même jeter un coup d'œil discret dans les hospices où logeaient les travailleurs. Ignorant tout des conditions de vie de ces gens ce fut un choc. Les leçons qu'on lui avait dispensées au cours de son éducation ne parlaient pas de ces maisons de travail sales, sombres, humides et surpeuplées. Ici les gens souffraient, manquaient de nourriture, de vêtements, de chaleur. De tout. Ils travaillaient pendant de longues heures pour un maigre salaire. En proie à une sourde fureur, Leo avait pris conscience des privilèges dont il bénéficiait.

Un soir, au cours d'un repas en tête à tête avec son père, il avait fait allusion aux conditions de vie de ces gens.

« N'écoute pas les faux prophètes, Leopold, avait répondu le roi. Cet homme recherche la popularité, c'est tout. »

Leo avait essayé d'amorcer une conversation à ce sujet, mais comme d'habitude son père ne s'intéressait pas à ce qu'il avait à dire.

« Ne pense qu'à tes études, mon garçon », lui avait-il conseillé en souriant.

Finalement, c'était la mère de Leo qui avait inversé le sens du courant.

« Vous ne devriez pas ignorer cet homme, avait-elle dit à son époux. Je pense qu'il peut se montrer dangereux. »

Leo n'avait jamais vraiment su ce qui s'était passé par la suite. Il était reparti en Angleterre, où il avait retrouvé une vie sociale trépidante. Mais le Parlement d'Alucie avait défendu la cause des ouvriers et les maisons de travail avaient été fermées. À présent, les usines procuraient aux travailleurs des logements modestes.

Quand il sortit de son bain, Leo avait pris une décision. Peu importe ce que voulait Lysander, il ne s'impliquerait pas dans une cause avec lui. Il ne se rendrait pas dans le jardin demain, car il devait quitter l'Alucie dans deux jours, quoi qu'il arrive.

Un coup discret fut frappé à la porte et Freddar, le valet de Leo, apparut avec une grande serviette de bain.

— Voulez-vous vous habiller, Majesté ?

— Oui, répondit-il en soupirant.

Impossible d'éviter le bal. Tous les yeux seraient braqués sur lui ce soir, encore plus qu'auparavant. Il était le nouveau taureau primé, l'homme que toutes les femmes voulaient prendre dans leurs filets. Pendant des années, il avait vu Sebastian endurer ces soirées interminables, au cours desquelles il était présenté à toutes sortes de jeunes femmes. Des petites bien en chair, de grandes maigres, certaines belles, d'autres sans grâce. Des femmes charmantes, et d'autres froides comme la glace. Toutes cherchaient une occasion de séduire un prince de sang royal. Leo n'était pas un futur roi, mais pour le moment il était ce qu'il y avait de mieux, juste après le roi. Il importait peu que son père ait déjà arrangé un mariage. Les riches et les nobles du royaume viendraient tout de même lui présenter leur fille, ou leur sœur, comme s'ils lui apportaient un présent des Rois mages.

Son costume noir était orné des épaulettes militaires indiquant son grade dans l'armée. Un grade qu'il ne devait qu'à sa naissance et non à de quelconques mérites. Il porterait également l'écharpe royale bleue sur laquelle seraient fixées les médailles portant le nom de sa famille. Aucune de ces décorations ne lui appartenait personnellement.

D'autres médailles accrochées à un ruban seraient épinglées sur sa poitrine. Toutes lui avaient été accordées pour ses titres et privilèges, et non pour ce qu'il avait accompli. Il en allait de même pour le large ruban blanc qui entourait un cercle d'or et de perles, l'ordre de la Jarretière royale. D'autres décorations indiquaient son rang dans la marine et dans l'armée. Elles lui avaient été accordées car il était prince, ainsi que l'ordre national du Mérite et l'ordre de Reeve, que son père lui avait remis. Et enfin, naturellement, la médaille du couronnement de son père, une large pièce d'or ornée de rubans bleu et or, gravée en l'honneur de la naissance de Leo.

Il était inondé de symboles de richesse et de privilèges qu'il n'avait rien fait pour mériter. Était-il juste qu'il jouisse d'une telle fortune en raison de sa simple naissance ? Était-il juste qu'un autre garçon, né dans des conditions différentes, doive lutter toute sa vie pour accomplir bien plus de choses que Leo, mais n'en soit jamais récompensé par une seule distinction ? Une seule des médailles épinglées sur sa poitrine aurait pu faire vivre une famille dans la prospérité, pendant des années.

*Pourquoi moi ?*

Cette question l'avait hanté toute sa vie. Il avait huit ans la première fois qu'il se l'était posée. Il s'était lié d'amitié avec un jeune garçon, dans les écuries. Son nom était Tadd, ou quelque chose d'approchant. Il ne se rappelait pas très bien son nom, mais il revoyait son visage aussi clairement que s'il lui avait parlé la veille. Tadd lui en avait beaucoup appris sur les chevaux.

Il savait comment brosser leur crinière, ou nettoyer leurs sabots.

Leo avait eu l'idée de faire sortir un cheval de l'écurie pour le monter. Le garçon au visage criblé de taches de rousseur avait été réticent. Mais Leo avait tellement insisté qu'il avait fini par céder.

Quand ils furent découverts, le maître d'écurie fit descendre Tadd du cheval et le battit violemment, malgré les cris de Leo. Puis Tadd disparut purement et simplement. Leo resta seul, rongé par un sentiment d'injustice et accablé par la culpabilité.

Pour la première fois de sa vie, il prit conscience de l'immense privilège dont il jouissait, et du peu qu'il avait fait pour le mériter.

Au cours des années suivantes, il avait appris à ignorer ces sentiments et à accepter son destin tel qu'il était, avec reconnaissance. Ce n'était pas très difficile, quand vous étiez entouré par des enfants d'aristocrates qui pouvaient aussi mener la grande vie. Il n'avait aucun mal à se couler dans ce style d'existence quand il pouvait s'offrir le luxe de passer son temps à l'étranger, ou entouré d'amis. La richesse poussant un homme à l'indolence, il était devenu paresseux. Tout ce qu'on lui demandait, c'était de finir ses études et de ne pas engrosser une femme de chambre. Cela, c'était encore dans ses possibilités.

Il avait appris à atténuer les sentiments d'ennui et d'injustice avec l'alcool. Ce qu'il voulait, c'était retourner en Angleterre et retrouver la vie dissolue mais heureuse qu'il menait dans ce pays.

L'entrée de Leo dans la salle de bal fut accompagnée par le son retentissant des trompettes. Deux valets l'escortèrent en grande pompe jusqu'aux trônes occupés par ses parents. Les hommes s'inclinèrent sur son passage, les femmes firent la révérence. Tout ce rituel était-il vraiment nécessaire ?

Deux fauteuils avaient été ajoutés sur la tribune, à côté du roi, pour Sebastian et Eliza.

Leo salua son père avec raideur.

— Vous paraissez en bonne forme, dit le roi avec un regard approbateur.

— Où étiez-vous, mon chéri ? s'enquit sa mère. Vous êtes en retard.

— J'étais sorti, répondit-il en l'embrassant sur la joue.

La reine Daria était majestueuse, avec son diadème de saphirs et de diamants et sa robe dorée, sur laquelle elle arborait presque autant de médailles que lui. C'était une femme ravissante. Enfant, Leo était fasciné par sa beauté et il l'avait adorée. Il recherchait sans cesse les attentions et les sourires qu'elle ne lui dispensait qu'avec une grande réserve.

Elle lui sourit et lui posa une main sur la joue quand il se pencha pour l'embrasser.

— Ce fut un immense bonheur d'avoir mes enfants près de moi. J'attends avec impatience que vous me rendiez aussi heureuse que Sebastian aujourd'hui.

Leo réprima un grognement.

— Vous n'aurez plus à attendre très longtemps, ma chère, déclara le père de Leo.

La reine se pencha vers son fils et chuchota :

— Avez-vous vu lady Eulalie ? Elle est très séduisante.

Leo secoua la tête en silence. S'il prononçait le moindre mot, il craignait de ne pouvoir cacher sa colère.

— Elle est lumineuse, *illunis,* reprit sa mère en utilisant un mot alucien. Je suis sûre qu'elle vous plaira.

— Je l'espère, répondit-il en haussant les épaules.

— C'est certain ! Nous avons tenu compte de vos goûts, mon chéri.

C'était absurde. Il n'avait jamais dit à son père ni à sa mère ce qui lui plaisait chez une femme. Et, s'ils avaient tenu compte de son opinion, ils auraient su que cette affaire lui déplaisait souverainement.

— Ah, voici Sir Ravaneaux, dit sa mère.

Leo se tourna et vit le secrétaire personnel de la reine approcher du trône.

— Sir Ravaneaux va se charger de te présenter à lady Eulalie.

Ne serait-il donc pas même autorisé à boire un verre de vin, avant d'aller resserrer les liens entre l'Alucie et la Wesloria ?

— Ne faut-il pas avant tout que je félicite les jeunes mariés ?

Sa mère se rembrunit un peu.

— Vous les avez déjà félicités, mon cher ! Nous les avons tous félicités. Sir Ravaneaux, je vous en prie.

Et, sur ces mots, elle congédia Leo comme s'il n'était qu'un petit garçon encombrant. Un simple geste du poignet et quelques mots assénés avec fermeté. *Laissez-moi tranquille à présent, Leo. Obéissez.*

Leo et Ravaneaux traversèrent la salle, avec deux valets dans leur sillage. Les invités s'écartaient pour les laisser passer. Leo était conscient des regards braqués sur lui, des chuchotements qui suivaient son passage. Quand ils atteignirent l'autre extrémité de la salle, une belle jeune femme s'avança, en compagnie d'un homme qui semblait du même âge que le roi. De belle stature, il avait des traits forts et l'allure d'un aristocrate. La femme était aussi petite qu'il était imposant. Elle fit une révérence appuyée, comme on l'enseignait aux jeunes filles à l'école. Elle portait un ruban de soie verte épinglé à sa robe, à la mode weslorienne. Le gentleman qui l'accompagnait portait un brassard vert.

— Votre Altesse, permettez-moi de vous présenter lady Eulalie Gaspar de Wesloria, dit Ravaneaux. Ainsi que son père, le duc de Brondeny.

Leo s'inclina.

— Milady. Votre Grâce.

Ils échangèrent quelques mots de politesse et le duc présenta ses félicitations pour le mariage de Sebastian, puis s'effaça discrètement sous prétexte de parler à Sir Ravaneaux. Leo et Eulalie demeurèrent en tête à tête… sous la surveillance de quelques douzaines de regards curieux.

Lady Eulalie avait de petits yeux bruns, des lèvres pleines, et des cheveux de la couleur du thé anglais. Arquant les sourcils, elle le toisa longuement, comme elle l'aurait fait pour une tête de bétail qu'elle aurait envisagé d'acquérir.

— J'ai cru comprendre que nous devons devenir amis, Majesté. Assez rapidement.

Leo apprécia ses manières directes, et le fait qu'elle lui ait épargné la conversation sur le temps qu'il faisait et la splendeur de ce bal.

— C'est ce que j'ai compris également.

— Je n'ai été mise au courant que très récemment de cette nouvelle amitié, aussi, puis-je vous présenter une petite requête ?

Leo acquiesça d'un signe de tête.

— J'aimerais que cette rencontre soit brève.

Lady Eulalie détourna les yeux et son regard se porta vers le fond de la salle. Leo se retourna et vit un beau et grand capitaine weslorien, qui ne la quittait pas des yeux. Bien. Au moins, elle ne lui cachait rien de ses intentions. Il ne put s'empêcher d'éprouver une certaine admiration à son égard.

— Je ferai en sorte que cette rencontre soit aussi brève que possible, et notre échange aussi rapide que le nouveau cheval de votre ambassadeur.

Elle laissa fuser un petit rire de surprise.

— Oh ! c'est vrai, il est très satisfait de l'avoir acheté ! Si vous permettez, je commencerai la première ?

— Naturellement.

— Puis-je vous féliciter pour le bonheur de votre frère ? Son épouse est ravissante.

— Je vous remercie, c'est très aimable à vous.

— Elle est anglaise et roturière, n'est-ce pas ?

Ce n'était pas une question mais une remarque, et Leo supposa qu'il devait confirmer. Lady Eulalie essayait simplement de faire la conversation, mais ses mots lui déplurent. Il détestait ce genre de question, qui ne visait pas à se renseigner, mais simplement à établir lequel des deux avait le rang le plus élevé. Il aurait préféré faire n'importe quoi plutôt que de jouer à ce jeu.

— Non, répondit-il poliment. Elle ne l'est plus.

Lady Eulalie eut un petit rire ravi.

— C'est vrai ! admit-elle joyeusement.

Les trompettes résonnèrent soudain dans la galerie, annonçant l'arrivée des jeunes mariés.

— Ah, les voilà. Le beau prince et son heureuse

épouse, dit lady Eulalie en se haussant sur la pointe des pieds pour voir les nouveaux arrivants.

Un rang de soldats anglais pénétra dans la salle, parallèlement à un rang de soldats aluciens. Dans un ensemble parfait, ils se tournèrent pour se faire face, dégainèrent leurs épées et les brandirent pour que les pointes se touchent en formant une arche. Un instant plus tard, Sebastian et Eliza apparurent. Lui était vêtu de son uniforme militaire et elle portait une robe rose pâle. Sur sa tête, une couronne de la collection royale. Elle avait posé la main sur le bras de Sebastian, et Leo vit ses doigts trembler. Il espéra qu'elle s'habituerait vite au protocole, car elle devrait le supporter toute sa vie.

Comme toutes les autres personnes présentes, il s'inclina respectueusement sur le passage des futurs souverains. Puis il se redressa et les suivit du regard. Mais alors, au lieu de voir le trône, il croisa les yeux verts et malicieux de la sœur de lord Hawke. Cette jeune femme semblait si consciente de son propre charme. Pour l'amour du ciel, quel était son nom, déjà ? Pourquoi ne parvenait-il pas à s'en souvenir ?

Leo aimait beaucoup Hawke. Il avait fait sa connaissance un soir, quelques mois plus tôt, dans un club de Londres. Ils s'étaient retrouvés par hasard côte à côte, à une table de jeu. Ils avaient bien ri. Par la suite, ils s'étaient rencontrés plusieurs fois en diverses occasions. Mais leur amitié s'était scellée lors de l'arrivée de Hawke en Alucie. Leo avait passé beaucoup de temps en compagnie de ce gentleman, et il le considérait à présent comme un véritable ami.

Sa sœur, en revanche, était insupportable. En ce moment même, alors que tout le monde avait compris qu'il fallait le laisser en tête à tête avec lady Eulalie, elle lui décochait des sourires comme si elle brûlait d'impatience de venir lui parler.

Il détourna le regard. Il était expert dans l'art d'ignorer les femmes au sourire trop engageant, tout comme celles qui croyaient qu'il suffisait d'un battement de cils pour qu'il leur offre un royaume. Il savait ignorer les hommes également. Particulièrement ceux qui voulaient l'approcher dans l'espoir de gagner quelque chose, et les politiciens habiles qui voulaient lui chuchoter des secrets à l'oreille.

Cette ravissante Anglaise aux yeux verts n'avait qu'à bien se tenir.

Sebastian et Eliza étaient arrivés devant le trône et Eliza fit la révérence. Le roi descendit les quelques marches de la tribune, prit la main d'Eliza et la conduisit jusqu'au siège placé à côté du trône. Sebastian prit place à côté d'elle. Le roi fit un geste en direction du couple et commença à applaudir. Tous les invités dans la salle l'imitèrent, en criant : « Longue vie à la princesse royale. »

L'orchestre se remit à jouer. C'était maintenant officiel. Contre toute attente et en dépit des obstacles, Eliza Tricklebank était devenue une Chartier, un membre de la famille royale d'Alucie.

— Les gens nous regardent, murmura lady Eulalie.

— Ils nous regarderont toujours, répliqua Leo en cachant mal son amertume.

— Je le suppose. Nous sommes tels deux naufragés sur la mer démontée de la diplomatie, et nous devons nous accommoder de la situation.

Le moins que l'on puisse dire, c'était qu'elle connaissait les règles du jeu.

— C'est ce qu'il me semble.

Il lui lança un coup d'œil, mais lady Eulalie avait reporté son attention sur l'homme qu'elle semblait aimer, de l'autre côté de la salle. Leo songea qu'il aurait sans doute dû être agacé par les œillades qu'elle lançait au beau capitaine, mais il se sentait étrangement détaché. Peut-être pourraient-ils conclure ce pacte avec le diable sans rien espérer l'un de l'autre. Peut-être devrait-il avoir l'esprit plus ouvert…

Leo tressaillit en recevant un coup de coude, ou d'épaule, dans le dos. Il pivota sur lui-même et se trouva confronté au regard vert émeraude de la sœur de Hawke.

— Oh ! ciel ! Je vous demande pardon !

Elle eut un rire si enjoué qu'il oublia qu'elle venait de le bousculer.

— Que je suis maladroite ! J'ai trébuché sur ma traîne. Oh ! fit-elle, en tirant d'un coup sec sur l'accessoire en question et en tentant de le refixer. J'adore la mode alucienne, mais ces traînes sont terriblement difficiles à manier.

Une fois de plus, elle l'avait approché, sans hésiter le moins du monde à interrompre sa conversation avec lady Eulalie. Et elle lui souriait et lui parlait comme s'ils étaient les meilleurs amis du monde. Comment la sœur d'un respectable baron anglais pouvait-elle accorder si peu d'importance à l'étiquette ? Cela dépassait son entendement. Non qu'il fût à cheval sur les convenances et le protocole de la Cour. Mais, dans ces circonstances, le bousculer et interrompre sa conversation avec une autre dame dépassait tout ce que l'on pouvait tolérer.

— Lady…

Il marqua une pause et fit un effort pour se rappeler son nom. Il avait déjà remarqué que la mémoire lui faisait défaut quand il buvait trop. La jeune femme lui vint en aide.

— Caroline, dit-elle en riant. *Caroline Hawke.* Vous savez, la sœur de lord Hawke !

Ah, oui. lady Caroline.

— Bien sûr, lady Caroline.

Il inclina la tête. Où donc était son frère ? Et où diable était le valet qui servait le champagne ? Vraiment, Hawke aurait dû surveiller sa sœur de plus près. Leo voulut la prier d'aller chercher son frère, mais elle se pencha un peu sur la droite, souriant à quelqu'un. Il se rendit alors compte que son regard avait croisé celui de lady Eulalie. Lady Caroline faisait penser à un oiseau dont la tête allait de droite à gauche, pour mieux voir la jeune femme qui se tenait derrière lui. Ce n'était pas ainsi qu'aurait dû se dérouler cette première rencontre avec sa future femme. Mais Leo n'avait pas assez d'énergie pour mettre fin à cette scène ridicule. Avec un soupir, il finit par dire, comme à regret :

— Permettez-moi de vous présenter lady Eulalie de Wesloria.

— Une Weslorienne ! s'exclama lady Caroline avec beaucoup d'enthousiasme. Je suis enchantée ! Je n'avais pas encore rencontré une seule Weslorienne. Mais, bien sûr, vous avez ce ruban vert. Je suis étonnée de ne pas l'avoir remarqué tout de suite. Je suis pourtant assez observatrice, en général. Quelle tradition intéressante.

Les Wesloriens portent tous un morceau de tissu vert, n'est-ce pas ? C'est un peu comme les Écossais avec leurs tartans, je suppose. Je regrette que les Anglais n'aient pas ce genre de coutume. Nous devrions aussi porter des rubans. Jaunes de préférence, car c'est la couleur du bonheur, et très franchement elle me va très bien au teint. Mais je suppose qu'il reviendrait à la reine de décider de la couleur du ruban, n'est-ce pas ?

Leo ne sut que répondre à ce flot de paroles. Lady Eulalie non plus. Elle regardait lady Caroline d'un air sidéré. On lui avait sans doute appris, comme à toutes les dames, qu'une femme devait observer la plus grande réserve en présence de gentlemen, et plus encore devant un prince.

— Lady Caroline Hawke vient d'Angleterre, ajouta-t-il. Comme vous l'avez sans doute compris.

Lady Caroline fit une révérence. À ce moment, Leo vit que l'attention de tous les invités s'était concentrée sur la tribune, car Sebastian et Eliza venaient de descendre. L'orchestre entama un morceau traditionnel d'Alucie.

— Je suis absolument enchantée de faire votre connaissance, continua lady Caroline en se redressant. Permettez-moi de vous dire que votre robe est remarquable. Je vous aurais bien demandé le nom de votre couturière, mais je vais bientôt repartir en Angleterre. Et, pour être honnête, je crois que mon frère finira par m'étrangler si je dépense encore le moindre sou pour une robe, déclara-t-elle en éclatant de rire, comme si elle venait de faire une plaisanterie. Ce bal n'est-il pas merveilleux ? Toute la journée a été un enchantement et il me tarde de danser. La danse est ce que je préfère dans la vie. J'en raffole ! Et vous, lady Eulalie ? Et vous, Majesté, aimez-vous danser ?

Lady Eulalie battit des paupières.

— Euh…

Son regard passa de lady Caroline à Leo, tandis qu'elle essayait visiblement de comprendre quel était le lien entre ces deux personnes.

Leo devait éloigner cette ravissante idiote, avant que les gens ne se mettent à jaser. Mais, avant qu'il ait pu trouver un moyen, lady Caroline reprit :

— Je vous ai vu danser à Kensington, Majesté. Vous avez un rythme admirable.

Avait-il dansé avec elle cette fois-là ? Il se rappelait avoir bu trop de whisky au cours de cette soirée… Ses souvenirs étaient vagues. Cela expliquait peut-être pourquoi elle pensait pouvoir se montrer aussi familière. Eh bien. Pour la deuxième fois de la journée, il se maudit intérieurement.

— Le duc et la duchesse ont commencé à danser, dit lady Eulalie.

Sebastian et Eliza avaient pris place sous l'un des douze énormes lustres de cristal, au centre du cercle formé par la foule. Lady Caroline eut un sourire attendri, puis poussa soudain une exclamation étouffée :

— Oh ! mon Dieu, sa traîne, murmura-t-elle en se penchant vers Leo, comme pour lui confier un secret. Vous avez vu ? Elle s'est détachée sur le côté. Je suis sûre qu'elle ne s'en est pas aperçue… Oh ! voilà Hollis. Hollis va tout arranger. Hollis s'occupe tellement bien d'Eliza. Moi aussi, d'ailleurs. Je me demande ce qu'elle fera une fois que nous serons parties. Elle dit qu'elle prendra une dame de compagnie, mais ce n'est pas pareil, n'est-ce pas ? Malheureusement, nous sommes obligées de retourner à Londres. Tous mes amis vivent là-bas, comme vous le savez. Et Hollis… Son père a désespérément besoin d'elle, expliqua-t-elle en se tournant vers lady Eulalie. Il est aveugle.

Lady Caroline était vraiment étonnante. Leo ne connaissait aucun homme qui soit aussi libre d'esprit et de parole qu'elle. Il n'avait jamais connu de femme assumant avec autant d'aplomb ses excentricités.

Elle ne faisait plus attention à lui, à présent. Tous les yeux étaient fixés sur le couple princier. La musique commença, et Sebastian entraîna Eliza dans la danse en l'encourageant du regard. Le visage de la pauvre Eliza devint rouge, elle semblait se concentrer pour suivre les pas de son cavalier.

— Seigneur, elle est aussi nulle que je le craignais, déclara lady Caroline sans le moindre scrupule. Ce n'est pas sa faute, en réalité. La danse est un talent inné, vous ne croyez pas ?

Elle se tourna vers Leo, attendant sa réponse.

Il ne dit rien. Il n'aurait jamais osé critiquer Eliza.

— Je connais beaucoup de dames qui ne parviennent pas à retenir les pas, malgré d'innombrables leçons, poursuivit Caroline, avec une petite grimace navrée. Eliza fait des efforts, mais elle donne l'impression de ne même pas entendre la musique.

— Oh ! ciel, dit lady Eulalie, incapable de réprimer un sourire.

Lady Caroline battit des cils, comme si elle se rendait soudain compte de ce qu'elle venait de dire.

— Oh ! il ne faut pas faire attention à ce que je dis.

Si Eliza était là, elle serait la première à reconnaître qu'elle est une piètre danseuse. Cela la fait rire.

Elle n'aurait pas dû faire ce genre de remarques à propos d'une duchesse, et certainement pas en l'appelant par son prénom. Lui-même ne se serait jamais permis d'être aussi irrévérencieux. Leo se sentit obligé de prendre la défense de sa nouvelle belle-sœur.

— Si vous permettez, lady Caroline, je pense que vous vouliez dire : *Son Altesse Royale.*

Loin de s'excuser, lady Caroline écarquilla les yeux et pouffa.

— Je parlais d'Eliza, naturellement !

Apparemment, Leo avait bien du sang royal qui coulait dans les veines, car il fut horrifié par cette réponse. Eliza était la future reine d'Alucie, et visiblement lady Caroline ignorait qu'elle était elle-même tenue de traiter son amie avec tout le respect qui lui était dû. Si elle voulait appeler la princesse par son prénom en privé, libre à elle. Mais pendant une cérémonie officielle ? C'était même intolérable. Leo était convaincu de faire une faveur à lady Caroline en intervenant. Il se pencha davantage vers elle, en s'arrangeant pour tourner le dos à Eulalie.

— Je ne souhaite pas vous mettre dans l'embarras, lady Caroline, dit-il à mi-voix. Mais je pensais que quelqu'un avait dû vous expliquer le protocole avant cette soirée.

Les flammes des douzaines de chandelles au-dessus d'eux se reflétèrent dans les yeux de la jeune femme.

— Quel protocole ? s'enquit-elle, en laissant son regard s'attarder sur son visage et se fixer sur ses lèvres.

— Votre amie est la future reine d'Alucie. Vous devriez avoir pour elle autant de respect que ses sujets.

Leo arqua les sourcils, comme pour mieux se faire comprendre. En fait, il lui paraissait incroyable d'être obligé de préciser ce genre de choses. Il n'avait jamais défendu l'étiquette. Mais, d'un autre côté, il n'avait jamais été témoin d'un tel accroc à la bienséance.

— Particulièrement quand vous parlez d'elle en public, ajouta-t-il.

L'espace d'un instant, lady Caroline parut rester bouche bée. Et soudain ses yeux lancèrent des étincelles.

— Je vous demande pardon, Votre Altesse. Je sais parfaitement qu'Eliza est la future reine, mais je suis sa meilleure amie, et ce n'est pas à vous de me dire comment je dois m'adresser à elle.

Haussant les sourcils, elle le toisa, le mettant au défi de la contredire.

Leo fut abasourdi. Impressionné. Quel sens de $1a repartie ! Toutefois, une telle attitude était intolérable dans ce palais. Il lança donc à la jeune femme un regard noir, afin de la remettre à sa place.

— Vous ne devez pas appeler la princesse autrement que *Votre Grâce,* et vous ne devez certainement pas me parler sur ce ton.

Lady Caroline eut l'air aussi horrifié que s'il l'avait insultée. Elle leva crânement le menton.

— Appelez-vous votre frère *Votre Grâce* ? Rampez-vous devant lui ?

— Pas du tout. C'est mon frère, et je suis moi-même un prince royal. L'auriez-vous oublié ?

— Oublié ? répéta-t-elle en éclatant de rire. Comment

le pourrais-je ? Vous vous servez de votre titre comme d'un bouclier !

La stupeur de Leo monta d'un cran. Il allait finir par tomber à la renverse.

— Avez-vous songé que j'agissais peut-être ainsi justement parce que je suis prince ?

— Oh ! je le sais bien, rétorqua-t-elle en prenant de grands airs. Vous me l'avez déjà dit. À Chichester. Alors que ce n'était nullement nécessaire, d'ailleurs. Mais vous n'avez pas manqué de le mentionner dans la conversation.

Encore Chichester !

— Pour l'amour du…

Leo lança un regard en coin à lady Eulalie, qui tendait le cou pour ne rien manquer de la discussion. Prenant brusquement lady Caroline par le bras, il fit quelques pas de côté afin de pouvoir lui parler en aparté.

— Franchement, dit-il après avoir jeté un coup d'œil autour de lui, je ne suis pas étonné de l'avoir dit. Car il est quelquefois nécessaire de le rappeler, et je suis sûr que c'était le cas ce jour-là. Mais comprenez-moi bien, lady Caroline. Je ne me souviens pas d'avoir échangé le moindre mot avec vous, ni même de vous avoir rencontrée à Chichester. Très franchement, j'avais beaucoup trop bu pour me rappeler quoi que ce soit concernant ce week-end. Songez au nombre de soirées, de fêtes et de parties de campagne auxquelles je suis invité. Je fais la connaissance de nombreuses femmes, souvent au sein de groupes, et on ne peut me demander de me souvenir de tout le monde.

Elle poussa une petite exclamation étonnée, laissant fuser un *Oh* de stupéfaction. Ses yeux étincelèrent, mais il n'aurait su dire si c'était sous l'effet du choc ou de la colère.

— Je suis terriblement désolé si la vérité vous offense.

— Quelle vérité ? Le fait que vous ayez été plein comme une outre ?

Il avait déjà entendu cette expression en Angleterre, et en connaissait la signification.

— Je ne l'aurais pas exprimé ainsi, mais oui.

— Cela ne m'offense pas le moins du monde. Je sais reconnaître un homme ivre quand j'en vois un. Ce qui m'offense, c'est que vous me mettiez dans le même lot que toutes les femmes que vous rencontrez, *en groupes,* comme un troupeau de poules ! Je ne suis pas une poule, Majesté, je suis unique.

— Des poules ! Vous n'avez pas du tout compris ce que je voulais dire, répliqua-t-il, exaspéré.

Elle écarquilla tellement les yeux qu'il craignit un instant qu'elle ne fût en proie à une crise d'apoplexie. Mais elle se ressaisit et parut sur le point de lui sauter à la gorge. Il se prépara à cette éventualité.

— C'est vous qui n'avez pas compris ! Il vous a sans doute échappé que l'on a tendance à me remarquer dans la foule.

Leo ne sut quoi répondre. Certes, elle sortait du lot. Elle se démarquait d'ailleurs des autres invités en ce moment même.

— Faites-vous l'éloge de vos propres vertus ? demanda-t-il, incrédule.

— Pas du tout. Je ne fais que souligner ce qui est évident pour tout le monde, à part vous.

— Que diable se passe-t-il, ici ?

Enfin ! Dieu soit loué. Hawke venait d'apparaître et allait certainement le débarrasser d'elle.

— Je crois que Son Altesse et cette dame ont une petite querelle, dit lady Eulalie, tout excitée.

Lady Caroline se retourna si brusquement qu'elle faillit se cogner contre son frère. Hawke s'inclina devant Leo.

— Votre Altesse, ma sœur et moi vous présentons nos plus vives félicitations pour le mariage de votre frère, et nos sincères excuses pour toute parole qui aurait pu vous déplaire.

Il saisit sa sœur par le bras en enfonçant fermement les doigts dans sa chair et l'obligea à reculer.

Leo le salua, acceptant ses excuses. Son cœur battait toujours d'indignation, et les yeux de cette diabolique petite femme brillaient de contrariété.

Hawke eut un pâle sourire.

— Vous voudrez bien nous excuser ? dit-il en entraînant sa sœur à l'écart.

Leo jubila en regardant son ami s'éloigner avec la jeune femme. Mais cette entêtée de lady Caroline se retourna pour lui lancer un regard noir par-dessus son épaule, avant de disparaître dans la foule.

Leo garda un long moment les yeux sur elle, essayant de comprendre ce qui venait de se passer. Puis il se rappela l'existence de lady Eulalie et se tourna vers elle.

La jeune femme semblait aux anges.

— Qui était-ce ? Je vous en prie, dites-le-moi.

— Une Anglaise, marmonna Leo.

L'Anglaise la plus exaspérante, la plus ridicule et la plus séduisante qu'il ait jamais vue. Mais elle avait raison sur un point. Elle sortait du lot.

— Ah, les Anglais. Ils sont tellement isolés, dans

leur petite île. Ils ne savent pas comment tourne le monde autour d'eux.

Leo ne répondit pas. Il songeait que lady Caroline devait être un terrible fardeau pour son frère, qu'il considérait comme un vrai gentleman et un très bon ami. Certes, elle était belle. Mais cette beauté était gâchée par son comportement scandaleux.

Visiblement la scène avait plu à lady Eulalie. Nombre de personnes avaient les yeux braqués sur eux. Il était désormais temps de commencer sa cour, même si ce n'était qu'une mascarade.

— Maintenant que cette affaire est réglée, puis-je vous prier de m'accorder cette danse ?

— J'en serais très honorée, Votre Altesse, répondit lady Eulalie d'un ton gracieux.

C'était ainsi qu'une femme devait s'adresser à un prince.

Et non comme cette satanée Anglaise.

Cependant, Leo n'en avait pas fini avec lady Caroline ce soir-là. Il l'aperçut en train de danser avec lord Sonderstein. Le vieil homme avait les yeux plongés dans son corsage. Elle avait le regard dans le vide et semblait s'ennuyer ferme. À croire qu'elle avait déjà dansé des centaines de fois avec un gentleman.

Il la revit deux fois par la suite. Tout d'abord alors qu'elle se livrait à une danse traditionnelle avec un capitaine de la marine alucienne. Puis au bras d'un Anglais dont Leo avait fait la connaissance lors d'une partie de chasse, à l'automne précédent.

Plus tard, Leo faussa compagnie à sa future fiancée pour gagner la salle de jeu. Il tomba sur lord Hawke et s'assit à sa table.

— J'espère que votre sœur n'est pas trop froissée.

Hawke leva les yeux au ciel.

— Elle va très bien. Elle a tendance à être trop emportée, voilà tout.

— Elles le sont toutes, répondit Leo.

Son ami et les autres gentlemen assis à leur table éclatèrent de rire. Leur hilarité se prolongea pendant un long moment.

# Chapitre 6

*La bien-aimée princesse de Tannymeade, connue en Angleterre sous le nom de lady Eliza Tricklebank, a eu la délicatesse d'offrir à ses invités britanniques de ravissantes théières de porcelaine, en souvenir de son mariage avec le prince Sebastian d'Alucie. Plusieurs des invités britanniques trouvèrent les soies d'Alucie à leur goût, et de nombreuses malles furent acquises afin de rapporter leurs achats en Angleterre. Attendez-vous à découvrir ces splendides tissus dans les réceptions, à l'automne prochain.*

*Les fêtes entourant le mariage furent si fascinantes que de nombreux invités n'avaient guère envie de rentrer chez eux. Une invitée anglaise en particulier eut du mal à quitter son nouvel ami, un gentleman dans la force de l'âge. Mais elle dut bien se résoudre à partir, pour retrouver un autre gentleman qui selon la rumeur approche, quant à lui, la fleur de l'âge.*

*Honeycutt's,*
*gazette mode et maison pour ladies*

Bien.

Apparemment, sa robe éblouissante et son charme

indéniable ne suffisaient pas pour séduire le prince Leopold. Non qu'elle eût le désir de séduire un tel goujat. Mais il n'en demeurait pas moins qu'il aurait dû être captivé. Eh bien, non. Elle avait dû aller vers lui, engager la conversation. Comment pouvait-il avoir l'audace de prétendre ne pas se souvenir d'elle, en la comparant de surcroît aux légions de débutantes qui tournaient autour de lui comme des abeilles autour d'un pot de miel, lors de chaque cérémonie officielle ?

— Je ne comprends pas pourquoi il ne se souvient pas de moi ! s'exclama Caroline, alors qu'elle se promenait dans les jardins du palais avec Eliza et Hollis, le lendemain du bal. Tout le monde se souvient de moi. Quel malotru. Ce prince est dédaigneux, et il se donne de grands airs. Je le trouve insupportable.

— Ah ! fit Hollis en ricanant. Tu n'en penses pas un mot.

— Je t'assure que si ! Croit-il vraiment que je vais appeler Eliza Votre Altesse, alors que je la connais depuis des années ? Quand je pense que jusqu'à nos vingt ans je l'ai toujours surnommée Eliza Picklecake !

— Oh ! dit Eliza avec un sourire attendri. J'avais complètement oublié cette plaisanterie.

Caroline ne parut pas entendre sa remarque.

— Quel imbécile prétentieux ! Il a eu de la chance que Beck arrive à ce moment-là, sans cela… Eh bien, je ne sais pas ce qui se serait passé, mais j'avais envie de…

— De l'inviter à danser, suggéra gaiement Hollis. Tu mourais d'envie de danser avec lui.

— Oui, d'accord, je voulais danser avec lui, pour une seule raison. Tout le monde aurait pu admirer ma robe. Ce que je veux dire, c'est que je me moque complètement qu'il soit prince. Il est bien trop mal élevé.

— Caro, ne parle pas si fort, chuchota Eliza, en jetant un coup d'œil par-dessus son épaule aux deux gardes qui les suivaient à quelques pas.

Caroline haussa les épaules en maugréant entre ses dents.

— Si tu veux vraiment le savoir, je me moque qu'il se souvienne de moi ou non.

Hollis émit un petit rire incrédule.

— C'est une question de fierté, Hollis. Je ne me souviens pas de toutes les personnes dont j'ai fait la connaissance dans ma vie, mais je pense me rappeler la plupart d'entre elles. Or, il y en a deux dont je me souviens très clairement.

— J'ai hâte de savoir qui elles sont, dit Eliza.

— Eh bien, l'une d'elles est Son Altesse Imbécile Premier, prince Leopold. Cela me paraît évident.

— Caro ! protesta Eliza, en jetant encore une fois un regard inquiet aux deux gardes derrière elles. Tu es en Alucie ! Dans les jardins du palais ! Tu ne peux pas parler de Leo en ces termes.

— Le deuxième est le gentleman au nez busqué, poursuivit Caroline sans prêter attention aux paroles de son amie. Tu t'en souviens, n'est-ce pas, Hollis ? Je te l'ai montré pendant le bal.

Hollis fronça les sourcils.

— Vraiment ? Ah ! oui, je me rappelle. Le gentleman qui ne t'a pas regardée une seule fois, c'est bien cela ?

— Lui-même !

— Il ne sait pas ce qu'il perd, ma chérie, dit Eliza d'un ton apaisant.

— N'est-ce pas ? Merci de me le dire, princesse Eliza.

— Faut-il dire princesse ou duchesse ? demanda Hollis, perplexe.

— Je n'en sais rien, avoua Eliza. On me l'a expliqué, mais je n'arrive pas à me rappeler. Quelle importance ? Pour moi cela ne fait aucune différence.

— Justement, Eliza, reprit Caroline. Un de ces titres est plus juste que l'autre. Comment se fait-il que tu ne saches pas si tu es princesse ou duchesse ?

— Je suppose que si nous l'appelons *Votre Altesse,* nous ne pouvons pas nous tromper, suggéra Hollis.

Caroline leva les yeux au ciel.

— Très bien, Votre Altesse. Mais, pour moi, tu restes la même Eliza que lorsque j'avais trois ans, et que tu en avais six.

— Pour l'amour du ciel, Caro, appelle-moi comme tu voudras, cela m'est égal. Tout ce que je te demande, c'est de ne pas parler de Leo sur ce ton méprisant. C'est impoli, et cela ne se fait pas quand on est l'invitée de la famille depuis plus d'un mois.

Caroline ne trouva pas d'argument à opposer à une telle logique. Des milliers, peut-être même des millions d'Aluciens l'avaient très bien accueillie, et elle se montrait grossière envers ses hôtes.

— Très bien. Considère donc que je l'ai complètement oublié.

C'était loin d'être vrai. Se connaissant, Caroline savait qu'elle ne pourrait pas s'empêcher de lui en vouloir et de dire du mal de lui. Mais elle le ferait en son for intérieur. *L'imbécile d'Alucie. Leopold le goujat. Le prince renfrogné.*

— C'est très bien ainsi, ma chérie. Car le roi a l'intention d'annoncer officiellement ses fiançailles.

— Ses fiançailles ! s'écria Caroline, un peu vivement. Mais Beck m'a dit qu'il retournait en Angleterre.

— Oui, il y retourne pour faire ses malles et régler ses affaires. Son retour est prévu vers la fin de l'été, et ses fiançailles seront alors officielles. Mais, d'après ce que j'ai compris, tout a déjà été arrangé.

Abasourdie, Caroline garda le silence. Pendant quelques secondes.

— Eh bien, je souhaite bonne chance à sa fiancée. Elle en aura besoin. Elle sera peut-être princesse royale, ou duchesse, ou Dieu sait quoi, mais elle sera mariée avec lui. On l'appellera sans doute *Votre Altesse,* mais tous les matins elle sera assise en face de lui pour le petit déjeuner.

Deux femmes qui arrivaient face à elles dans l'allée s'écartèrent pour leur laisser le passage et firent une profonde révérence. Caroline les regarda, encore étonnée qu'Eliza Tricklebank suscite de telles marques de respect.

— Tu veux savoir la vérité ? Je serais très heureuse de m'appeler tout simplement Mme Chartier, dit Eliza.

Caroline ne put s'empêcher de rire, reconnaissant celle qu'elle aimait tant, et qui n'avait jamais accordé d'importance aux conventions sociales.

— Tu es impossible, ma chérie ! Pourquoi ne porterais-tu pas fièrement ton nouveau titre ? Comment allons-nous pouvoir partir et t'abandonner à ton heureux sort ?

— Eh bien, j'ai Sebastian, maintenant.

Les yeux d'Eliza brillèrent de cette flamme si particulière qui était apparue depuis que son prince était venu la chercher dans la maison de son père, à Londres.

— Ce n'est pas pareil, protesta Caroline. Il ne cessera jamais de te flatter, il ne te trouve aucun défaut.

Eliza passa un bras sous celui de son amie.

— Vous me manquerez terriblement toutes les deux, mais je me débrouillerai. J'aurai toujours quelqu'un près de moi pour me dire ce que je dois faire.

— Et moi, que vais-je devenir, sans toi ? demanda Caroline, les yeux humides. Qui me fera remarquer mes défauts ? Dieu sait que cela est nécessaire de temps en temps. Qui me fera des compliments sur mes robes, qu'elles soient belles ou non ? J'en ai tellement besoin.

— Beck ? suggéra Eliza.

Caroline lui lança un regard incrédule. Hollis et Eliza éclatèrent de rire

— Non, pas Beck, reconnut Eliza. Hollis sera là pour cela.

— Hollis ? Elle a toujours le nez fourré dans cette maudite gazette !

— Si tu m'aides, Caro, je te promets de te faire tous les compliments que tu voudras. Mais nous en reparlerons. Pour le moment, j'ai hâte de vous raconter une anecdote croustillante. Qui croyez-vous que j'aie vue flirter de façon éhontée avec le Premier ministre alucien ce matin, alors que je prenais le thé sur la terrasse de notre suite ?

— Oh ! mon Dieu ! s'exclama Eliza. Quel est son nom, déjà ? lord Cebutari ?

— C'est ça ! Ils se promenaient ici, dans ce jardin !

Elle jeta un rapide coup d'œil aux deux gardes qui les suivaient, et reprit :

— Ils étaient si proches l'un de l'autre que je ne pourrais jurer qu'elle n'avait pas glissé la main dans la poche du ministre.

— Qui ? demanda Caroline.

Hollis jeta un regard à la ronde et chuchota :

— *Lady Russell.*

Eliza et Caroline poussèrent en même temps une exclamation étouffée.

— Non ! chuchota Eliza. Il a au moins cinquante ans, et elle est très jeune.

— Ils ont disparu derrière la haie. Et quand ils sont ressortis elle était toute décoiffée. Elle est éprise de lui, je peux vous l'assurer. Le plus amusant, c'est que d'après les rumeurs son mari serait pressenti pour être le prochain Premier ministre anglais. J'ai entendu dire que Peel n'allait pas tarder à quitter le poste.

— Si elle est amoureuse du Premier ministre d'Alucie, que fera-t-elle quand elle sera rentrée en Angleterre ? chuchota Caroline.

— Que fait une femme mariée quand elle rencontre le grand amour ? Elle le dit à ses amies, naturellement, déclara Hollis. Et alors plus personne ne peut empêcher son mari de l'apprendre.

Perdues dans leurs pensées, les trois femmes firent encore quelques pas dans l'allée.

— J'ai mal aux pieds, annonça Eliza d'un ton plaintif. J'ai trop marché cette semaine. Si seulement nous pouvions trouver un banc.

— Votre Grâce..., dit un des gardes en s'approchant. Si je puis me permettre, il y a des bancs un peu plus loin sur la droite. Derrière la haie, vous trouverez une petite clairière avec des bancs de pierre et une fontaine.

Les trois jeunes femmes se figèrent et regardèrent le garde, qui retourna se poster à côté de son compagnon.

— Ah… Merci, dit Eliza.

Prenant sa sœur et son amie par le bras, elle les entraîna dans l'allée.

— Est-ce qu'ils ont tout entendu ? chuchota-t-elle, consternée.

— Je ne sais pas, dit Caroline. Seigneur. Combien de temps ces gardes vont-ils te suivre ?

— Toute ma vie ? suggéra Eliza après une hésitation.

— Vous voilà enfin, Eliza !

La voix familière du prince Sebastian les fit sursauter. Elles s'arrêtèrent et regardèrent dans l'allée qui croisait la leur. Le prince se dirigeait vers elles à grands pas, avec le prince Leopold, lady Eulalie et la reine. D'autres gardes fermaient la marche.

— Tiens-toi bien, murmura Hollis. C'est elle. Sa future fiancée.

— Quoi ? marmonna Caroline, alors qu'elles faisaient toutes une profonde révérence devant la reine.

— Je vous cherchais, ma chère, dit le prince Sebastian.

Il prit Eliza dans ses bras et l'embrassa. Le cœur de Caroline se mit à battre plus fort et son regard se posa par inadvertance sur le prince Leopold. Celui-ci gardait les yeux fixés au sol, les mains nouées dans le dos. Il lui sembla qu'il avait le teint un peu verdâtre. Il aurait suffi qu'elle lui donne un coup de coude pour le faire tomber à la renverse. Au bout de quelques secondes, Caroline se rendit compte que lady Eulalie la considérait avec un étrange petit sourire.

— Comment allez-vous, très chère ? demanda la reine à Eliza.

Pendant qu'Eliza affirmait être en parfaite santé, Caroline en profita pour couler un regard en coin à lady Eulalie.

— Bonjour, dit-elle en la saluant poliment.

Lady Eulalie hocha la tête d'un air serein, puis s'approcha d'Eliza.

— Votre Grâce, dit-elle en faisant devant elle une profonde et parfaite révérence.

Caroline balança un instant entre l'admiration et la haine.

— Oh ! dit Eliza, déconcertée. Je vous remercie.

*Non, ne dis pas merci, Eliza.* Caroline contempla le sol en se mordant les lèvres.

— Avez-vous fait la connaissance de notre chère lady Eulalie ? s'enquit la reine. Elle est issue d'une ancienne et très respectable famille de Wesloria. Le genre de Wesloriens qui considère les Aluciens comme des amis, et non des ennemis.

Elle eut un petit ricanement, et tout le monde l'imita.

Caroline ricana un peu plus fort que les autres sans pour autant être idiote. Elle jeta un nouveau coup d'œil au prince Leopold. Celui-ci avait le regard perdu dans le vague. De toute évidence, cette rencontre l'ennuyait également. Il se tourna lentement vers elle. Caroline arqua les sourcils et fit un signe interrogateur de la main, comme pour lui demander pourquoi il la regardait.

Le prince se rembrunit, puis leva les yeux au ciel et se détourna.

*Il avait levé les yeux au ciel !*

C'en était trop. Il avait épuisé toutes ses chances auprès de Caroline. Comme disait Eliza, il ne savait pas ce qu'il perdait. Tant pis pour lui.

— Lady Caroline, Hollis… Permettez-nous de vous enlever mon épouse, dit le prince Sebastian. Nous avons une petite surprise pour elle.

— Encore ! Je pense en avoir déjà trop eu !

— Je crois que celle-ci vous plaira, répondit la reine.

— Je vous promets de vous la ramener pour l'heure du thé, déclara le prince Sebastian en se penchant pour embrasser Hollis sur la joue.

— Majesté, permettez-moi de prendre congé, dit alors le prince Leopold en embrassant sa mère.

— Quoi ? Où allez-vous ? Ne pouvez-vous rester un peu avec nous ?

— J'ai un rendez-vous important.

Saluant brièvement, il s'éloigna avant que quelqu'un ait pu essayer de le retenir.

La reine le suivit des yeux, puis soupira et sourit gentiment à lady Eulalie. Mais cette dernière haussa légèrement les épaules, comme si tout cela lui était indifférent.

Sebastian tendit la main à sa femme, qui la prit avec un regard d'adoration. L'amour qui unissait ces deux êtres commençait à agacer Caroline. Était-il possible d'être aussi amoureux ? Difficile à imaginer. Elle n'avait pas éprouvé une seule fois le trouble qu'Eliza lui avait décrit quand elle était tombée amoureuse de Sebastian. Elle n'avait jamais rien ressenti d'autre qu'un coup de cœur éphémère, une flamme qui surgissait subitement et s'éteignait presque aussitôt, dès qu'un autre charmant gentleman apparaissait. Caroline s'était parfois demandé si elle n'avait pas une sorte de problème dans ce domaine. Un cœur trop petit, ou quelque chose dans ce genre.

— Rejoignez-nous pour le thé ! lança Eliza par-dessus son épaule, tandis que le prince l'entraînait dans l'allée avec la reine Daria et lady Eulalie.

Les gardes fermaient la marche. Hollis et Caroline s'aperçurent au même moment qu'elles étaient complètement seules dans l'immense jardin. Caroline songea qu'elles se sentiraient encore plus seules dans deux jours, quand elles laisseraient Eliza toute à son conte de fées et rentreraient en Angleterre seules.

— Oh ! mon Dieu, dit-elle en prenant la main de Hollis. Elle va terriblement me manquer.

— À moi aussi. Oh ! oui…

Hollis soupira en passant le bras sous celui de son amie.

— Retournons dans notre suite. J'aimerais jeter quelques notes sur le papier avant de boucler nos valises.

La journée était magnifique et c'était la première fois qu'elles pouvaient prendre l'air depuis le début des cérémonies.

— J'aimerais marcher encore un peu, dit Caroline.

— Comme tu voudras. Est-ce un effet de mon imagination ? Je trouve étrange de ne plus avoir de gardes derrière moi.

— Tu es bien la seule ! s'exclama Caroline en riant. J'espère ne plus jamais voir de gardes dans mon sillage !

Elle regarda Hollis se diriger vers le palais puis partit dans la direction opposée, heureuse d'être enfin seule pour profiter du soleil et du bon air. Quand elle eut accompli un grand tour, l'existence des bancs que leur avait indiqués le garde lui revint en mémoire. Les allées avaient été tracées entre des haies de buis de formes et de hauteurs différentes, qui abritaient parfois des sièges cachés. Elle se dirigea vers le centre de ce dédale afin de s'asseoir pour réfléchir tranquillement dans le silence du parc. Elle n'était pas pressée, et s'arrêta plusieurs fois pour observer des plantes, ou refixer sa traîne qui s'était de nouveau détachée. Mais, alors qu'elle approchait de l'endroit où Eliza s'était séparée d'elles, elle entendit des voix d'hommes.

Caroline ralentit le pas, et fit une pause juste derrière les haies qui abritaient le banc de pierre. Elle se pencha en essayant de voir qui se cachait derrière le feuillage dense des arbustes.

Comme elle ne distinguait rien, elle se pencha davantage. Soudain, un homme apparut devant ses yeux, lui tournant le dos. Elle tressaillit et recula d'un pas. Regardant autour d'elle, elle repéra un endroit dans la haie où le feuillage était moins épais et alla s'y poster.

Les hommes parlaient en alucien. Et, brusquement, l'un d'eux dit en anglais :

— Vous ne pouvez pas venir ici pour m'annoncer ce genre de choses.

Caroline se figea. C'était la voix du prince Leopold. Elle se pencha et vit de nouveau l'homme qui lui tournait le dos. Pas de doute, c'était bien lui. Elle aurait reconnu entre mille ces épaules carrées. Ou les cheveux noirs et rejetés en arrière qui lui balayaient le col. Mais à qui parlait-il ?

Le prince dit encore quelque chose, mais en alucien cette fois. Sa voix était basse, le ton ferme.

L'autre homme répondit dans la même langue. Caroline se tordit le cou pour en voir davantage. Ce qu'elle aperçut attisa sa curiosité. L'homme n'était certainement pas un privilégié comme le prince. Il était robuste et portait des vêtements simples. Ses cheveux blonds et mal peignés partaient dans toutes les directions.

Le prince prit de nouveau la parole, l'air quelque peu affolé. L'inconnu sourit tristement en hochant la tête pour acquiescer.

— *Je…* , dit-il.

Caroline savait que ce mot signifiait oui.

Le prince passa la main dans ses cheveux, jeta un dernier regard au géant blond et sortit brusquement de la clairière.

La jeune femme se pressa contre la haie. Elle attendit que l'autre homme sorte aussi, mais il se pencha au-dessus d'une fontaine, se rinça le visage et lissa longuement sa barbe. Puis il s'assit tranquillement pour réfléchir. Caroline décida de quitter son poste d'observation, mais elle s'aperçut que cette maudite traîne était accrochée aux branches épineuses. Si elle tentait de se dégager, l'homme l'entendrait à coup sûr.

Au bout d'un moment, il se leva et se dirigea d'un pas tranquille vers l'entrée du lieu. Mais entre-temps un bruit avait attiré l'attention de Caroline. Des gardes du palais avançaient en silence dans l'allée. Sa gorge se noua. Que devait-elle faire ? Avertir l'inconnu ? Elle n'eut pas le temps de se décider.

Le géant tenta de s'enfuir, mais il ne faisait pas le poids face aux hommes entraînés qui le projetèrent au sol. Caroline cria peut-être au cours de la lutte qui s'ensuivit, mais personne ne l'entendit. Trois gardes remirent l'homme sur ses pieds, tandis qu'un quatrième lui liait les poignets. Deux autres apparurent et aidèrent les premiers à l'emmener.

Caroline demeura clouée sur place, un peu tremblante. Qui était cet homme ? L'avaient-ils vraiment arrêté ? Le prince avait-il envoyé ses gardes s'occuper de lui ?

À quoi venait-elle d'assister ?

# *Chapitre 7*

*Un souper fut donné pour clore les festivités du mariage royal. Les quelques dignitaires étrangers qui étaient venus de pays lointains afin d'assister à la cérémonie y furent conviés. Ce fut le premier dîner officiel donné par la duchesse de Tannymeade. À cette occasion, la reine Daria lui prêta un diadème orné de seize émeraudes, assorti aux boucles d'oreilles qu'elle lui avait précédemment offertes.*

*Des personnalités fameuses furent réunies pour ce dîner, mais la personne la plus remarquée fut probablement le Rossignol de Wesloria, dont le chant, nous dit-on, aurait su capturer le cœur d'un certain prince royal. Le contrat de mariage serait déjà prêt, et vous pouvez vous attendre à une annonce officielle d'ici à la fin de l'été.*

*Mesdames, lorsque vous prenez le bateau, il est conseillé de laisser vos plus jolis vêtements enfermés dans votre malle, car le brouillard salin et l'humidité risquent d'abîmer les tissus fragiles.*

*Honeycutt's,*
*gazette mode et maison pour ladies*

Kadro, le garde personnel de Leo, fit remarquer en passant que Lysander avait été arrêté.

— Quand ? s'enquit Leo, stupéfait.

— Cet après-midi, dans les jardins du palais.

Après qu'ils s'étaient séparés ? Alors que Leo avait quitté le jardin, en proie à une terrible sensation de malaise ?

Leo ne comprenait toujours pas pourquoi il avait accepté cette entrevue avec Lysander. Peut-être tout simplement ne voulait-il plus entendre Eulalie chanter. Il avait écouté patiemment deux chansons, et il avait eu l'impression d'avoir des fourmis dans les jambes. Il aurait préféré être n'importe où, plutôt que coincé dans ce fauteuil.

Sa mère, en revanche, avait été subjuguée.

« Il faut absolument que la princesse l'entende ! » avait-elle déclaré.

Et ils étaient tous partis à la recherche d'Eliza.

Peut-être avait-il craint de se retrouver avec lady Caroline sur les bras, s'il restait ? Il n'était pas sûr de pouvoir se lancer dans une conversation avec elle sans être tenté de la bâillonner à l'aide de sa cravate. Il imagina cette scène stupide et étrangement excitante… Lady Caroline entravée, ses yeux lançant des éclairs.

Quoi qu'il en soit, Leo s'était enfui.

Lysander était beaucoup plus grand et imposant que dans son souvenir. Leo lui avait immédiatement déclaré que ce qu'il avait à lui dire ne l'intéressait pas, et qu'il était venu uniquement pour le lui faire comprendre.

« Ah. Dans ce cas, vous n'avez pas envie de savoir ce que votre futur beau-père, le duc de Brondeny, a en tête ? » avait demandé Lysander d'un air narquois.

Leo avait été troublé. Il venait tout juste d'être présenté au duc. Comment Lysander pouvait-il savoir quoi que ce soit à son sujet ?

« Que voulez-vous dire ? »

Lysander avait alors révélé à Leo quelque chose de si scandaleux, de si inimaginable, que celui-ci en était resté pantois. Puis il avait accusé Lysander de répandre des calomnies. Il refusait de le croire !

« Ce sont des mensonges. La personne qui vous a dit cela vous a menti.

— Quand vous retournerez en Angleterre, une jeune femme pourra vous prouver que je dis la vérité. Elle est au service de lord Hill. Son nom est Ann…

— Cela m'est égal », avait rétorqué Leo, avant d'en entendre davantage.

Lysander avait patiemment poursuivi :

« Son nom est Ann Marble, et elle est femme de chambre dans la maison d'un homme important. Elle a aidé un de nos…

— Vous ne pouvez pas venir ici pour m'annoncer ce genre de choses », avait lancé Leo en anglais, d'une voix sifflante.

Puis il avait repris, en alucien :

« Pas ici ! Croyez-vous que les murs n'ont pas d'oreilles ? »

Tout en parlant, il avait observé les alentours. Même les arbres semblaient l'écouter.

« *Mans princis,* avait doucement répondu Lysander. Mon prince, allez-vous me tourner le dos ? »

Ces mots avaient bouleversé Leo. Quel genre de prince était-il ? Certes, il était né fils de roi. Mais en réalité il n'était qu'un ivrogne, dont le seul talent était d'éviter les conflits et les responsabilités. Au moment où Lysander lui avait donné le titre de prince, il avait eu envie de partir pour ne plus rien entendre. Mais quelque chose l'avait poussé à rester. S'il n'y avait ne fût-ce qu'une once de vérité dans ses propos, il ne pouvait s'éloigner sans en tenir compte.

Mais il ne pouvait rester davantage ici pour l'écouter.

« Retrouvez-moi demain chez Jean Franck, le financier. C'est un de mes amis. Vous le connaissez ? Vous savez où il habite ? » avait-il demandé, en proie à un malaise grandissant.

Lysander avait eu un instant d'hésitation, avant de hocher la tête.

« Venez à 2 heures. »

Leo avait alors tourné les talons, comme pour échapper à l'angoisse que Lysander avait fait naître dans son cœur. Son esprit était en ébullition. Alors qu'il approchait des portes du palais, quatre gardes étaient sortis. Ils l'avaient salué respectueusement, et l'un d'eux avait prononcé des paroles de bienvenue.

Leopold s'était retourné, alors qu'ils s'engageaient dans l'allée. Que faisaient-ils ? Était-ce une patrouille de surveillance ? Cherchaient-ils quelqu'un ? Ils ne semblaient pas pressés et marchaient d'un pas régulier, comme s'ils faisaient leur ronde habituelle.

Étaient-ils allés arrêter Lysander ?

Leopold ne pouvait se débarrasser du sentiment d'inquiétude qui le poursuivait depuis la veille. Depuis la mort de Mathus, chaque événement qui sortait de l'ordinaire le mettait sur ses gardes.

Abandonnant Kadro, il partit s'habiller pour le dernier dîner avec son frère et les quelques invités qui restaient encore au palais. Le roi et la reine ne seraient pas avec eux ce soir, et il s'en réjouissait. En l'absence des souverains, la soirée serait moins formelle, elle commencerait plus tôt et le repas ne durerait pas longtemps. Il disposerait d'un peu de temps à lui pour préparer son départ du lendemain.

Cependant, le devoir l'obligeait à rejoindre les invités au salon ce soir-là.

Il fut immédiatement abordé par M. Harrak, un gentleman marocain. Harrak voulait parler avec lui du commerce d'opium en Méditerranée. Il était d'avis d'intervenir dans ce trafic, ce qui enrichirait le Maroc et le royaume d'Alucie.

— Pourquoi les Britanniques garderaient-ils tout le butin ? demanda-t-il.

Leo l'écouta d'une oreille distraite. Il ne s'intéressait pas du tout à l'opium. Il avait connu trop d'hommes détruits par ses prétendues propriétés médicinales, et de plus, contrairement à Sebastian, il n'était pas doué pour les relations commerciales.

Tandis que Harrak fulminait contre l'impérialisme britannique, Leo balaya la salle du regard et repéra Eliza, en compagnie de lady Caroline. Sa belle-sœur était rayonnante, dans sa robe jaune pâle. Une écharpe de soie vert foncé était drapée sur sa poitrine. Sur ce ruban étaient épinglées la broche de saphir que son époux lui avait offerte et une nouvelle médaille célébrant son entrée dans la famille. La marque royale, pour ainsi dire. La jeune femme était toujours légèrement en décalage avec son entourage, ce qui faisait partie de son charme. Ce soir, le diadème prêté par la reine s'obstinait à glisser sur le côté. Chaque fois qu'elle le remettait en place, lady Caroline disait quelque chose qui la faisait rire, et le diadème glissait de nouveau. Pendant que Harrak égrenait une litanie de critiques contre l'Angleterre, Leo se dit que lady Caroline était la plus belle des deux. Du moins, selon lui. Elle avait de grands yeux, et un superbe sourire qui creusait des fossettes dans ses joues.

Quel dommage qu'elle soit un peu… stupide.

— Contrairement à ce qu'ils croient, les Anglais ne dominent pas le monde, et encore moins les mers, déclara Harrak.

— Hum…

Leo regarda lady Eulalie s'approcher d'Eliza, avec une autre dame de Wesloria. Eulalie Gaspar était aussi une femme intéressante, n'est-ce pas ? Elle semblait agréable, et envisageait de façon très raisonnable la situation dans laquelle ils se retrouvaient. Cependant il percevait, sous son sourire, quelque chose d'un peu dérangeant. Il éprouvait la même sensation que lorsque quelqu'un se moquait de vous, dans votre dos. Mais cette impression était un peu ridicule, à vrai dire. Il avait fait sa connaissance la veille, et ils n'avaient dansé qu'une seule fois ensemble.

Savait-elle ce que l'on disait au sujet de son père ? Sûrement pas. Il fallait espérer que non.

Mais si elle le savait ?

Bien. Son inquiétude le poussait à avoir des pensées délirantes. Il ne se passait strictement rien, ni dans son dos ni autrement. Eulalie était aussi contrariée que lui par le mariage qu'on leur imposait, voilà tout.

— Et donc, en parlerez-vous au roi ? demanda Harrak.

Leo n'avait pas entendu un seul mot de ce qu'il avait dit.

— Oui, bien sûr.

Un autre pieux mensonge, à ajouter à une liste déjà longue. *Oui, bien sûr, je peux vous aider. Oui, tout ce que vous voudrez. Oui, je porterai cela à l'attention du roi.*

Harrak eut un large sourire.

— Merci, Majesté. Je vous suis infiniment reconnaissant.

Leo s'excusa, avec un sourire contraint. Les gens croyaient toujours qu'il avait une influence sur les affaires du royaume, alors qu'il n'en avait aucune. S'il allait prévenir son père que l'impérialisme britannique n'était pas mondialement approuvé, son père penserait qu'il avait perdu l'esprit.

— Leo ?

Leo se figea en entendant la voix de son frère, qui lui souriait.

— Bon sang ! Est-ce que tu as cessé un instant de sourire, depuis ton mariage ?

— Non, répondit-il d'un ton jovial. J'allais justement chercher mon épouse, afin de clore rapidement la soirée. Je ne vais pas te mentir, Leo. Il me tarde d'être enfermé avec elle à Tannymeade.

— Seigneur, tu la désires à ce point ?

— Tu ne peux pas imaginer, répondit Sebastian avec un clin d'œil.

— Je t'envie. As-tu vu celle qui va devenir ma femme ?

— Eulalie ? Je la trouve assez jolie.

Elle était belle, mais elle n'avait pas le charme naturel d'Eliza.

— Pourquoi fais-tu cette tête, mon frère ? Tu

t'attendais à ce que ton épouse te convienne dans tous les domaines ? As-tu oublié ce que tu me disais ?

Leo acquiesça.

— « Trouve-la, couche avec elle, fais-lui un enfant et va voir ailleurs. »

Leo grimaça. En effet, il avait dit cela, et plus d'une fois. C'était facile à dire, mais un peu moins facile à faire.

Sebastian lui posa une main sur l'épaule.

— Viens, mon vieux. Finissons-en avec ce souper. J'ai hâte d'être au lit avec ma femme.

— Seigneur, gémit Leo.

Sebastian éclata de rire.

Ils allèrent retrouver les dames de l'autre côté de la salle. Eliza fut la première à les voir et un sourire illumina son visage.

— Mon chéri ! Mon Dieu, j'ai encore du mal à croire que je peux vous appeler ainsi devant tout le monde. Connaissez-vous le duc de Sonderstein ? Il me parlait d'un ancien cadran solaire en Wesloria qui s'aligne sur la lune et les étoiles.

— Majesté, dit poliment le duc.

Lady Eulalie fit la révérence. Lady Caroline l'imita, mais Leo remarqua qu'elle avait un sourire en coin. Cet éternel sourire qu'elle lui adressait, comme s'ils partageaient un secret.

— Permettez-moi de vous féliciter personnellement pour votre mariage, dit Sonderstein. Vous avez de la chance d'être entouré par tant de beauté.

— J'en suis conscient, répondit le prince.

— J'ai eu le plaisir de danser avec lady Caroline, poursuivit le vieil homme.

Il fit un geste des bras, mimant la danse traditionnelle. Lady Caroline lui adressa un sourire malicieux et lança un regard de côté à Leo.

— Sa Grâce m'a dit que je dansais très bien.

— Oh ! c'est la vérité, avoua le duc. J'ai rarement eu une cavalière aussi gracieuse.

— Si Caroline ne m'avait pas appris, je n'aurais jamais su danser, déclara Eliza.

— Oh ! ciel, je ne veux surtout pas m'attribuer ce mérite ! protesta lady Caroline.

Les deux jeunes femmes rirent de bon cœur.

— Lady Caroline, vous allez bientôt regagner l'Angleterre, n'est-ce pas ? demanda lady Eulalie, sans détour.

— Pardon ? Oh ! oui. Nous partons demain. Et vous ?

— Je ne partirai pas avant plusieurs jours. Mon père a des affaires importantes à régler avec le roi.

Elle sourit à Leo d'un air narquois.

Le prince eut l'impression que son sang se glaçait. Ces insinuations ne lui plaisaient pas. S'il fallait annoncer quelque chose, il pouvait fort bien le faire lui-même. Impassible, il se détourna.

— Vous devriez avoir beau temps en mer, déclara le vieux duc.

— Ne retournez-vous pas aussi en Angleterre, Leopold ? s'enquit Eliza.

— En fait, oui. Mon bateau partira demain soir.

Lady Caroline poussa une exclamation de stupeur.

— Le mien aussi ! Quelle coïncidence ! Je serai enchantée de voyager avec vous, Majesté. Je vous préviens, je suis imbattable au whist.

— Oh ! Caro… Je pense que Son Altesse prendra un autre bateau, suggéra Eliza.

— Vraiment ? Il y a donc plusieurs bateaux qui

quittent Helenamar le même jour, pour faire voile vers l'Angleterre ? s'exclama Caroline. Une flotte entière, je suppose ?

— Eh bien, non. Mais je pense qu'un bateau est réservé pour… la famille royale.

Lady Eulalie toussota. Apparemment, elle s'était étouffée en riant.

— Oh.

Lady Caroline sembla absorber la nouvelle. Et soudain elle sourit d'un air si radieux que Leo fut déconcerté. Cette femme avait du cran, il n'était pas facile de lui faire perdre contenance.

— Naturellement, Majesté, il vous faut un bateau spécial. Comment n'y ai-je pas pensé ? Je suis vraiment naïve.

— Pas du tout, Caro, affirma Sebastian. N'importe qui aurait pu faire ce genre d'erreur.

— Peut-être pas, murmura lady Eulalie.

Elle sourit en jouant du bout des doigts avec sa boucle d'oreille. Mais Leo ne fut pas dupe. Elle avait le genre de sourire dont on usait avec des enfants un peu idiots.

— Comment pourrais-tu savoir quoi que ce soit sur les navires ? ajouta Eliza, venant en aide à son amie. Ce n'est pas le genre de choses que l'on enseigne aux dames.

Les deux jeunes femmes rirent de nouveau ensemble. Elles semblaient avoir un sens de l'humour très particulier.

— Vous allez terriblement manquer à votre frère, dit Eliza en se tournant vers Leopold. Et à moi aussi, pour être franche. Vous m'avez tellement aidée.

— Ce fut un réel plaisir, répondit-il avec sincérité.

Il adorait Eliza.

Du coin de l'œil, il constata que lady Caroline lui

souriait, comme s'il s'était adressé à elle. Son sourire était si éblouissant que son regard faillit s'attarder trop longtemps sur ses lèvres. Il se tourna vivement vers Eliza.

— Je reviendrai très vite en Alucie, dès que j'aurai réglé toutes mes affaires en Angleterre.

Il ne savait pas très bien lui-même ce que cela signifiait, mais cette déclaration sembla apaiser tout le monde.

— J'espère apprendre à mon retour la naissance prochaine d'un neveu ou d'une nièce.

— Ah, ah, ah ! s'exclama Eliza en riant de tout son cœur.

— Si Dieu le veut, dit lady Eulalie.

— Quand le moment sera venu, ajouta Sebastian.

— Ah, le voilà, annonça le duc en regardant par-dessus l'épaule de lady Eulalie. Le Premier ministre de Wesloria est arrivé. Permettez-nous de prendre congé, Majesté.

Sebastian acquiesça d'un signe de tête. Le vieux duc offrit son bras à lady Eulalie, et ils s'éloignèrent.

— Maintenant que le Premier ministre a daigné faire son apparition, nous allons pouvoir dîner. Je meurs de faim.

— Devons-nous indiquer leur place aux invités ? Seigneur, j'ai oublié dans quel ordre nous devons gagner la salle à manger…

— Ne vous inquiétez pas, ma chérie. Nous n'observerons pas le protocole. Chacun entrera avec qui il voudra, et nous demanderons aux invités de trouver leur place. Leo, tu veux bien escorter Caro ?

Il pivota sur lui-même, cherchant des yeux le majordome.

— Jando ? Jando !

Leo jeta un coup d'œil à lady Caroline, qui se rembrunit.

— Jando, laissez chaque invité s'asseoir où il le désire. La princesse entrera la première, naturellement.

Les deux jeunes mariés se dirigèrent vers la salle à manger, les yeux dans les yeux.

Leo dut soupirer sans le vouloir, car lady Caroline se rembrunit de nouveau.

— Quoi ? fit-elle, d'un air fâché. Ce n'est pas moi qui ai eu cette idée. Je ne suis pas plus contente que vous.

— Je n'ai pas prononcé un mot.

— Les mots sont inutiles. La contrariété se lit sur votre visage. Décidément, pourquoi me détestez-vous autant ? demanda-t-elle en lui prenant le bras.

Surpris, Leo arqua les sourcils.

— Tout ce qui est inscrit sur mon visage, c'est l'ennui, à la perspective d'un autre dîner officiel. Comment pourrais-je vous détester, alors que je ne vous connais pas. Enfin… je suppose que je vous connais un peu, à présent, n'est-ce pas ? Vous avez fait tout ce qu'il fallait pour cela.

— Je suis consciente que la cordialité n'est pas une attitude naturelle pour vous, Majesté. Mais la plupart des gens qui ne résident pas dans un palais la pratiquent quotidiennement.

— La cordialité ?

— J'aurais pu employer bien d'autres mots. La politesse. Les bonnes manières. La conduite convenable en bonne société. Nous pourrions être amis, puisque nous sommes presque parents désormais. Vous devriez jeter un coup d'œil dans votre manuel du protocole. Je pense que vous trouverez des explications qui vous éclaireront, au chapitre concernant les attitudes des gens du peuple à imiter.

Leo eut un ricanement moqueur.

— Vous trouverez vous-même quelques lignes que vous aurez tout intérêt à étudier dans la rubrique concernant les attitudes douteuses des gens du peuple, madame. Particulièrement dans les relations avec les membres d'une famille royale.

— Vous m'accusez de ne pas respecter les convenances ? s'exclama-t-elle, stupéfaite.

— Exactement. Vous venez ?

— Une fois de plus, votre vision du comportement en société me stupéfie ! Vous prenez la convivialité naturelle pour un grave manquement à l'étiquette. Je respecte les convenances, monsieur, mais je vous assure que vous pourriez parfois me pousser à les ignorer.

— Ah, vous êtes une femme obstinée, lady Caroline. J'ai beau chercher, je ne connais pas d'autre personne du beau sexe qui réagirait ainsi à un reproche justifié. Je suis étonné que votre frère ne vous ait jamais rien dit à ce sujet.

— Qu'est-ce qui vous fait penser cela ? Sa prétention n'a d'égale que la vôtre. Je croyais que vous le saviez, puisque vous vous entendez à merveille tous deux. Je préfère être obstinée, plutôt qu'aussi mal élevée que vous.

— *Mal élevé ?* répéta-t-il, abasourdi. Votre orgueil ne cesse de m'étonner ! Je n'ai pas l'habitude d'être contredit chaque fois que je prononce un mot. Traitez-vous tous les gentlemen de votre connaissance de cette façon, ou réservez-vous ce traitement uniquement aux princes ?

Lady Caroline darda sur lui un regard qui aurait pu le foudroyer sur-le-champ.

— Je pourrais vous poser la même question, Majesté. Traitez-vous toutes les dames avec autant de mépris ? J'ai de la fierté. Pourquoi n'en aurais-je pas ? Je suis une amie sincère, une personne attentionnée, et il se trouve que j'ai une grande prestance. Je fais également de très belles robes. Donc, oui, je suis fière. N'êtes-vous pas fier de vous ?

Ils venaient d'entrer dans la salle à manger et il se tourna pour lui faire face. Ils se tenaient tout près l'un de l'autre, et les yeux verts de la jeune femme lançaient des éclairs. Elle était belle et n'hésitait pas à le défier. Sacrebleu. Elle éveillait en lui un désir puissant. Le sang lui battait aux tempes.

— Je ne suis donc pas assez discrète à votre goût ? Vous avez du mal à former des liens d'amitié ? Vous pensez que les femmes devraient être belles et se taire ?

Inexplicablement, le regard de Leo se posa sur la bouche de la jeune femme. Ses lèvres étaient rondes et appétissantes. Son regard s'attarda sur elles une seconde de trop. Il ne parvint à relever les yeux qu'au prix d'un violent effort.

— J'ai probablement mal géré cette affaire depuis le début. Permettez-moi de vous demander, lady Caroline, en tant que gentleman et en tant que prince, de cesser d'imaginer des liens d'amitié entre nous. Si vous le voulez vraiment, considérez que nous sommes des connaissances.

Les lèvres sensuelles de lady Caroline s'entrouvrirent, et elle inspira violemment. Ses yeux s'étrécirent.

— Merci de ces éclaircissements. Nous ne sommes donc pas amis. Cette idée serait apparemment contraire à l'étiquette. Vous êtes très généreux de me considérer comme une connaissance. Je ne peux vous décrire la joie que je ressens. Ce que je peux dire, en revanche, c'est que je n'avais jamais été traitée de façon aussi abominable de toute ma vie. Vous êtes peut-être un prince, monsieur, mais vous n'êtes pas un gentleman.

Ayant dit cela, elle regarda la bouche de Leo avec une telle intensité qu'il crut une seconde qu'elle allait perdre la tête et l'embrasser.

Et pendant une seconde il se prépara à cette éventualité.

Lady Caroline ne l'embrassa pas. Tournant brusquement les talons, elle s'éloigna.

Il la regarda traverser la salle, chercher une place à table et agripper à deux mains le dossier de la chaise. Quand elle s'aperçut que ce n'était pas encore le moment de s'asseoir, elle leva les yeux et croisa son regard sans le vouloir.

Secouant violemment la tête, elle se détourna.

Leo n'aurait su dire s'il devait se sentir offensé ou inspiré.

# *Chapitre 8*

*Londres, Angleterre*

*L'absence ne renforce pas toujours les liens du cœur. Une certaine dame, connue pour apprécier la compagnie de gentlemen plus âgés qu'elle, vient de rentrer d'un voyage en Alucie. À en croire les rumeurs, son amitié avec un gentleman alucien dans la fleur de l'âge lui a attiré les foudres de son époux. Ce dernier l'a envoyée faire un séjour dans leur maison de campagne du Kent, afin qu'elle ait tout le temps de réfléchir à sa mauvaise conduite.*

*Lors d'un récent dîner réunissant vingt-quatre personnes, lady Elizabeth Constantinople portait une robe de soie verte à la forme évasée. Les volants de la robe, ainsi que le corsage et les manches, étaient ornés d'une large bande de dentelle belge. Le tout était du plus bel effet. Nous pensons que ce style nouveau sera souvent imité par les dames cet automne.*

*Honeycutt's,*
*gazette mode et maison pour ladies*

Une semaine s'était écoulée depuis que Caroline était revenue d'Alucie. Le voyage avait été déplaisant, car la mer était démontée, si bien qu'elle avait été malade pendant plusieurs jours. Sans les soins attentifs que lui avait prodigués Hollis, elle serait sûrement morte. Beck lui-même avait paru s'inquiéter à l'idée qu'elle pourrait quitter la vie prématurément. Elle avait le vague souvenir de son frère entrant dans sa cabine et se penchant sur elle en lui posant une main sur le front.

« Caroline, je serais terriblement contrarié si tu devais mourir de cette façon, avait-il dit pour l'encourager.

— Vous préféreriez sans doute une mort plus spectaculaire ? » avait lancé Hollis en le faisant sortir.

Caroline avait cru être complètement guérie lorsqu'ils avaient atteint Londres. La faiblesse qui persistait était simplement de la fatigue. Après tout, elle n'avait rien mangé pendant une semaine, et elle flottait dans ses jupes. Et quelle joie d'être enfin débarrassée des encombrantes traînes aluciennes ! Elle ne manquait pas d'idées pour réadapter ces tissus en quelque chose de plus facile à porter.

Elle avait passé une semaine à défaire ses bagages, et à dormir plus longtemps qu'à son habitude. Depuis deux jours, elle avait la sensation d'avoir attrapé froid. La veille, au dîner, Beck lui avait demandé pourquoi elle ne mangeait pas. Elle avait répondu qu'elle n'avait pas faim et qu'il ferait mieux de regarder dans son assiette. Elle n'aurait su dire pourquoi elle était aussi fâchée contre lui. À vrai dire, tout la mettait en colère. Même Martha, sa femme de chambre, l'agaçait quand elle s'affairait autour d'elle et l'aidait à se mettre au lit.

« Laissez-moi tranquille, Martha ! avait-elle crié, en s'asseyant tout habillée sur son lit. J'ai besoin de calme. »

Le lendemain, elle se sentit encore plus mal et envoya Martha avertir Beck qu'elle avait pris le thé trop tard et qu'elle n'avait pas assez faim pour dîner. C'était vrai. Sauf qu'elle n'avait pas mangé pour le thé. Ses tempes étaient douloureuses et elle avait des crampes d'estomac.

Après avoir souffert ainsi quelques heures, elle décida qu'une boisson chaude lui ferait du bien et calmerait sa gorge irritée. Elle aurait pu sonner pour réclamer du thé ou un bouillon. Mais après sa maladie sur le bateau, et ce coup de froid, elle craignait que ses jambes ne s'atrophient. Ce qui l'obligerait à garder le lit toute sa vie. Elle ne pourrait plus jamais danser la valse. Elle s'obligea donc à se lever et enfila une robe de chambre. Munie d'un mouchoir pour empêcher son nez de couler, elle entreprit de descendre lentement. La tête lui tournait et ses jambes la portaient à peine, ce qui confirma ses craintes.

Alors qu'elle se trouvait en haut de l'escalier, des voix lui parvinrent du salon. Non seulement des voix, mais un rire tapageur. Combien de personnes s'y trouvaient ? Au moins une douzaine, à en juger par le vacarme. Pendant qu'elle dépérissait à l'étage, Beck avait invité ses amis pour une soirée de beuverie sous leur toit. Elle aurait voulu mourir, juste pour le punir.

Caroline se dirigea donc vers l'escalier de service et descendit lentement, en s'appuyant contre le mur. Parvenue au rez-de-chaussée, elle traversa le hall en se tamponnant le nez. Mais, quand elle tourna dans le couloir menant aux cuisines, elle vit un homme et une femme dans la pénombre. Sa première idée fut qu'elle était victime d'une hallucination. Beck n'avait pas l'habitude de coucher avec les servantes, ni de faire entrer des femmes chez eux. Elle marqua une pause et étrécit les yeux. C'était bien un homme et il lui tournait le dos. Mais ce n'était pas Beck. Et il y avait aussi une femme, bien plus petite que son compagnon.

Ils étaient tous deux face à face. Comment osaient-ils se comporter ainsi, dans le couloir de cette maison ? Toutefois, elle fut bien obligée d'admettre qu'ils n'étaient pas en train de s'embrasser. Très franchement, c'était ce qu'elle aurait fait, elle, si elle avait retrouvé un gentleman dans un couloir sombre. Il n'y avait pas d'autre explication à cette rencontre.

Elle fit un pas en avant, posant une main sur le mur pour ne pas perdre l'équilibre. Ils chuchotaient. Se disaient-ils des mots d'amour ? Elle aurait bien aimé entendre cela.

Peut-être s'agissait-il de la nouvelle servante ? Beck avait engagé deux nouveaux domestiques, qui venaient de quitter le service de lord Hill. Ce dernier était parti à la campagne, en jurant de ne plus mettre les pieds à Londres tant que la ville ne serait pas débarrassée de la fumée et de la suie. Beck en avait conclu qu'il ne reviendrait jamais.

Caroline s'approcha encore. Ce n'était pas le nouveau valet. Celui-ci n'était pas aussi grand. Il ne restait donc qu'une seule possibilité. Cet homme était un ami de Beck. Le misérable ! Avec qui s'amusait-il ? Caroline s'approcha, au point de pouvoir toucher la redingote de l'inconnu. C'est alors qu'elle fut brusquement saisie d'une crise d'éternuements si violente qu'elle ne put la réprimer. Elle éternua trois fois de suite. Quand la crise cessa, la femme avait disparu et l'homme s'était retourné vers elle, fermement campé sur ses jambes, comme s'il s'apprêtait à se battre.

Caroline plaqua le mouchoir contre son nez et observa l'homme dans la demi-pénombre. Son cœur sombra. Seigneur… c'était lui ! *L'Imbécile d'Alucie.*

— Vous ! s'exclama-t-elle d'un ton mélodramatique.

— Et vous.

Il se détendit et s'adossa au mur en croisant les bras.

— Vous êtes donc là, lady Caroline. Moi qui espérais que vous étiez sortie.

— Vous prenez vos désirs pour des réalités.

Un nouvel éternuement ponctua ses paroles.

— Vous êtes comme un cauchemar qui me suivrait partout. Où est passée votre compagne ? s'enquit-elle en se tordant le cou pour regarder derrière lui.

— Ce n'était pas une compagne, mais une amie.

— Ah ! Je suis peut-être malade, monsieur, mais je ne suis pas idiote.

— Je n'ai jamais dit que vous étiez idiote. Seulement que vous étiez assommante.

Caroline était sur le point de le réprimander pour avoir lutiné une servante, mais cette déclaration la prit de court.

— Quand avez-vous dit cela ?

— Oh ! je ne sais pas. Si je ne l'ai pas dit à haute voix, je l'ai sans doute pensé.

Il sourit. C'était la première fois qu'il lui souriait vraiment… À moins que Beck ne se tienne derrière elle sans qu'elle le sache. Mais Caroline était sûre qu'ils étaient, cette fois-ci, seuls dans ce couloir. La tête lui tourna un peu plus. En temps normal, elle aurait profité de ce sourire pour le charmer.

— Je vais prendre cela comme un compliment.

Il fit un pas vers elle, et Caroline prit soudain conscience de son apparence. Sa robe de chambre, ses cheveux désordonnés, ses yeux gonflés, son nez rouge. Mortifiée, elle recula et se heurta au mur.

Elle ne voulait pas être à son désavantage, quand elle remettrait cet homme à sa place. Il valait mieux être sur son trente et un pour faire ce genre de choses. Il fallait que ses cheveux soient bouclés, qu'elle porte une des belles robes qu'elle avait confectionnées pour son voyage en Alucie. Mais le prince se pencha vers elle en fronçant les sourcils.

— Lady Caroline... Vous avez une mine épouvantable.

— Comment osez-vous ? protesta-t-elle d'une voix faible.

— Avez-vous vu un médecin ?

Elle resserra les pans de sa robe de chambre.

— Je n'ai pas besoin de médecin.

— Il me semble que vous en avez désespérément besoin, au contraire.

En fait, elle aurait volontiers exposé sa crainte de perdre définitivement l'usage de ses jambes à un médecin, mais ce serait pour une autre fois.

— N'essayez pas de détourner mon attention, monsieur. Que faites-vous dans ce couloir ?

— Hawke ! cria-t-il soudain.

Caroline tressaillit et il lui prit le bras, comme pour l'empêcher de tomber.

— Que faites-vous ? s'écria-t-elle, excédée.

— Vous ne tenez pas sur vos jambes. Hawke ! cria-t-il de nouveau, en resserrant les doigts sur son bras.

— Je vous demande pardon ?

Elle leva les yeux vers lui, et éprouva une telle douleur dans les tempes qu'elle cligna les paupières. Elle était grande, mais le prince avait une tête de plus qu'elle et il était beaucoup plus robuste. À côté de lui, elle se sentait minuscule. À moins qu'elle n'ait rétréci ? Elle avait la sensation de rapetisser. Ce devait être le cas, car il paraissait très inquiet. Elle regarda au sol et se rendit compte qu'il l'avait plaquée contre le mur. Elle avait du mal à tenir debout.

— Holà ! dit-il en lui glissant prestement un bras autour de la taille.

Elle se sentait étourdie, tout tournait autour d'elle.

Une porte s'ouvrit derrière elle et elle entendit la démarche familière de son frère dans le couloir. Le chandelier qu'il tenait à la main répandit une lueur jaune.

— Que se passe-t-il ?

Beck arriva à leur hauteur, jeta un coup d'œil à Caroline et poussa une exclamation de stupeur.

— Bonté divine ! Tu es pâle comme la mort !

— Eh bien, je vous remercie tous, mais je n'ai pas eu le temps de m'habiller.

— Où est Martha ? Viens, il faut te ramener dans ton lit.

Il passa le chandelier à Leo et la souleva dans ses bras.

— Je pense qu'il faudrait appeler un médecin, dit le prince, en levant le chandelier pour que Beck puisse l'examiner. Elle a le teint verdâtre, non ?

— Terriblement verdâtre. Martha ? Martha ! hurla

Beck. Seigneur, tu es brûlante, ajouta-t-il en posant une main sur la joue de sa sœur.

— Beck, ne crie pas, j'ai mal aux oreilles, murmura-t-elle en faisant la grimace.

Elle avait mal partout.

— Avez-vous besoin d'aide ? s'enquit le prince.

— Non, répondit-elle en même temps que Beck.

— Merci, je me débrouillerai, ajouta aimablement Beck.

Il l'emporta dans le couloir.

— J'ai perdu mon mouchoir, protesta-t-elle. Et je voulais un bol de bouillon.

— J'emploie assez de domestiques pour que quelqu'un puisse t'apporter du bouillon dans un cas comme celui-ci. Pourquoi n'as-tu pas sonné ? Pourquoi ne m'as-tu pas appelé ?

— Tu ne serais pas venu. Tu étais sorti avec tes amis. Pourquoi as-tu ramené des douzaines de gens qui font la fête dans le salon ?

— De quoi parles-tu ? Nous sommes seulement quatre, en train de dîner, c'est tout, répondit Beck en montant l'escalier.

— Mais pourquoi lui, Beck ? gémit-elle en posant la tête sur son épaule.

Beck s'arrêta sur le premier palier pour reprendre son souffle.

— Seigneur, tu es plus lourde que tu n'en as l'air. Qui ça, lui ?

— L'Imbécile d'Alucie.

Quelqu'un, quelque part, toussota.

— Pour l'amour du ciel, Caro, pourquoi ne m'as-tu pas dit que tu étais aussi malade ?

— Je ne suis pas malade, marmonna-t-elle.

Mais ses paupières étaient lourdes, elle avait du mal à conserver les yeux ouverts.

— Puis-je vous aider ?

Caroline rouvrit brusquement les yeux. Il avait eu l'audace de les suivre dans l'escalier ? Il avait donc entendu ce qu'elle disait discrètement à son frère ?

— Non, je peux la porter, dit Beck en avançant rapidement dans le couloir.

— Elle a une forte fièvre, dit un autre homme.

Caroline reconnut la voix de Robert Ladley, le comte de Montford. Rien ne lui serait donc épargné ? Il y avait maintenant trois hommes autour d'elle !

— *Beck…* , supplia-t-elle.

— Par ici, dit son frère.

À en juger par les bruits de pas, ils étaient suivis par une armée. Caroline blottit son visage contre l'épaule de Beck, pour ne pas être obligée de voir l'Imbécile d'Alucie, mais aussi pour qu'il ne voie pas ses lèvres desséchées et sa tête chiffonnée. Pour elle qui prenait si grand soin de son apparence, cette scène était particulièrement humiliante.

Beck ouvrit la porte de la chambre et la déposa sur le lit. Puis il rabattit la couverture sur elle. Caroline n'osa pas regarder autour d'elle. Mais, quand elle se décida à ouvrir les yeux, elle vit que quatre hommes la considéraient avec des expressions allant de l'inquiétude à l'horreur. C'était encore pire que ce qu'elle avait cru.

— Si vous le voulez bien, je vais aller chercher le Dr Callaway, proposa Montford.

— Oui, ce serait plus prudent, dit le prince, en caressant la joue de Caroline du dos de la main, sans même lui demander sa permission. Elle est brûlante de fièvre.

— Sortez tous, ordonna Beck. Je ne veux pas qu'elle vous contamine.

— Je vais chez le médecin, déclara Montford.

— Je vous accompagne, proposa aussitôt Sir Charles Martin.

— Martha, enfin ! Où étiez-vous donc passée ? grommela Beck quand Martha apparut sur le seuil. Pourquoi ne m'avez-vous pas prévenu qu'elle était aussi souffrante ?

— Oh ! doux Jésus, murmura Caroline en roulant sur le côté pour ne plus voir personne.

— Je l'ignorais, monsieur.

Martha s'assit au bord du lit et repoussa les cheveux de Caroline sur son front.

— La dernière fois que je suis passée la voir, elle dormait paisiblement.

Caroline agrippa la main de Martha et la serra.

— Faites-les partir, chuchota-t-elle.

Martha se leva.

— Laissez-moi prendre soin d'elle.

— Oui, bien sûr, répondit Beck.

Caroline n'aurait su dire comment Martha s'y était prise, mais en quelques secondes tous les hommes furent sortis, en maugréant. La femme de chambre revint à son chevet.

— Je vais chercher des compresses, dit-elle d'un ton apaisant.

Elle disparut de nouveau. Caroline ferma les yeux, mais elle eut la sensation de ne pas être seule. Elle souleva les paupières et vit *l'Imbécile d'Alucie* penché au-dessus d'elle.

Il lui posa une main sur la joue et grimaça.

— Je ne vous avais jamais vue aussi silencieuse.

Caroline aurait voulu lever les yeux au ciel, mais sa tête était trop douloureuse.

— Et moi, je ne vous avais jamais vu aussi sobre, murmura-t-elle.

Il sourit et ses yeux pétillèrent.

— Pardon, Votre Altesse, laissez-moi la soigner, dit Martha, derrière lui.

Le prince disparut, et Martha s'assit à côté de Caroline et posa un linge frais sur son front.

— Vais-je mourir ? demanda Caroline dans un filet de voix. Vous les avez vus ? Tous réunis autour de moi, comme si j'allais quitter ce monde d'un moment à l'autre. Si je meurs, Martha, je veux être enterrée dans la robe jaune brodée de feuilles vertes. Je me suis donné tant de mal pour broder ces maudites feuilles, je veux que tout le monde les voie.

— Vous avez de la fièvre, rien de plus, mademoiselle. Les hommes sont toujours désemparés face à la maladie, et ils ne savent pas quoi faire. Ne faites pas attention à toutes leurs simagrées.

— Merci, Martha, répondit-elle en soupirant. Pouvez-vous me faire monter un bol de soupe ?

Alors même qu'elle murmurait ces mots, elle eut conscience de sombrer dans un profond sommeil. La voix de Martha lui parvint de très loin, au-dessus d'elle.

— Oui, mademoiselle.

Elle se rendit compte que la femme de chambre se levait et passait dans le cabinet de toilette. Rassemblant ses forces, elle se souleva sur les coudes et regarda son reflet dans le miroir de la coiffeuse.

— Oh ! mon Dieu…, chuchota-t-elle, en retombant contre les oreillers.

Il avait fallu que ce maudit prince choisisse précisément ce jour pour leur rendre visite !

Elle basculait de nouveau dans le sommeil, quand la porte s'ouvrit brusquement. Beck apparut à côté du lit et fronça les sourcils.

— Tu m'as terriblement inquiété, dit-il d'un ton accusateur.

— Tu es son ami, à présent ? Vous êtes de bons amis, Leopold et toi ?

— Encore cette histoire ? Tu dois délirer. Et, pour commencer, tu dois l'appeler *Son Altesse Royale.* Quelle importance, qu'il soit mon ami ou non ?

— C'est affreux, gémit-elle.

Le pire, dans tout cela, c'était que son frère ne comprenait pas à quel point il était déloyal envers elle en se liant d'amitié avec cet homme.

Beck s'assit sur le lit et lui caressa le front.

— J'ai fait appeler le Dr Callaway, dit-il doucement. Écoute, Caro, tu ne dois plus me faire de pareille frayeur. Il faut que tu te rétablisses. Nous avons déjà parlé de tout cela pendant la traversée en bateau.

Caroline se moquait de se rétablir, maintenant que ces gentlemen l'avaient vue dans cet état. Martha apparut avec une bassine et des compresses, et Beck lui laissa la place au bord du lit.

— Tu dois vraiment faire ton possible, Caro, ajouta-t-il en hésitant.

Martha leva les yeux au ciel dans son dos.

Beck se pencha, posa une main sur la jambe de Caroline et la pressa doucement.

— La maison serait vide, sans toi.

— Je ne vais pas mourir, Beck. Tu serais complètement perdu sans moi, marmonna-t-elle en fermant lentement les yeux. Maintenant, peux-tu faire sortir tout le monde ? Vraiment tout le monde. Je ne veux pas être obligée de le revoir.

— Elle délire, dit Beck d'une voix lointaine. Elle ne sait plus ce qu'elle dit.

Oh ! Caroline savait très bien ce qu'elle disait, mais elle n'avait plus la force de l'expliquer.

# Chapitre 9

*Lord Russell, notre nouveau Premier ministre, a donné une réception afin de célébrer la victoire de son parti. Parmi les invités se trouvaient lord Hill, lord Eversley et lord Wellington, ainsi que Son Altesse le prince Leopold. L'absence de lady Russell fut remarquée, et cette dame n'a pas été vue souvent depuis son retour d'Alucie. Des personnes informées disent que la réception dura jusqu'au lever du jour. Aux premières lueurs de l'aube, les invités furent aperçus quittant la maison de leur hôte, à l'exception d'un prince qui s'était éclipsé juste après minuit. On le soupçonne de ne pas être parti seul.*

*Lady Caroline Hawke, invitée habituelle de ce genre de réceptions, était absente. En effet, cette dame se rétablit lentement d'une maladie due à un voyage en mer mouvementé et au mauvais air de Londres.*

*Mesdames, sachez qu'une décoction mêlée d'une pointe d'arsenic et de deux cuillères de miel viendra à bout de n'importe quel mal de gorge.*

*Honeycutt's,*
*gazette mode et maison pour ladies*

Leo posa le magazine sur une table et un valet s'empressa de venir le ramasser. C'est à peine si le prince le vit, car les employés de l'hôtel Clarendon savaient se rendre discrets.

Le prince avait réservé la plus grande partie d'un étage dans cet établissement de Bond Street, connu pour accueillir des aristocrates et des hauts dignitaires. Son père aurait préféré qu'il loge dans une résidence privée, avec l'un de ses compatriotes aluciens, mais Leo appréciait l'hôtel. Celui-ci se trouvait en plein centre de Londres et il y avait assez de place pour son personnel, qui comprenait Kadro et Arthur, son valet Freddar, et son secrétaire particulier Josef Pistol. Josef prêtait l'oreille à toutes les rumeurs qui couraient en ville, et c'était lui qui lui avait apporté *Honeycutt's, gazette mode et maison pour ladies* ce matin.

Josef et Leo étaient maintenant assis dans la bibliothèque, dans de gros fauteuils de cuir à l'allure boursouflée. Le plateau du thé était posé devant eux, et Josef prenait des notes dans son agenda en cuir, pendant que Leo pianotait sur l'accoudoir en pensant à l'article qu'il venait de lire. L'exemplaire était de la semaine dernière, néanmoins le contenu de l'article lui laissait un goût amer en bouche.

— Irez-vous chez lord Hawke aujourd'hui, Majesté ? demanda Josef en griffonnant dans son calepin.

Leo se demandait ce que Josef pouvait bien noter sans cesse dans ce satané journal, en dehors de ses rendez-vous.

— Oui, dans un moment. D'après vous, qui surveille d'aussi près mes faits et gestes ? s'enquit-il en désignant la gazette.

— Tout Londres, répondit Josef d'un ton plat.

Leo savait bien entendu que ses allées et venues étaient épiées et publiées dans les journaux. Il était prince, et par conséquent le meilleur parti possible pour les jeunes filles à marier. Et pas uniquement dans ce pays. Il n'était pas étonné que tout le monde sache où il avait passé la soirée. Ce qui l'intriguait en revanche, c'était que quelqu'un, en dehors de Russell lui-même, ait remarqué qu'il s'était éclipsé avant tout le monde. Pourtant il avait pris toutes les précautions possibles, allant jusqu'à demander au majordome de le faire sortir par la porte de service. De toute évidence, il n'était pas doué pour passer inaperçu.

Pour être franc, la seule chose qu'il savait faire correctement dans la vie, c'était s'amuser. Dès qu'il fallait passer aux choses sérieuses, il devait s'avouer totalement incompétent. En d'autres termes, ses pires craintes étaient confirmées. Il était inutile. Il en avait eu la preuve au cours des quinze derniers jours, quand il avait voulu vérifier les renseignements fournis par Lysander. Sa démarche avait été un échec de bout en bout.

— La voiture sera là à deux heures et demie, Majesté, annonça Josef en refermant son carnet. Dois-je envoyer quelqu'un chercher des fleurs ?

— Des fleurs ? répéta distraitement Leo, l'esprit toujours occupé par sa soirée chez lord Russell.

— Pour lady Caroline.

— Oh. Oui, bien sûr.

Hawke n'avait presque pas quitté la maison depuis que sa sœur était malade. Leo était passé chez lui chaque jour, non seulement parce qu'il considérait Hawke comme un ami, mais aussi parce qu'il avait désespérément besoin de parler de nouveau à la servante de maison. Ce qui était diablement plus facile à dire qu'à faire.

Bon sang. Il était incompétent au point de ne pas parvenir à arranger une entrevue avec une simple domestique. Il avait déjà fait trois tentatives. Et, juste au moment où il croyait avoir réussi à la faire parler, lady Caroline était arrivée dans le couloir en vacillant, avec une mine de mort-vivant. Tout chez elle était gris, à l'exception de ses remarquables yeux verts, qui lui avaient paru plus brillants que jamais.

Depuis ce soir-là, Leo avait vainement essayé de parler à la servante. Mais cela lui était impossible, à cause de lady Caroline, qui devait pourtant rester alitée. Chaque fois qu'il se rendait à Upper Brook Street, il se sentait obligé de tenir compagnie à Hawke, qui se faisait un souci terrible pour elle, bien que le médecin lui ait assuré qu'elle allait bientôt se rétablir. Leo ne parvenait pas à trouver une excuse pour sortir du bureau de son ami. S'il proposait à Hawke d'aller lui chercher de l'eau, celui-ci l'arrêtait d'un geste et tirait le cordon pour appeler un valet. Prétendait-il avoir besoin de se soulager ? Hawke lui désignait le pot de chambre posé dans un angle de la pièce.

Leo était constamment freiné par son manque d'imagination et par le sens du détail de Hawke.

Comment quelqu'un pouvait-il s'attendre à ce qu'il sache quoi faire avant même qu'il en ait décidé ? Tout ce qu'il savait, c'était que la femme qu'il cherchait avait été autrefois au service de lord Hill, et qu'elle se nommait Ann Marble. C'était tout ce qu'il avait retenu de ce que Lysander lui avait dit dans les jardins du palais.

Sauf qu'elle n'était plus employée chez Hill. Pour une raison ou une autre, elle avait changé de maître. Pour échouer chez nul autre que Hawke.

Naturellement, Leo l'ignorait quand il avait remué ciel et terre pour décrocher une invitation chez lord Hill. Il ne connaissait cet homme que de loin, l'ayant rencontré une fois ou deux dans le club qu'il fréquentait, et lors de dîners mondains. Il ne se rappelait pas avoir eu une conversation avec lui. Après avoir longtemps réfléchi, il avait fini par trouver un moyen de se faire convier chez lui. Il avait été assez content de lui.

— Majesté ? reprit Josef.

— Oui, des fleurs, dit Leo, en se ressaisissant. Un bouquet gai et coloré.

La maison des Hawke avait bien besoin d'un peu de couleur en ce moment.

— Et du whisky pour Hawke. Même si je crois qu'il devrait renoncer à la bouteille.

Leo avait passé de longues heures avec Hawke, qui cherchait à noyer son angoisse dans le whisky pendant la maladie de sa sœur.

Josef s'inclina avec raideur.

— Permettez-moi de prendre congé, monsieur.

— Si vous n'avez pas de ragots à me rapporter, je vous en prie, vous pouvez vaquer à vos affaires, répondit Leo en soupirant.

Josef sortit. Le secrétaire n'était pas le genre d'homme à s'intéresser aux ragots.

Leo avait encore une heure devant lui avant l'arrivée de la voiture. Apparemment, il allait débarquer chez Hawke les bras chargés de présents.

Encore un prétexte.

C'était ainsi qu'il avait réussi à s'introduire chez Hill. Dieu sait qu'il s'était retourné l'esprit pour trouver comment extorquer une invitation à lord Hill. Puis il y avait eu un miracle. Il s'était rappelé avoir participé à une chasse à courre dans le Sussex, pendant une pluvieuse journée d'automne. Hill était là aussi, n'est-ce pas ? Oui, Leo en était sûr, puisque son domaine familial se trouvait dans la région. L'homme était présent quand la troupe de chasseurs avait fait halte dans les ruines du château de Herstmonceux, pour laisser les chevaux se reposer. Oui, il était là, c'était une certitude.

Mais comment profiter de ce souvenir pour approcher Hill ? Leo avait réfléchi à tous les prétextes dont les gens se servaient depuis des années pour l'approcher, lui. Qui aurait pu croire que cela lui serait utile un jour ? C'est ainsi qu'il s'était assis à la table de lord Hill, un jour au club, et qu'il lui avait demandé s'il se rappelait ce château abandonné dans lequel ils étaient passés pendant la chasse, quelques années auparavant.

« Bien sûr, je m'en souviens, avait dit Hill.

— Est-il à vendre ? »

Hill l'avait regardé d'un air ahuri.

« À vendre ? Ce tas de pierres ?

— Les murs sont encore debout. J'aimerais le faire restaurer.

— Le restaurer ! avait répété Hill en éclatant de rire. Cela vous coûterait une fortune ! L'équivalent de la rançon d'un roi, au bas mot. »

Leo avait haussé les épaules avec désinvolture.

« Disons que cela serait pour moi une sorte de passe-temps. Pourriez-vous me le faire visiter ?

— Eh bien, Majesté, je suppose que, si quelqu'un

dispose de la rançon d'un roi, c'est bien vous. Mais je vous préviens, vous y laisserez jusqu'à votre dernier sou. La charpente est certainement pourrie, et les pierres sont rongées par l'humidité. Mais, bien sûr, venez donc me voir dans le Sussex. Les propriétaires sont mes voisins, à l'est de mon domaine. Je leur parlerai, et je pourrai vous dire s'ils sont disposés à vendre.

— Je vous en serais reconnaissant. »

Le lendemain, Leo avait reçu une invitation dans le Sussex. Il était très content de lui. Peut-être était-il plus malin qu'il ne le croyait. Il était entré dans la demeure de lord Hill avec assurance, comme le prouvaient ses épaules rejetées en arrière et son torse bombé. Jusqu'au moment où il avait demandé à un valet s'il était possible de voir Miss Ann Marble.

« Miss Marble ne travaille plus ici, Majesté. Elle a trouvé une nouvelle situation chez lord Russell. »

Le sourire de Leo s'était évaporé. Sapristi. Les choses n'étaient pas censées se dérouler ainsi. Il s'était donné un mal fou pour pénétrer dans cette maison, et elle aurait dû être là, bon sang ! Leo n'avait même pas imaginé que Miss Marble ne serait peut-être pas à l'endroit où Lysander avait dit qu'elle serait.

« Ah. Bien…, avait-il marmonné.

— Dois-je envoyer un message ?

— Non. Ce n'est pas nécessaire. Merci. »

Leo s'était obligé à sourire avec indifférence, avant de fausser compagnie au valet.

Pour couronner le tout, Leo s'était rendu compte qu'il n'avait aucune raison valable de ne plus s'intéresser au château, maintenant que lord Hill s'était donné la peine de contacter les propriétaires. Il était reparti en proie à un lourd sentiment de malaise, à l'idée de s'être encombré d'une vieille ruine.

C'est à ce moment-là qu'il aurait dû renoncer. Il aurait dû admettre qu'il n'était pas à la hauteur de la tâche. De plus, il lui était impossible de faire un pas à Londres sans être espionné.

Il jeta un regard noir à la gazette que le valet avait rangée sur une table avec les autres journaux du matin.

Malheureusement, il ne pouvait pas laisser tomber l'affaire. Sa conscience ne le lui permettait pas. Les cinq noms au fond de sa poche ne le lui permettaient pas non plus. Cette terrible petite liste contenait cinq noms qu'il ne pouvait oublier. *Nina, Isidora, Eowyn, Jacleen, Rasa.*

Les noms de cinq Wesloriennes qui avaient été vendues en esclavage. Ou pis encore. Leo essayait de ne pas penser au pire.

C'était cela que Lysander avait désespérément voulu lui expliquer, dans les jardins. Des hommes riches et puissants s'étaient unis pour acheter des jeunes femmes issues de familles pauvres et les revendre à d'autres hommes puissants qui avaient de l'influence dans le commerce et la politique étrangère. Ces gens se livraient à un trafic d'êtres humains pour obtenir des avantages politiques.

Leo avait été si choqué par ce que Lysander lui avait appris qu'il n'avait pas voulu en entendre davantage.

« Pourquoi me dites-vous cela ? Je ne peux pas vous aider ! » s'était-il écrié.

Lysander avait eu un étrange sourire.

« C'est tout le contraire, Majesté. Vous êtes sans doute le seul à pouvoir m'aider. »

Mais Leo avait secoué la tête, sans l'écouter.

« Je vous ferai rencontrer la personne à qui vous devez vous adresser pour mettre fin à ce trafic, monsieur. Mais je ne peux pas vous aider. Je repars pour l'Angleterre demain. »

Leo se revit traversant le parc. Il aurait voulu être déjà à bord du bateau, loin de ces histoires horribles, loin des cérémonies, loin de sa fonction de prince.

Mais Lysander n'allait pas le laisser s'enfuir aussi facilement.

« Il a fait fortune dans la sidérurgie ici, en Alucie. Vous avez peut-être vu ses usines, à l'extérieur de Helenamar. Ce gentleman a accompagné votre frère en Angleterre pour le conseiller au sujet des contrats commerciaux. Il s'agit de lord Vinters. »

Leo s'était figé. Marcellus Vinters était un conseiller qui avait toute la confiance de son père.

« Il a des liens très forts avec l'Angleterre et s'est arrangé pour intégrer certaines avancées britanniques à ses affaires. C'est l'intermédiaire, en quelque sorte.

— L'intermédiaire ? avait répété Leo, sans comprendre.

— Les Wesloriens veulent bénéficier de ces progrès. Ils procurent ces filles comme une monnaie d'échange. Lord Vinters les revend contre des contrats commerciaux qui avantagent les Wesloriens. »

Ce qui signifiait donc que Vinters travaillait contre les intérêts de l'Alucie. Leo avait eu un peu de mal à absorber tout cela. C'est alors que Lysander lui avait dit quelque chose qui changeait tout.

« L'intermédiaire de la Wesloria est lord Brondeny. »

Le père de lady Eulalie. L'estomac de Leo s'était contracté. Impossible. Ses faits et gestes auraient dû être observés par les Aluciens. Leo allait épouser sa fille, et ils ne pouvaient risquer un tel scandale.

Son propre père n'était donc au courant de rien ?

« C'est impossible. Vinters est un proche collaborateur de mon père. Il ne négocierait pas des contrats avantageant la Wesloria. Il ne se livrerait pas au trafic d'esclaves.

— Vous savez aussi bien que moi que l'industrialisation d'un pays dépend de la sidérurgie, avait calmement répliqué Lysander. Pour survivre, pour être fort, il faut industrialiser. Les Wesloriens sont prêts à payer le prix pour cela.

— Et Vinters ? Que gagne-t-il dans cette affaire ? »

Lysander avait haussé les épaules.

« Il espère peut-être assurer sa position ? Nombreux sont ceux qui pensent que la Wesloria ne sera jamais aussi forte que l'Alucie, tant qu'il n'y aura pas un Oberon sur le trône. Et ils sont encore plus nombreux à croire qu'un Oberon sur le trône sera la fin de l'Alucie. Vinters fait sans doute un pari sur l'avenir. »

La tête penchée sur le côté, il avait observé Leo un moment.

« Vous savez très bien comment se passent ces choses-là.

— Non, je n'en sais rien, avait protesté Leo. Je ne suis pas mon frère, monsieur. Je ne suis que le fils cadet, et non l'héritier du royaume. »

Cela lui paraissait diablement évident.

Mais Lysander avait dardé sur lui ses yeux dorés, et Leo avait eu l'impression qu'il pénétrait au fond de son âme.

« Vous ne pouvez pas m'apporter ce genre d'informations ici », avait-il ajouté vivement.

Il ignorait peut-être l'existence de ces procédés malhonnêtes, mais il savait quel scandale cela causerait si un proche de son père en entendait parler. Très franchement, Leo n'était pas certain que son père accorderait plus de foi à ses paroles qu'à celles de Vinters.

Mais Lysander avait insisté, et prononcé le nom d'Ann Marble. Leo l'avait arrêté, et l'avait prié de le retrouver un peu plus tard chez Jean Franck. Ici, ils étaient à portée d'oreille du roi lui-même !

Dans l'après-midi, Leo avait été tenté d'oublier les horreurs que Lysander lui avait révélées, mais il se sentait en même temps obligé d'en apprendre davantage. Si ce trafic existait vraiment, son plus cher désir était d'écraser les hommes qui s'y livraient. Même si l'un d'eux était son futur beau-père. En fait, surtout si son futur beau-père était impliqué.

Mais Lysander ne s'était pas montré chez son ami, puisqu'il avait été arrêté le jour même dans les jardins du palais. Cependant, Leo avait cru que ses deux acolytes viendraient peut-être.

Personne ne s'était montré.

Leo n'avait plus entendu parler de l'affaire, jusqu'au moment où il se préparait à quitter le palais pour embarquer à bord de son navire. Alors qu'il attendait que les valets aient fini de charger ses malles dans une voiture, il avait surpris une conversation entre deux hommes du gouvernement. D'après eux, Lysander avait été envoyé en Wesloria pour y répondre de crimes qu'il y avait commis.

« Oui, laissons les Wesloriens s'occuper de lui, avait dit un des hommes derrière lui. Ils lui auront vite réglé son affaire. »

La gorge de Leo s'était nouée. Tout était donc terminé. Qu'aurait-il pu faire, sans Lysander pour le guider dans cette périlleuse mission ?

Mais non, tout était loin d'être terminé.

Quand le navire était arrivé à Londres en milieu de journée, les quais grouillaient de monde. L'équipage était pressé de finir son travail pour aller à terre. Alors que Leo regardait les hommes transporter les caisses et les malles, et Dieu sait quoi encore, un marin l'avait heurté par inadvertance et leurs mains s'étaient touchées. Surpris, Leo s'était retourné et s'était rendu compte que l'homme lui glissait un papier entre les doigts.

« Qu'est-ce que c'est ?

— De la part de Lysander. Trouvez-en une, trouvez-les toutes. Ramenez-les à la maison et laissez la poussière recouvrir ce qu'elle peut.

— Pardon ? »

Un peu étourdi, Leo avait levé les yeux. Mais l'homme avait disparu dans la foule des travailleurs.

Leo avait déplié le papier. Cinq noms de femmes y étaient inscrits. C'était à cause de ces noms, et des visages qu'il imaginait s'y rattachant, qu'il ne pouvait renoncer à parler à Ann Marble, même si ses tentatives avaient échoué jusqu'ici. Elle savait forcément quelque chose.

Sa première idée avait été d'envoyer la liste à Sebastian, avec une lettre lui exposant le peu qu'il savait sur cette affaire. Mais Leo avait vite abandonné cette idée. Son frère était en lune de miel. En outre, toute leur vie, Sebastian avait endossé le poids des responsabilités. Pendant que Leo s'efforçait d'échapper aux obligations, Sebastian améliorait le quotidien de leurs concitoyens. Son frère avait acquis la réputation d'un homme intelligent et efficace, tandis que Leo passait pour un vaurien et un débauché. Et cette horrible affaire se passait en Angleterre, sous son nez !

Après avoir vécu si longtemps dans la nonchalance et les privilèges, il était temps de se donner un peu de mal pour les autres.

Toutefois, Leo ne connaissait pas grand-chose aux usages du monde. Il y avait toujours eu quelqu'un à côté de lui pour agir à sa place. Comment procéder pour retrouver ces femmes ? Mystère. Et, s'il les retrouvait, que devrait-il faire ? Fallait-il qu'il les fasse monter dans sa voiture pour les emmener… Où cela ? Ici même ? Dans son hôtel ?

Il n'avait pas l'étoffe d'un héros. S'il se laissait aller à trop réfléchir, il finirait par se noyer dans un océan de doutes. Pourtant, il avait fini par comprendre que Lysander avait raison. Il était l'unique personne qualifiée pour résoudre ce problème. Précisément parce qu'il était un prince qui ne servait à rien. Son titre lui ouvrait les portes de n'importe quelle prestigieuse demeure de Londres. Ce même titre attirait l'attention des femmes, et lui avait donné de nombreuses occasions de faire usage de son charme. S'il existait un homme capable de pénétrer dans les maisons où ces otages étaient retenues, c'était bien lui. S'il y avait un homme capable de persuader ces femmes de partir avec lui, de venir témoigner, ce n'était pas cette brute de Lysander. C'était *lui*.

Tout ce qui lui restait à faire, c'était de trouver Ann Marble. C'était bien pour cela que Lysander avait prononcé son nom, n'est-ce pas ? Leo ne se rappelait plus exactement ce que le géant blond avait dit. Mais, s'il trouvait Ann Marble, il était persuadé de pouvoir trouver toutes les autres. « Trouvez-en une, trouvez-les toutes. »

Malheureusement, après sa visite à lord Hill, il avait découvert qu'Ann Marble n'était plus au service de lord Russell non plus. Elle était maintenant femme de chambre chez lord Beckett Hawke.

Comme le monde était petit.

Une pluie fine s'était mise à tomber quand Leo s'arrêta devant la maison de Upper Brook Street où Hawke et sa sœur résidaient la plus grande partie de l'année. Hawke lui avait dit une fois que, pendant les périodes les plus chaudes, ils partaient se mettre au vert dans leur domaine familial des Cotswolds. Flanqué de Kadro et d'Arthur, Leo courut vers la porte. Kadro le devança et frappa. Plusieurs secondes s'écoulèrent, puis le battant s'ouvrit et Beck apparut sur le seuil, encore vêtu de sa robe de chambre. Des cercles sombres soulignaient ses yeux et ses cheveux d'un brun doré étaient en désordre. La première pensée qui traversa l'esprit de Leo fut que lady Caroline n'était plus…

Et, soudain, un grand sourire éclaira le visage de Hawke.

— Majesté ! s'exclama-t-il. Vous arrivez vraiment au meilleur moment. La fièvre est tombée hier soir.

— C'est en effet une excellente nouvelle, mon ami.

Passant le bras sur les épaules de Leo, Hawke l'entraîna à l'intérieur.

— Entrez, entrez tous ! Il n'a pas besoin de gardes devant cette maison, n'est-ce pas ? Nous allons boire une chope de bière. Non ! Mieux encore, nous allons boire du gin et porter un toast à la santé de ma sœur. Garrett ! Garrett, où êtes-vous ? hurla-t-il.

Kadro et Arthur ignorèrent l'invitation et ne quittèrent pas leur poste de surveillance devant la porte. Hawke ne parut pas s'en apercevoir. Abandonnant Leo, il retourna dans le salon, pieds nus et les pans de sa robe flottant derrière lui.

— Garrett ! Venez ici !

Leo jeta un coup d'œil à ses gardes du corps, leur fit signe d'attendre à l'extérieur et suivit Hawke dans le salon. Un désordre indescriptible régnait dans la pièce. Des livres jonchaient le canapé, d'autres, qui avaient été empilés n'importe comment près de la cheminée, s'étaient éparpillés sur le sol. Les journaux du jour étaient étalés sur la table. Du linge était entassé dans un coin, mais Leo n'aurait su dire si c'étaient des draps ou des vêtements. Les reliefs d'un repas traînaient sur le bureau. Apparemment, Beckett Hawke vivait dans cette pièce.

Garrett entra et salua, puis proposa de prendre les fleurs et le whisky que Leo avait apportés.

— Je suis content de savoir que votre sœur est rétablie, dit le prince.

— Elle passe encore beaucoup de temps à dormir. Ce n'est pas étonnant. Voilà des jours qu'elle ne mange plus.

Hawke s'approcha de la desserte, en repoussant Garrett, dont les mains étaient occupées par les fleurs et la bouteille. Hawke déboucha une carafe et versa le gin dans deux verres.

— Est-ce qu'elle parle ? s'enquit Leo.

Hawke lui coula un regard en coin et sourit.

— Oh ! mais oui. Elle m'a accusé de lui avoir donné

la fièvre, car je m'approchais trop de son lit, et elle m'a chassé de sa chambre, raconta-t-il en riant. Ce qui est très bon signe ! Si elle est fâchée contre moi, c'est qu'elle est redevenue elle-même. Ce n'est pas votre avis, Garrett ?

— Certainement, monsieur.

— Et le médecin ? Qu'en pense-t-il ?

— Le médecin, le médecin, dit Hawke en hochant la tête. Il dit ce qu'il a toujours dit. Que son cœur bat à la perfection et qu'il n'y a pas lieu de s'inquiéter.

Il balaya cette opinion d'un petit geste négligent de la main.

— Elle a failli mourir, je vous dis. Si nous n'avions pas ouvert ses fenêtres pour chasser l'air vicié de la chambre, et si Mrs Green ne lui avait pas appliqué un cataplasme sur les pieds pour faire tomber la fièvre, elle nous aurait sûrement quittés.

— Il faut donc rendre grâce à Dieu aujourd'hui, mon ami, puisqu'elle est toujours parmi nous.

— En effet, elle est toujours là.

Hawke fit une pause et parut réfléchir. Puis il hocha de nouveau la tête et regarda Leo.

— Vous m'avez convaincu.

— De quoi ? interrogea Leo, interdit.

— Vous m'avez convaincu qu'elle était guérie.

— Vraiment ?

— Je pars au club ! Voulez-vous bien m'attendre, pendant que je fais un brin de toilette ? J'insiste, je veux que vous m'accompagniez, pour me raconter ce que vous avez fait pendant tout ce temps. Je vous soupçonne de ne pas avoir été sage, Majesté.

Sur ces mots, Hawke prit son verre et le vida d'un trait.

Leo eut un mince sourire.

— Je serais honoré que vous m'appeliez simplement Leo quand vous me réprimandez pour ma conduite.

— Dans ce cas, appelez-moi Beck ! s'exclama son ami en riant. Garrett, faites monter de l'eau chaude dans ma chambre. Et ne restez pas planté là avec ces fleurs. Caro sera très contente d'avoir un bouquet pour égayer sa chambre. Oh ! et veillez à ce que Son Altesse Royale soit confortablement installée, jusqu'à ce que je redescende.

— Oui, monsieur.

— Mettez-vous à l'aise, Majesté, dit Beck en sortant avec Garrett.

Leo ne voyait pas comment il pouvait se sentir à l'aise dans un tel désordre. En vérité, tout ce qu'il voulait, c'était trouver Miss Marble. Il avait le sentiment que, lorsque lady Caroline serait complètement rétablie, son accès à cette maison serait grandement restreint.

Il s'approcha de la porte afin de lancer un coup d'œil dans le hall. Il se tenait face à un tableau représentant une chasse au renard. Le cavalier juché sur un étalon noir était Beckett Hawke. Loin derrière lui se trouvait une imposante demeure, qui devait être leur domaine de campagne. Il examinait la meute de chiens courant autour d'un Beck idéalisé par le peintre, quand il entendit le majordome, de l'autre côté de la porte.

— Susan ? Susan !

Leo se pencha légèrement en avant, prêtant l'oreille.

— Que portez-vous là ?

— Des draps, Mr Garrett. Nous avons refait son lit.

— Allez chercher Ann. Dites-lui de monter ces fleurs à lady Caroline, avec les compliments de Son Altesse Royale, le prince Leopold.

Leo grimaça. lady Caroline risquait de voir un message là où il n'y en avait aucun.

— Je vous demande pardon, Mr Garrett, mais Ann est allée à l'office, chercher un bol de soupe pour mademoiselle.

Leo dressa l'oreille.

— Dans ce cas, montez-les vous-même. Je dois aller aider monsieur à se préparer.

Il y eut des mouvements, des froissements de tissu, un petit soupir exaspéré. Puis Leo entendit le pas de Garrett s'éloigner dans le couloir. Une idée lui traversa soudain l'esprit, et il bondit vers la porte avant que Susan ait pu disparaître. Passant la tête dans l'embrasure, il vit que la servante était toujours là, des draps sur un bras, le bouquet de fleurs dans la main. Quand elle le vit, elle écarquilla les yeux et jeta un coup d'œil nerveux dans le corridor.

Elle semblait vouloir s'enfuir.

— Puis-je vous être utile ? s'enquit-il, en usant de son plus charmant sourire.

La servante battit des paupières.

— Ah, je… je peux…, bredouilla-t-elle.

Leo sortit du salon.

— Susan… Permettez-moi de vous rendre service, suggéra-t-il d'une voix doucereuse.

# Chapitre 10

*Une spectatrice pourtant fidèle de l'opéra a récemment pris l'habitude de délaisser ces spectacles musicaux pour aller faire une promenade à cheval à Rotten Row, le soir. Les rumeurs prétendent qu'elle ne manquerait ce moment pour rien au monde, car les leçons d'équitation que lui offre son époux sont données par un instructeur aux yeux bleus comme un ciel d'été. Or cette dame préfère l'été à toutes les autres saisons.*

*Dans le domaine de la propriété foncière, une nouvelle mode a été lancée sur notre rivage par un visiteur royal. Elle consiste à acheter des ruines abandonnées pour les rénover. Pourquoi se donner tant de mal ? Cela défie l'imagination, du moins pour la personne qui écrit ces lignes.*

*Mesdames, il n'est jamais trop tôt pour inculquer des notions d'obéissance à vos enfants. Selon l'avis des experts, il est souhaitable que vos bambins reçoivent leur première leçon dès qu'ils commencent à exprimer leur volonté par des paroles ou des gestes.*

*Honeycutt's,*
*gazette mode et maison pour ladies*

Caroline avait l'impression d'avoir passé ces dernières semaines dans une caverne, loin de Londres et du monde. Par conséquent, elle était très fatiguée et plus que contrariée.

— Est-ce que je vais vivre, Martha ? Répondez-moi sincèrement, je vous en prie. Ne me donnez pas de faux espoirs.

— Vous allez vivre longtemps et vous serez très heureuse, lady Caroline, répondit Martha d'une voix rassurante, en la faisant rouler sur le côté.

Aidée d'une autre servante, Martha garnissait le lit de draps propres, ce qui nécessitait de la faire rouler de droite à gauche.

— Cela ne pourrait pas attendre un peu ? maugréa Caroline.

— Non, mademoiselle, répliqua Martha d'un ton ferme, en lui posant une compresse fraîche sur le front.

Caroline repoussa sa main. Elle se sentait sale et poisseuse, et quand elle passait la main dans ses cheveux les larmes lui montaient aux yeux. Ses mèches étaient terriblement emmêlées. Il allait falloir des semaines pour que sa chevelure retrouve tout son éclat.

L'agitation autour d'elle finit par se calmer, et Caroline ferma de nouveau les yeux, ignorant les chuchotements des servantes qui circulaient dans la chambre comme des souris. Elle entendit quelqu'un prononcer le mot soupe et murmura :

— Oui, de la soupe, s'il vous plaît.

Une porte s'ouvrit, se referma, puis le silence retomba. Mais alors elle prit conscience d'un parfum si délicieux qu'elle fut obligée d'ouvrir les yeux pour voir d'où cela venait. Son visage était écrasé contre l'oreiller, elle ne put ouvrir qu'un seul œil. Elle crut voir la silhouette d'un homme à côté de son lit. Ce devait être une hallucination. Ou bien, le mannequin de couture à ses mesures, qu'elle gardait toujours dans sa chambre. Elle travaillait sur l'une de ses nouvelles créations quand elle était tombée malade.

Elle souleva la tête, afin de pouvoir ouvrir les deux yeux. Ce n'était pas un mannequin, ni une hallucination ou une apparition. *Non.* C'était clairement *l'Imbécile d'Alucie.* Il lui souriait en lui montrant le vieux vase en cristal de sa grand-mère paré d'un bouquet odorant de fleurs jaunes.

— Est-ce que je vous dérange ? demanda-t-il aimablement, comme s'ils étaient sur le point de prendre le thé.

Que diable faisait-il dans sa chambre ? Et pourquoi tenait-il ce bouquet dans les mains ?

Elle parvint non sans mal à se soulever sur un coude pour le regarder de la tête aux pieds.

— Vous… Vous vivez ici, maintenant ? s'enquit-elle en hésitant.

Elle savait que Beck était capable de tout. Il se mit à rire.

— Non, mais je ne réside pas loin d'ici. J'ai pris une suite au Clarendon.

Caroline se rallongea et roula sur le lit en enfonçant de nouveau le visage dans l'oreiller.

— C'est incroyable, marmonna-t-elle.

Elle roula de nouveau sur le dos et demanda :

— Vous êtes resté là tout le temps ?

— Tout le temps ?

— Pendant les deux jours où j'étais malade ?

— Non. Mais j'ai régulièrement rendu visite à votre frère, qui était follement inquiet. Toutefois, cela n'a pas duré deux jours. Il me semble que nous venons d'amorcer la quatrième soirée de veillée funèbre. Mais vous défiez le destin.

Ce qu'il disait n'avait pas de sens.

— Quatre jours ? répéta-t-elle. C'est impossible.

Elle tourna la tête vers la fenêtre. Une lumière grise filtrait entre les tentures. Était-ce possible ? Avait-elle été malade si longtemps ? Seigneur, ses jambes devaient être complètement atrophiées, à présent. Elle s'imagina promenée par Hollis dans un fauteuil roulant.

— C'est tout à fait possible, lady Caroline. Je vous le répète, vous avez créé une grande agitation.

— Que voulez-vous dire ?

— Avez-vous oublié l'émoi que vous avez suscité à Helenamar ?

Caroline réfléchit quelques secondes.

— J'ai porté quelques robes éblouissantes, admit-elle.

— Ce n'était pas… ce que…

— Qu'avez-vous là ? interrogea-t-elle brusquement.

— Des fleurs.

— Oui, mais… Elles sont pour moi ?

Il considéra le bouquet, comme s'il ne se rappelait pas pourquoi il l'avait apporté.

— Elles sont… Oui. Pour vous.

— Oh ! mon Dieu. Vous avez vraiment dû croire que j'allais mourir. Je suis sûre que vous allez exiger des excuses parce que je ne suis pas passée de vie à trépas. Mais je ne vous en présenterai pas.

Un sourire narquois apparut sur les lèvres du prince.

— Je croirais vraiment que vous êtes aux portes

de la mort, si vous vous excusiez de quelque chose. Pouvez-vous vous asseoir ?

— Naturellement, répondit-elle d'un ton irrité.

Elle tenta de se redresser, mais cela lui demanda trop d'efforts.

Le prince posa les fleurs sur la table de chevet, lui passa les mains sous les bras et la souleva.

— Arrêtez ! protesta Caroline. Je suis parfaitement capable de m'asseoir sans votre aide !

— Non, pas du tout, répondit-il en glissant des coussins dans son dos. Vous êtes mieux ainsi ?

— Oui, concéda-t-elle, à regret. Mais faut-il vraiment que vous restiez là ?

— Votre frère avait raison. Vous êtes fâchée. Je lui signalerai que vous ne courez plus aucun danger de quitter ce monde. D'après ce que je sais, les personnes qui se trouvent sur leur lit de mort sont plus repentantes.

— De quoi voudriez-vous que je me repente ? répliqua-t-elle, avec le plus grand sérieux.

Dans l'ensemble, elle ne trouvait rien à se reprocher. Bien sûr elle n'était pas parfaite, mais elle aimait son frère, elle aimait ses amis, et elle se montrait bonne envers tous ceux qu'elle rencontrait. Même envers cet idiot. Du moins, elle avait été indulgente avant qu'il ne se montre grossier.

— Que faites-vous ici ? Je pensais que vous n'oseriez plus vous montrer, après que votre tentative pour séduire notre servante a été contrariée.

— De quoi diable parlez-vous ? demanda-t-il avec un sourire amusé.

Il se tenait là, devant elle, beau et innocent. Oh !

mais croyait-il qu'elle avait oublié ? Eh bien, non. Elle regarda les fleurs qu'il avait apportées et réfléchit aux motifs de sa visite.

— Je trouve qu'un couloir sombre est un drôle d'endroit pour retrouver une personne que l'on connaît.

Le prince s'appuya nonchalamment contre le montant du lit.

— La fièvre a dû vous faire délirer. Vous avez imaginé une scène qui n'existait pas.

— Ce n'était pas mon imagination, Majesté. Vous étiez dans le couloir avec cette femme, et maintenant vous êtes dans ma chambre. Comment cela se fait-il ? Garrett ne vous aurait jamais autorisé à entrer.

— Il ne sait pas que je suis là.

— Quoi ? Où est Beck ?

— Il se prépare à sortir. C'est pourquoi Garrett ne vous a pas apporté ce bouquet lui-même. J'ai pensé à le faire à sa place.

Elle jeta un coup d'œil derrière sa haute silhouette. Son apparence impeccable lui rappela brusquement qu'elle ne devait pas être belle à voir. Elle eut envie de plonger la tête sous les couvertures pour se cacher.

— Je ne suis pas prête à recevoir des visiteurs. Je n'ai pas bonne mine, je me sens faible. Vous devriez retourner attendre Beck dans son bureau.

— Vous vous sentirez mieux bientôt. J'ai cru comprendre qu'on allait vous monter un bol de soupe.

Il sourit doucement. Son expression était chaleureuse, et elle sentit ses idées se brouiller.

— Je pense que le gouvernement d'Alucie n'aimerait pas que vous côtoyiez la maladie.

— Si le gouvernement me regardait attentivement, vous auriez sans doute raison.

Caroline essaya de ricaner, mais elle avait trop mal à la tête.

— Votre frère était terriblement inquiet pour vous.

Caroline revit des images de son frère penché sur elle, ses boucles retombant sur son front.

— J'ai perdu une sœur de la fièvre, vous savez, ajouta Leo.

— Je vous demande pardon ?

— Elle était jeune. Elle n'avait que trois ans quand elle a succombé à un accès de fièvre.

Caroline se redressa très légèrement contre les oreillers.

— J'ignorais que vous aviez eu une sœur.

— C'était il y a longtemps. J'étais très jeune aussi, mais je m'en souviens très bien. Hawke a certainement redouté de vous perdre, en dépit des sommes faramineuses qu'il prétend que vous avez dépensées chez les couturières, les modistes et les marchands de tissus.

— Il s'est encore plaint à ce sujet ? demanda Caroline avec un soupir de lassitude. J'essaye pourtant d'intercepter les factures avant qu'il ne les ait vues.

Elle n'avait pas vraiment eu l'intention de dire cela à haute voix. Le prince s'assit au pied du lit en riant.

— Il s'occupe très gentiment de vous.

C'était la vérité. Beck aurait pu lui mener la vie dure, s'il l'avait voulu, après la disparition de leurs parents. Mais il l'avait toujours protégée.

— Je veille aussi sur lui. Il y a si longtemps que nous sommes seuls au monde, tous les deux, dit-elle d'un air triste.

Malgré elle, des larmes lui montèrent aux yeux. Ciel.

— Il est comme un père pour moi. C'est à peine si je me souviens de mon vrai père. Vous avez de la chance d'avoir encore le vôtre.

Elle essuya une larme qui avait roulé sur sa joue. Était-ce la maladie qui l'avait rendue aussi sentimentale ?

— Mon père n'était pas tellement présent, en réalité, dit Leo d'un ton plat.

Pensant qu'il plaisantait, Caroline attendit qu'il clarifie ses paroles. Mais le prince ne souriait pas. Il haussa de nouveau les épaules.

— Le temps ne guérit pas les plaies, je suppose. Mon frère monopolisait toute l'attention de notre père. Pendant toute notre enfance, le roi a préparé Sebastian à monter sur le trône. J'étais… j'étais là, tout simplement. Il ne prenait pas garde à ma présence.

Cela ne pouvait pas être vrai. Caroline ne pouvait même pas imaginer avoir un père qui ne se souciât pas d'elle. Elle ne gardait que de rares souvenirs de son père, mais sa bienveillance et l'affection qu'il lui portait étaient restées gravées dans son cœur.

— Ah, mais c'est ce qui arrive quand on est le fils cadet dans une famille royale, reprit Leo avec un sourire mélancolique. Ce sont les hasards de la vie.

Quelqu'un frappa doucement à la porte. Le prince se leva au moment où la nouvelle servante entrait avec un plateau et un bol de soupe. L'odeur du potage était si délicieuse que l'estomac de Caroline se mit à gargouiller.

Mais la servante se figea au milieu de la chambre. Visiblement troublée par la présence du prince, ce qui pouvait se comprendre, elle esquissa une révérence maladroite et manqua renverser la soupe.

— Ne faites pas attention à ce gentleman, Ann. Il ne devrait pas être là.

En effet, Ann ne fit pas attention à Leo. Rouge de confusion, elle déploya de tels efforts pour éviter de croiser son regard que Caroline n'aurait pas pu ne pas s'en apercevoir. Il fallait vraiment être très timide pour ne pas couler au moins un regard dans sa direction ! Car Leo était un très beau prince. Mais Ann Marble s'efforça de ne pas tourner les yeux vers lui, en traversant la chambre avec son plateau.

Elle posa ce dernier sur les jambes de Caroline et faillit encore une fois le renverser quand Beck fit irruption, les cheveux trempés et peignés en arrière.

— Caro ! Tu es réveillée ! Quel soulagement de te voir enfin assise ! Martha dit que nous devrions appliquer encore un cataplasme, déclara-t-il en traversant la pièce en quelques enjambées. La fièvre est tombée, mais nous devons être prudents et continuer de lutter contre cette vilaine maladie. Donc, je te suggère de supporter le cataplasme.

— Je ne vois pas comment ce maudit cataplasme pourrait me guérir.

— Je ne suis pas médecin, ma chère, et je ne saurais le dire. Mais écoute-moi bien. J'espère que tu ne seras plus jamais aussi malade. Sache que nous étions à deux doigts d'appliquer des sangsues.

— Des sangsues ! s'écria-t-elle, alors que Beck redressait le plateau, qui avait glissé sur ses genoux.

— Oui, c'est pourquoi je te conseille le cataplasme.

Il lui fit signe de se redresser et ôta quelques coussins dans son dos.

— Oh ! ciel, tes cheveux. Enfin, Martha arrangera cela. Si elle le peut. J'ai l'impression qu'il va falloir couper…

— Beck !

— Ah, voilà justement Martha avec le cataplasme, dit-il, en voyant la femme de chambre approcher.

Une horrible odeur se dégageait du bol qu'elle tenait entre les mains.

— Puis-je manger la soupe d'abord ? demanda Caroline d'un ton suppliant. Je meurs de faim !

— Naturellement ! répondit Martha. Ensuite, j'appliquerai cela sur votre poitrine.

Elle aida Caroline à se redresser et remit dans son dos les coussins que Beck avait enlevés.

— Bonté divine, murmura la femme de chambre, en lui lissant les cheveux. Cela va nous donner du travail.

Tout cela était épuisant. Caroline n'avait qu'une seule envie : avaler sa soupe et se rendormir. Elle jeta un coup d'œil dans la chambre, pour voir si le prince était toujours nonchalamment assis au pied du lit. Mais il avait disparu.

Ainsi que Ann.

La seule preuve de sa visite était le bouquet de fleurs posé sur sa table de chevet. Elle considéra sa soupe d'un air renfrogné, tandis que Beck continuait de papoter, et se prétendait soulagé qu'elle ait guéri à temps pour paraître au bal des Montgomery.

— Je sais que tu aimes aller au bal, déclara-t-il, très fier de se rappeler ce détail.

Caroline avait beau être terriblement malade, elle

avait encore l'esprit vif. Et elle savait quand un homme avait envie de batifoler.

Ce vaurien de prince était parti s'amuser dans les couloirs avec une de leurs servantes.

# *Chapitre 11*

*Les invitations pour le bal des Montgomery ont été envoyées. Cet événement annuel lance le début des réceptions d'été. Toutes les personnes d'importance dans la société y assisteront, y compris le nouveau Premier ministre. Son épouse toutefois ne pourra être présente, car elle est très absorbée par l'entretien de son jardin potager dans le Kent. Parmi les invités figureront un comte au veuvage récent à la recherche d'une nouvelle épouse, et naturellement, pour compléter la liste, un prince en visite dans notre pays.*

*Mesdames, un soupçon de rouge sur les joues, le soir, vous donnera l'éclat de la jeunesse et un charme qui ravira votre époux et l'incitera à passer la soirée à la maison.*

*Honeycutt's,g*
*azette mode et maison pour ladies*

Ann Marble était aussi discrète qu'une souris, ce qui laissait Leo perplexe. Comment pouvait-elle être impliquée dans une affaire aussi scandaleuse ?

Il la rattrapa dans le hall, après l'entrée de Beck dans

la chambre de lady Caroline. En fait, il ne fut pas très fier de la façon dont il l'avait piégée, quand il vit son expression effrayée.

— Vous n'avez rien à craindre, assura-t-il. J'ai besoin de votre aide.

Elle regarda nerveusement autour d'elle, les yeux élargis de peur.

— Je risque de perdre ma place à cause de vous ! chuchota-t-elle, d'une voix rauque.

Leo n'avait pas l'habitude qu'on lui dise non, et il ne savait comment la persuader de faire ce qu'il lui demandait sans provoquer une scène.

— Je dois absolument vous parler…

— Pas ici, répliqua-t-elle aussitôt, en se tordant le cou pour regarder derrière lui. Mercredi, sur le marché.

Leo demeura un instant interdit.

— Le marché ? Quel marché ?

Elle murmura quelques mots inaudibles.

— Pardon ? Je n'ai pas compris. Je ne suis pas… je ne connais pas les marchés, avoua-t-il.

Comment aurait-il pu les connaître ? D'autres que lui se chargeaient d'acheter tout ce dont il avait besoin.

— À deux heures et demie. Je dois aller acheter des volailles. On ne trouve de bons poulets que le mercredi.

Sur ces mots, elle pivota et se pencha sur le côté comme si elle craignait qu'il ne la retienne, puis elle s'enfuit dans le corridor.

Leo resta cloué sur place comme un imbécile. Qu'avait-elle dit ? Tout ce qu'il avait entendu, c'était « deux heures et demie mercredi, de bons poulets ». Mais de quel marché parlait-elle ? Comment allait-il pouvoir trouver un marché de volailles sans attirer l'attention sur lui ? Bon sang, comme s'il n'avait pas déjà mille choses à faire mercredi. Cette fille lui donnait rendez-vous, comme s'il était son galant…

Bien. À vrai dire, il n'avait pas tellement de choses à faire mercredi. À part prendre le thé chez l'ambassadeur d'Alucie. Son agenda était vide. Il n'avait jamais d'occupations très importantes. En général, il se contentait de rendre visite à certaines personnes et d'aller au club. Cette vie lui paraissait maintenant assez… indolente. Oui. À côté de ce qu'il essayait de faire en ce moment, son style de vie avait toujours été nonchalant.

Beck finit par sortir de la chambre de sa sœur. Il avait retrouvé sa vivacité naturelle et son esprit jovial. Il lui raconta d'un ton enjoué que Caroline avait surmonté la maladie, et qu'elle avait avalé son bol de soupe avec l'appétit et l'enthousiasme d'un jeune chien affamé.

Ils partirent au club, où Beck fit le tour de la salle pour annoncer aux uns et aux autres que sa sœur était « en bonne voie de guérison » et « en pleine forme », bien qu'elle n'eût pas donné cette impression à Leo.

Puis Beck s'assit enfin et se plaignit que Leo n'ait pas touché à son gin. Comment cela se faisait-il ?

— Vous ne pensez pas avoir de fièvre, n'est-ce pas ? Caro est peut-être contagieuse.

— Je me sens parfaitement bien, déclara Leo.

Il n'était pas tenté par la boisson, voilà tout. Un seul problème lui occupait l'esprit. Où achetait-on des poulets à Londres ? Et comment entrait-on dans un marché ? Il était obsédé par cette affaire des pauvres femmes maltraitées par des brigands. Et par le fait qu'il ait été si mal préparé à leur venir en aide. La nuit dernière, il était resté de longues heures éveillé dans son lit, à essayer de trouver un sens à son existence. Il avait dû attendre sa vingt-neuvième année pour s'apercevoir que sa vie était vide. Il n'avait jamais rien fait de valable.

Leo avait honte de lui-même. Mais, d'un autre côté, il aurait préféré s'attaquer à un problème moins compliqué que celui-ci pour débuter. Il s'agissait tout de même de délivrer des femmes vendues comme esclaves !

Mr Humble et Sir Granbury ne tardèrent pas à les rejoindre à leur table, afin de célébrer la santé recouvrée de lady Caroline. Bien qu'apparemment aucun des deux hommes n'ait déjà vu la jeune femme. Quand la conversation devint plus animée, Beck déclara qu'il avait faim et insista pour se rendre avec ses amis dans un restaurant des environs qui servait une viande excellente.

Leo vit tout de suite l'opportunité qui se présentait.

— Je rêve de béqueter de la volaille, déclara-t-il de but en blanc.

Les trois hommes le dévisagèrent, interloqués.

— Je pense que vous voulez dire dévorer, Majesté, dit Sir Granbury.

— Pardon ?

— Vous rêvez de dévorer de la volaille, expliqua Beck en souriant.

— Ah, oui, merci.

Leo sentit son cou s'empourprer. Il avait glané quelques mots anglais ces dernières années, mots que son professeur ne lui avait jamais enseignés dans son enfance.

— Si vous aimez la volaille, j'ai la meilleure de tout le Lancashire, déclara Mr Humble. Vous ne trouverez jamais de meilleurs poulets que ceux qui sont élevés sur mes terres. Ni aussi dodus, ajouta-t-il en se servant de ses mains pour montrer ce qu'il voulait dire.

— Vos volailles sont excellentes, Davis, je vous l'accorde, affirma Beck.

— Mais, sans aller dans le Lancashire, il y a sûrement un marché, à Londres ? suggéra Leo.

— Mais à quoi vous servent donc tous vos domestiques ? répondit Beck en haussant les épaules. Envoyez-les acheter de bons poulets, et n'y pensez plus.

Les trois hommes acquiescèrent d'un hochement de tête. Leo était de cet avis, naturellement. S'il voulait de la volaille, il n'avait qu'à le dire et le poulet apparaissait comme par miracle dans son assiette.

— Pour dire la vérité, messieurs… mon valet ne sait pas reconnaître un bon poulet.

— Moi non plus ! s'exclama Sir Granbury.

Les trois hommes s'esclaffèrent. Diverses plaisanteries plus ou moins subtiles suivirent, pendant que Leo cherchait un autre moyen d'apprendre où se trouvait le fameux marché.

Les rires se calmèrent, et il en profita pour poser sa question.

— Existe-t-il un marché pour les volailles ? Un endroit où je pourrais envoyer mon valet ?

Mr Humble haussa les épaules.

— Il y a Leadenhall. Ou Newgate.

*Leadenhall !* C'était le nom qu'Ann Marble avait murmuré.

— Non, pas Newgate, protesta Beck. Leadenhall pour les volailles, Newgate pour le bœuf. Tout le monde sait cela. Dites à votre valet de se rendre à Leadenhall.

— Merci. C'est ce que je ferai.

Cela réglait la question du lieu où retrouver Miss Marble. Mais, alors que les quatre hommes quittaient le club pour aller souper, il se demanda comment il allait pouvoir convaincre la jeune femme de lui donner les renseignements dont il avait besoin.

Le mercredi suivant, Leo eut du mal à expliquer à Freddar, son valet, qu'il avait envie de s'habiller comme un gentleman anglais ordinaire.

— La coupe anglaise ne convient pas à votre silhouette, Majesté, déclara Freddar avec un petit reniflement hautain.

— Elle me convient très bien. Trouvez-moi aussi un chapeau, Freddar. Je veux quelque chose de moins ostentatoire que du poil de castor.

— Moins ostentatoire ? répéta Freddar, comme s'il entendait ce mot pour la première fois.

— Un chapeau ordinaire, expliqua Leo.

Freddar se rembrunit.

— Comme vous voudrez, Majesté, dit-il d'un ton qui laissait entendre qu'il obéissait sous la contrainte.

Kadro et Arthur semblèrent aussi participer à cette excursion à contrecœur. Il entendit Kadro dire à Arthur qu'il trouvait les costumes anglais trop ajustés.

Mais cela plaisait à Leo. Il aimait bien le chapeau classique, celui à larges bords, que Freddar lui avait déniché. Ainsi vêtu, il pouvait arpenter les allées de Leadenhall sans se faire remarquer.

Ce marché était fascinant. Il y avait beaucoup de gens, et énormément de volailles exposées. Non que Leo fût déjà allé au marché. Il en avait visité quelques-uns, à Helenamar. Mais il était toujours accompagné d'une coterie d'observateurs royaux, et les visites étaient arrangées à l'avance pour qu'il ne voie que ce que l'on voulait bien lui montrer. En Angleterre, il avait déjà eu la possibilité d'entrer dans un tel lieu, bien entendu, mais il n'avait jamais eu besoin de le faire. L'idée de flâner entre des étals de viande, et de marchandises dont il n'avait pas besoin, ne lui avait jamais traversé l'esprit.

Eh bien, il ignorait à l'époque ce qu'il manquait !

Leo avait ordonné à Kadro et à Arthur de l'attendre dans un pub à l'entrée, afin de pouvoir flâner selon son gré. Les carcasses de bœufs accrochées au-dessus des tables constituaient à elles seules un spectacle étonnant.

Il était si fasciné par la foule et les vendeurs qu'il manqua bousculer une vieille femme transportant la carcasse d'un mouton sur ses épaules. Elle continua son chemin sans faire attention à lui, fonçant dans la foule comme si elle était seule.

Les marchands de quatre-saisons se faufilaient entre les étals des bouchers en vantant à tue-tête leurs fruits, leurs légumes, leurs herbes et leurs fleurs. Des gens s'agglutinaient devant les comptoirs, pour marchander. Des vendeurs ambulants monnayaient de la bière à des gentlemen qui circulaient dans les allées leur chope à la main. Un jeune boucher, plus entreprenant que les autres, faisait rôtir des gigots de mouton au délicieux fumet, à emporter.

Dans une autre partie du marché se trouvaient les objets en cuir : ceintures, fourreaux de poignard, selles, chaussures. Une dispute venait d'éclater devant le stand d'un tanneur. Un gentleman trouvait que le prix exigé par l'artisan pour une paire de bottes était exorbitant. Le tanneur accusa le gentleman de salir sa réputation et lui donna un coup de poing.

Leo se dirigea vers les étals de volailles, où des poulets vivants voisinaient avec des rangées de poulets morts et déjà plumés. Il s'attarda en faisant mine d'observer les volatiles, puis revint sur ses pas en cherchant Miss Marble des yeux. Il commençait à croire qu'elle l'avait éconduit, quand il la repéra enfin. La servante était accompagnée d'une femme avec laquelle elle semblait plongée dans une grande conversation.

Il ne s'attendait pas à ce qu'il y ait quelqu'un en sa compagnie. Cela suffit à le mettre sur ses gardes. Puis il remarqua autre chose, et cette fois son cœur se mit à battre à grands coups. Juste derrière Miss Marble, un chapeau orné de fleurs surmontant une cascade de boucles blondes avançait lentement vers lui, telle la proue d'un navire approchant du quai. Seigneur. Lady Caroline se promenait dans l'allée, au bras d'un gentleman.

Que diable venait-elle faire dans ce marché ? Trois jours plus tôt, elle était dans son lit et semblait avoir échappé à la mort de justesse. Par quel miracle avait-elle réussi à démêler ses mèches en désordre, collées sur son front par la fièvre, et à les transformer en boucles gracieuses ? Et comment pouvait-elle être redevenue aussi radieuse, après avoir eu ce visage pâle et émacié ?

Miss Marble et sa compagne s'arrêtèrent devant un marchand et examinèrent les volailles. Leo se cacha derrière une pile de cageots remplis d'oiseaux vivants. Tout en se bouchant le nez pour se protéger de l'odeur nauséabonde, il attendit avec impatience que lady Caroline soit passée avec le gentleman qui l'escortait. Et, brusquement, il s'aperçut qu'ils n'étaient pas seuls. Deux dames vêtues comme lady Caroline les suivaient, l'air terriblement mal à l'aise dans ces allées grouillantes de monde.

Quand il vit le groupe tourner dans l'allée de la boucherie, il quitta son repaire si prestement qu'il faillit renverser les cageots, suscitant la colère de leur propriétaire.

Miss Marble ne le vit pas tout de suite. Elle riait avec l'autre femme, qui appartenait aussi au personnel de Hawke, si Leo avait bonne mémoire. Bon sang, qui allait-il voir apparaître, encore ? Le majordome ? Beck lui-même ? Il fit un pas de côté pour ne pas être vu et se heurta à un garçon transportant un panier de gâteaux. Le gamin lui en proposa un, et Leo prit une pièce dans sa poche pour le payer.

— *Une couronne ?*

Leo posa les yeux sur la pièce que le garçon tenait au creux de sa main.

— Oui, c'est bien cela, dit-il.

— Le gâteau ne coûte qu'un demi-penny, monsieur.

— Vraiment ?

Cela lui sembla terriblement bon marché.

— Achète-toi quelque chose avec la monnaie, mon petit.

Et, donnant une tape amicale sur l'épaule du garçon, il emboîta le pas à Miss Marble et l'autre servante, en mordant dans le gâteau.

Alors qu'il envisageait d'avoir recours à la ruse pour séparer Miss Marble de son amie, cette dernière tourna soudain dans une allée, tandis que Miss Marble se dirigeait vers un marchand de volailles. Leo hâta le pas et la rattrapa.

— Lady Marble…

La jeune femme étouffa une exclamation et porta une main à sa gorge. Le vendeur dévisagea Leo avec méfiance, puis se tourna vers Miss Marble en l'interrogeant du regard.

— Je vous en prie, n'attirez pas l'attention sur nous, murmura Leo.

Malheureusement, Miss Marble ne tint pas compte de cet avertissement. Elle semblait paralysée par le choc. Leo avait du mal à comprendre. C'était elle qui lui avait donné rendez-vous ici… Croyait-elle qu'il ne viendrait pas ?

— Dites quelque chose, lui murmura-t-il tout en souriant aimablement au volailler.

— Quelque chose ne va pas ? grommela le marchand.

Miss Marble parvint à se ressaisir.

— Donnez-moi deux beaux poulets, je vous prie. Et surtout choisissez les meilleurs… C'est pour lord Hawke.

L'homme acquiesça d'un hochement de tête, prit une feuille de papier et se tourna pour choisir deux poulets parmi ceux qui étaient suspendus au-dessus de sa tête.

— Emballez-les soigneusement, dit-elle en faisant signe à Leo de s'engager dans un étroit passage entre deux étals.

Elle passa derrière lui, jeta un coup d'œil autour d'elle, puis fit une profonde révérence.

— Oh ! non, non ! protesta Leo.

Il fit mine de la relever, mais retira vivement sa main avant de la toucher. Les circonstances étaient spéciales, et il ignorait comment agir.

— Ce n'est… ce n'est pas nécessaire, étant donné

ce… cet arrangement, bredouilla-t-il en cherchant ses mots.

— Je vous en prie, Majesté, que me voulez-vous ? J'ai fait tout ce que je pouvais. J'ai dit au gentleman que je ne pouvais pas l'aider davantage.

— Le gentleman ? Quel gentleman ? Lysander ? C'est lui qui m'a donné…

— De qui parlez-vous ?

— De Lysander. L'Alucien.

La jeune femme secoua la tête d'un air d'ignorance. Leo se rembrunit.

— Il m'a pourtant donné votre nom. De quel gentleman voulez-vous parler ?

— Je ne sais pas. Je ne connais que la Weslorienne.

— Qui ?

— Son nom est Isidora Avalie.

Le cœur de Leo fit un bond. Ce nom figurait sur la liste.

— C'est elle que vous cherchez, n'est-ce pas ? Je vous l'ai déjà dit, je ne peux pas vous aider. Je l'ai dit aussi à l'autre gentleman, quand il est venu la chercher. Lord Hill nous a mises toutes les deux à la porte sans nous donner nos gages. Ce comportement n'a pas plu à lord Russell, qui a eu la bonté de me prendre à son service en attendant que je trouve un nouvel emploi. Mais il n'a pas voulu prendre Isidora, parce qu'elle était weslorienne. Il a dit qu'il ne souhaitait pas être mêlé à cela. Voilà, je vous ai dit tout ce que je savais. Maintenant je dois vraiment me sauver, Majesté ! Si je perds ma place, je n'aurai nulle part où aller.

— Hawke ne vous mettra pas à la porte…

— Oh ! si, il le fera, Majesté ! Laissez-moi partir, je vous en prie.

— Respirez, dit-il.

Il se rendit compte en prononçant ces mots que c'était lui qui se sentait oppressé.

— J'ai essayé d'aider Isidora, je vous assure. Mais elle… elle…

Miss Marble fondit soudain en larmes.

— Oh ! non. Je vous en prie, ne pleurez pas. Pourquoi pleurez-vous ?

— Elle n'avait nulle part où aller, elle non plus. Et maintenant elle… oh, elle est perdue ! La pauvre… Perdue !

— Que voulez-vous dire ? Qu'elle a disparu ? Ou… qu'elle est morte ? murmura-t-il, consterné.

Miss Marble releva la tête et darda sur lui un regard noir.

— Elle n'a pas disparu, et elle n'est pas morte. Elle travaille dans une maison de mauvaise réputation. À Charing Cross. Que pouvait-elle faire d'autre ? J'ai supplié Mrs Mansfield de lui trouver quelque chose…

— Qui est Mrs Mansfield ? demanda Leo, un peu étourdi.

Miss Marble étrécit les yeux.

— Elle dirige la maison où travaille Issy, répondit-elle avec raideur. Elle m'a dit qu'Issy serait aussi bien chez elle que dans n'importe quelle grande maison, et que si je ne la laissais pas tranquille elle me prendrait chez elle, moi aussi.

Elle jeta un coup d'œil par-dessus son épaule et poussa un petit cri.

— Molly me cherche ! Je vous en prie, Majesté, ne me demandez plus rien. Je vous en supplie !

— Une dernière question. Qui est l'autre gentleman qui vous a questionnée au sujet de votre amie ?

— Je ne sais pas, dit-elle en tournant le dos.

— Attendez ! Où est Mrs Mansfield ? Où puis-je la trouver ?

— À Charing Cross, lança-t-elle, l'air excédé.

— Mais Charing Cross est…

Trop tard… Miss Marble s'était enfuie. Il la vit prendre son paquet chez le volailler, puis elle rejoignit son amie sans un seul coup d'œil en arrière.

Leo regagna l'allée et regarda autour de lui. Comment diable était-il censé trouver un bordel, sans renseignements plus précis ? Charing Cross n'était même pas une rue, c'était une place où se croisaient plusieurs avenues.

Il se remit à marcher la tête baissée, plongé dans ses pensées. Il ne savait pas ce qu'il devait faire, ni comment agir si jamais il retrouvait ces femmes. Il perdait son temps à courir après le vent, comme disaient les Anglais, et à se promener dans les marchés londoniens.

— Seigneur, vous ici ?

Leo s'immobilisa aussitôt. Il se tourna légèrement sur le côté et rencontra les adorables yeux verts de lady Caroline.

— Oui, c'est bien vous.

Elle lui adressa un sourire éblouissant. Puis elle vit son chapeau ordinaire, son costume banal, et son sourire s'élargit davantage.

— Eh bien, par exemple. Que faites-vous aujourd'hui, Majesté ? Vous avez eu une brusque envie de manger du gigot ?

Comment cette femme, qu'il avait vue couchée, encore en proie à la maladie, quelques jours plus tôt, pouvait-elle être aussi belle ? Certes, elle était un brin trop mince, mais ses joues avaient retrouvé leur éclat et ses yeux pétillaient de malice.

— Cela va sans doute vous surprendre, lady Caroline, mais j'adore le gigot.

— Savez-vous ce que je trouve intéressant ?

— Non, mais je suis sûr que vous allez me le dire.

— Le dernier gentleman alucien que j'ai vu vêtu de cette façon était votre frère. Il essayait de passer inaperçu, comme vous le savez certainement. Essayez-vous aussi de passer inaperçu ?

— Je vois que vous avez retrouvé toute votre impertinence. Il est étonnant que je me voie dans l'obligation de le dire à haute voix, mais ce que je fais ne vous concerne pas. Ce qui me paraît le plus étrange aujourd'hui, c'est votre propre présence ici. N'étiez-vous pas presque mourante il y a deux jours ?

— Trois jours, corrigea-t-elle. Mais j'ai la chance d'avoir une constitution robuste, et je rebondis comme une balle de caoutchouc. Pourquoi rôdez-vous dans le marché de Leadenhall, accoutré comme un Anglais ordinaire ?

— Je ne rôde pas, je me promène. Vous ne pouvez pas comprendre puisque vous n'êtes pas un prince et que vous n'êtes pas encline à écouter. Mais, parfois, il est plus facile de se vêtir comme un Anglais ordinaire pour se déplacer tranquillement.

— Vraiment ? répliqua-t-elle, sceptique.

— Je vous assure. Puis-je appeler quelqu'un pour

vous escorter jusqu'à votre voiture ? Vous ne devriez pas vous attarder seule ici.

Elle arqua les sourcils, et tout en continuant de sourire fit un pas vers lui.

— Ne voulez-vous pas me faire plaisir et me dire ce que vous faites vraiment ici, Majesté ?

Il fit également un pas en avant. Il voyait les petits points verts dans les iris de la jeune femme, lesquels semblaient vouloir l'hypnotiser.

— Faites-moi plaisir aussi, et dites-moi pourquoi vous croyez avoir le droit de m'interroger. Pourquoi entre-t-on dans un marché ? Je veux acheter un poulet.

L'étonnement s'inscrivit sur son visage et elle sourit de plus belle.

— Un poulet ? répéta-t-elle, en fixant ses lèvres.

— Parfaitement. Un poulet, lady Caroline, répondit-il, les yeux sur son corsage. Les volailles de l'hôtel ne me plaisent pas.

Son regard remonta sur le nez délicatement retroussé de la jeune femme et se posa sur ses lèvres sensuelles.

— Mais vous avez des domestiques.

— Vous parlez comme votre frère.

— Vraiment ? C'est un peu inquiétant. Mais, la différence entre Beck et moi, c'est que mon frère accepterait sans doute votre explication sans se poser de question. Ce n'est pas mon cas.

Elle inclina la tête de côté, tandis que son regard effleurait la mâchoire du prince et remontait vers son oreille.

— C'est le problème, madame. Je n'ai pas besoin de votre approbation.

Il eut désespérément envie de lui prendre le menton pour l'obliger à lui faire face.

— Sans vouloir vous offenser, ajouta-t-il avec insolence.

Elle laissa ses yeux glisser lentement sur son visage et répondit sans se départir de son sourire :

— Je ne me sens pas offensée.

— Parfait. Dans ce cas, nous pouvons tous les deux retourner vaquer à nos affaires.

Il toucha le bord de son chapeau pour la saluer et passa à côté d'elle. Mais, alors qu'il la frôlait, leurs mains se touchèrent. Ce n'était qu'un effleurement de leurs doigts, mais il s'embrasa aussitôt.

— Bonne journée, lady Caroline. Je vous laisse rebondir.

— Vous vous défilez comme un rat, ou un homme qui se sent coupable, Majesté. Et votre poulet ?

— Lady Caroline ?

Leo tressaillit aussi violemment que la jeune femme, qui pivota vivement sur elle-même.

— Mr Morley ! s'exclama-t-elle, l'air aussi surpris qu'enchanté. Vous m'avez retrouvée !

Le gentleman était à peu près de la même taille que lady Caroline. Il tenait à la main un panier contenant du pain et des fleurs.

— Je craignais de vous avoir perdue, dit-il avec un sourire gêné. Il est facile de s'égarer dans cette foule, j'imagine. Je vous demande pardon, monsieur, puis-je…

— Oh ! Mr Morley, pardonnez-moi, déclara lady Caroline.

Leo se prépara à être présenté comme prince d'Alucie. Il devrait donc trouver une excuse compliquée pour expliquer sa présence au milieu de toutes ces volailles exposées, sans le moindre garde du corps royal pour veiller sur lui.

— Mr Chartier, je vous présente mon ami, Mr Morley.

Leo fut à la fois étonné et soulagé. Pourquoi se montrait-elle aussi charitable ? Il n'aurait su le dire, et il la considéra d'un air interrogateur.

Elle lui adressa un vague sourire.

— Je suis honoré que vous me considériez comme un ami, lady Caroline, dit Mr Morley en souriant d'un air niais. Enchanté, Mr Chartier.

Leo répondit d'un signe de tête.

— Êtes-vous londonien ? demanda Mr Morley, alors que les deux autres dames que Leo avait vues plus tôt revenaient vers eux, chacune portant un petit gâteau.

— En ce moment, oui. Je suis ravi d'avoir fait votre connaissance, mais je vous prie de m'excuser, je suis un peu pressé. Je vous souhaite une bonne journée.

Touchant le bord de son chapeau, il s'apprêta à leur fausser compagnie.

— Bonne journée, Mr Chartier ! lança lady Caroline d'une voix mélodieuse.

Il sentit son regard dans son dos, et il aurait juré entendre son rire. *Quelle femme effrontée. Effrontée, irrévérencieuse, et belle. Effrontée, irrévérencieuse, belle, et séduisante.*

Et cette bouche qu'il aurait aimé réduire au silence d'un baiser.

# Chapitre 12

*Nous apprenons la livraison récente à l'hôtel Clarendon d'une caisse de poulets vivants poussant des cris perçants. La clientèle, dérangée dans sa tranquillité, ne manqua pas de se plaindre à la direction. Ces poulets étaient le présent d'un certain Mr Humble du Lancashire, en témoignage d'admiration à un prince actuellement en visite dans notre pays. Le prince était, paraît-il, si désireux de trouver de belles volailles qu'il n'a pas hésité à visiter le marché de Leadenhall. Peut-être décidera-t-il d'élever de beaux poulets dans les ruines du château de Herstmonceux.*

*Une rencontre a récemment eu lieu dans le salon de thé Gunter, entre un gentleman endetté et son créancier. Cette entrevue ne suivit pas les règles de la bienséance en vigueur dans la bonne société, ce qui conduisit à faire chasser les deux gentlemen du salon. Cet incident nous rappelle qu'il faut toujours s'incliner devant une connaissance, même si celle-ci est notre pire ennemi.*

*Honeycutt's,*
*gazette mode et maison pour ladies*

Caroline était redevenue elle-même. L'expédition à Leadenhall, que Beck lui avait formellement interdite, lui avait finalement été bénéfique. Pourtant, elle n'avait pas eu envie d'y aller, car rien ne l'intéressait moins qu'un marché de viandes et de volailles. Mais Mr Morley et ses sœurs lui avaient rendu visite. Caroline, dans une tentative désespérée pour leur échapper, avait prétendu devoir accompagner la nouvelle servante à Leadenhall. Elle était certaine que ce subterfuge fonctionnerait. Hélas, à sa grande consternation, Mr Morley avait annoncé qu'il serait enchanté de l'accompagner également. D'ailleurs, n'avaient-ils pas eux-mêmes besoin de commander de la viande ? avait-il demandé en se tournant vers ses sœurs.

La journée avait été épuisante. Physiquement, puisque Caroline était encore convalescente. Mais aussi moralement, car il lui était malaisé de se montrer réservée pendant de longues heures. Toutefois, elle fut contente de constater que ses jambes étaient toujours aussi robustes. Tout laissait penser qu'elle pourrait danser de nouveau.

L'autre aspect réjouissant de cette excursion à Leadenhall était la rencontre avec le prince Leopold, qui rôdait dans le marché tel un inspecteur de volatiles. Mais pas forcément de poulets, comme il avait tenté de le lui faire croire.

Caroline l'avait vu s'entretenir avec Ann Marble. Elle s'en était aperçue, car elle avait repéré Molly, la fille de cuisine, se promenant seule dans les allées. Instinctivement, elle avait cherché Ann des yeux. Elle avait été si intriguée par ce tête-à-tête clandestin qu'elle avait faussé compagnie à Mr Morley et ses sœurs pour se diriger sournoisement vers le prince.

Elle savait ce que ces deux-là manigançaient, évidemment. La vraie nature des hommes ne lui était pas inconnue, et celle des hommes privilégiés encore moins. Ce prince était un débauché ! Le problème, c'était qu'elle ne pouvait rien faire contre lui.

Que dirait Beck, s'il avait vent de cette lamentable affaire ? Caroline n'avait pas l'intention de le mettre au courant… du moins, pas pour le moment. Elle avait ses raisons pour cela. Pour commencer, elle ne voulait pas qu'Ann soit renvoyée. Elle travaillait bien et, d'autre part, d'après ce que lui avait confié Martha, la pauvre fille était seule au monde. D'ailleurs, Beck le lui avait laissé entendre quand il l'avait engagée.

« Russell ne voulait pas la garder, et je ne veux pas voir une jeune femme jetée à la rue », avait-il dit en grimaçant.

Mais Caroline ne pouvait permettre qu'une telle liaison se poursuive. Pour le prince, ce n'était qu'une histoire insignifiante, mais la pauvre Ann serait ruinée. Caroline avait fini par comprendre cela. Le désir des hommes était si puissant, si immédiat, qu'ils ne pensaient pas aux conséquences de ce qu'ils exigeaient. Ils ne songeaient qu'au besoin qui leur brûlait les reins. En fait, ils ne voyaient pas une personne en face d'eux, mais uniquement une forme féminine qui leur plaisait et faisait resurgir leurs plus bas instincts.

Elle en avait réellement pris conscience après avoir fait son entrée dans le monde. Caroline avait toujours su qu'elle était séduisante, mais c'est seulement un certain soir qu'elle avait compris à quel point elle attirait les hommes. Au début, elle avait été enchantée de toutes ces attentions, des compliments que lui adressaient les messieurs. C'était enivrant. Et après cela, lors de chaque réception, elle avait recherché l'ivresse que lui procurait l'admiration des gentlemen.

Elle ne mit pas longtemps à s'apercevoir que toutes ces attentions ne suffisaient pas à la combler. Elle savait qu'elle était belle et que les hommes la regardaient. Et elle commença à comprendre que, ce qui les attirait, c'était sa silhouette parfaite, son visage, sa bouche, ses cheveux… En fait, son aspect extérieur. Mais pas la personne qu'elle était à l'intérieur.

Elle s'était confiée à son amie Hollis, quand celle-ci lui avait rendu visite, après sa maladie.

« Tu es la seule à avoir envie de savoir qui je suis en réalité.

— Ce n'est pas vrai ! » avait protesté Hollis.

Elle avait essayé la dernière robe créée par Caroline et s'admirait dans le miroir.

Assise dans son fauteuil, Caroline regardait par la fenêtre, l'air indifférent.

« Je t'assure que si ! Pendant ma maladie, tout le monde ne parlait que de mon apparence. “Oh ! ma chérie, tes cheveux !” Ou encore : “Tu as le teint grisâtre.” Sans oublier : “Ta robe est trop large, tu devrais manger davantage.”

— Ces personnes se soucient sincèrement de ta santé, ma chérie. Cette robe-ci en tout cas ne doit pas être trop large pour toi. Seigneur, elle est si serrée que je peux à peine respirer.

— Mais personne ne m'a demandé ce que je ressentais, Hollis. Tu es la seule à m'avoir demandé si j'étais consciente d'avoir frôlé la mort et l'effet que cela faisait. »

Hollis fronça le nez.

« En fait, cela doit te paraître affreux, n'est-ce pas ? Mais j'étais curieuse et, à part toi, à qui aurais-je pu poser cette question ?

— C'est précisément ce que je veux dire. Tu veux savoir ce que je ressens, tu ne penses pas qu'à mes cheveux. Naturellement, tu peux me poser ce genre de questions parce que nous sommes très proches. Tu comprends ? »

Hollis s'était mise à rire en enlevant la robe.

« Je crois que tu as encore un peu de fièvre, Caro. »

Non, elle n'avait pas la fièvre. Mais elle n'arrivait pas à exprimer ce qu'elle éprouvait vraiment.

C'était uniquement sa faute, si elle ressentait ce genre de déception. Elle avait élaboré une sorte de jeu avec elle-même. Combien de gentlemen pouvait-elle attirer ? Lesquels la questionneraient sur ses goûts ? Ou lui demanderaient ce qu'elle pensait de l'accord commercial entre l'Alucie et la Grande-Bretagne ?

Mais, au fur et à mesure que les années passaient, Caroline s'était rendu compte que quelque chose n'allait pas dans ce jeu. Elle continuait d'attirer les gentlemen, mais le jeu avait pris une nouvelle tournure. Elle s'en servait pour dissimuler ses peurs, car elle ignorait ce que l'on pouvait aimer en elle. Risquait-elle de découvrir qu'elle n'était pas aussi jolie à l'intérieur qu'à l'extérieur ? La laideur n'était-elle pas enfouie au plus profond d'elle-même ? N'allait-elle pas surgir au grand jour, si quelqu'un s'approchait un peu trop près ?

Peut-être était-elle complètement vide à l'intérieur, et n'avait-elle que sa beauté extérieure à offrir au monde.

Par chance, la richesse et les privilèges l'aidaient à continuer de jouer, et elle n'était pas obligée de chercher ces réponses. Mais Ann ne jouissait pas des mêmes avantages qu'elle, et Caroline voulait la protéger.

Il fallait qu'elle réfléchisse. Quand elle aurait trouvé comment agir, elle ferait de son mieux pour empêcher le prince de jeter son dévolu sur d'autres servantes.

Leopold était un débauché. Un dévoyé beau, riche et charmant. C'est-à-dire qu'il se classait parmi les plus dangereux.

La semaine suivant sa visite à Leadenhall, Caroline se sentit en assez bonne forme pour accepter une invitation de lady Priscilla Farrington. Caroline connaissait Priscilla depuis des siècles. La jeune femme s'était mariée très jeune, avait eu trois enfants, puis avait regardé son mari développer l'empire des Farrington grâce à l'importation de coton. Il avait récemment été nommé à la Chambre des lords.

Caroline avait toujours apprécié la compagnie de Priscilla. Celle-ci avait bon caractère et aimait rire. Sa rivalité avec lady Pennybacker, dont l'époux siégeait également à la Chambre des lords, ne cessait de s'accroître.

Priscilla souhaitait absolument que Caroline dessine une robe pour elle afin que lady Pennybacker n'ait pas ce privilège. Pendant sa convalescence, Caroline avait donc créé un modèle qu'elle souhaitait faire essayer à Priscilla.

Quand elle arriva, elle fut aussitôt introduite dans un salon, où elle fut accueillie par quatre petits chiens qui vinrent quémander des caresses avec enthousiasme.

Priscilla était allongée sur une chaise longue, un autre chien sur les genoux. Malgré une décoration raffinée, le salon sentait un peu le chenil.

— Ma chérie ! s'exclama Priscilla, en faisant signe à Caroline d'approcher.

Le valet la suivait avec une boîte contenant le modèle en mousseline.

— Comme tu as bonne mine ! Tu es complètement rétablie, n'est-ce pas ? Oh ! mais tu es trop maigre en revanche !

— C'est passager, affirma Caroline. Je vais bien mieux !

Elle alla embrasser Priscilla sur la joue et prit place face à elle dans un fauteuil. Un des petits chiens posa les pattes sur ses genoux. Caroline le repoussa doucement, mais il revint à la charge.

— Tu dois tout me dire ! déclara Priscilla. Mais pas tout de suite. Felicity Hancock et Katherine Maugham vont venir prendre le thé.

Cela n'était pas précisé sur le carton d'invitation. Katherine Maugham s'était donné beaucoup de mal pour obtenir une demande en mariage du prince Sebastian, et elle n'avait pas encore pardonné à Eliza d'avoir été l'heureuse élue. Caroline, Eliza et Hollis l'avaient secrètement surnommée « la Perruche ».

— Quelle joie, dit Caroline en repoussant le chien encore une fois.

Mais l'animal ne s'avoua pas vaincu. Il grimpa sur ses genoux et s'y installa confortablement.

— C'est nouveau ? demanda Caroline en regardant le tapis.

— Oui ! Il vient de Belgique, nous l'avons reçu la

semaine dernière. T'ai-je dit que Tom avait l'intention d'engager d'autres domestiques ? Uniquement des étrangers. Les servantes étrangères sont meilleures que nos domestiques anglaises, tu ne trouves pas ?

Caroline n'eut heureusement pas besoin de répondre à cette question ridicule. Un valet entra pour annoncer les deux autres invitées. Lady Katherine s'avança d'une démarche majestueuse, telle une comédienne arrivant sur scène. Puis elle vit Caroline et ralentit l'allure en battant des cils. Felicity Hancock entra à sa suite et se prit les pieds dans le nouveau tapis.

Repoussant le petit chien, Caroline se leva pour les saluer.

— Quel plaisir ! s'exclama-t-elle en ouvrant les bras.

— Lady Caroline, vous êtes de retour, déclara la Perruche. J'étais persuadée que vous resteriez auprès de votre chère amie. Nous craignions de ne jamais vous revoir. N'est-ce pas ce que j'ai dit, Felicity ?

— De qui parlez-vous ? demanda Caroline avec douceur. De la duchesse et future reine d'Alucie ? Oh ! je pense la revoir bientôt. J'ai l'intention de retourner en Alucie au printemps. Je peux lui rendre visite quand j'en ai envie, vous savez.

— Un autre voyage ? protesta Priscilla. Mais Tom m'a dit que tu avais été terriblement malade. À l'agonie.

— Ce n'était pas aussi grave qu'il le pensait.

— Je veux que vous me racontiez tout ! s'exclama Felicity, en s'asseyant dans un nuage de tulle bleu à côté de Caroline. Le mariage était-il aussi merveilleux qu'il le paraissait dans les articles de *Honeycutt's, gazette mode et maison pour ladies* ?

— Absolument, et c'était même encore plus grandiose, répondit Caroline avec sincérité.

Il était difficile de rapporter la splendeur de ce mariage, que ce soit en paroles ou par écrit.

— Raconte, raconte ! s'écria Priscilla en faisant signe au valet d'apporter le thé.

Caroline ne laissa pas un seul détail de côté. Elle leur décrivit le vaste palais, leur expliqua qu'Eliza avait maintenant deux dames d'honneur pour la servir, que le roi et la reine l'avaient couverte de bijoux, et que le prince Sebastian était follement amoureux d'elle. Elle donna aux trois dames toutes les raisons d'envier Eliza et fut assez contente de sa performance.

— Je n'arrive toujours pas à croire qu'Eliza Tricklebank a épousé un prince, dit Priscilla, rêveuse. *Eliza Tricklebank !*

— Pourquoi pas ? protesta Caroline. Eliza est la meilleure personne que je connaisse.

— Mais elle n'est pas comme toi, Caroline. Crois-moi, tu étais beaucoup mieux placée pour faire un aussi beau mariage.

C'était la vérité. Mais Eliza méritait mille fois plus que Caroline d'épouser un prince. Caroline sourit et haussa les épaules.

— Le destin se charge de nous montrer la place qui nous revient.

— N'est-ce pas ? enchaîna Katherine, narquoise. En parlant de destin… Et le prince Leopold ? Avez-vous attiré son attention ?

Priscilla et Felicity ricanèrent sottement.

— Oh ! je suis sûre que oui, répondit Caroline avec nonchalance.

Elle se rappela l'intensité avec laquelle il l'avait fixée à Leadenhall, et ses joues se colorèrent un peu. Elle s'était sentie légèrement troublée, au milieu de ce bruit et de cette agitation populaire.

— Franchement, je l'ai trouvé un peu ennuyeux.

— *Vraiment ?* s'exclama Katherine en posant sa tasse. Je m'attendais à ce que vous nous racontiez qu'il était follement épris et se traînait à vos pieds !

— Pourquoi pensiez-vous cela ?

— Eh bien… parce que tu nous l'as dit, ma chérie, lui rappela gentiment Priscilla. Tu te rappelles ? Tu disais qu'il était amoureux de toi et que tu étais irritée de devoir sans cesse le repousser, alors qu'il y avait tant d'autres gentlemen intéressants à rencontrer à Helenamar.

Caroline sentit ses joues s'enflammer. Il lui arrivait parfois d'être trop sûre d'elle. Elle se rappelait en effet avoir dit quelque chose dans ce genre un soir, après quelques verres de vin.

— Je n'ai jamais dit que je devais le repousser, répliqua-t-elle en haussant les épaules.

— Mais si, protesta Felicity. Vous nous avez même montré comment vous vous y preniez, dit-elle en mimant le geste de repousser quelqu'un. De toute évidence, vous le trouviez importun.

Caroline aurait aimé avoir un éventail sous la main. Son visage était brûlant. Elle pourrait sans doute prétendre avoir encore un brin de fièvre ? Mais c'était inutile. Elle avait tendance à se vanter, Beck disait même qu'elle était bouffie d'orgueil. Et à vrai dire, avant de se rendre en Alucie, elle avait été persuadée que le prince serait sensible à ses attraits. Mais il n'avait pas du tout semblé s'intéresser à elle, et elle se demandait même si elle n'avait pas perdu un peu de son charme. À vingt-six ans, elle n'était pas loin de devenir vieille fille, et ce beau prince était plus attiré par une servante que par elle.

— Que s'est-il passé ? s'enquit Katherine avec un peu trop d'enthousiasme.

— Je l'ai trouvé ennuyeux, voilà tout. D'autre part, ses fiançailles avec une héritière de Wesloria seront annoncées à la fin de l'été. Tout était arrangé depuis longtemps.

Les trois femmes cessèrent de ricaner et la dévisagèrent.

— Vraiment ? s'exclama Felicity, incrédule. Un mariage arrangé ? J'ai pourtant entendu dire qu'il faisait les quatre cents coups à Londres.

— Naturellement. Il est venu jeter sa gourme, dit Priscilla. Tout le monde veut le rencontrer, et il est loin de son pays. Il peut faire ce qui lui plaît.

— Mais… Mr Frame et lui se sont rendus dans un bordel, cette semaine ! chuchota Felicity. J'ai entendu dire qu'il avait emmené la femme.

Caroline releva brusquement la tête.

— Je vous demande pardon ? Qu'a-t-il fait ?

— Il l'a emmenée. Il a quitté l'établissement avec… cette créature.

— Où l'a-t-il emmenée ? demanda Katherine.

— Tu sais bien, marmonna Felicity, rouge écarlate. Dans son château… Ou je ne sais où.

Caroline sentit sa gorge se nouer. Elle savait que Leo était un débauché, mais une telle conduite était inconcevable.

— Vous en êtes certaine, Felicity ? Vous êtes sûre d'avoir bien entendu ?

— Absolument ! La sœur de Mr Frame est une grande amie, et elle m'a tout raconté. Elle s'est querellée avec son frère après cela, ce qui risque de gâcher les fêtes de Noël.

— Noël est encore loin, souligna Katherine.

— Mais leur dispute a été très violente.

Katherine jeta un coup d'œil à Caroline.

Cette dernière décida de ne pas la décevoir.

— Je ne suis pas étonnée du tout. Leopold est prince, et il va sans dire qu'il sera bientôt fiancé, quelle qu'ait été sa conduite. Mais, si je peux vous donner mon sentiment, je ne voudrais pas que ma fille ait affaire à cet homme.

— Votre fille, non. Mais vous, peut-être ? suggéra Katherine avec un rire fourbe.

— Après ces histoires de bordels et de servantes ? Certainement pas !

— Des servantes ? Quelles servantes ?

Tout en parlant, Priscilla souleva le couvercle de la boîte et en sortit le modèle de robe que Caroline avait confectionné.

Caroline n'avait pas eu l'intention d'en dire autant. Elle ne voulait pas dévoiler tous les secrets de cet homme. D'autant plus qu'ils étaient liés à la maison de son frère. Elle se leva et rejoignit Priscilla.

— J'ai entendu des rumeurs. Il paraît qu'il s'intéresse aux servantes de bonnes maisons, voilà tout.

— Quelles maisons ? interrogea Priscilla, choquée.

— Oh ! je ne sais pas, dit Caroline en dépliant le patron de mousseline. Ce que je veux dire, c'est qu'il a peut-être le titre de prince, mais en réalité ce n'est qu'un débauché.

— Cette histoire est accablante, déclara Katherine en se levant pour aller jeter un coup d'œil à la robe.

Le regard qu'elle échangea avec Felicity n'échappa pas à Caroline. Son expression ne lui plut pas. Qui jugeait-elle ? Le prince ? Caroline ? Tout cela n'avait guère d'importance, en réalité. Le prince Leopold compromettait sa servante. Caroline était furieuse, jalouse et très lasse. Elle ne voulait plus avoir affaire à lui. Du moins, pas trop.

— Je devrais prévenir lady Montgomery, annonça Priscilla. Elle n'aimerait pas entendre parler de ce scandale pendant son bal. Vous savez comment elle est.

Caroline comprit qu'elle avait trop parlé.

— Je sais. Il vaut sans doute mieux ne pas la perturber avec ces ragots.

— Caroline ! Est-ce vous qui êtes en train de faire cette robe ? voulut savoir Felicity.

— Oui, c'est moi.

— Elle est magnifique. Voudriez-vous en faire une pour moi ?

— Oh ! ma chérie, dis oui !

Priscilla passa le petit chien qu'elle tenait dans ses bras à Caroline, afin d'examiner les manches du modèle de mousseline.

Caroline quitta le salon de Priscilla avec deux nouvelles commandes de robes. Les deux étaient pour Felicity. Katherine Maugham avait louché sur la robe avec envie, mais elle n'avait pu se résoudre à demander à Caroline d'en faire une pour elle.

# *Chapitre 13*

*Une certaine personne aurait été rayée de la liste des invités au bal des Montgomery, l'événement le plus couru de la saison. Cela doit nous rappeler que même un prince dissimule peut-être de sombres aspects de sa vie qu'aucune jeune femme respectable ne souhaiterait voir entrer dans le cercle de sa famille.*

*Il se dit en ville qu'un gentleman particulièrement nanti, occupant un rang des plus élevés, aurait été vu en des lieux peu convenables. Selon la rumeur, le gentleman en question aurait enlevé une personne à la jambe légère, afin de la placer dans les cuisines d'une maison noble. De nombreuses théories ont surgi afin d'expliquer la raison de cet acte, mais la plus sordide est certainement la plus plausible.*

*Mesdames, si vous êtes enclines à prendre de petits compagnons de la race canine, nous vous suggérons d'ouvrir vos fenêtres le plus souvent possible et de faire grand usage du balai, afin que vos visiteurs ne soient pas incommodés par de vilaines odeurs et des quantités de poils sur leurs vêtements.*

*Honeycutt's,*
*gazette mode et maison pour ladies*

Il fallut quelques jours à Leo pour persuader Mr Frame de l'emmener dans le bordel dont il avait parlé. Mr Frame, qui n'avait jusque-là manifesté aucune inclination pour l'observation d'une stricte moralité, s'était soudain découvert une tendance à la pudibonderie. Une telle visite lui paraissait totalement inconvenante pour un prince. Leo ne savait pas s'il devait se sentir offensé ou flatté qu'un homme qu'il connaissait à peine décide qu'il lui revenait de lui montrer le bon chemin.

Finalement, Mr Frame finit par se laisser fléchir, contre la promesse qu'une bouteille de vin rare d'Alucie lui serait livrée… Dès que Leo en aurait reçu une nouvelle caisse à Londres.

Par chance, Mrs Mansfield, la propriétaire de cette maison décrépite, extrêmement sombre et humide, ne savait pas qui était Leo. Elle comprit simplement qu'il était quelqu'un d'important, et n'éprouva donc aucun scrupule à lui demander une somme exorbitante pour voir Isidora Avalie.

— Oui, bien sûr ! C'est une gamine charmante, dit-elle, en tirant du bout des doigts sur les fils qui dépassaient de son fauteuil au tissu élimé.

L'embonpoint de cette femme était la preuve du succès que rencontrait son déplorable établissement. Sur une table à côté d'elle se trouvaient une carafe de vin et une assiette dans laquelle étaient entassées des tranches de viandes froides et de fromages, ainsi que des noix. Visiblement, elle projetait de passer la soirée à se gaver de nourriture pendant que des jeunes femmes étaient soumises à Dieu sait quels traitements dans les chambres que l'on atteignait en gravissant un escalier obscur et exigu.

— C'est un grand honneur que vous lui faites en la réclamant, continua Mrs Mansfield en examinant ses vêtements. Votre visage ne m'est pas inconnu, monsieur. Nous avez-vous déjà rendu visite ?

— Combien voulez-vous pour cette fille ? demanda Leo, glacial.

— Eh bien, c'est une de mes meilleures pensionnaires, n'est-ce pas ? Elle est weslorienne, vous savez, et ces femmes sont très douées pour le métier. Elle me rapporte énormément.

Leo n'avait jamais recours à la violence. Même dans sa jeunesse, il avait toujours évité les rixes. L'idée de frapper quelqu'un lui donnait la nausée. Mais il éprouvait l'envie irrépressible d'asséner un coup de poing sur la bouche de Mrs Mansfield, pour faire disparaître son sourire paresseux.

Après quelques négociations, elle finit par lui extorquer une somme astronomique pour la jeune femme. Quand il lui eut donné l'argent, elle se leva péniblement et lui fit signe de la suivre. Elle le fit entrer dans une petite pièce délabrée garnie d'un canapé en velours rouge usé, sur lequel un nombre infini de gentlemen avaient dû s'asseoir avant lui. Un lit étroit se trouvait dans un coin, recouvert de draps sales et froissés. Mrs Mansfield ouvrit une porte et appela Isidora Avalie.

— Dépêche-toi, petite. Un gentleman est venu spécialement pour te voir.

Isidora entra timidement. Elle semblait très mal à l'aise, vêtue uniquement d'une robe de chambre. Ses cheveux et ses yeux étaient sombres, mais ce qui frappa Leo ce fut son expression égarée. Elle le considéra un moment d'un air absent, puis baissa le regard.

— Ne reste pas plantée là, espèce de godiche ! s'exclama Mrs Mansfield, agacée.

Elle poussa la jeune femme au milieu de la chambre, devant Leo.

— Vous avez une heure, monsieur. Je frapperai à la porte dix minutes avant, pour vous laisser le temps de vous habiller.

Et, sur ces mots, elle ressortit.

Isidora ne leva pas les yeux. Elle tremblait.

— Bonsoir, dit Leo dans sa langue natale. Vous êtes de Wesloria ?

Il n'avait pas l'intention de lui faire peur. Il voulait la rassurer, au contraire, en lui parlant dans sa langue maternelle. Mais il obtint l'effet inverse. Paniquée, elle lui tourna le dos et se rua vers la porte. Leo fut plus rapide. Il lui barra le passage et l'empêcha de fuir avant qu'il ait pu lui parler. Fondant en larmes, elle le supplia en weslorien et en anglais de ne pas lui faire de mal et de la laisser partir.

— Pour l'amour du ciel, je ne vous veux aucun mal. Je suis là pour vous aider.

— Pourquoi ?

— C'est ce que je veux, Isidora. Vous méritez mieux que cette vie-là. Aidez-moi à retrouver les autres filles et à amener devant la justice les hommes qui vous ont fait cela.

— Je ne sais pas de quoi vous parlez !

— Vous le savez très bien, répliqua-t-il d'un ton doux mais ferme. Laissez-moi vous aider, vous et les autres.

Les larmes de la jeune femme redoublèrent.

— Je ne peux pas, dit-elle à travers ses pleurs. Ils obligeront mon père à rendre l'argent. Ma famille ne voudra jamais me reprendre. Je n'aurai nulle part où aller, je serai à la rue…

— Il y a une place pour vous, affirma-t-il.

En réalité, il n'en savait rien. Il faudrait qu'il réfléchisse. Mais il trouverait quelque chose.

Il l'invita à s'asseoir sur l'affreux canapé rouge et lui demanda de lui raconter comment elle avait échoué ici. Elle lui expliqua que sa famille vivait dans les montagnes de Wesloria, à la frontière de l'Alucie. Leo savait que cette région était pauvre. La plupart des hommes travaillaient dans les mines de charbon. Elle lui dit qu'un homme était venu chez eux et avait offert une belle somme d'argent à son père pour qu'il lui cède Isidora. Son père avait accepté pour sauver sa famille de la famine.

Leo se rappela vaguement avoir entendu son frère parler du manque de débouchés économiques dans certaines parties du pays. Il n'avait pas prêté attention à la conversation, comme chaque fois qu'un sujet lui paraissait grave et ennuyeux. Depuis toujours, il évitait de s'encombrer l'esprit avec les choses importantes. Isidora avait donc été vendue afin qu'un homme puisse nourrir ses autres enfants. Leo ne pouvait imaginer ce que c'était de devoir vivre avec rien. Ni le désespoir que cet homme avait dû ressentir, pour accepter de vendre sa fille afin de sauver le reste de sa famille.

Isidora était donc venue en Angleterre, où elle avait travaillé sans toucher de salaire. Mais cela n'était pas suffisant pour lord Hill, lui dit-elle. L'homme avait exigé d'elle autre chose. Et, quand elle avait refusé, il l'avait menacée de la renvoyer chez celui qui organisait ce trafic. Ann Marble avait voulu s'interposer et il l'avait donc renvoyée également, avant de partir s'installer à la campagne avec sa famille.

Leo prit la liste de noms dans sa poche et la lui montra. Isidora secoua la tête, avouant qu'elle ne savait pas lire. Leo lui lut donc les noms à haute voix. *Nina, Eowyn, Jacleen, Rasa.*

Isidora les connaissait toutes, mais elle savait seulement où se trouvaient Jacleen et Rasa. Rasa était servante chez lord Pennybacker, un nom que Leo trouva vaguement familier.

Jacleen avait été envoyée dans un grand domaine appartenant au duc de Norfolk. Leo fut étonné. Le duc de Norfolk avait étudié à Cambridge avec lui. Il connaissait Henry depuis des années et le considérait comme un ami. Pour l'amour du ciel… l'homme avait épousé une femme ravissante, ils avaient trois enfants et un quatrième n'allait pas tarder à venir au monde. Il était impossible qu'il soit mêlé à cette déplorable affaire.

— À Arundel ?

— Oui, répondit Isidora d'une voix faible.

Il sentit la tête lui tourner. Qui étaient ces hommes qui maltraitaient de pauvres femmes ? À bientôt trente ans, comment pouvait-il ignorer que de tels êtres existaient dans son entourage ? Son estomac se noua, et il se sentit plus déterminé que jamais à mettre fin à ces pratiques abominables.

Mais avant tout il devait se mettre d'accord sur un prix avec Mrs Mansfield, pour emmener Isidora. Malheureusement, Leo n'était pas versé dans l'art de la négociation. Quand il accepta de donner la somme exorbitante de cent livres, Mrs Mansfield élargit les yeux de surprise, et il comprit qu'il s'était fait rouler.

Il ramena Isidora à l'hôtel Clarendon, en ignorant les regards appuyés sur son passage, et prit une chambre pour elle. L'employé de la réception eut du mal à cacher son dégoût et commença par refuser de loger la jeune femme. Puis Leo lui rappela la somme que le royaume d'Alucie versait à l'hôtel pour la suite qu'il occupait. L'employé accepta donc à regret de lui donner une chambre pour la nuit. Une seule nuit.

— Nous ne pouvons admettre ce genre de femmes ici, Majesté, dit-il avec raideur.

— Cette femme fait partie d'un genre de personnes qui est très maltraité par votre pays, répliqua Leo.

Mais l'hôtel Clarendon n'était pas la meilleure solution. Leo s'ouvrit du problème à Josef et n'hésita pas à mentir un peu.

— Cette fille veut retourner dans sa famille. Il faut que je trouve un endroit où la loger en attendant de l'aider à rentrer chez elle.

Comme Josef n'avait pas vu Isidora, il n'avait aucune raison de soupçonner ce que faisait Leo. Il réfléchit un court instant.

— Puis-je vous suggérer Mr Hubert Cressidian ?

Leo connaissait l'existence de ce marchand alucien qui vivait à Londres et qui selon les ouï-dire était riche comme Crésus.

— Vous le connaissez ? Puis-je avoir confiance en lui ?

L'expression de Josef demeura parfaitement neutre.

— D'après ce que je sais, Majesté, il suffit d'y mettre le prix.

Josef ne se trompait pas. Mr Cressidian était un homme sec, aux cheveux foncés et aux yeux si sombres qu'ils paraissaient noirs. Leo lui expliqua qu'il cherchait un endroit où mettre une femme à l'abri. Mr Cressidian ne lui posa aucune question sur Isidora. Elle ne semblait pas l'intéresser. En fait, rien ne paraissait pouvoir susciter sa curiosité. Il établit simplement ses conditions. Il voulait une certaine somme pour la pension de la jeune femme, et être présenté à un armateur français que Leo connaissait.

Isidora ne posa pas de questions non plus. Elle semblait résignée, quoi que le sort lui réserve. Mais, quand ils arrivèrent devant l'imposante demeure de Mayfair, elle dévisagea Leo avec curiosité.

— Qui êtes-vous ?

— Personne, répondit-il en souriant. Mes amis m'appellent Leo.

Trois jours plus tard, Josef l'informa que son invitation au bal des Montgomery avait été annulée.

# *Chapitre 14*

*Une soirée devant avoir lieu dans la résidence londonienne du duc de Norfolk a été indéfiniment repoussée. Un ami du duc prétend que cela est peut-être dû au fait qu'un des invités n'est pas assez convenable pour dîner à la table de personnes aussi respectables que le duc et la duchesse. Faisait-il allusion au fameux gentleman dont l'invitation au bal des Montgomery fut annulée ?*

*Mesdames, les médecins vous conseillent une période de neuf heures de repos complet, sans la moindre distraction, après une naissance. Vous ne devrez pas accorder plus de cinq minutes à votre époux lorsque celui-ci viendra s'assurer que tout va bien.*

*Honeycutt's,*
*gazette mode et maison pour ladies*

Caroline avait l'habitude de rentrer à la maison par la porte de service lorsqu'elle avait fait des emplettes, afin que Beck ne voie pas ses paquets. En général, quand elle mettait cette méthode à exécution, il ne s'apercevait de rien. Mais cet après-midi, quand elle entra les bras chargés de soie et de dentelles enveloppées de papiers fins, elle le trouva en train d'arpenter la cuisine. Il jeta un coup d'œil aux paquets enrubannés et demanda :

— Qu'est-ce que tout cela ?

Elle essaya de trouver une explication qui puisse lui éviter une scène, mais rien ne lui vint à l'esprit.

Beck se renfrogna.

— Viens avec moi, ordonna-t-il d'un ton bourru.

La vie avait repris son cours normal. C'est-à-dire que Beck se plaignait continuellement de ses dépenses, du fait qu'elle lui mangeait sa confiture préférée, et qu'elle jouait du piano quand il essayait de lire. Et, naturellement, son reproche préféré revenait sans cesse : Caroline ne faisait que ce qui lui plaisait.

— Pourquoi ? s'enquit-elle en cachant prestement ses paquets sous un banc à l'entrée de l'office.

— D'après toi ? Je t'ai fait appeler il y a deux heures.

Il tenait un plateau sur lequel il avait lui-même, apparemment, disposé du pain et du fromage.

— J'étais sortie, Beck, dit Caroline en le suivant dans le hall.

Il marchait d'un pas rapide et elle avait du mal à le suivre en déboutonnant son manteau.

— Oui, tu as encore fait des achats ! lança-t-il d'un ton irrité par-dessus son épaule, avant de pénétrer dans son bureau.

Caroline parvint enfin à ôter son manteau, qu'elle déposa sur une chaise dans le hall.

— Je peux disposer de mon argent à ma guise, l'aurais-tu oublié ? D'autre part, Felicity Hancock veut désespérément que je lui fasse une robe. Les dames commencent à remarquer…

— Je n'en ai cure ! déclara-t-il en déposant le plateau sur son bureau.

Caroline se débattit avec le ruban de son chapeau.

— Dois-je te rappeler que ton héritage est placé dans des fonds ? C'est *notre* argent que tu dépenses !

— À qui la faute ?

— C'était indispensable, Caro. Il était évident que tu aurais dépensé l'intégralité de ton héritage si tu en avais eu la possibilité.

Caroline avait enfin enlevé son chapeau, mais celui-ci s'était accroché à l'une de ses épingles à cheveux et une épaisse tresse blonde retomba sur son front.

— Zut ! s'exclama-t-elle, exaspérée, en jetant le chapeau sur le bureau de son frère. Je dois aller me recoiffer.

Mais il l'arrêta avant qu'elle ait pu gagner la porte.

— Non, non, nous devons avoir cette discussion une fois pour toutes. Je vais devoir sortir dans un moment, et je connais toutes tes ruses, Caro. Si tu montes dans ta chambre, je ne te reverrai pas avant des heures. Et, la prochaine fois que je voudrai te parler, tu auras fait venir Mrs Honeycutt pour m'agresser verbalement.

— Hollis ne t'agresse pas, Beck. Elle ne dit que la vérité.

— Oh ? Il est donc vrai que je suis né avec une tête de singe et un cœur de pierre ?

— Non, de toute évidence c'est faux, mais elle dit d'autres choses qui sont vraies.

Beck n'écoutait plus. Il agitait la main avec impatience.

— Laisse donc Hollis Honeycutt de côté. Si Percy était encore en vie il la maintiendrait sur le droit chemin. Il n'aurait jamais dû mourir si tôt.

Caroline essaya de repousser la tresse qui lui barrait le front et cachait un de ses yeux. Mais elle retombait sans arrêt.

— Tu n'as aucune considération pour mes chères amies, qui ont été de fidèles compagnes pour moi toute ma vie.

Prenant un morceau de fromage au passage, elle le mit dans sa bouche et déclara en haussant les épaules :

— Eh bien, voyons. Que se passe-t-il de si important ?

— Tu veux le savoir ? Je vais te le dire, Caroline. Il faut que tu te maries.

Caroline se figea. Puis elle éclata de rire.

— Tu ne vas pas recommencer !

— Quoi ? Tu vas bientôt avoir vingt-six ans. Il est grand temps que tu prennes un époux et que je lui laisse le soin de gérer tes dépenses.

Ramassant une pile de factures, il les agita sous le nez de sa sœur.

— J'ai décidé de prendre les choses en main.

Cette déclaration refroidit Caroline. Beck lui répétait souvent qu'elle devait se marier, mais il ne s'était jamais montré aussi déterminé.

— Pardon ?

— Ta réticence à considérer sérieusement toute demande en mariage a fini par décourager la plupart des bons partis. J'ai donc décidé de faire savoir, avec discrétion bien entendu, quel était le montant de ta dot.

— Tu as fait quoi ?

— Tu ne peux pas continuer de passer de soirée en soirée, entre deux séances chez la couturière, sans te préoccuper de ce que doit être ta vie future.

— Comment sais-tu ce que doit être ma vie ? s'écria-t-elle, en repoussant nerveusement la tresse rebelle.

— Es-tu folle ? Dois-je te rappeler que tu es destinée à être une épouse et une mère ?

— Qui a décrété que je devais être une épouse, ou une mère ? C'est précisément la raison pour laquelle je ne veux pas penser au mariage, Beck. Les hommes croient tout savoir. Je préférerais peut-être être une artiste.

Beck se laissa choir dans son fauteuil derrière le bureau et se renversa en arrière en posant les doigts sur ses tempes.

— Ce serait très bien, ma chérie, si tu avais déjà manifesté le moindre intérêt pour une carrière d'artiste. J'ai engagé un professeur de dessin pour toi quand tu avais dix-sept ans, tu t'en souviens sans doute. Tu as délibérément travaillé de façon exécrable afin de le chasser. La seule chose qui t'intéresse, c'est la prochaine réception à laquelle tu seras invitée.

— Et reconnais que je réussis à être invitée partout, ce qui est un excellent résultat. Je n'ai pas dit que je serai artiste, je voulais juste préciser le fond de ma pensée. J'aimerais être couturière. Je suis très douée pour créer des modèles.

Beck ricana.

— Tu ne seras pas créatrice de mode. J'en ai parlé avec le prince, et il…

Caroline éclata de rire, sans laisser son frère aller au bout de sa phrase.

— Ton ami Leo ? Ton très cher ami, qui n'a pas reçu une seule invitation au cours des quinze derniers jours ? Il ne sait rien du tout.

Elle prit un autre morceau de fromage et remarqua

du coin de l'œil que Beck s'était figé. Comme il ne disait rien, elle se tourna vers lui.

— Qu'y a-t-il ?

— J'allais dire, Caroline, que j'en avais parlé avec le prince, qui se trouve justement ici.

Le sang de Caroline se glaça. La tête lui tourna. Elle regarda longuement Beck, avant de relever sa tresse et de pivoter sur elle-même. Adossé au mur, le prince arqua un sourcil. Il lui fit un signe de la main. Elle ne l'avait pas aperçu, parce que la porte était restée ouverte, dérobant à sa vue une partie de la pièce, et que ses cheveux gênaient sa vision.

— Pourquoi ne m'as-tu pas dit qu'il était là ? s'écria-t-elle en se retournant vers Beck.

— Cela me paraissait évident, puisqu'il était juste à côté de nous, dit-il en faisant un geste vers le prince. Et, à propos, que sais-tu au sujet de ces invitations annulées ?

— Rien ! Dis-moi, je te prie, ce que Son Altesse Royale t'a dit au sujet de mon intolérable statut de femme esseulée ?

Beck étrécit les yeux.

En réalité, elle en savait beaucoup sur ces invitations et son frère s'en doutait. Après tout, c'était elle qui avait suggéré à lady Norfolk de reporter sa soirée, étant donné le déplaisir que les ragots concernant le prince causaient à lady Montgomery. Priscilla avait raconté à Caroline qu'elle avait rapporté à lady Montgomery, pendant qu'elles prenaient le thé, les déplorables comportements du prince. Lady Montgomery avait failli s'étouffer avec son gâteau, avait fait venir son secrétaire sur-le-champ et avait exigé qu'il annule l'invitation.

D'autre part, lady Norfolk, qui était enceinte, était terriblement contrariée. Caroline avait estimé que tant d'inquiétude ne serait pas bonne pour la santé de son amie.

— Tiens ta langue, Caroline, répondit Beck. Il a dit ce que dirait n'importe quel homme. C'est-à-dire qu'il est grand temps que tu te maries.

— Ah… Sans vouloir vous offenser, Beck, ce n'est pas exactement ce que j'ai dit.

— C'était sous-entendu, rétorqua Beck.

— Et qu'avez-vous dit ? voulut savoir Caroline, en se tournant vers le prince.

— Caro, s'il te plaît ! Ne t'adresse pas à Son Altesse Royale comme tu le ferais avec un domestique que tu soupçonnes d'avoir volé une petite cuillère !

— Cela ne fait rien, déclara le prince. J'ai simplement dit qu'en Alucie la plupart des femmes sont déjà mariées à vingt ans. C'était une remarque, rien de plus.

Il regarda la coiffure de Caroline d'un air intrigué.

— Et tu as largement dépassé les vingt ans, Caro, souligna Beck.

Oh ! elle allait l'étrangler dès qu'ils se retrouveraient en tête à tête. Pourquoi n'était-elle jamais en beauté lorsqu'elle rencontrait le prince ? Pourquoi était-elle toujours mal coiffée ? Il n'avait cessé de l'observer, alors que ses boucles dégringolaient sur son front et qu'elle mangeait du fromage.

Elle se retourna lentement vers son frère.

— Tu as raison, Beck. Je devrais me marier. Présente-moi donc des prétendants. Fais-les venir tout de suite ! Si le prince dit que…

— Je n'ai rien dit, s'empressa de préciser le prince.

J'ai simplement eu une conversation avec un ami… je n'avais pas la prétention de donner mon avis.

— Mais vous l'avez fait.

— Caro ! Pour l'amour du ciel, Leo est prince d'Alucie ! Un peu de respect ! hurla Beck.

— Monsieur ?

Caroline et Beck se retournèrent en même temps. Garrett venait d'entrer sans qu'ils s'en soient rendu compte, interrompant ce qui menaçait d'être une violente dispute.

— Monsieur, il y a un gentleman à la porte, il vient pour le cheval.

— Ah !

Beck se leva d'un bond et son visage s'éclaira d'un grand sourire.

— Ce doit être le maître d'écurie chez qui j'ai l'intention de loger ma jument quand elle sera arrivée. Ses écuries sont splendides… C'est là qu'est logée la garde royale.

Il se précipita vers la porte, mais fit une pause pour s'adresser à Caroline :

— Il serait temps de t'occuper de tes cheveux, dit-il en faisant un signe de la main vers sa tresse, avant de sortir.

Caroline lui fit une grimace et demeura où elle était, les bras croisés. Quand elle fut sûre qu'il était parti, elle pivota vers le prince.

Ce dernier se redressa, comme s'il croyait qu'il allait devoir se battre. Presque aussitôt, il se ressaisit, noua les mains dans son dos et se prépara à l'attaque qu'il allait subir.

— Comment osez-vous ? lança Caroline.

— Comment j'ose… quoi ?

— Parler à mon frère de mon mariage !

— Je vous le répète, je ne lui en ai pas parlé. Votre frère m'a posé une question, et je lui ai répondu comme j'aurais répondu à n'importe quel ami.

— Je ne suis pas sa pupille ! Je suis adulte et je fais ce que je veux.

— C'est vrai, reconnut-il avec un sourire.

Elle trouva irritant que ce sourire la trouble autant. Lançant un rapide coup d'œil à la porte, elle fit encore un pas vers le prince.

— Je n'ai pas à obéir à ses ordres, vous savez.

— Je n'ai jamais pensé une chose pareille. Je suppose qu'il n'y a pas un homme sur terre qui puisse vous dire ce que vous avez à faire.

Elle s'approcha encore. Elle était si près de lui qu'elle sentait son parfum et qu'elle distinguait un infime brin de poussière sur son épaule.

— Pourquoi un homme me dirait-il ce que je dois faire ? Je suis une personne responsable, comme lui, ou même comme vous, Votre Altesse.

— C'est évident.

Il saisit le bout de sa tresse et la fit glisser sur sa pommette en la rejetant derrière son épaule. Elle retomba instantanément en avant.

Les nerfs de Caroline étaient à vif. Elle détestait cet homme, mais elle ne s'était jamais sentie aussi troublée. Son regard se posa sur ses lèvres et sur l'ombre de barbe qui apparaissait sur ses mâchoires.

— Pourquoi êtes-vous toujours chez nous ? Avez-vous une liaison avec notre pauvre Ann ?

Les yeux du prince s'élargirent et il laissa fuser un grand rire.

— Seigneur, Caroline ! Dites-vous vraiment tout ce qui vous passe par la tête ?

Elle décida d'ignorer le fait qu'il l'ait appelée par son prénom, ce qui confirmait ce qu'elle soutenait depuis le début, c'est-à-dire qu'ils se connaissaient très bien. En outre, elle ne tiendrait pas compte non plus du fait que son prénom, prononcé avec cet accent mélodieux, sonnait très doux. Pas plus qu'elle ne profiterait de ce moment pour discuter des pensées, pourtant nombreuses, qu'elle n'exprimait pas à haute voix.

— Eh bien, avez-vous une liaison ?

Il fronça ses sourcils bruns et se pencha en avant.

— Écoutez-moi bien, madame. La réponse est non. Pour l'amour du ciel ! C'est non. Si j'avais une liaison, ce serait avec une femme sensuelle, aux courbes harmonieuses, et ouverte à des propositions lascives. Pas avec une servante craintive.

Caroline ne put s'empêcher de se demander en quoi consistaient ces propositions lascives. Son regard se posa de nouveau sur les lèvres du prince. Elle se sentait enivrée. Enflammée.

— À mon tour de poser des questions. Pourquoi n'êtes-vous pas mariée ? Une belle femme comme vous, pourvue d'un héritage et d'une dot considérables, devrait attirer tous les gentlemen de cette ville. Particulièrement ceux qui sont prêts à relever les défis les plus extraordinaires. Sont-ils tous idiots ?

Ah, ah. Une fois de plus, elle refusa de se laisser amadouer par un compliment lancé avec nonchalance.

— Je les ai attirés, bien entendu, rétorqua-t-elle

avec un haussement d'épaules. Aucun ne m'a plu. Et vous, pourquoi n'êtes-vous pas marié ? Vous attendez de rencontrer la Weslorienne idéale ?

Il rit, le regard attiré par le ruban de dentelle qui bordait son corsage.

— Comme vous, madame. Je ne veux pas que quelqu'un me dise ce que je dois faire et je ne veux pas de responsabilités.

— Ah, vous préférez donc les servantes.

Il leva les yeux et soutint fermement son regard.

— Je préfère les femmes, Caroline, murmura-t-il. Les femmes qui connaissent leur place en ce monde… Mais j'ai sans doute une préférence pour celles qui savent tenir leur langue quand cela est nécessaire.

— Ce n'est pas parce que vous n'êtes pas d'accord avec ce que dit une femme que ce qu'elle dit est faux.

Il leva la main et, du bout du doigt, traça une ligne qui allait de son épaule à son menton.

— Dites-moi, Caroline… qu'est-ce qui vous donne le droit de me parler sur ce ton ?

La jeune femme se pencha vers lui.

— Je suis née libre et j'ai le droit de dire ce que je veux à qui je veux. Vous n'êtes pas mon prince.

Le prince cligna les paupières.

— Je n'ai jamais rien entendu d'aussi…

Mais Caroline ne le laissa pas aller au bout de sa phrase. Elle le repoussa des deux mains, le plaquant contre le mur, et avant qu'il ait eu le temps de réagir elle se haussa sur la pointe des pieds pour l'embrasser. Elle embrassa le prince comme elle n'avait jamais embrassé un homme dans sa vie. À dire vrai, elle n'en avait pas embrassé beaucoup, et elle n'avait certainement jamais montré tant de fougue avec un gentleman. Mais il y avait quelque chose chez cet homme qu'elle trouvait provocant. Il se donnait de si grands airs, il était tellement sûr de son importance. Elle n'avait jamais pris autant de libertés et n'avait jamais été aussi ravie de le faire. C'était grisant.

Cependant, malgré cela, il ne parut pas savoir comment réagir. Il écarta largement les bras, comme pour lui annoncer en silence qu'il n'avait rien à voir avec tout cela. Néanmoins, sa bouche disait autre chose. Ses lèvres et sa langue répondaient différemment. S'il ne voulait pas la toucher de ses mains, en revanche il lui mordillait les lèvres et sa langue jouait avec la sienne. Il pressait son torse contre sa poitrine et l'embrassait passionnément. L'étreinte était excitante. C'est seulement lorsque ses cheveux blonds s'insinuèrent entre leurs lèvres qu'elle se ressaisit et recula.

Elle était haletante, tout comme lui. Leur respiration était aussi saccadée que s'ils s'étaient pourchassés dans la pièce. Ils passèrent un long moment à se dévisager. Il aurait fallu des milliers de pages pour parvenir à décrire les pensées et les sentiments qui tournoyaient entre eux. Caroline eut l'impression que quelque chose de doux et de chaud s'ouvrait en elle.

Puis il rompit le charme.

— Que diable vous arrive-t-il ?

Elle n'avait pas de réponse à cette question. Un accès de fièvre ? Si c'était de la fièvre, c'était un genre nouveau, qui surgissait sans prévenir et allait la consumer en quelques minutes.

Leo tendit la main, la paume tournée vers elle, comme s'il craignait qu'elle ne se jette de nouveau à son cou.

Ses yeux étaient sombres, ses lèvres entrouvertes. Il paraissait choqué. Mais en proie à un désir dangereux.

— Ne recommencez jamais cela, dit-il d'une voix sourde.

— Vous n'avez pas à me dire ce que je dois faire, répliqua-t-elle en tournant rapidement les talons pour gagner la porte.

Elle s'élança dans le couloir et faillit se cogner à Beck, qui revenait.

— Caro ?

Ignorant son frère, elle souleva le bord de sa jupe et regagna sa chambre en courant. Ses lèvres étaient encore brûlantes du baiser échangé.

# Chapitre 15

*Les invitations pour le bal de lord Pennybacker seront lancées à la fin du mois. Hélas, certains seront déçus de ne pas trouver de carton dans leur courrier, car le nombre de personnes désirant assister à cet événement mondain n'a cessé d'augmenter au cours du dernier mois. Selon lady Pennybacker, l'accès au bal sera limité à deux cents personnes.*

*Le duc et la duchesse de Norfolk ont regagné leur domaine familial, car la duchesse entre dans sa période de confinement avant la naissance. Le couple a reçu la visite de nombreuses personnalités en vue, parmi lesquelles lord Hawke et sa sœur, louée pour sa beauté. Une beauté si éclatante qu'un gentleman qui doit pourtant annoncer des fiançailles princières dans quelques semaines s'est invité chez eux.*

*Beaucoup de dames découvrent que lady Caroline Hawke a un talent certain pour créer des robes élégantes. À Mayfair, les dames se bousculent pour avoir une robe de soirée dessinée et confectionnée par notre chère amie. Celle-ci a un talent unique pour mêler les genres anglais et alucien et créer des vêtements convoités par toute la haute société. Ce succès l'obligera à limiter ses commandes pour la saison d'hiver.*

*Honeycutt's,*
*gazette mode et maison pour ladies*

Après deux jours de tourments incessants, Leo ne parvenait toujours pas à oublier ce baiser.

Il faisait le tour des écuries avec Beck. Pendant que ce dernier enchaînait les remarques enthousiastes sur le futur logement de son pur-sang alucien, Leo pensait sans cesse à la sœur scandaleuse et remarquable de son ami.

Ce baiser surgissait dans ses pensées aux moments les plus étranges. Quand il était seul. Au milieu de la nuit. Au petit déjeuner, au déjeuner, pendant qu'il prenait le thé avec ses amis.

Il était choqué qu'elle ait agi ainsi, qu'elle ait pensé qu'elle pouvait le faire. Quelle audace ! D'un autre côté, cela ne le surprenait pas tant que cela. S'il était horrifié par tant d'insolence, il ne pouvait s'empêcher d'admirer son cran. Il était à la fois furieux et excité qu'elle ait pris cette liberté.

Leo commençait à croire qu'il n'avait jamais connu de femme plus étrange, plus troublante, ni plus belle, dans toute sa vie. Il passait par toutes les émotions qu'un homme pouvait éprouver à cause d'une femme.

Il ressentait aussi un désir insensé, et tous ses efforts habituels pour maîtriser sa sensualité demeuraient vains. Il voulait revivre ce baiser. Cependant, cette fois, c'était lui qui en prendrait l'initiative.

Il devait faire un effort pour songer à autre chose. Il reporta donc son attention sur les femmes qu'il s'efforçait de sauver. Il avait eu l'intention de parler de Jacleen à son vieil ami Norfolk, au cours du dîner. Mais cette réception était indéfiniment reportée. À en croire cette satanée gazette, c'était à cause de lui. Ce devait être vrai, car plus d'un gentleman l'avait félicité en riant pour son indiscrète visite à Mrs Mansfield.

« Je n'avais jamais vu un gars attirer autant l'attention sur ses activités ! » avait déclaré un certain Hornsby en éclatant de rire.

Mr Frame, qui avait énergiquement mis Leo en garde, le suppliant d'observer la plus grande discrétion, avant de l'emmener dans cette maison de mauvaise réputation, avait finalement du mal à tenir sa langue.

Maintenant, Norfolk était à Arundel avec sa famille et attendait la naissance de leur quatrième enfant. Cela rendait les choses plus difficiles. Leo ne pouvait pas faire une visite au duc à l'improviste. On ne passait pas par hasard dans un domaine de campagne, surtout lorsqu'on n'avait soi-même pas de demeure dans les environs. Herstmonceux ne comptait pas.

Puis Beck lui fournit une solution.

Quelques jours après que Caroline l'eut embrassé comme une démente, Leo retrouva Beck dans leur club préféré pour boire un verre de gin. De façon tout à fait inattendue, Beck annonça qu'il était obligé de se rendre à Arundel, ce qui le contrariait.

— J'ai entendu dire qu'à cause des pluies abondantes de ces derniers jours les routes étaient devenues presque impraticables. Il me faudra une journée entière pour me rendre là-bas.

Leo dressa l'oreille.

— Vous allez à Arundel ?

— Je l'ai promis à Caro, avoua Beck en soupirant.

Lady Norfolk est son amie, et elle lui a fait une robe, ou une robe d'intérieur, ou je ne sais quoi, pour sa période de confinement, avant la naissance.

— Norfolk est un vieil ami, déclara Leo d'un ton détaché. Nous étions à Cambridge ensemble. J'ai fait un séjour ou deux à Arundel.

Beck ne mordit pas à l'hameçon.

— Belle demeure, n'est-ce pas ? dit-il en hochant la tête. Je connais ce vieux Norfolk depuis longtemps, moi aussi.

Leo sirota son gin et le trouva un peu plus amer que de coutume.

— Quand comptez-vous vous y rendre ?

— Jeudi, répondit Beck en jetant un coup d'œil à sa montre.

Leo pianota sur la table en réfléchissant. Il ne se souvenait pas avoir déjà dû quémander une invitation quelque part. En général, c'était lui qui biffait de la liste le nom des gens qui voulaient se joindre à lui à tout prix. *Bienvenue dans cet étrange nouveau monde.* Il observa Beck du coin de l'œil et se dit que la meilleure approche était sans doute la plus directe.

— Beck, mon ami, verriez-vous un inconvénient…

— Ne me demandez pas cela, Leo, murmura Beck.

— Pardon ? Mais Henry est un vieil ami.

Beck s'agita dans son fauteuil, visiblement mal à l'aise. Il regarda autour de lui comme s'il cherchait un valet des yeux, bien que son verre soit encore plein.

— Naturellement, Majesté, à n'importe quel autre moment j'aurais été enchanté…

—. Ah, je suis redevenu *Majesté,* fit remarquer Leo, sarcastique.

Beck poussa un grognement, se massa le front, puis regarda Leo dans les yeux.

— C'est sa femme. Augusta. Elle… est réticente.

— Réticente…, répéta Leo.

Beck se pencha en avant.

— Vous avez acquis une mauvaise réputation, expliqua-t-il avec une petite grimace d'excuse.

— Non. Écoutez, Beck. Tout ce que l'on dit sur moi est faux. Enfin, pas entièrement. Certaines choses sont vraies, mais ce n'est pas ce que vous croyez. Je sais que le dîner a été repoussé à cause de moi et j'aimerais éclaircir cette affaire avec mon vieil ami. Ne serait-ce qu'au nom de notre ancienne amitié.

Beck grimaça de nouveau.

— L'épouse de Norfolk arrive au terme de sa grossesse et, d'après ce que j'ai compris, elle est incommodée par son état. Je ne veux pas lui fournir d'autres causes de contrariété.

— Je ne la verrai pas, promit Leo. La demeure d'Arundel est aussi vaste qu'un palais. Il est fort possible que nous ne nous croisions même pas. Je ferai mon possible pour me tenir à l'écart.

Beck se renversa dans son fauteuil et posa les mains à plat sur la table. Gonflant les joues, il souffla doucement.

— Bon, très bien, dit-il au bout d'un moment. Je ne crois pas ce que l'on dit sur vous. Dieu sait qu'on a dit bien pire sur moi.

Il marqua une pause, et reprit :

— Enfin. Non, ce n'était pas pire, car les bruits qui courent sur vous sont abominables. Pardon, mais vous me comprenez. Oui, bien sûr, vous pouvez venir, Leo. Entre hommes, il faut nous serrer les coudes.

Il sourit. Leo ne pensait pas que les hommes avaient besoin de cela, puisqu'ils contrôlaient déjà tout.

— Je devrais envoyer un message à Arundel, poursuivit Beck. Pour prévenir Henry de votre venue.

— Non, non, protesta Leo. Il en parlera à la duchesse, et cela risque de lui causer une anxiété supplémentaire dont elle n'a pas besoin en ce moment. Quand je rends visite à des amis, ceux-ci ont tendance à se soucier de l'étiquette et à tout mettre en œuvre pour la respecter.

— Ah, fit Beck en hochant la tête d'un air grave. Bien entendu. J'avais oublié que vous étiez prince.

— Je l'oublie souvent, moi aussi, admit Leo en riant.

Caroline ne pouvait garder le secret sur ce baiser une minute de plus. Elle avait refrené son impatience pendant quatre jours avant d'aller voir Hollis, et pensait qu'elle avait consenti un effort remarquable étant donné la situation extraordinaire.

Elle aurait aimé embrasser de nouveau le prince, mais à condition qu'il l'enlace. Ce désir la troublait. Comment pouvait-elle éprouver des sentiments aussi forts pour le pire des débauchés ? Ce vaurien séduisait allègrement les servantes et sortait la nuit avec des femmes de mauvaise vie. Et, ensuite, il incitait de charmantes jeunes femmes comme elle à mal se conduire.

Elle arriva chez Hollis après avoir marché d'un bon pas. Elle se sentait forte, ragaillardie, emplie d'énergie par la contrariété qu'elle éprouvait envers elle-même et envers ce prince dévoyé. La maison de Hollis n'était pas très loin. Sir Percival, son défunt époux, qui avait succombé dans un accident sur une route boueuse et défoncée, avait laissé sa veuve très à l'aise. Hollis vivait confortablement près de Hyde Park, dans une grande maison, pourvue d'une domesticité suffisante. Une veuve jeune, jolie et riche présentait bien des attraits. Des gentlemen de toutes sortes tournaient autour de Hollis depuis trois ans, mais celle-ci ne s'intéressait pas à eux.

Caroline frappa à la porte comme elle le faisait toujours, par une suite rapide de coups brefs. Au bout de quelques secondes Donovan vint lui ouvrir. Il se tenait sur le seuil avec décontraction, les jambes écartées, les manches de sa chemise relevées, révélant des bras solides et musclés. Il tenait à la main une théière d'argent qu'il était en train de faire briller.

— Bonjour, lady Caroline. Quel plaisir de vous voir enfin en bonne santé. J'ai entendu dire que vous aviez frôlé la mort.

— Ah, il en faudra plus que cela pour me tuer, monsieur.

Il sourit. L'homme avait un physique viril et éblouissant.

— C'est bien pour cela que je n'ai pas cru une seconde à votre mort prochaine. Entrez, je vous prie.

Il s'effaça pour lui livrer passage. Caroline ôta son chapeau et le tint en équilibre au bout de son doigt pour le passer au majordome.

— Donovan, croyez-moi, vous êtes Adonis incarné.

— Pardon ? fit-il, en posant négligemment le chapeau sur une console.

— C'est un dieu grec.

— Vous vous trompez, madame, dit-il en haussant les sourcils. Je suis anglais.

— Vous ne pouvez pas être anglais ! s'exclama-t-elle en riant. Vous êtes trop indifférent à la flatterie.

— Pas autant que vous le croyez, admit-il avec un sourire charmeur.

Caroline éprouva un trouble délicieux.

— Où est votre maîtresse ? demanda-t-elle en battant des cils, d'un air faussement timide.

— Dans son bureau, naturellement. C'est là qu'elle passe l'essentiel de ses journées.

Il lui fit signe de le suivre et la guida dans les couloirs en sifflotant.

— Lady Caroline, annonça-t-il en entrant dans le bureau.

— Caro ! s'exclama joyeusement Hollis.

Caroline passa devant Donovan en échangeant un sourire avec lui. Le majordome referma la porte et elle s'avança dans la pièce encombrée.

Hollis était penchée sur une feuille de sa gazette. Elle avait transformé ce qui était autrefois un charmant salon en bureau, où elle effectuait la mise en page du magazine, dont elle envoyait deux fois par mois le modèle à Gilbert et Rivington, qui se chargeaient de l'imprimer.

Une ancienne table de salle à manger trônait au milieu du désordre, et Hollis avait étalé sur le plateau les pages du dernier exemplaire. D'anciens numéros étaient entassés sur le sol, et sur des étagères que Donovan avait construites lui-même. Un chat tigré était allongé sur les tas de journaux, et un autre était assis sur les étagères, tel un bibelot décoratif. Toute la pièce était encombrée de livres, de ficelles, de ciseaux et de lunettes que Hollis portait quand elle travaillait tard le soir.

La jeune femme avait également pris l'habitude de

s'aider d'une loupe pour examiner la maquette de son journal.

— Cette pièce ressemble de plus en plus à un bureau du gouvernement, gémit Caroline en regardant autour d'elle.

Elle retira les feuilles de papier étalées sur l'unique fauteuil, les posa sur une étagère et s'assit.

Hollis se débarrassa de sa loupe.

— Que viens-tu faire ici par une si belle journée ? As-tu l'intention de séduire mon personnel ?

— Je ne peux pas m'en empêcher, Hollis. Donovan est si beau qu'il mérite d'être admiré. Comme tu ne le fais pas, je m'en charge à ta place.

— Il est admiré, sois-en certaine. La semaine dernière, il m'a accompagnée au marché. Nous y avons rencontré une jeune femme qui n'a cessé de se jeter sous nos pas en lui lançant des œillades enflammées. Elle me faisait penser à toi. Elle était opiniâtre, crois-moi.

Caroline posa en riant les pieds sur une pile de magazines.

— J'ai des nouvelles.

— Formidable ! Il me reste juste un peu de place pour un paragraphe de potins dans le prochain numéro. Raconte.

— Tu connais l'histoire du prince Leopold et du bordel ?

— En effet ! C'est toi-même qui es venue jusqu'ici pour me rapporter la nouvelle, tu t'en souviens ?

Caroline s'en souvenait très bien. Elle avait filé à toute allure chez Hollis pour lui relater ce qu'elle savait.

— Cela s'est passé une semaine après que j'avais

vu le prince poursuivre Ann, notre servante, dans les allées du marché de Leadenhall.

— Je n'arrive toujours pas à croire que tu te sois rendue là-bas ! s'exclama Hollis. J'ai immédiatement écrit à Eliza pour lui dire que tu étais allée à Leadenhall en compagnie de Mr Morley et de ses sœurs.

Elle éclata de rire à cette idée.

— Peu importe, n'y pensons plus. Je soupçonnais le prince d'être un vaurien, mais sa visite au bordel nous en a donné la preuve. C'est alors que Priscilla a dit à lady Montgomery…

— Oh ! j'ai entendu cela ! s'exclama Hollis. Elle était furieuse qu'il ait fait quelque chose d'aussi terrible, juste avant le bal.

— Et naturellement je l'ai dit à lady Norfolk. Elle ne m'aurait jamais pardonné si lady Montgomery avait banni le prince et qu'elle n'eût pas eu l'opportunité de faire comme elle.

— Tu as fait cela ?

— Bien sûr ! C'est une conduite inacceptable pour un homme de son rang.

Caroline croisa les bras et regarda droit devant elle.

Puis, prenant conscience que Hollis ne répondait pas, elle lui lança un coup d'œil.

— Pourquoi me regardes-tu de cette façon ?

— De quelle façon ? Comme si je me demandais ce qui se passe dans ta tête ? Je croyais que tu avais décidé de ne plus penser à ton penchant pour lui, ma chérie.

— Je n'ai pas de penchant ! protesta Caroline en haussant les épaules.

— Tu en es sûre ? Parce que c'est la deuxième visite

que tu me rends après avoir quitté ton lit de mourante. Et les deux fois tu n'as cessé de te plaindre de lui.

— Parce que cette histoire ne cesse de m'étonner, voilà tout. Je pense que les dames de bonne réputation devraient éviter de l'approcher. Il peut se montrer charmant, mais sous cette apparence séduisante il cache une nature déplorable. Mais les dés sont jetés, n'est-ce pas ? Priscilla m'a dit que lady Pennybacker voulait également le rayer de sa liste d'invités.

— Caro ! À quoi joues-tu ?

Caroline n'avait pas vraiment eu l'intention de déclencher tous ces rouages. Mais les événements s'enchaînaient. Priscilla ne pouvait pas s'empêcher d'en parler à toutes les personnes de sa connaissance, et Augusta…

De plus, Caroline avait été de fort méchante humeur lors de cette visite et elle ne s'était pas privée de donner son avis.

— Mes amies ne veulent pas recevoir chez elles une personne à la moralité douteuse. Je n'ai pas le choix, puisque Beck s'imagine que le prince est son meilleur ami.

— Eh bien, je suppose que tu sais ce que tu fais.

— Je n'en suis pas sûre. Mais j'ai honte de l'avoir embrassé.

Hollis poussa une exclamation de stupeur.

Caroline agita la main, comme si ce n'était qu'une vétille. Mais ce baiser n'était pas aussi insignifiant qu'elle voulait le faire croire. Son cœur se gonflait de joie chaque fois qu'elle y repensait.

— Ce n'était rien ! J'ai agi sous le coup de la colère, voilà tout.

— Ah vraiment ? Et pourquoi embrasserais-tu quelqu'un parce que tu es en colère ? Ne reste pas assise là, avec cet air faussement intimidé, Caroline Hawke ! Dis-moi ce qui s'est passé.

Naturellement, Caroline lui dit tout. C'était pour cela qu'elle était venue, après tout. Pour se soulager du poids qui pesait sur ses épaules. Elle raconta à Hollis que Beck voulait absolument qu'elle se marie, qu'il lui avait fait un sermon dans son bureau, et qu'elle n'avait découvert que trop tard la présence du prince. Elle lui dit comment elle avait accusé le prince de se mêler de ce qui ne le regardait pas, et aussi qu'il l'avait appelée par son prénom. En revanche, elle ne lui avoua pas que, lorsqu'il l'avait prononcé, elle avait eu l'impression d'être enveloppée par sa voix douce comme du velours. Elle lui expliqua qu'elle avait agi sur une impulsion, comme si elle était quelqu'un d'autre, et qu'elle ne s'était pas rendu compte de ce qu'elle faisait.

Hollis se cala dans son fauteuil en souriant.

— Arrête de sourire ! marmonna Caroline.

— C'était audacieux, Caro. Crois-tu que tu es amoureuse de lui ?

— Pour l'amour du ciel, Hollis ! Bien sûr que non !

— Simplement éprise, donc. Admets qu'il a eu une attention délicate en t'apportant des fleurs quand tu étais malade.

— Il ne les a pas apportées pour moi, mais pour Ann. Sincèrement, je ne peux pas le souffrir. Si tu veux mon opinion, il mérite d'épouser lady Eulalie. Je ne comprends pas pourquoi elle veut s'unir à cet homme.

— Vraiment ? Elle le veut pour la richesse et les privilèges, et lui veut l'épouser pour des raisons politiques.

— Oh ! mais le mariage n'est pas fait pour cela, gémit Caroline. Il faut se marier pour être heureux et avoir une compagne, pas pour éviter d'être assassiné. J'éviterais à tout prix ce genre d'arrangement, si j'étais concernée, ajouta-t-elle en tirant sur sa manche d'un air agacé.

— Tu n'es pas prince, et de toute façon tu n'es pas pour le mariage, même dans les meilleures conditions possible.

— Ce n'est pas vrai !

Hollis haussa les épaules.

— D'accord. Disons que le mariage te fait peur.

— Je n'ai pas peur. Contrairement à ce que tu crois, j'aimerais beaucoup me marier. Mais… je veux être aimée pour moi. Pas pour mon apparence, ou pour ma dot. Une union ne repose pas sur ces choses-là.

— Tu me fais penser à Mary Pressley, dit Hollis. Elle était très amoureuse de Malcolm Byrd, et il l'était d'elle. Et elle est très malheureuse depuis son mariage.

— Il la traite si mal, dit Caroline d'une voix sourde.

Mary était une de ses amies d'enfance. C'était une fille douce, qui avait toujours désiré devenir une épouse et une mère. Mr Byrd lui avait fait la cour, et elle avait succombé à son charme. Elle était tombée très amoureuse de lui. À l'époque, elle passait des heures allongée sur le lit de Caroline, à lui parler de Mr Byrd, de la robe qu'elle porterait pour ses noces, des enfants qu'ils auraient ensemble.

Mais la réalité n'avait rien à voir avec ce rêve. Malcolm Byrd n'était pas du tout tel qu'il le lui avait fait croire quand il la courtisait. C'était une brute. Il était cruel et n'hésitait pas à frapper Mary si sa conduite lui déplaisait.

Après la naissance du premier enfant de Mary, Caroline l'avait suppliée de s'enfuir. Mais son amie avait eu un rire amer.

« Pour aller où, Caroline ? Chez mes vieux parents ? Je n'ai pas d'argent, rien qui m'appartienne. Il ne me permettrait jamais de garder notre fils. Je dois porter ma croix. »

Elle avait alors pris la main de Caroline et l'avait pressée gentiment.

« On ne connaît jamais un homme avant d'avoir partagé son lit et vécu sous son toit. Il est impossible de connaître leur vraie nature. Fais attention, sois prudente. »

Cette recommandation était restée gravée dans l'esprit de Caroline. Les gentlemen qui lui rendaient visite étaient toujours charmants et polis. Mais elle s'interrogeait invariablement sur leur vraie nature. Comme ils s'interrogeaient sans doute sur la sienne. Pour chaque mariage heureux, comme ceux de Hollis et Percival, de Sebastian et Eliza, elle connaissait en contrepartie l'histoire d'un échec.

Cependant, elle voulait bien reconnaître qu'elle rêvait d'être aimée.

— Tu devrais dire au prince ce que tu ressens, lui conseilla Hollis.

— Tu es folle, Hollis ! Je ne suis pas venue te voir pour entendre ce genre de conseils !

— Tu es venue parce que je suis ta confidente et ta bonne conscience. Veux-tu m'accompagner chez papa ?

— Oh ! j'en serais enchantée, dit Caroline en soupirant. Mais aujourd'hui je ne peux pas. Je pars à Arundel avec Beck demain matin. J'ai promis à Augusta de lui rendre visite. Elle se sent terriblement seule. Elle n'a que ses enfants pour la distraire, tu comprends.

— Oh ! dit Hollis en arrondissant les yeux. Ces petits démons sont les enfants les moins distrayants que je connaisse. Ils ne parlent que de leurs poneys.

Caroline se leva et contourna la table pour embrasser Hollis.

— Au revoir, ma chérie. Mes amitiés à Beck. Nous nous verrons donc la semaine prochaine ?

— Peut-être même plus tôt ! lança Caroline par-dessus son épaule.

Elle prit son chapeau sur la console où Donovan l'avait posé et sortit dans la rue ensoleillée. Elle leva les yeux vers le ciel en battant des paupières. Elle n'était pas amoureuse du prince Leopold. Ce n'était pas parce qu'il nourrissait son imagination, ou parce qu'il avait vu au-delà de son apparence, qu'elle l'aimait ou le tenait particulièrement en son estime.

Mais alors, pourquoi l'idée qu'il allait quitter l'Angleterre la perturbait-elle autant ? Pourquoi se sentait-elle abandonnée et le cœur lourd ?

Parce qu'elle était idiote, voilà tout ! Et qu'elle avait la déplorable manie d'être attirée par les vauriens. Elle penserait longtemps à ce baiser, mais une fois qu'il serait parti il ne lui manquerait plus du tout.

Elle parvint à se persuader que tout cela était vrai. Et elle le crut… jusqu'au moment où elle le vit grimper dans la voiture qui devait les emmener à Arundel.

# *Chapitre 16*

*Une dame extrêmement généreuse a décidé d'agrandir sa maisonnée. Par bonheur, elle ne compte pas adopter un nouveau chien. En réalité, elle va ajouter deux nouvelles femmes de chambre à son équipe de domestiques. Nous savons que cette dame et son époux envisagent d'accueillir de nombreux invités au cours de l'été. Et, pour commencer, ils vont donner la première garden-party de la saison.*

*Mesdames, appliquez chaque soir sur votre visage un linge enduit de graisse de mouton. Au bout de deux semaines, vous constaterez que votre peau a retrouvé l'éclat de la jeunesse.*

*Honeycutt's,*
*gazette mode et maison pour ladies*

Leo pouvait compter sur les doigts d'une main le nombre de fois où une femme avait exprimé du dédain à son égard. En fait, il n'avait même pas besoin d'une seule main, car cela ne s'était jamais produit. Jusqu'à aujourd'hui.

Aujourd'hui, quand il était monté dans la voiture

devant l'hôtel Clarendon, le regard de lady Caroline était devenu glacial. Leo pensait que leur première rencontre après ce baiser serait intéressante, mais il ne s'attendait pas à cela. Elle semblait avoir décidé qu'elle avait été insultée, alors qu'en réalité c'était elle qui avait pris des libertés avec lui.

Croisant les bras, elle darda sur son frère un regard noir.

— Qu'est-ce que cela signifie ?

Désarçonné, Beck cligna les yeux.

— Quoi… Quoi donc ?

Le regard de Caroline glissa sur Leo.

— Le prince Leopold ? Eh bien, Son Altesse se rendait à Arundel comme nous, je lui ai donc offert de profiter de notre voiture.

— Quoi ? Il a ses gardes du corps, non ? Ce sont eux qui devraient l'escorter.

— Mais ils nous escortent, Caro. Ils nous suivent à cheval. Cependant la voiture est plus confortable pour le prince.

— Bonté divine, Beck ! s'exclama-t-elle, agacée.

Puis elle se mit à tirer sur les nombreux volants de sa jupe.

— Dieu m'en est témoin, je ne parviens jamais à te comprendre. Que se passe-t-il, Caro ? Le prince t'a-t-il offensée ?

Les joues de lady Caroline se colorèrent alors.

— Je vous en prie, lady Caroline, dites-moi si je vous ai offensée et je ferai mon possible pour que vous me pardonniez. La dernière fois que nous avons parlé ensemble, j'ai eu l'impression que vous éprouviez une grande estime pour moi.

Leo sourit, et les joues de Caroline virèrent au rose vif.

— Je vous demande pardon si je vous ai donné cette impression, Majesté. Je voulais être polie.

— Ah, dit-il en souriant. Dans ce cas, je dois vous féliciter. Vous avez été d'une extrême politesse.

— C'était de la courtoisie, monsieur.

— Si vous voulez. Je n'aurai jamais fini d'apprendre toutes les nuances de la langue anglaise, ajouta-t-il en hochant la tête.

— J'ai manqué quelque chose ? s'enquit Beck.

— Non, rien ! s'exclama Caroline en détournant le regard.

Leo n'en fit pas autant. Il se réjouissait de la voir aussi décontenancée. À chacune de leurs rencontres, elle le remettait à sa place. Mais pour une fois c'était elle qui ne savait plus quoi dire. Ses joues avaient pris un délicieux ton rosé et ses yeux verts étincelaient.

— Il y a quelque chose, c'est évident, insista Beck.

— Vraiment, Beck ? Aurais-tu oublié que c'est toi qui as commencé, en demandant à Son Altesse Royale ce que tu devais faire de ta pauvre sœur, encore vieille fille, que tu traînes comme un boulet ?

— Je ne lui ai pas demandé conseil, rectifia Beck. Car je sais précisément ce qu'il convient de faire. Tu verras.

Lady Caroline leva les yeux au ciel. Mais les paroles de Beck piquèrent la curiosité de Leo. Que convenait-il de faire ?

— J'ai des projets pour toi, ajouta Beck.

Cette remarque capta l'attention de Caroline.

— Qui ? demanda-t-elle en fixant son frère.

— Ladley, pour commencer.

— Ton vieux compagnon d'école ? Robert Ladley

ne peut pas passer devant un verre de whisky ou une chope de bière sans l'avaler !

Beck se renfrogna, car il ignorait cela.

— Je te demande pardon. Ladley était assez sobre pour aller en toute hâte chercher un médecin, la nuit où tu as failli mourir.

— Je n'ai pas failli mourir. N'est-il pas vrai que tu as dû récemment faire appel à deux valets pour le hisser dans un fiacre ?

— C'est arrivé une fois, grommela Beck.

— Qui d'autre ? interrogea lady Caroline, ayant ainsi balayé la perspective d'épouser le comte de Montford.

Beck eut un petit reniflement.

— Lord March.

Le prince ne connaissait pas lord March, mais de toute évidence lady Caroline savait de qui Beck parlait. Elle tourna lentement la tête et transperça son frère d'un regard qui aurait fait trembler Leo lui-même.

— Il n'est pas aussi mauvais que tu le crois. Je sais ce qu'on dit de lui, mais ce n'est pas parce que Hollis l'imprime dans son journal que c'est vrai.

— Il se trouve que Hollis vérifie méticuleusement toutes les informations qui lui parviennent. Réfléchis, Beck. De toute façon, ce n'est ni le lieu ni l'endroit pour discuter de mon éventuel mariage. Nous ne voulons pas ennuyer Son Altesse Royale avec ces histoires.

— Cela lui est égal, répliqua Beck avec assurance.

Ce n'était pas du tout l'avis de Leo. Mais Beck poursuivit :

— Tu ne dois pas penser à Leopold comme à un prince, Caro. Considère-le plutôt comme… comme un oncle.

— *Un oncle ?* répéta Leo, incrédule.

— Ce que je veux dire, c'est que vous faites quasiment partie de la famille, à présent. Vous êtes le frère du prince Sebastian, l'époux d'Eliza. Caro, tu as toujours dit qu'Eliza était une sœur pour toi, bien plus qu'une amie. Dieu sait que Hollis et elle me traitent comme un frère qui serait leur souffre-douleur.

Caroline dévisagea Leo. Ce dernier lui rendit son regard. La tension entre eux était presque palpable. Elle semblait emplir l'habitacle. Il crut déceler la senteur du désir se mêlant agréablement au parfum de la jeune femme.

— Très bien, dit celle-ci. Il est mon oncle.

— Je ne suis pas votre oncle. Je ne suis l'oncle de personne, précisa-t-il à l'intention de Beck.

Mais ni le frère ni la sœur ne semblaient l'écouter. Les yeux fixés sur la fenêtre, lady Caroline contemplait les arbres et les collines, sur lesquelles paissaient les moutons. Inspiré par le paysage, Beck se lança dans le récit d'une chasse à courre à laquelle Norfolk et lui avaient pris part, des années auparavant, et raconta comment les chiens avaient été détournés de la piste du renard par le cadavre d'un cerf.

Après avoir patiemment écouté pendant une heure cette histoire à dormir debout, Leo se sentit glisser doucement dans les bras de Morphée. Brusquement tiré de sa torpeur par un violent soubresaut, il se redressa sur son siège. Le carrosse s'était arrêté et Beck se pencha à la fenêtre.

— Diable ! Que se passe-t-il ? Restez là, tous les deux, ordonna-t-il d'un ton grave.

Il ouvrit la portière, sauta à l'extérieur et referma

derrière lui. Leo l'entendit appeler le cocher et lui demander si une roue était cassée.

Caroline rejeta les épaules en arrière, son regard fixé sur Leo.

Celui-ci retomba contre le dossier en cuir. Le bruit des voix à l'extérieur s'estompa.

— Ne devriez-vous pas descendre pour voir ce qui se passe ? Peut-être même leur offrir assistance ?

— Merci pour le conseil, mais je crois que je vais rester là et essayer de comprendre pourquoi vous me traitez comme un lépreux.

— Je ne vous traite pas comme un lépreux.

— Non ? C'est pourtant l'impression que j'avais. Quoi qu'il en soit vous ne me traitez pas de la même façon que lors de notre dernière rencontre, n'est-ce pas ?

Les joues de Caroline reprirent des couleurs.

— Bon, très bien, je me suis mal conduite la dernière fois, mais j'étais terriblement contrariée. Je vous demande pardon.

— Intéressant.

Leo se pencha en avant, posant les coudes sur ses genoux.

— Vous vous comportez d'une façon étrange quand vous êtes contrariée. Est-ce toujours ainsi ?

— Pas du tout. Cela dépend de la personne et de la cause de ma contrariété.

Leo hocha la tête, amusé.

— Je ne sais pas si c'est un compliment ou non.

— Cela ne se reproduira pas, déclara-t-elle en fronçant les sourcils. J'ai perdu la tête, voilà tout. La façon dont j'ai agi n'avait aucun rapport avec… ce que je pense de vous.

— Ah. Mais la couleur de vos joues en ce moment et l'enthousiasme que vous avez mis dans ce baiser me font penser le contraire. Êtes-vous certaine que vous n'avez pas un petit peu de considération pour moi ?

— Absolument certaine.

Leo se pencha un peu plus. Lady Caroline se pressa contre le dossier. Il plaça les mains sur la banquette, de part et d'autre de la jeune femme.

— Puis-je vous donner un conseil, lady Caroline ?

Elle entrouvrit les lèvres et inspira brièvement.

— Je préférerais que vous ne le fassiez pas.

Il leva la main et lui effleura la joue du bout du doigt.

— Mon conseil…

— Dont je viens de vous dire que je ne voulais pas…

— … c'est d'éviter d'embrasser un homme quand vous êtes en colère. Cela peut être agréable, et je ne nie pas que ce fut le cas quand vous le fîtes. Mais ce n'est pas aussi plaisant qu'un baiser donné dans la sérénité.

Caroline battit des cils. Elle avait posé les yeux sur ses lèvres et il sentit une vague de désir l'assaillir.

— Je suppose que je devrais vous croire sur parole. D'après ce que je sais vous êtes expert dans ce domaine.

— Je m'y connais un peu, admit-il en touchant une fossette qui creusait sa joue.

— Et moi je m'y connais en vauriens, déclara-t-elle, alors qu'il lui relevait doucement le menton. Je peux en reconnaître un au premier regard.

Leo sourit et s'approcha d'elle.

— Êtes-vous encore fâchée, Caroline ?

— Oui, Leopold, un petit peu.

— Voulez-vous que je m'écarte de vous ?

Après une brève hésitation, elle repoussa ses doigts

et il crut que c'était terminé. Il était sur le point de se renfoncer dans son fauteuil, quand elle lui posa la main sur le visage.

— Je vous préviens. Si vous m'embrassez, cela voudra dire quelque chose. Je vous conseille de bien réfléchir avant de le faire.

— J'ai bien réfléchi, répondit-il en se rapprochant d'elle.

Elle posa les mains à plat sur la poitrine de Leopold et soupira.

— Vous êtes un vaurien de la pire espèce, Leopold Chartier. Mais, si vous en avez envie, alors décidez-vous. Nous n'avons pas beaucoup de temps.

Leo ravala un rire de surprise.

— On ne vous a jamais dit que vous ne saviez pas ce que vous vouliez ?

Elle fit glisser son pouce sur ses lèvres sensuelles.

— Que diable attendez-vous ?

Leo se décida et posa les lèvres sur les siennes. Son baiser fut très différent de celui qu'elle lui avait donné. Elle s'était pressée contre lui, fouillant sa bouche. Leo l'embrassa doucement, délicatement, s'attardant contre sa bouche et se laissant enivrer par son parfum. Le baiser fut si exquis qu'il agrippa le siège pour ne pas basculer contre elle et la déguster comme une délicieuse friandise. Il lui écarta les lèvres du bout de la langue, et elle releva le menton pour mieux s'offrir. Si le baiser fut long et tendre, en revanche un véritable incendie faisait rage en lui.

Caroline frôla sa joue du bout des doigts et ce contact le fit frissonner. Il avait l'impression qu'il allait exploser de désir d'un instant à l'autre. Il avait voulu la tourmenter, mais c'était elle qui l'attirait dans un piège en lui faisant miroiter une mystérieuse montagne de plaisir. Et il avait envie de s'abandonner dans les bras de cette effrontée.

*Ne me dites pas ce que je dois faire.*

Ses paroles surgirent dans sa tête. Il n'allait pas lui dire ce qu'elle devait faire, mais la laisser lui montrer le chemin. Il se pressa contre elle, la plaquant contre le dossier de cuir. Le baiser l'enivrait, lui faisant oublier toute retenue. Il voulait la toucher, sentir sa peau contre la sienne, glisser la main entre ses jambes, sentir sa moiteur.

Caroline dut lui rappeler où ils se trouvaient. Lui prenant le visage à deux mains, elle le repoussa.

— Mon frère est dehors, à deux pas de nous.

Beck. Le seul ami qui lui restait, si les choses continuaient d'évoluer comme ces dernières semaines. Leo se ressaisit. Il hocha la tête, ferma les yeux un instant, puis retomba sur son siège en tirant sur sa veste pour cacher l'évidence de son désir. Passant une main dans ses cheveux, il sourit à la jeune femme.

— Comment avez-vous trouvé ce baiser ?

Elle remit en place une boucle tombée sur son front.

— Je l'ai trouvé utile, répondit-elle avec un sourire impertinent.

— Je ne vous crois pas. Je suis sûr que vous n'aviez jamais été embrassée aussi bien.

Il haussa les sourcils, la mettant au défi de protester, et sachant parfaitement qu'elle allait le faire. Mais elle se contenta de rire.

— Très bien. C'était très agréable, Majesté. Je vous remercie.

Elle eut un sourire radieux, comme si elle aimait beaucoup le jeu auquel elle jouait.

— Espèce de petite…

La portière s'ouvrit brusquement et la tête de Beck apparut. Il jeta un coup d'œil à sa sœur, qui sourit, l'air aussi satisfait qu'une chatte qui vient de laper un bol de crème.

— Nous avons un petit problème mécanique, expliqua-t-il en se hissant à l'intérieur de la voiture. Un des harnais, apparemment. Ce sont toujours les harnais qui posent problème, n'est-ce pas ?

Il se mit à énumérer toutes les fois où cela lui était arrivé.

Leo n'entendit pas ce qu'il disait. Il ne pouvait penser qu'au désir qu'il éprouvait pour la femme assise face à lui, et qui lui adressait le sourire le plus effronté qu'il ait jamais vu.

# *Chapitre 17*

*Tous les Londoniens se réjouissent du retour du soleil, mais nombreux sont ceux qui étaient déjà partis à la campagne. Nous avons appris que lord Hawke avait emmené son pur-sang alucien dans le Sussex. L'animal sera logé dans les écuries d'Arundel en attendant que la saison des courses ait repris.*

*Un thé chez Mrs Moriarity a attiré notre attention, à cause d'une invitée qui s'est présentée vêtue d'une robe de matinée. Mesdames, il est important de savoir s'habiller en fonction des occasions. À moins que vous ne désiriez être celle dont tout le monde se souviendra, mais pas pour les raisons que vous espérez.*

*Honeycutt's,*
*gazette mode et maison pour ladies*

Augusta, lady Norfolk, était de fort méchante humeur. Ce pour quoi elle pouvait être pardonnée. Elle se trouvait dans le dernier mois de sa grossesse et se plaignait que plus rien ne lui allait. Son dos lui faisait mal, et elle détestait son mari.

— Augusta, dit Caroline avec un petit sourire compatissant, vous ne détestez pas vraiment Henry.

Elle avait pris les mesures de la robe d'intérieur qu'elle destinait à Augusta sur elle, mais elle se rendait compte à présent que le vêtement n'était pas assez large. C'était entièrement sa faute. Elle n'avait jamais approché d'aussi près une femme enceinte et n'avait pas imaginé qu'elle serait aussi... volumineuse. Caroline craignait qu'Augusta ne porte plusieurs bébés. Son ventre semblait assez gros pour y loger tout un village.

Augusta se laissa tomber dans un fauteuil et étendit les jambes. Caroline s'aventura jusqu'à la fenêtre pour contempler la vaste pelouse. La journée était ensoleillée et elle aurait aimé être dehors avec les autres. Beck et Norfolk se reposaient dans des chaises longues, tels deux campagnards. À l'ombre d'un arbre, une nourrice berçait le bébé d'Augusta, qui n'avait pas encore un an. Et, dans la clairière, le prince... Leopold... jouait avec les deux fillettes de la duchesse et un chien blanc et noir.

Il semblait bien s'amuser. Il riait avec les filles, qui couraient derrière lui. Caroline essaya de l'imaginer avec les enfants que lui donnerait lady Eulalie. Des petits princes et des princesses qui lui ressembleraient.

Elle éprouva un drôle de petit pincement au cœur.

Posant distraitement les doigts sur ses lèvres, elle songea au baiser échangé dans la voiture. Si tendre, si délicat... Rien à voir avec le baiser passionné qu'elle lui avait elle-même donné. Elle avait eu l'impression de s'épanouir et aurait voulu recevoir davantage.

Seigneur. Beck avait peut-être raison, il était temps qu'elle se marie. Elle avait des pensées lascives, désirait des choses qu'elle ne pouvait avoir. Caroline n'était pas une sainte. Elle avait déjà été embrassée, caressée. Mais elle avait toujours été consciente du fait qu'elle devait protéger sa vertu. Sa mère lui disait que les grandes familles maintenaient leur rang grâce à leurs héritiers, à leur moralité et à leur générosité. Elle avait mis Caroline en garde. Celle-ci ne devait rien faire qui puisse couvrir de honte leur famille.

« Un homme peut réparer ses erreurs, lui avait-elle dit. Mais une femme emportera son déshonneur jusque dans la tombe. »

Cet avertissement, prononcé par une mère qu'elle avait perdue des années plus tôt, était resté gravé en elle pendant tout ce temps. Elle avait eu maintes occasions de déshonorer le nom de leur famille. Mais hier, pour la première fois, elle avait vraiment envisagé de le faire.

— Que regardez-vous ? demanda Augusta.

— Oh ! seulement vos filles et votre mari dans le jardin.

Augusta laissa fuser un soupir désespéré. Caroline se tourna vers elle.

— Comment vous sentez-vous ?

— Je vais bien. Non, je me sens mal, avoua-t-elle en secouant la tête. Henry disparaît toujours quand je dois rester enfermée, les derniers jours de ma grossesse.

Caroline se mit à rire et fit un geste en direction de la fenêtre.

— Mais il est là, ma chère. Il n'est pas parti.

— Il a disparu quatre mois avant la naissance de Mary. Dès l'instant où il a découvert que j'attendais de nouveau un enfant, il s'est remis à disparaître. Il est là physiquement, ajouta la duchesse d'un ton morose.

Mais son esprit est ailleurs. Il déteste mon corps quand je suis enceinte.

Une larme roula sur sa joue.

— Il a conclu une sorte de contrat commercial pour les exportations et, comme si cela faisait partie des arrangements qu'il a conclus, il a fait entrer dans la maison une nouvelle fille de cuisine. Vous vous rendez compte ? Elle faisait partie du contrat. Ce n'est pas la première fois qu'il loge une fille à l'étage des domestiques. Je me suis débarrassée de la dernière.

Caroline était abasourdie.

— Que voulez-vous dire ?

— D'après vous, Caroline ? s'exclama Augusta, fondant en larmes.

— Non, Augusta, ce n'est pas possible ! Il est follement amoureux de vous !

— N'essayez pas de me consoler, Caroline. Je sais ce qu'il est et ce qu'il fait.

Caroline avait également de terribles soupçons. La veille, lorsqu'ils étaient arrivés, Henry avait entraîné Beck et le prince avec lui, comme si Caroline et Augusta n'existaient pas. Quand Caroline avait interrogé Beck, celui-ci lui avait répondu qu'Augusta ne voulait pas avoir affaire à Leopold. Et, sincèrement, Caroline avait-elle envie de rester avec les gentlemen pendant qu'ils fumaient leur cigare et échangeaient des propos qui ne la concernaient pas ?

« Quel genre de propos ?

— Des choses qui concernent les hommes, avait-il répondu en fronçant les sourcils. Sers-toi de ton imagination, Caroline. »

Il lui avait tapoté la tête, avant de la laisser passer la journée avec une Augusta désespérée.

— La robe d'intérieur est splendide, dit la duchesse en caressant la soie.

— C'est Martha qui a fait les broderies, pendant que je m'occupais des ourlets. Elle m'apprend beaucoup.

— J'ignorais que vous aviez un tel talent, murmura Augusta.

— Moi aussi ! avoua Caroline en riant. Mais l'été dernier je n'ai pas trouvé de couturière capable de faire une traîne comme celles des Aluciennes. Comme j'ai toujours été douée pour la couture, j'ai décidé de la faire moi-même. Ce n'était pas aussi difficile que je le croyais, ajouta-t-elle en haussant les épaules.

La porte du salon s'ouvrit et une servante entra avec le plateau du thé. Elle trébucha, et les tasses de porcelaine s'entrechoquèrent.

Augusta se rembrunit.

— Pour l'amour du ciel, ne soyez pas aussi sotte.

Caroline fut surprise par le ton qu'elle employa. Elle n'avait jamais entendu la duchesse réprimander aussi durement un domestique.

— Je vous demande pardon, madame.

La jeune femme, qui parlait avec un léger accent, semblait terrifiée. Elle déposa le plateau sur une table et passa à côté de Caroline pour prendre un verre. C'est alors que Caroline remarqua un minuscule ruban vert accroché à son corsage. Était-ce une coïncidence ? La servante était-elle weslorienne ?

— Avez-vous besoin d'autre chose, madame ?

— Non. Laissez-nous, répondit froidement Augusta.

La servante s'enfuit. Quand Caroline se tourna vers

Augusta, ne sachant que dire, elle vit la duchesse éclater de nouveau en sanglots.

— Augusta ! s'écria-t-elle en allant s'agenouiller à côté d'elle pour lui prendre la main. Qu'est-ce qui vous chagrine autant ?

— C'est elle, bredouilla Augusta entre ses larmes. C'est avec cette fille que couche Henry.

— Vous devez vous tromper, Augusta. Je suis sûre que c'est un malentendu. Henry ne ferait jamais cela.

— Oh ! mais oui ! Il croit que je ne le sais pas, mais ils parlent tous. Les domestiques chuchotent entre eux, et je les entends. Elle dort dans une chambre près de la cuisine. Et, par deux fois, j'ai vu Henry remonter l'escalier de service, vêtu de ses vêtements de nuit. Il ne vient pas me voir, car il va dans son lit !

— Augusta…

Caroline ne trouvait pas ses mots. Ce que disait Augusta était la pire chose qu'elle pouvait imaginer.

— Je ne… Les hommes sont… Ce sont des bêtes, murmura-t-elle, consternée.

— C'est pour cela que je ne veux pas de lui ici, dit Augusta, le visage baigné de larmes.

— Henry ?

— Non, le prince ! Vous aviez raison, Caroline, c'est un débauché et je crois qu'il a influencé Henry. Ils étaient à l'école ensemble, vous comprenez. Ils se connaissent depuis longtemps. Après vous avoir entendue, j'ai bien réfléchi. Ils se sont retrouvés à la chasse et dans leurs clubs. J'ai entendu dire que le prince s'était rendu dans un bordel et avait emmené une des filles avec lui. Il a probablement entraîné Henry.

Caroline regarda son amie en silence. Elle n'avait

pas un mot à dire pour la défense du prince. Elle avait entendu les mêmes rumeurs, mais il ne semblait pas être un homme du genre à entraîner ses amis dans la corruption.

— Je suis désolée, Augusta.

Celle-ci serra un coussin contre sa poitrine et ses larmes redoublèrent.

Caroline se leva lentement et gagna la fenêtre, contemplant de nouveau la scène bucolique qui s'offrait à elle. Henry se corrompait-il avec cette très jeune servante ? Leopold entraînait-il ses amis au bordel ? Il semblait si détendu, assis dans l'herbe, les jambes allongées devant lui, et les fillettes lui grimpant sur les épaules. Il était difficile de s'imaginer qu'il avait un côté sombre. Qu'est-ce qui pouvait pousser un homme à avoir ce genre de comportement malsain ? Elle éprouva une légère nausée. Embrassait-il ces femmes comme il l'avait fait avec elle ? Leur souriait-il de la même manière ?

Augusta finit par déclarer qu'elle avait trop mal à la tête pour assister au dîner. Si bien que Caroline se retrouva seule avec les trois hommes. C'était le genre de situation qui d'ordinaire la réjouissait. Elle avait emporté une magnifique robe verte dont elle avait modifié la traîne et élargi le décolleté, qui était à présent plus audacieux que ce qu'elle portait habituellement. Elle avait prévu de se faire admirer, comme toujours, mais ce soir elle était un peu perturbée. Elle ne voulait pas de l'attention de ces hommes, ni de leur admiration. Elle aurait préféré être chez elle avec ses tissus, ses aiguilles et son imagination. Seigneur. Elle devenait une vraie vieille fille.

La servante qui vint l'aider à se préparer pour la

soirée était une jeune fille pétillante. Elle s'appelait Janey et n'avait sans doute pas plus de seize ans. À peu près comme la servante que Caroline avait vue dans l'après-midi.

Janey s'extasia sur la robe de Caroline et sur son allure. Elle était bavarde et Caroline décida d'en profiter.

— Il y a une autre jeune servante dans cette maison, dit-elle en jetant un dernier coup d'œil dans le miroir. Une fille aux cheveux foncés.

— Oh ! il y en a tellement, madame ! Je n'ai jamais vu de maison aussi grande. Arundel est sans doute plus vaste que Windsor ! C'est ce que dit Adam. Il dirige les écuries et il va souvent à Londres avec le duc et la duchesse, pour s'occuper des chevaux.

— C'est un très grand domaine, en effet. Mais cette fille... je crois qu'elle est weslorienne ?

— Ah, Jacleen ? Oui, elle vient de Wesloria. Elle était à Londres depuis deux semaines à peine, quand le duc l'a fait venir ici. Tout est nouveau pour elle.

— J'imagine, répondit Caroline d'un air sombre.

Comment allait-elle pouvoir regarder le duc ce soir en sachant ce qu'il faisait ? Il avait amené cette pauvre fille ici pour se servir d'elle, alors que son épouse portait leur quatrième enfant !

Quand elle descendit enfin pour le dîner, Caroline se sentait très mal à l'aise. Beck se rembrunit lorsqu'elle entra dans le salon, sans doute à cause de son décolleté. Caroline l'ignora. Il aurait dû être content qu'elle ne s'offre pas à un valet, comme son ami le duc, ou qu'elle n'emmène pas ses amies au bordel, comme son ami le prince.

— Du vin, madame ? lui proposa un valet en lui présentant un plateau.

Beck s'était remis à parler avec le duc et, de l'autre côté de la salle, Leopold était assis, un livre sur les genoux.

— Merci.

Elle prit un verre et alla à la fenêtre pour regarder le soleil couchant teinter d'or la campagne environnante. Elle n'était pas là depuis longtemps quand elle prit lentement conscience d'une présence derrière elle. Jetant un coup d'œil par-dessus son épaule, elle adressa au prince un mince sourire. Son expression fit surgir en elle une vague de chaleur, comme si elle était en proie à une fièvre soudaine. Comment pouvait-elle être attirée aussi violemment par ce dévoyé ?

— Bonsoir, lady Caroline.

— Bonsoir, Majesté.

— Vous êtes… en beauté, dit-il en laissant glisser son regard sur elle.

Mais ses yeux semblaient exprimer quelque chose de plus. Ou peut-être était-ce un simple effet de son imagination ? Bon sang, elle n'aurait su dire ce qu'elle attendait de cet homme ! Qu'il l'ignore ou qu'il la prenne dans ses bras ?

— Lady Norfolk va-t-elle descendre nous retrouver ?

— Je ne crois pas, répliqua Caroline en se tournant vers la fenêtre.

Il vint se camper à côté d'elle et contempla également le paysage. Ils restèrent ainsi un long moment, en silence. Caroline n'avait plus conscience du temps, son esprit était entièrement accaparé par la présence de Leopold à côté d'elle.

— Vous aimez les enfants, dit-elle.

— Pardon ?

— Je vous ai vu jouer avec les filles.

— Ah.

Il tourna le dos à la fenêtre pour lui faire face.

— J'aime beaucoup les enfants, en effet. Et vous ?

— Oui. Pensez-vous en avoir un jour ? Comment les imaginez-vous ?

— Tout le monde y pense un jour ou l'autre, dit-il avec un étrange sourire.

Ce n'était pas le cas de Caroline. Elle pensait qu'elle en aurait un jour, mais elle ne se demandait jamais comment ils seraient.

— Je vous souhaite d'avoir beaucoup d'enfants avec lady Eulalie.

Leopold changea aussitôt d'expression.

— Oui, dit-il en détournant le regard.

Caroline regretta ce qu'elle avait dit. Elle avait seulement voulu être polie. Mais, étant donné le tour qu'avait pris leur relation, elle avait dû paraître irascible.

— Je suis désolée…

— Non, non, protesta-t-il en souriant tristement. Je n'éprouve pas de joie à la perspective d'une union que je n'ai pas souhaitée.

Elle fut étonnée qu'il lui fasse ce genre de confession. Bien sûr, les princes n'étaient pas libres d'épouser qui ils voulaient. Il n'y avait pas très longtemps que la loi sur les mariages royaux avait été votée, afin d'empêcher les gens de la famille royale d'épouser des personnes qui n'étaient pas de leur rang. Le frère de Leopold avait pris un grand risque en choisissant Eliza. Il aurait pu être rayé de la succession au trône si son père l'avait exigé.

Caroline éprouva soudain une étrange compassion

pour Leopold. Ce devait être affreux de savoir qu'il ne pouvait pas choisir lui-même la personne avec laquelle il allait passer toute sa vie.

— Les mariages correspondent rarement à ce que nous espérons, je suppose.

Il lui lança un regard distant, posa les yeux sur son verre et demanda :

— Et vous, lady Caroline ? Y a-t-il un mariage qui vous conviendrait ? Des enfants que vous aimeriez avoir ?

— J'aimerais avoir des enfants un jour, naturellement. Mais, honnêtement, je ne peux pas croire que cela va arriver.

— Pourquoi ?

— Je ne sais pas très bien. Mais, quand j'imagine ma vie future, je ne vois que Beck à mes côtés. Nous formons un couple inséparable, mon frère et moi, avoua-t-elle en souriant.

— Les circonstances rapprochent souvent les frères et sœurs. Pour Sebastian et moi, ce fut le fait d'être les héritiers du royaume. Pour Beck et vous, je suppose que c'est le fait d'avoir perdu vos parents trop jeunes.

C'était la vérité, le prince était perspicace. Beck n'avait que quatorze ans à la mort de leur mère, et leur père avait alors quitté ce monde depuis longtemps.

— Comment va lady Norfolk ?

— Elle est…

*Dévastée… Désespérée…*

— Elle est très enceinte.

— Ah. Elle se sentira sans doute mieux demain matin, une fois que je serai parti. Je les ai entendus se disputer hier soir, ajouta-t-il à voix basse. Je sais donc très bien ce qu'elle pense de moi.

— Oh ! ciel. Je pense que seule la naissance de son enfant la soulagera. Elle n'est pas elle-même en ce moment.

Le prince leva son verre.

— Buvons à la santé de lady Norfolk.

— À sa santé.

Elle trinqua avec lui, et leurs regards se croisèrent. L'espace d'un instant elle eut l'impression qu'ils flottaient dans une bulle où eux seuls existaient. Ils étaient reliés par la même énergie que lorsqu'il l'avait embrassée dans le carrosse. Elle eut conscience qu'une chaleur envahissait son corps.

Le charme fut rompu par le majordome, qui vint annoncer pompeusement que monsieur le duc était servi.

— Ah, très bien ! s'exclama Norfolk en offrant le bras à Caroline. Allons-y.

Caroline était assise en face de Leopold. Elle perdit le fil de la discussion, qui portait sur les chevaux et les courses, naturellement. Chaque fois qu'elle levait les yeux, elle surprenait le regard de Leo sur elle. Il riait, taquinait ses amis, offrait respectueusement son avis quand on le sollicitait. Qui était cet homme ? Était-ce celui qui faisait sortir une femme d'un bordel pour son propre plaisir ? Plus elle se trouvait près de lui, moins elle avait l'impression de le connaître.

Elle ne pouvait s'empêcher de lui couler des regards en coin. Et de se demander ce qui se serait passé si…

*Si, si, si…*

# *Chapitre 18*

*La naissance imminente d'un enfant est souvent un moment d'anxiété pour toute la maisonnée, y compris les domestiques, car ceux-ci portent le poids des incertitudes et des inquiétudes de la famille. On nous rapporte ainsi qu'une jeune femme de chambre a quitté son poste à Arundel après avoir été durement traitée par sa maîtresse. Il est toutefois curieux que sa disparition ait eu lieu au moment précis où un illustre invité, appartenant à une famille royale, prenait congé de ses hôtes.*

*Mesdames, nous vous conseillons d'appliquer pendant deux minutes sur votre chevelure deux œufs battus. Vous rincerez ensuite vos cheveux à l'eau tiède et les enduirez de crème capillaire Kaylor. Vous obtiendrez des cheveux doux comme de la soie et des boucles faciles à coiffer.*

*Honeycutt's,*
*gazette mode et maison pour ladies*

Leo avait passé une bonne partie de l'après-midi à chercher Jacleen, mais dans cet immense château cela revenait à chercher la proverbiale aiguille dans une meule de foin. Cependant, il eut de la chance. Une servante entra avec une collation destinée au duc et à quelques membres de la noblesse locale qui lui rendaient visite. Il vit qu'elle avait un ruban vert accroché à son corsage. Elle était pâle et frêle, les yeux cernés de mauve, et semblait très faible.

Il la regarda déposer le plateau sur une longue table, comme le lui avait ordonné le majordome. Alors qu'elle tournait les talons, Leo l'interpella.

La servante et le majordome se retournèrent, aussi surpris l'un que l'autre.

— J'ai une chemise à repasser, dit-il vivement.

C'était le genre de choses qu'il avait dû demander des milliers de fois au palais Constantin. Une servante était une servante, elle était là pour exécuter un travail, et il lançait ses ordres sans réfléchir davantage.

— Pas elle, dit Henry en venant lui poser une main sur l'épaule. C'est une fille de cuisine. Janey repassera votre chemise. Peterson, ajouta-t-il à l'intention du majordome, envoyez Janey dans la suite du prince.

Peterson hocha la tête et fit signe à la servante de sortir.

— Vous voyagez sans votre valet, Majesté ? fit remarquer Henry en riant.

— Il est souvent plus simple de le laisser à Londres. Mais il m'avait prévenu que j'aurais sans doute besoin de lui.

Henry acquiesça et retourna s'entretenir avec ses autres invités.

Leo était certain que cette fille était Jacleen. Elle était donc fille de cuisine. Et maintenant que faire ? Il ne pouvait tout de même pas se rendre à l'office et demander à lui parler. Faire semblant d'avoir besoin de quelque chose ? Non, ce n'était pas possible. Henry avait mis un jeune valet au service de Leo, et le garçon le suivait comme un petit chien, essayant de prévenir tous ses besoins.

À dire vrai, Leo avait toutes les peines du monde à échapper à son hôte. Quand il lui avait présenté ses excuses pour avoir offensé son épouse, Henry s'était mis à rire.

« Elle prend facilement la mouche. Ne faites pas attention aux femmes, Leo. »

Le duc en tout cas ne tenait pas compte des préférences de son épouse et présentait le prince à tous ses voisins.

Plus tard peut-être, dans la soirée, songea Leo. Au palais Constantin, les employés des cuisines dormaient non loin de l'office. Dans une grande maison, le travail commençait à 4 heures du matin, et cela leur évitait de déranger les domestiques qui dormaient plus tard. Les mêmes horaires devaient être en vigueur à Arundel.

Leo prit sa décision. Il prétendrait avoir eu faim pendant la nuit et se rendrait dans les cuisines, si toutefois il parvenait à les trouver. Il avait déjà prévenu Kadro et Arthur qu'ils devraient se tenir prêts à repartir pour Londres aux premières lueurs du jour. Ce qui signifiait qu'il ne disposait plus que de douze heures pour trouver Jacleen.

Leo était si préoccupé qu'il oublia complètement la chemise à repasser. Quand Janey vint la chercher, il l'avait déjà mise. Encore une erreur…

— Je dois repasser votre chemise, Majesté, dit-elle gaiement en faisant la révérence.

— Oh…

Il regarda autour de lui, cherchant en vain un vêtement à lui faire repasser, mais n'en trouva pas.

— En réalité, elle n'avait pas besoin de repassage, avoua-t-il, penaud.

— Non ?

— Mon valet avait dû le faire avant mon départ. Ou… peut-être un valet ici. Je vous demande pardon.

— Très bien, Majesté, répondit la jeune fille, sans doute soulagée de ne pas ajouter cette corvée à une liste déjà longue.

Elle fit une révérence et tourna les talons.

— Attendez, dit brusquement Leo. Vous vous appelez Janey, n'est-ce pas ?

— Oui, Majesté.

Elle esquissa un pâle sourire.

Leo réfléchit rapidement. Comment lui demander où se trouvait Jacleen ? La fille le regardait fixement, mais rien ne lui vint à l'esprit. Il l'imagina retournant affolée vers le majordome. *Mr Peterson, il faut que vous sachiez ! Le prince voudrait savoir où se trouve la chambre de Jacleen !*

Horrifié par cette possibilité, il secoua la tête et sourit.

— Non, rien. Merci.

Quand elle fut sortie, il se passa pensivement la main dans les cheveux.

— Et voilà, marmonna-t-il, il ne reste plus qu'à vous débrouiller seul, monsieur. Je souhaite que vous y parveniez sans être obligé d'acheter un château en ruine ou une caisse de poulets vivants, et sans devoir payer une centaine de livres à une mère maquerelle. Et surtout sans abîmer une réputation qui récemment encore était convenable. Ou presque, ajouta-t-il en saluant son reflet dans le miroir. Ne vous adressez pas trop de compliments, *Votre Altesse.*

Leo n'avait donc plus qu'à attendre minuit pour agir. Il descendit dîner avec Beck et Henry, dans le salon réservé à la famille. Vite lassé par leur conversation portant uniquement sur les chevaux de course, il prit un livre au hasard. *La Cousine Bette.* Il lut jusqu'à ce qu'un valet ouvrît la porte. Caroline fit alors son entrée. Elle avança dans le salon telle une reine, vêtue d'une robe de soie vaporeuse qui l'enveloppait comme un nuage.

Elle était ravissante et remplissait tous les standards de la beauté. Leo trouvait étrange à présent d'avoir oublié leur rencontre à Chichester. Il n'était généralement pas le dernier à remarquer la beauté d'une femme. Une de ses maîtresses l'avait même accusé un jour de ne s'intéresser qu'à l'apparence. Après avoir réfléchi, Leo avait avoué qu'elle avait raison, et la dame en avait été fort chagrinée. C'était la vérité. Pour des raisons évidentes, il n'avait jamais pu avoir une liaison profonde avec une femme. Il était entendu depuis toujours qu'il devait se marier en Alucie pour servir son pays. Donc, il limitait son intérêt pour les femmes au seul physique.

S'il devait se fonder sur cet unique critère, Caroline Hawke comblait toutes ses exigences.

Une des autres raisons pour lesquelles il n'avait peut-être pas remarqué lady Caroline ce soir-là était probablement sa tendance depuis quelques années à boire plus que de raison. C'était un aspect de sa personnalité qu'il n'aimait pas dévoiler, mais il fallait bien admettre que c'était la vérité. Il buvait pour remplir ses longues heures d'inactivité. Pour oublier qu'il n'était que le fils cadet et n'avait donc aucune responsabilité. Mais, depuis son retour d'Alucie, il avait constaté qu'il n'avait plus envie d'occuper ses soirées de la même façon. Ce changement dans ses vieilles habitudes avait eu quelques conséquences, et non des moindres. Ses idées étaient plus claires le matin quand il se levait, et ses journées étaient plus cohérentes. Cela lui plaisait.

D'autre part, il avait désormais un objectif. Quelque chose d'important. Il avait décidé de retrouver ces pauvres jeunes femmes.

Après avoir parlé avec Isidora, et avoir appris comment elle avait échoué dans un bordel, Leo avait pris sa décision. Il ne pouvait comprendre que des hommes soient assez insensibles pour se livrer à un tel trafic. Et quand il avait appris qu'un de ces hommes était un de ses anciens amis… cela lui avait laissé un goût amer. N'était-il pas censé connaître ses amis ?

Il retrouverait ces femmes et il retournerait chez lui avec elles. Il les aiderait à affronter les hommes qui leur avaient fait cela. Il ne savait pas encore comment il s'y prendrait, puisqu'il n'avait jamais rien accompli d'aussi important de sa vie, et qu'il avait été délibérément écarté du pouvoir.

Il faut une première fois à tout, comme disait l'adage.

Ce qui l'amena à penser de nouveau à Caroline, puisque pour lui elle était aussi une première fois. Il y avait plus chez elle qu'un beau visage et une silhouette sans défaut. Elle avait éveillé sa curiosité.

Leo s'était aperçu, alors qu'il avançait tant bien que mal dans sa nouvelle vie, qu'il s'était laissé prendre à son jeu. Cette femme était impétueuse, insupportable. Belle et raffinée. Intéressante. En outre, elle avait accompli une chose dont peu de gens pouvaient se vanter. Elle avait réussi à le faire complètement changer d'avis sur elle.

Depuis son retour en Angleterre, il appréciait leurs rencontres et trouvait son impertinence curieusement attrayante et rafraîchissante. Il adorait la façon scandaleuse dont elle traversait la vie, ses remarques pétillantes. Il va sans dire que l'envie de l'embrasser surgissait trop fréquemment, interrompant ses réflexions sur la libération des captives. Ces deux pensées l'accompagnaient sans cesse et l'empêchaient de dormir, mais il n'y pouvait rien.

Comment aurait-il pu nier son attirance pour elle ?

Ce soir, toutefois, elle n'était pas aussi enjouée que d'habitude, et cela l'intrigua. Elle était sombre. Fatiguée, peut-être ? Elle ne parla presque pas pendant le dîner. Lui non plus d'ailleurs, car Beck et Henry étaient absorbés par une conversation ridicule sur les chevaux et les courses d'été.

Caroline ne s'anima que lorsqu'ils décidèrent de jouer aux cartes. Et plus particulièrement quand elle se mit à gagner. Ses yeux pétillèrent de nouveau, dans la lumière des chandelles. Elle était enchantée et, comme chaque fois qu'elle était contente, elle était encore plus belle. Quand elle riait, ses boucles dansaient autour de son visage. Et, quand elle poussait un cri de victoire en ramenant ses gains vers elle, son visage s'illuminait.

Elle remporta trois manches à la suite et laissa chaque fois éclater sa joie. Elle déclara qu'ils étaient « bien des hommes », puisqu'ils ne comprenaient pas qu'elle ait pu gagner, et qu'elle « leur avait raflé la mise » en les écrasant.

— Je vous ai battus à plate couture ! dit-elle, d'un ton réjoui.

Beck haussa les épaules.

— Tu as encore rendu visite à tes amies américaines, tu parles comme elles.

— Oui ! Ce sont des femmes très intéressantes, tu devrais faire leur connaissance, Beck.

Elle se leva, les pièces qu'elle avait gagnées au creux de sa main.

— Je pourrai m'acheter un nouveau chapeau avec cela. Merci, messieurs.

— Attends, où vas-tu ? s'écria Beck. Cet argent m'appartient aussi, Caro. Je t'ai donné la mise de départ.

— Tu as raison. Où avais-je la tête ?

Elle préleva deux livres, qu'elle déposa sur la table, devant Hawke.

— Voilà votre investissement, monsieur. Le reste m'appartient. Bonne nuit, messieurs !

Leo se leva également.

— Je crois que je dois aussi vous présenter mes adieux. Je partirai à l'aube et je devrais être au lit depuis longtemps.

— Quoi, déjà ? protesta Henry. Mais vous venez à peine d'arriver ! Je pensais que nous pourrions nous rendre au village demain matin, avec les chevaux.

Son vieil ami était gentil de l'inviter à rester, mais Leo pensait qu'il serait secrètement soulagé de le voir partir, étant donné les sentiments hostiles de sa femme à son égard.

— J'ai quelques affaires d'État à régler.

Oh ! ce n'était pas vrai du tout. Il n'avait aucune affaire officielle en cours. En revanche, une affaire urgente, qui n'avait rien d'officiel, devait être réglée au plus vite. Et il ne disposait plus de beaucoup de temps pour le faire.

Beck et Henry lui souhaitèrent une bonne nuit, puis Henry fit signe à un valet de remplir les verres, tandis que Leo suivait Caroline dans le couloir. Elle s'arrêta dans le hall et se retourna vers lui.

— Je peux porter vos pièces, si vous voulez.

— Me prenez-vous pour une idiote, monsieur ? Une dame apprend très tôt à ne jamais confier ses gains à un gentleman. Il n'aura rien de plus pressé que de les investir pour elle.

— Vous êtes très avisée.

Ils avancèrent dans le corridor. Leo noua les mains dans son dos, et Caroline les garda refermées sur ses pièces de monnaie.

— Je n'aurais pas cru que vous aimiez jouer, dit-il.

— Vraiment ? Cela me plaît. La vie serait terne si on ne pouvait jamais parier. Toutefois, j'espère que vous ne vous asseyez pas souvent aux tables de jeu, ajouta-t-elle d'un air moqueur. Vous jouez si mal que je n'ose imaginer ce que cela coûterait au trésor royal.

— Je vous demande pardon, mais j'ai eu de très mauvaises cartes, toute la soirée.

— Ah, la fameuse excuse du vaincu !

Elle rit de nouveau, de façon si sensuelle qu'il sentit son corps s'embraser.

Ils s'engagèrent dans l'escalier monumental et croisèrent un valet qui dévalait les marches en toute hâte.

— Vous partez demain ? demanda-t-elle, en tenant à la fois le bord de sa jupe et la poignée de pièces.

— Oui. Pour l'amour du ciel, Caroline, laissez-moi

vous aider. Vous compterez toutes vos pièces quand nous serons arrivés et vous pourrez me frapper s'il en manque une. Mais vous risquez de tomber et de vous fendre le crâne, si vous n'avez pas les mains libres.

— C'est vrai.

Elle se tourna et déposa à regret les pièces au creux de sa main, puis lui replia délicatement les doigts sur ce petit trésor.

— Ne les laissez pas tomber.

Il posa sa main libre sur la sienne et la pressa doucement.

— Plutôt mourir, dit-il d'un ton solennel.

Caroline agrippa les pans de sa jupe et ils reprirent leur ascension.

— Quand retournerez-vous en Alucie, Majesté ? s'enquit-elle en regardant le portrait sinistre d'un ancêtre.

— Leo.

— Pardon ?

— Mes amis m'appellent Leo.

— Alors, je vous appellerai Leopold.

Il secoua la tête.

— Par simple curiosité… Êtes-vous la femme la plus obstinée de ce pays ?

— Je ne crois pas, Majesté, répondit-elle en riant. Lady Norfolk est beaucoup plus entêtée que moi quand elle a une idée en tête, ajouta-t-elle sur le ton de la confidence.

— C'était mon impression, en effet. Pourquoi voulez-vous savoir quand je retournerai en Alucie ? Êtes-vous pressée de me voir partir ?

— Oh ! terriblement, dit-elle avec un sourire avenant.

Et il est de mon devoir d'en avertir Eliza. Je lui écris chaque semaine et je lui dis tout.

— Pas vraiment tout, j'espère, répliqua-t-il avec un clin d'œil. Pourquoi prendre la peine d'écrire ? Sa sœur peut lui envoyer son magazine, dans lequel aucun commérage n'est laissé de côté.

— Vous vous trompez. Il y a toujours certains détails qui ne figurent pas dans la gazette, expliqua-t-elle alors qu'ils atteignaient l'étage supérieur. Des détails que nous gardons pour nous. Aimeriez-vous savoir lesquels ?

— Bien sûr.

— J'en étais sûre ! Mais je ne peux pas vous les dire.

Elle éclata de rire et s'engagea dans un couloir.

— Vraiment pas ? Je risque d'employer ma technique spéciale, grâce à laquelle je soutire des renseignements aux plus récalcitrants.

— Cela ne marchera pas. Mes lèvres sont scellées.

Elle fit mine de se fermer les lèvres au moyen d'une clé imaginaire, qu'elle jeta dans le couloir.

Une servante arriva vers eux en courant. Ils se figèrent et la regardèrent filer comme une flèche dans le corridor. Caroline haussa les épaules, et ils se remirent en route.

— Quel genre de nouvelles écrivez-vous à Eliza ?

— Je lui raconte tout ! Je lui ai décrit ma maladie, la façon dont mes funérailles avaient été arrangées, le fait que personne n'avait pensé à me demander ce que je voulais porter pour mon enterrement.

Cette réponse fit beaucoup rire Leo.

— Je lui ai parlé de vous, ajouta Caroline d'un air impertinent.

— Pour lui dire quoi ? Vous m'espionnez ?

— Ce n'est pas nécessaire. Tout le monde sait ce que vous faites.

— Vous allez sans doute éprouver un choc, mais presque tout ce que vous croyez savoir sur moi est faux.

— Ah, fit-elle, en levant les yeux au ciel.

— Par exemple, poursuivit-il alors qu'ils se dirigeaient vers l'aile où se trouvaient les chambres des invités, je n'ai pas de liaison avec votre femme de chambre, comme vous semblez le croire.

— Mais vous lui avez apporté des fleurs.

— Elles étaient pour vous, Caroline. Je pensais que vous aimeriez les avoir pour égayer votre chambre.

Caroline étrécit les yeux, sceptique.

— Très bien. Je les ai apportées à Beck pour qu'il vous les donne, et il a pensé qu'elles égayeraient votre chambre. Mais, comme tout le monde était occupé, je les ai montées moi-même, car je voulais m'assurer que ma digne adversaire n'allait pas mourir.

Caroline s'arrêta devant la porte d'une chambre et se tourna vers lui.

— Merci. J'aime beaucoup l'idée d'être une adversaire digne de vous. Je pourrais vous croire, si vous n'aviez pas disparu avec Ann.

Malade comme elle était, elle n'avait cependant rien manqué de ce qui se passait autour d'elle.

— C'est exact. Ann connaissait bien une Weslorienne pour laquelle j'avais un message. Je voulais savoir où la trouver. C'est tout ce que je lui ai demandé.

— À Leadenhall aussi ?

— C'est tout, je vous en donne ma parole. J'ai dû la rencontrer une deuxième fois, car elle n'osait pas me faire confiance.

Un sourire se dessina sur les lèvres de Caroline. Elle l'observa un moment, puis haussa les épaules.

— Mes gains, dit-elle en lui tapotant la main.

Leo fit glisser les pièces.

— Il y a une autre chose sur laquelle vous vous trompez, ajouta-t-il.

— Oh ! cela m'étonnerait, mais je vous en prie, essayez de me convaincre.

— Vous me plaisez, Caroline.

— Oui, je sais que je fais cet effet aux gentlemen ! s'exclama-t-elle en riant.

— Je ne parle pas seulement de votre apparence, mais de vous. Il y a quelque chose chez vous qui…

Il fit un effort pour trouver le mot qui décrivait le mieux en anglais ce qu'il éprouvait pour elle.

— Oui ?

— Les mots me manquent. Il y a quelque chose chez vous qui m'attire énormément.

Elle battit des cils. Un sourire hésitant apparut sur ses lèvres. Elle posa les yeux sur sa bouche, sur sa cravate, sur son torse.

— Je ne vous crois pas.

— Pourquoi ?

— Je crois… Je crois que… Ce que je pense, c'est que vous…

Il l'avait prise de court. Franchement, il n'aurait jamais cru cela possible, mais pour la première fois depuis qu'il la connaissait elle ne savait pas quoi dire. Leo ne put s'empêcher de sourire.

— Doux Jésus, vous restez sans voix.

Il fit tourner la poignée de la porte et poussa le battant.

— Pas du tout.

Elle fit un pas en arrière et pénétra dans la chambre.

— Je suis méfiante, expliqua-t-elle. Je pense qu'il y a quelque chose que vous ignorez sur moi. Et il faut que vous le sachiez.

Elle fit encore un pas en arrière. Leo franchit le seuil de la chambre.

— Il me tarde de savoir ce que c'est.

— Quoi que vous fassiez, je ne renoncerai pas à ma vertu. Je ne le ferai pas tant que je ne serai pas amoureuse. Ne croyez surtout pas que vous pourrez me convaincre de le faire parce que vous êtes prince et que vous savez me flatter.

Elle recula encore d'un pas.

— Vous vous trompez, Caroline, je n'en ferai rien.

Oh ! mais il en rêvait. Il en rêverait sans doute toute la nuit. Il referma doucement la porte derrière lui.

Caroline déposa les pièces sur une table, sans le quitter des yeux.

— Alors, pourquoi vous introduisez-vous dans ma chambre ?

— Je vous ai suivie, simplement. Mais je peux ressortir, si vous voulez.

Il se prépara à être mis à la porte avant même d'avoir pu l'effleurer.

Cependant, il avait désespérément envie de la toucher. Il poserait d'abord la main sur son cou. Puis sur ses épaules. Sa poitrine.

— Vous n'avez qu'un mot à dire, et je sortirai.

Caroline croisa les bras.

— Je veux que vous sortiez !

Il poussa un grognement déçu, mais parvint à sauver les apparences en souriant.

— Très bien. Comme vous…

— Mais je ne veux pas que vous sortiez, Leopold. Je voudrais vous détester, mais je n'y arrive pas.

Le cœur de Leo s'emplit d'espoir.

— Alors, ne me détestez pas, Caroline.

La jeune femme se mordilla les lèvres, comme pour ravaler ses mots. Puis elle poussa un grand soupir.

— Cela ne sert à rien. À rien du tout ! Cette histoire me pousse seulement à désirer des choses que je ne peux obtenir, et auxquelles je ne devrais même pas songer.

— Pourquoi dites-vous cela ? Quel mal y a-t-il à désirer quelque chose ?

— Êtes-vous fou ? Le désir n'est rien d'autre qu'une torture.

— Ce n'est pas vrai. Le désir peut déboucher sur un plaisir extraordinaire. Mais vous n'êtes pas obligée de vous torturer, Caroline. Nous pouvons être amis. Je suis un très bon ami pour ceux qui me sont chers.

Elle eut un petit clappement de langue désapprobateur.

— Robert Ladley est un ami. Mr Morley est un ami. Mais vous n'en êtes pas un. Vous êtes un vaurien, vous l'avez toujours été. Vous ne pouvez pas être un ami. Je ne sais pas ce que vous êtes, ajouta-t-elle en l'enveloppant du regard.

En ce moment, il n'était en effet qu'un vaurien, car il éprouvait un violent désir pour elle.

— Voulez-vous savoir ce que je pense ?

— Non.

Aussitôt, elle lui fit signe de parler, d'un geste impatient.

— Je pense qu'une attirance indéniable a surgi entre nous et que sa flamme nous dévore. Personnellement, j'ai de plus en plus de mal à l'ignorer. Mais je ne veux pas vous détruire, Caroline. Je n'irai pas contre votre volonté, j'ai trop d'estime pour vous pour souiller votre réputation. Ce que je désire, plus que vous embrasser ou vous toucher… c'est passer du temps en votre compagnie. Je veux découvrir ce qui vous rend aussi exceptionnelle.

Caroline haussa les sourcils, visiblement incrédule.

— Vraiment ?

— Oui.

— Je n'ai pas confiance en vous, Leopold Chartier.

— C'est ce que vous m'avez fait comprendre. Vous êtes très effrontée.

— Vous le seriez aussi, à ma place. Je ne compte plus les gentlemen qui m'ont flattée ni ceux qui m'ont menti.

— Ah, bien, je ne peux défendre le sexe fort. Les hommes sont des créatures très étranges. Nous sommes gouvernés par nos sens. Mais, Caroline, si je voulais vous attirer dans mes filets, je saurais comment m'y prendre. Je vous ferais miroiter des richesses, et des promesses que je n'aurais aucune intention de tenir. Je vous envelopperais dans la flatterie. Je vous couvrirais de présents. Vous avez sans doute remarqué que je n'ai rien fait de tel. Je ne vous ai rien promis, n'est-ce pas ?

Elle réfléchit un instant.

— C'est vrai… Vous ne m'avez pas offert de babioles et vous ne m'avez certainement pas flattée.

— Vous n'avez pas besoin d'être flattée, dit-il en riant. Vous avez besoin d'être aimée.

Elle entrouvrit les lèvres et le dévisagea comme si elle pensait ne pas avoir bien entendu. Puis elle posa les yeux sur la porte et se massa la nuque pour chasser un frisson.

— Ami ou ennemi, Leopold, vous ne devriez pas être dans cette chambre. C'est dangereux. Mon frère est en bas avec le duc.

— Votre frère n'est jamais loin. C'est un peu comme le jeu, vous ne croyez pas ? dit-il en faisant un pas vers elle. La vie serait ennuyeuse, s'il n'y avait pas du danger de temps en temps ?

Les yeux de Caroline pétillèrent de plaisir. Cette fois, ce fut elle qui fit un pas vers lui.

— Vous écoutez vraiment ce que je dis. Je crois que la vie serait d'un ennui insupportable sans cela. Si on ne prend pas de risques, on doit se contenter d'imaginer ce qui aurait pu arriver.

— Que pourrait-il arriver, d'après vous ?

— Ceci.

Elle posa les mains sur lui.

— Je le savais, répondit Leo en l'attirant contre lui. Vous aimez le danger.

— Ne parlez pas autant. Nous n'avons pas beaucoup de temps.

C'était la deuxième fois qu'elle le pressait d'agir. Seigneur, cette femme était intimidante, sans même le vouloir. Un autre homme que lui aurait été désarçonné, mais elle le fascinait. Il l'enlaça et la poussa dans un fauteuil. Caroline se laissa tomber contre les coussins en riant. Il se retrouva à genoux devant elle, quelque part entre ses jambes, pour autant qu'il pouvait en juger, étant donné l'ampleur de son jupon.

— Quel geste agressif, Majesté !

— Avec une femme comme vous, un homme doit être agressif.

Il l'embrassa et il fut instantanément inondé de désir.

Ses reins s'embrasèrent et de la lave en fusion déferla dans ses veines.

Posant les lèvres dans son cou, il traça un sillon brûlant jusqu'à son épaule, embrassa la rondeur de ses seins, insinua les doigts sous la soie de son corsage pour les toucher.

Elle gloussa comme s'il l'avait chatouillée. Il l'embrassa de nouveau, fouillant la chaleur de sa bouche. Son cœur battait à toute allure, il se sentait fiévreux. Il parvint à extraire un sein parfait de son corsage et prit la pointe entre ses lèvres. Caroline poussa un gémissement de plaisir, et il crut perdre le contrôle de lui-même. Elle enfouit les doigts dans ses cheveux.

— Dites-moi une chose, Leopold.

— Oui, tout ce que vous voulez.

— Que me feriez-vous, si je vous en donnais la permission ?

Oh ! ciel. Il leva les yeux. Les prunelles de la jeune femme étaient brillantes de désir. Elle avait beau tenir à sa vertu, elle n'en éprouvait pas moins un désir aussi ardent que le sien. Poussé par une force indomptable, il s'accouda au fauteuil et repoussa en arrière ses boucles blondes.

— Si vous me le permettiez, je vous pénétrerais. Et je vous emmènerais dans un univers que vous ne connaissez pas. Je vous ferais sangloter de plaisir, lui murmura-t-il à l'oreille.

Elle inspira et serra les doigts sur son bras.

— Et peut-être vous ferais-je la même chose ?

Il était ensorcelé. Hypnotisé. Elle avait un sourire dangereux, et il aurait pu tomber sous son charme s'il l'avait voulu.

— Qu'est-ce qui ne va pas ? demanda-t-elle en enroulant une boucle autour de son doigt.

— Vous. Rien en vous n'est correct, et pourtant je ne peux me détourner de vous.

— C'est curieux. Je ressens la même chose pour vous, avoua-t-elle en soupirant.

Il fit glisser sa main sur son épaule, sur sa poitrine, sur sa taille, puis tout le long de sa jambe, jusqu'à la cheville. Puis il s'aventura sous ses jupes et toucha la soie de ses bas. Avec un petit bruit de gorge, elle noua les bras autour de son cou et alla vers lui. Leo se laissa tomber contre elle et changea légèrement de position afin de remonter le long de sa jambe, au-dessus du bas de soie, puis de glisser à l'intérieur de sa cuisse, tout en l'embrassant.

Caroline s'enfonça dans le fauteuil, écartant un peu plus les jambes, et Leo insinua un doigt dans la fente de son pantalon de batiste pour caresser les pétales délicats de son sexe.

— Oh…, fit-elle, comme s'il venait de dire quelque chose d'intéressant.

Elle ferma les yeux tandis qu'il la caressait. Il aurait pu lui donner du plaisir à ce moment-là, mais ce n'était pas assez. Il souleva le bord de sa jupe et la fit remonter jusqu'à ses genoux. Caroline ne chercha pas à l'en empêcher. Elle agrippa ses jupons et les maintint. Elle était aussi passionnée que lui, et cela attisait le désir de Leo. Lui agrippant la taille à deux mains, il l'attira au bord du fauteuil, enfouit la tête sous ses jupes.

Caroline était haletante. Leo lui écarta les jambes et fit glisser sa langue entre les lèvres de son sexe. Poussant un cri de surprise, Caroline fit remonter sa robe encore plus haut. Alors qu'il la caressait du bout de la langue, elle poussa des soupirs de plaisir. Leo sentait son sang bouillonner dans ses veines.

Il l'embrassa longuement, explorant les replis de sa féminité. Ses petits cris de plaisir étaient de plus en plus vifs, tandis qu'elle approchait de la jouissance. Il continua de la caresser et de la mordiller jusqu'à ce qu'elle trouve enfin le plaisir et s'abandonne dans un cri.

— *Extraordinaire,* murmura-t-elle quand ce fut fini. *Extraordinaire.*

Leo s'assit, rajusta ses vêtements et la regarda, alors qu'elle avait les yeux fixés sur son sexe dressé. Il rabattit délicatement les jupes sur ses jambes. Il aurait voulu lui parler de son désir, de ses sentiments, d'émotions qu'il n'était pas sûr de bien comprendre lui-même. Les mots qui lui venaient à l'esprit étaient aluciens, et il ne savait pas comment exprimer cela en anglais.

— Vous êtes remarquable, Caroline Hawke, dit-il simplement.

Elle rit doucement et se redressa.

— Je sais. Mais je ne savais pas que vous l'étiez aussi.

Leo lui prit la main, l'aida à se relever et lui embrassa poliment le bout des doigts comme s'ils venaient de danser ensemble.

— Il faut que je m'en aille.

— Il le faut.

Elle repoussa ses cheveux sur son front, sans lui poser de question. Elle ne lui demanda pas quand ils se reverraient. Elle sourit sans un mot, comblée et quelque peu épuisée.

— Bonne nuit, Leopold.

— Bonne nuit, Caroline.

Il s'inclina, et elle fit une révérence en ravalant un rire. Rajustant une dernière fois le col de sa veste, il ouvrit la porte avec précaution, jeta un coup d'œil dans le couloir et sortit.

Leo s'éloigna prestement de la porte mais, quand il tourna au bout du couloir, il croisa encore une servante qui transportait des linges propres. Il lui sembla que c'était une heure curieuse pour transporter des draps, mais il ignorait totalement la façon dont les domestiques travaillaient.

— Pardon, mademoiselle ?

La servante s'arrêta et fit une révérence maladroite.

— Oui, monsieur ?

— Je voudrais du pain…

— Je vais vous chercher…

— Non, non, de toute évidence vous êtes occupée. Dites-moi seulement où se trouvent les cuisines, s'il vous plaît.

— Juste en dessous de nous, monsieur. Deux étages plus bas.

— Très bien.

Il fit un signe de tête et avança dans le couloir.

Malgré ce délicieux intermède avec Caroline, il n'avait pas oublié sa mission.

# Chapitre 19

*Le duc et la duchesse de Norfolk ont le plaisir de vous annoncer que la duchesse a donné naissance à un garçon en parfaite santé. La nouvelle fut accueillie avec joie dans le Sussex et à Londres, car elle représente un nouveau départ. Le duc et la duchesse vont pouvoir oublier la terrible querelle qui les opposa le soir précédant la naissance, et qui mit toute la maisonnée sens dessus dessous. Les gentlemen feraient bien de se rappeler qu'une dame a les nerfs particulièrement à vif quand elle est sur le point de mettre un enfant au monde.*

*Mesdames, il n'est pas judicieux d'investir dans des boucles de ceinture de couleurs différentes. L'argent et la nacre s'accordent avec tous les styles de robes. D'autre part, une boucle solide vous permettra de garder votre ceinture bien fermée quand votre époux aura un peu trop bu.*

*Honeycutt's,*
*gazette mode et maison pour ladies*

Caroline fut brusquement tirée du sommeil quand Beck fit irruption dans sa chambre. Il se campa devant le lit et s'écria :

— Pourquoi es-tu encore couchée ?

— Pourquoi ? Quelle heure est-il ? demanda-t-elle, en plissant les paupières.

— Il est l'heure de se lever, madame, déclara-t-il en allant ouvrir les rideaux. Lady Norfolk est en train d'accoucher.

Caroline se redressa et regarda autour d'elle.

— Maintenant ?

— Oui, maintenant. Le travail a commencé dans la nuit. Tu ne les as pas entendus courir dans tous les sens ? Transporter de l'eau et des serviettes ?

Il fit signe à sa sœur de se lever et enchaîna :

— D'après la sage-femme, l'enfant va venir au monde d'un instant à l'autre. Habille-toi vite, Caro ! Tu devrais aller les aider !

Il ressortit d'un pas ferme.

— Les aider à quoi faire ? marmonna-t-elle, alors que la porte se refermait derrière lui.

Elle rejeta néanmoins les couvertures. Elle était bien réveillée maintenant, prête à affronter la journée, bien que les souvenirs de la soirée soient très présents dans son esprit. Elle frissonna en se rappelant la main de Leopold sur sa peau, la façon dont il l'avait embrassée. Et elle frissonna de nouveau en se rappelant son regard lorsqu'elle avait atteint le plaisir. Le temps et même l'air avaient semblé rester suspendus.

Un sourire aux lèvres, elle alla tirer le cordon pour appeler la femme de chambre. Elle n'avait encore jamais expérimenté ce que Leopold lui avait montré hier soir, même si elle en avait entendu parler. La sœur aînée de Priscilla leur avait dit que son mari posait parfois ses lèvres *là*. Priscilla et Caroline, qui étaient encore très jeunes à l'époque, ne l'avaient pas crue. Puis Eliza avait confirmé que ce genre de choses se faisait entre un homme et une femme, et que c'était vraiment très agréable. À présent, Caroline pouvait témoigner que...

Non. Elle ne pouvait raconter une chose pareille. Avait-elle perdu la tête ? Il n'était pas question d'en parler. Non, c'était un secret délicieux, qu'elle devait garder pour elle.

Seigneur... Comment pourrait-elle regarder Leopold dans les yeux, après ce qui s'était passé ? Elle allait devenir rouge de confusion, et tout le monde soupçonnerait la vérité. C'était certain.

Elle souriait toujours quand Janey entra pour l'aider à s'habiller.

— Bonjour, madame ! s'exclama-t-elle gaiement. Quelle belle journée, n'est-ce pas ? Qui commence par la naissance d'un enfant ! Ils ont fait appeler le duc, cela signifie que le bébé ne va pas tarder.

— Quand le travail a-t-il commencé ?

— Oh ! juste avant minuit.

Janey prit une robe dans la malle de Caroline et la tint à bout de bras.

— Si vous voulez mon avis, les choses sérieuses ont vraiment commencé ce matin, juste avant que le feu ne soit allumé dans la cuisine.

— Et que faisiez-vous debout à une heure pareille ? s'exclama Caroline en riant.

— Vous n'avez pas entendu ? C'est un miracle que les invités aient pu dormir, avec tous ces cris.

— Quels cris ?

Caroline enfila sa crinoline et Janey la noua à la taille. Elle avait dormi d'un sommeil profond, comblé, songea-t-elle, tandis que Janey babillait. Caroline était plongée dans le souvenir de la soirée, quand la femme de chambre dit quelque chose qui retint son attention.

— Pardon ?

— La sage-femme, répéta Janey.

— Non, ce que vous avez dit juste avant cela.

— Oh ! oui. Ma pauvre maîtresse a vu le duc remonter de la cuisine. Je suppose qu'elle pensait qu'il aurait dû rester à côté d'elle. Je ne sais pas. Mais elle a pris un vase qu'elle lui a lancé à la tête. La sage-femme dit que le vase n'est pas allé très loin, car il était lourd, et la duchesse n'avait pas beaucoup de force.

— Il remontait de la cuisine ?

L'euphorie de Caroline retomba. Elle regarda Janey dans le miroir.

— Que faisait-il dans la cuisine, au milieu de la nuit ?

Janey pinça les lèvres et fit mine d'arranger la robe de Caroline. Celle-ci lui jeta un coup d'œil par-dessus son épaule.

— Il devait y avoir une raison, Janey.

Janey, qui lissait consciencieusement les plis de la jupe de soie, marqua une pause.

— Je n'en suis pas sûre, madame. Tout ce que je sais, c'est que ce matin Cook nous a dit qu'il y avait eu une violente dispute entre le duc et le prince, et…

Elle regarda vivement autour d'elle, comme si elle craignait qu'il n'y ait quelqu'un d'autre qu'elles dans la chambre.

— *Jacleen a disparu,* chuchota-t-elle.

Caroline eut l'impression que son cœur sombrait. Elle se figea, les yeux fixés sur le mur. Incapable de bouger, ou de respirer.

— Madame ?

— Comment ça, disparu ? Que voulez-vous dire ?

— Elle a pris ses affaires et elle est partie.

— Le duc a-t-il envoyé quelqu'un à sa recherche ?

— Non, madame. Il fait les cent pas devant la chambre de sa femme. Elle ne veut pas le laisser entrer. Ma mère était comme cela, aussi. Elle ne voulait personne autour d'elle quand elle allait accoucher. Elle a eu quatorze enfants, vous vous rendez compte ?

— Non, répondit Caroline d'une voix éteinte.

Son esprit était en ébullition. Elle avait chaud, elle avait l'impression qu'elle allait s'évanouir, et elle posa la main sur la coiffeuse pour ne pas tomber. Leopold était parti ce matin. La servante était weslorienne. Leopold s'était enfui avec cette fille. Mais pourquoi ?

— Quel était le sujet de cette querelle ? Entre le duc et la duchesse ?

— Je ne sais pas exactement. Mais le duc… a frappé le prince.

Caroline poussa une exclamation de stupeur.

Des coups rapides à la porte firent tressaillir les deux jeunes femmes.

— Une minute ! cria Caroline, alors que Janey faisait passer la jupe par-dessus sa tête, pour l'ajuster sur sa taille.

— Le bébé est arrivé ! hurla Beck d'une voix de stentor. C'est un garçon !

Janey fit entendre un petit cri de joie.

— Un garçon ! Un héritier pour le duc !

— Allez-y, dit Caroline. Je finirai de m'habiller seule.

— Je ne devrais pas…

— Mais si, voyons. C'est l'héritier.

Caroline savait que, dans ce monde de ducs et de duchesses, la naissance d'un héritier passait avant tout le reste.

— Merci, madame.

Janey fit une rapide révérence et sortit. Quand la porte se fut refermée, Caroline se laissa choir dans un fauteuil et contempla le sol. Pourquoi avait-il fait cela ? Voulait-il cette fille pour la même raison que le duc ? Mais… cela n'avait aucun sens. S'il voulait une maîtresse, il pouvait en avoir une. Pourquoi une servante ?

Beck confirma ses pires craintes quand ils quittèrent Arundel, dans l'après-midi. Il s'enfonça dans la banquette en bâillant bruyamment.

— Il y a eu beaucoup de cris pendant la naissance de cet enfant.

— Beck ! Un accouchement est très douloureux.

— Je ne parle pas des cris de lady Norfolk, mais des autres.

— Quels autres ?

— Toi qui es toujours à l'affût de tout ce qui se dit sur tout le monde, je suis étonné que cela t'ait échappé, Caro. Je fais allusion à la querelle qui a eu lieu avant la naissance, pendant que tu dormais comme une princesse.

— Je dormais comme tous les gens normaux, Beck. Quelle querelle ?

Beck eut un rire narquois.

— Les servantes ne t'ont pas raconté ?

— Comme si les servantes des grandes maisons

n'avaient rien d'autre à faire le matin que de rapporter des ragots aux invités de la duchesse…

— Donc, apparemment, tu ne sais pas que celui que tu portes dans ton cœur s'est enfui avec une fille de cuisine. Henry a voulu l'arrêter, mais il n'a pas réussi.

Caroline resta bouche bée. Il y avait une différence entre soupçonner une chose et en avoir la confirmation de la bouche de son frère.

— Pourquoi ? Comment ? bredouilla-t-elle.

— Cette canaille a voulu s'enfuir avec la servante aux premières heures du jour, alors qu'Augusta était en train d'accoucher.

Beck secoua la tête.

— Leo est un ami, mais je n'aime pas cet aspect de sa personnalité. Garde tes distances avec lui, Caro. Il est charmant, mais il est probable qu'il soit corrompu. Tu auras assez de prétendants pour oublier celui-là.

Caroline éprouva une vague de nausée. Après ce qui s'était passé entre eux hier soir, comment Leopold avait-il pu s'enfuir ce matin avec une servante ? Que lui avait-il dit, la veille ? Quels mots avait-il prononcés, auxquels elle pourrait se raccrocher à présent ?

— Tu ne dis rien ? demanda Beck, étonné.

— C'est… C'est horrible. Le jour de la naissance du bébé.

— Oui, répondit Beck en regardant par la fenêtre. Henry était bouleversé.

— Pauvre Henry.

Elle se tourna elle aussi vers la vitre et regarda défiler le paysage.

C'était incompréhensible. Pourquoi avait-il fait cela ? Comment l'homme qui lui avait donné tant de plaisir avait-il pu s'échapper quelques heures plus tard avec une fille de cuisine ? Comment pouvait-il se comporter ainsi avec elle, et ensuite prendre une domestique pour son plaisir ?

Fermant les yeux, elle repensa à ce qu'elle lui avait dit.

Il l'avait flattée, et elle avait remonté ses jupes en murmurant des choses qu'elle ne pourrait jamais dire à un autre gentleman.

Comme elle avait été idiote !

# *Chapitre 20*

*Les habitants de Mayfair multiplient les réceptions d'été avant de quitter Londres pour profiter de la fraîcheur de la campagne.*

*La douceur de la saison est favorable aux longues promenades dans le parc, et aux idylles naissantes. Nous avons appris que la fille d'un comte, que certains ne trouvaient pas assez séduisante pour recevoir une demande, a gagné le cœur du gentleman pour qui elle avait une grande admiration.*

*La sœur d'un baron bien connu est considérée comme la coqueluche de la saison, car de nombreux gentlemen se disputent sa dot généreuse. Les paris qui se tiennent dans les clubs sont en faveur d'un jeune vicomte de Leeds.*

*Mesdames, les experts nous confient que le secret d'un teint clair et sans défaut, que vous soyez blonde ou brune, réside dans le fait d'éviter les excès. Cela dans tous les domaines. Vous modérerez votre appétit, votre goût pour les boissons alcoolisées, ainsi que les exercices et les amusements.*

*Honeycutt's,*
*gazette mode et maison pour ladies*

La semaine avait été spectaculaire, mais pas dans le bon sens du terme. Jacleen était en sécurité avec Isidora, dans la grande maison de Mr Cressidian. Mais la réputation de Leopold avait beaucoup souffert.

Le sauvetage de Jacleen à Arundel s'était très mal passé, ce qui ne le surprenait pas du tout. Il avait failli échouer lamentablement. Mais comment aurait-il pu prévoir que la duchesse allait accoucher cette nuit-là ? Comment aurait-il pu savoir que Henry choisirait précisément cette nuit pour rendre visite à la pauvre Weslorienne, à 4 heures du matin ? Vraiment, après la dispute qu'il avait entendue entre le duc et la duchesse le soir de leur arrivée, et étant donné l'état de lady Norfolk, il aurait cru que Henry aurait la décence de contenir ses élans sensuels. Mais il avait diablement mal jugé son ancien ami.

Leo était descendu à l'office en plein milieu de la nuit, à quatre heures moins le quart. Mais, alors qu'il approchait de la cuisine dans l'obscurité, il entendit des bruits de pots et de poêles qui s'entrechoquaient. Il eut la surprise de trouver la cuisinière en train d'allumer le feu sous une grosse marmite. Elle ne l'entendit pas entrer et ne remarqua sa présence que lorsqu'elle se retourna. Et, alors, elle poussa un cri de frayeur.

Leo ne sut que dire. Ils se dévisagèrent donc un moment en silence, jusqu'à ce qu'un valet entre avec deux seaux. Son regard passa de la cuisinière à Leo, puis revint se poser sur la cuisinière. Quelques secondes s'écoulèrent, avant que Leo ne comprenne que c'était à lui de mettre fin à ce malaise.

« Je vous demande pardon, dit-il en toussotant. Je crois que je me suis égaré. Je vais juste… »

Avant qu'il ait pu finir sa phrase, Jacleen apparut sur le seuil. Elle entra en nouant un tablier autour de sa taille. Ses cheveux bruns étaient sommairement attachés, comme si elle n'avait pas eu le temps de se coiffer. Elle s'immobilisa un instant pour regarder la scène, et malgré la pénombre Leo vit des cernes sombres sous ses yeux.

Il fit la seule chose qui lui vint à l'esprit, saisissant l'opportunité qui se présentait.

« Jacleen, je suis là pour vous aider », dit-il en weslorien.

Elle avait l'air égaré. Elle jeta un coup d'œil à la cuisinière, comme si la vieille femme pouvait lui expliquer ce qui se passait.

Leo répéta sa phrase. La servante ne disait toujours rien. Il se demanda s'il s'était mal exprimé. Le weslorien était très proche de l'alucien, mais il y avait des différences, et il n'avait jamais été très bon dans la pratique des langues. Il demeura sur place, sous le regard des domestiques, craignant d'avoir tout gâché.

« Faites vos bagages et suivez-moi, dit-il, toujours dans la langue maternelle de la jeune femme. Tout de suite.

— Jacleen ? »

La voix de Henry résonna dans le couloir, et Leo eut l'impression de recevoir un coup de poing dans l'estomac. Pivotant sur lui-même, il vit son vieil ami d'école, en manches de chemise. Henry aurait dû être à l'étage, à attendre la naissance de son enfant. Il fallut un moment à Leo pour comprendre ce qu'il faisait dans cette pièce. Un court moment, toutefois. Car le sang se retira du visage de la servante.

« C'est fait, Votre Grâce ? demanda la cuisinière. Il est arrivé ?

— Quoi ? Non. Non, pas encore », répondit Henry d'un ton bref.

Il fixait Jacleen, et Leo remarqua que le valet et la cuisinière détournaient les yeux. Ils avaient déjà assisté à ce genre de scène, avaient appris à détourner le regard quand le duc descendait. Ce détail emplit Leo de colère. Henry utilisait cette fille, comme si elle n'était qu'un objet.

Aussi, quand Henry prit conscience de sa présence et lui demanda ce qu'il faisait dans la cuisine à cette heure, Leo n'eut-il même pas recours à toutes les excuses qu'il aurait pu invoquer. Il opta pour la franchise.

« Je suis venu pour l'emmener, Henry. »

Henry battit des paupières. Puis il se mit à rire. Comme s'il ne croyait pas ce que disait son ami. La cuisinière et le valet s'affairèrent à remplir fébrilement des bassines d'eau chaude, probablement en prévision de la naissance du bébé.

« Vous êtes fou, Leopold ? Vous ne pouvez pas l'emmener. »

À ce moment-là, Leo espéra qu'il ne serait pas obligé d'en venir aux mains avec Henry, car il était certain qu'il n'aurait pas le dessus. Il ferait de son mieux, naturellement. Son père avait insisté pour que Sebastian et lui pratiquent la boxe depuis leur plus jeune âge, mais il n'avait pas le cœur à se battre.

« Allez chercher vos affaires, mon petit », dit-il en anglais à Jacleen.

Celle-ci hésita et adressa un regard suppliant à la cuisinière. Celle-ci faisait un effort visible pour ne pas se retourner vers lui.

« Allez », répéta Leo. Puis il ajouta en weslorien :

« Si vous voulez être libre, faites ce que je dis. Je vous donne ma parole que vous serez en sécurité avec moi. Je ne vous toucherai pas, Jacleen, mais étant donné la situation nous ne pouvons pas nous attarder ici. »

La fille parut saisie de panique. Leo voulut lui laisser le temps de se ressaisir et s'adressa à Henry :

« Je dois avouer que je suis étonné. Je ne pensais pas qu'un homme de votre rang s'abaisserait à une chose pareille. »

Henry eut un haut-le-corps.

« Oh ! je vois. Vous n'avez donc jamais lutiné avec une servante, Majesté ? »

Leo garda un instant le silence. Il n'avait jamais forcé une femme à lui céder. L'attirance avait toujours été réciproque… du moins c'est ce qu'il se disait. Cependant, il lui était arrivé de consommer avec des servantes, en effet. Mais il ferait son examen de conscience une autre fois.

« Je n'ai jamais acheté une fille pour la garder à ma disposition. »

Derrière lui, la cuisinière laissa tomber quelque chose sur le sol.

« Vous ne devriez pas porter de jugement, répliqua Henry. Si vous étiez marié à une femme enceinte, ou éternellement fatiguée, vous parleriez autrement.

— Je pense que Jacleen est fatiguée aussi. »

Il se tourna vers les domestiques, mais cette fois il croisa le regard de la cuisinière, cherchant désespérément un soutien. Lorsqu'il se retourna de nouveau, il vit que Henry s'avançait vers lui, visiblement fou de rage. Il se prépara mentalement au coup de poing qui allait suivre.

« Vous prenez de grands airs, Leo. Auriez-vous oublié que je vous ai vu avec une servante à Cambridge ? Vous l'aviez coincée contre le mur, à l'extérieur du pub. Vous vous en souvenez sans doute ?

— C'était différent, répliqua-t-il, essayant de comprendre exactement en quoi c'était différent.

— Jacleen a au moins un toit sur la tête et une assiette bien pleine.

— Quelle générosité. Vous êtes un saint, Norfolk. »

Le regard de Henry s'assombrit et il crispa les mâchoires.

« Vous me le payerez, Leopold. Votre père tient à avoir de bonnes relations avec l'Angleterre, mais je veillerai à ce que cela n'arrive jamais.

— Je suis prêt à en payer le prix. »

Leo lança un regard derrière lui et à son grand soulagement il constata que Jacleen avait disparu. Elle n'allait peut-être pas revenir. Mais, tout à coup, il l'aperçut du coin de l'œil, serrant un petit sac noir contre elle et tremblant de tous ses membres.

« Dieu merci, murmura-t-il, en s'écartant de Henry. Merci pour votre hospitalité, Norfolk. Inutile de me raccompagner. »

Sur ces mots, il tendit la main à Jacleen et lui agrippa fermement les doigts, car elle semblait encore hésiter.

« Vous ne pouvez pas partir en emmenant une de mes servantes ! hurla Henry.

— Ce n'est pas votre servante, c'est votre esclave », répondit Leo.

Henry lui barra le chemin.

« J'espérais que nous éviterions ce genre de scène », grommela Leo.

Mais il savait qu'il ne pourrait pas éviter la suite. Henry leva le bras, et son poing heurta violemment la mâchoire de Leo. Aveuglé un moment par la douleur, il parvint à ne pas perdre l'équilibre.

Lâchant la main de Jacleen, il riposta, assénant d'abord un coup de poing dans la poitrine du duc, puis un autre sur sa tête. Henry se jeta sur lui les mains en avant mais, avant qu'il ait pu les serrer autour du cou de Leo, une servante entra en courant dans la cuisine.

« Votre Grâce ! s'écria-t-elle en agitant les bras. Le moment est arrivé ! »

Henry n'alla pas tout de suite retrouver sa femme. Il continua de hurler, en affirmant que Leo ne serait plus jamais le bienvenu en Grande-Bretagne. La pauvre Jacleen tremblait tellement que Leo craignait qu'elle ne se trouve mal. Enfin, Henry décida d'aller voir son enfant, et les hurlements cessèrent.

Leo s'engagea dans un très long couloir, jusqu'à ce que Jacleen lui demande s'il voulait vraiment sortir du château, car ce corridor menait au sous-sol.

« Dans ce cas, guidez-moi jusqu'à l'entrée de service », dit-il.

Ils durent revenir sur leurs pas et traverser la cuisine. Leo évita le regard de la cuisinière, qui se tenait étrangement à l'endroit exact où ils l'avaient laissée.

Enfin, ils émergèrent du château et se retrouvèrent dans une petite cour, où Kadro et Arthur l'attendaient. Ils étaient tous deux à cheval, encadrant une troisième monture.

Tout à coup, un jeune garçon surgit à côté d'eux. Il s'adressa à Jacleen en weslorien, et la jeune femme parut envahie par la panique.

« C'est mon petit frère, expliqua-t-elle à Leo.

— Votre frère ? »

Avant qu'il ait décidé ce qu'il devait faire, la porte menant vers l'office s'ouvrit en grinçant, livrant passage au valet qui avait assisté à toute la scène dans la cuisine. Il lança un baluchon au garçon.

« Bonne chance », dit-il à Jacleen, en disparaissant à l'intérieur.

Cela n'était pas prévu dans les plans de Leo. En réalité, il n'avait pas vraiment de plan, mais les événements ne se déroulaient pas du tout comme il s'y attendait. Son anxiété atteignit un tel niveau qu'il crut que son cœur allait lâcher. Mais il n'avait pas le temps de penser à lui, ils devaient partir. Il ordonna à Kadro de prendre la jeune femme sur son cheval, et le garde obéit sans discuter. Arthur prit le jeune garçon en croupe, et Leo enfourcha la troisième monture.

Le regard qu'échangèrent les deux gardes ne lui échappa pas. Ils imaginaient sans doute le pire à son sujet, et il ne pouvait guère les en blâmer. Cela faisait des années qu'ils le ramassaient ivre mort dans les pubs et dans les lits de ses nombreuses maîtresses d'un soir. Ils pensaient sans doute qu'il s'était une fois de plus enivré pour se retrouver dans cette situation.

Mais la journée qu'il venait de vivre n'avait rien d'ordinaire. Il y avait eu ces moments volés avec Caroline, et ses reins s'embrasaient encore à ce simple souvenir. Puis cette jeune fille effrayée, avec son frère, qui croyait sûrement qu'elle allait tomber de Charybde en Scylla. Entre ces deux moments, il n'avait pas bu une seule goutte d'alcool.

Il emmena Jacleen et son frère chez Cressidian.

Ce dernier l'accueillit devant la porte, en robe de chambre. Il jeta un bref coup d'œil à Jacleen, puis au jeune garçon.

« Cela fait trois, Majesté.

— Je suis conscient de vous imposer… »

Cressidian l'interrompit d'un geste et désigna le hall.

« Entrez », dit-il à Jacleen et à son frère.

Lançant un regard inquiet à Leo, la jeune fille prit son frère par la main et obéit.

« J'aurai besoin d'argent pour leur pension, déclara Cressidian.

— Davantage d'argent ? Je croyais que ce que je vous avais déjà donné suffirait amplement.

— Vous vous trompez, Majesté. Et, si vous refusez de payer, je pense que l'ambassadeur de Wesloria voudra apprendre ce que vous faites. »

Leo arqua les sourcils.

« Je vous demande pardon, mais essayez-vous de me faire chanter ?

— Appelez cela comme vous voudrez. Je vous demande seulement de payer pour leur entretien. »

Leo soupira, en considérant l'imposante demeure, le sol de marbre, les aménagements luxueux, les lustres de cristal. Mr Cressidian était très riche.

« Mon secrétaire vous versera une allocation.

— Cent livres par tête.

— Ce sont des êtres humains, pas du bétail ! » s'exclama Leo, irrité.

Cressidian haussa les épaules.

« Pour moi, cela ne fait pas de différence. »

Maintenant, Leo avait un château en ruine, il pouvait entendre ses poulets caqueter derrière l'hôtel, il avait ajouté un jeune garçon à sa mission de sauvetage, il donnait cent livres par personne sauvée à un homme fortuné, et la moitié de la ville lui tournait le dos. Il allait devoir rendre beaucoup de comptes à son retour à Helenamar.

Mais il lui restait encore trois femmes à secourir. Ce qui allait être un peu difficile, car il ne recevait plus d'invitations. Les gentlemen qui l'avaient salué chaque jour dans le hall du Clarendon l'ignoraient ostensiblement désormais.

Il était tenu au courant des réceptions par la gazette de Hollis, mais il ne pouvait plus y assister.

Il était justement en train de la feuilleter, et découvrait qu'une nouvelle réception allait avoir lieu. Il regarda son secrétaire par-dessus le journal.

— Toujours pas d'invitation, Josef ?

— Non, aucune, Majesté…

Leo soupira. À une certaine époque, pas si lointaine, une réception ne valait pas la peine qu'on s'y intéressât s'il n'y était pas invité.

— Et Hawke ? A-t-il répondu à mon invitation à dîner ?

Josef demeura silencieux.

Leo se doutait que Beck serait contrarié après les événements d'Arundel, mais il ne s'attendait pas à cette réaction excessive. Son ami avait disparu de la surface de la terre. Apparemment, Caroline continuait pourtant d'égayer les salons mondains de sa présence. À en croire la gazette, une dame portait une robe qu'elle avait dessinée. Les manches étaient si originales qu'elles rencontraient un vif succès.

Leo cherchait avec obstination le nom de Caroline

dans tous les articles du journal. Quand il ne pensait pas à ses trois protégés et à la façon de retrouver Rasa, il pensait à elle. Il éprouvait de terribles accès de jalousie chaque fois qu'il était fait allusion à ses prétendants. *Bon sang.* Dans quel piège était-il tombé ? Il ne pouvait même pas obtenir que son frère réponde à son invitation.

— Eh bien, Josef, vous devriez demander à l'hôtel si l'un de mes poulets pourrait nous être servi ce soir, puisque je n'ai nulle part où aller pour dîner.

— L'ambassadeur Redbane vous prie de lui accorder un peu de votre temps, Votre Altesse. Il a quelques dépêches d'Alucie à vous remettre.

— Oh ! Est-il ici ?

— Oui.

— Faites-le entrer, dit aussitôt Leo, heureux d'avoir de la compagnie.

Redbane était un homme jovial, originaire du sud de l'Alucie, une région de vignobles connue pour l'hospitalité de ses habitants.

Il salua Leo avec enthousiasme, ce qui redonna au prince un peu d'espoir. Tout le monde n'avait donc pas encore eu vent des nouvelles le concernant. L'ambassadeur n'avait pas grand-chose à lui remettre, en dehors d'une lettre de sa mère.

— Pas un mot de Sebastian ni d'Eliza ?

L'ambassadeur fit un signe négatif.

— Savez-vous ce que je pense, Redbane ? Je pense que nous devrions donner une réception pour fêter mon séjour ici, avant qu'il ne s'achève.

Le sourire de Redbane s'estompa. Il posa les yeux sur la serviette de cuir dans laquelle il transportait les documents officiels.

— Oh ! ciel, dit Leo. Que signifie ce regard ?

Redbane soupira lourdement.

— Je ne ferais pas mon devoir, si je vous laissais croire qu'une telle réception attirerait… du monde.

— Vraiment ?

Leo s'efforça de contenir sa contrariété. Il était toujours prince, n'est-ce pas ?

— Sans vouloir vous offenser, Majesté, s'empressa d'ajouter Redbane.

— Vous m'offensez tout de même.

Les pommettes de Redbane se colorèrent.

— C'est à cause de ce que certains perçoivent comme de mauvais penchants.

— Mes mauvais penchants ? Je n'en ai pas ! Redbane, je suis blanc comme neige.

— Vos penchants pour les servantes et… les femmes de mauvaise vie, chuchota Redbane. Il a été suggéré que vous devriez retourner en Alucie.

Leo se raidit.

— Des femmes de mauvaise vie, Redbane ? Vous voulez dire des prostituées. Pour l'amour du ciel, nous sommes entre adultes.

Redbane s'empourpra. Il s'éclaircit la gorge. Ce pauvre homme n'y était pour rien. Toute la faute reposait sur les épaules de Leo, et il ne pouvait torturer l'ambassadeur plus longtemps.

— Ne faites pas attention à moi, monsieur. J'ai entendu la même chose. Le roi a-t-il eu vent de ces rumeurs ?

— Je ne saurais le dire avec certitude. Mais je pense que la réponse est oui. J'ai reçu un message du secrétaire aux Affaires étrangères disant qu'il serait bon que vous repartiez en Alucie le plus tôt possible.

Il tendit à Leo une lettre scellée portant le cachet officiel du roi d'Alucie.

Leo prit la missive, mais ne l'ouvrit pas immédiatement.

— Très bien. Mais il y a une chose que je dois faire avant mon départ, déclara-t-il en se levant. Pouvez-vous m'envoyer Josef ?

L'ambassadeur s'inclina et sortit.

— J'ai l'intention de me rendre chez lord Hawke cet après-midi, annonça Leo quand Josef entra.

— Bien, Majesté, comme vous voudrez.

Josef aurait été bien en peine de lui procurer ce qu'il voulait. Il voulait retrouver les cinq femmes disparues et revoir Caroline. Après cela, il ne savait pas ce qui arriverait, il ne pouvait même pas l'imaginer. Il ne se voyait pas marié à lady Eulalie et pensant toute sa vie à la belle jeune femme blonde restée en Angleterre. Néanmoins, il craignait fort que cela ne soit son destin.

# *Chapitre 21*

*Un gentleman ayant hérité d'une fortune fit un investissement si important dans une compagnie de chemins de fer défaillante qu'il se retrouve à présent sans un sou vaillant. Nous apprenons que beaucoup de Londoniens s'intéressent à sa résidence de Mayfair, qui n'est plus occupée.*

*Une malheureuse rencontre avec une chandelle a bien failli transformer lady Hogarth en torche vivante. Nous vous recommandons vivement de ne pas vous tenir trop près des chandeliers disposés sur le buffet lorsque vous êtes en tenue de soirée.*

*Le nombre de prétendants de la sœur du baron ne cesse de s'accroître, car, dès que le montant de sa dot a été connu, le bruit s'est répandu dans Londres aussi vite que le grand incendie.*

*Honeycutt's,*
*gazette mode et maison pour ladies*

Pour une fois, Beck n'avait pas parlé à la légère. Il semblait bien décidé à marier sa sœur, surtout depuis leur retour du Sussex.

Deux jours plus tôt, il était entré dans sa chambre et avait examiné les robes et les tissus entassés, avant de poser les yeux sur Caroline. Vêtue de sa robe d'intérieur, celle-ci était assise en tailleur sur le sol et étudiait des modèles.

« Que s'est-il passé ? lança-t-il en faisant un geste du bras. Un cyclone ? Un tremblement de terre ? La maison a été mise à sac par des cambrioleurs ?

— Que tu es drôle, Beck ! Comme tu le vois, je dessine des robes.

— Depuis quand est-ce ton principal passe-temps ? Jusqu'à présent, tu ne t'es jamais souciée d'autre chose que du courrier et des invitations qu'il contenait.

— Ce n'est pas vrai. Je m'intéresse à beaucoup de choses, mais tu es si occupé à faire la fête que tu ne t'en es jamais rendu compte. Si tu veux vraiment le savoir, j'ai toujours été passionnée par la mode. Mais je n'ai eu l'idée de confectionner mes robes que lorsque les Aluciens sont arrivés à Londres.

— Les Aluciens viennent à Londres depuis la nuit des temps.

— Tu as raison. Je voulais parler de la famille royale d'Alucie. Mais en quoi cela t'intéresse-t-il ?

— Je ne voudrais pas que d'éventuels prétendants soient rebutés par tes tissus, tes mannequins, et ta propension évidente à dépenser tout ton argent en fanfreluches, répondit Beck avec un geste de la main en direction des soieries. Lord March a paru effrayé. »

Caroline haussa les épaules.

« Robert Ladley et sa cousine Bettina viennent dîner ce soir. La semaine prochaine, nous irons voir Mr Trent avec les Pennybacker.

— Mr Trent ? Qui est-ce ?

— Un gentleman de belle apparence et de bonne moralité. Mais sa principale qualité est d'avoir fait fortune dans la fabrication d'engins agricoles fonctionnant à la vapeur.

— Pardon ?

— Des moissonneuses, et je ne sais quoi. »

Caroline ne se voyait pas du tout épouser un fabricant de moissonneuses. Elle ne savait pas exactement ce que c'était, mais cela ne lui paraissait pas très palpitant.

« C'est un homme fortuné, Caro, dit Beck avec un soupir d'impatience. Il est jeune, en bonne santé et il a besoin d'une épouse. Tu es une jolie femme, pourvue d'une dot considérable, et tu as besoin d'un mari. Tu devrais t'habituer à cette idée. Je tiens à ce que tu fasses un beau mariage, car c'est ce que nos parents auraient voulu pour toi. Maintenant, comme tu le sais, je pars cet après-midi dans le Sussex afin d'assister à une course. Pendant mon absence, oncle Hogarth et son épouse viendront à Londres avec leur cousin, le vicomte d'Ainsley. Un de ces gentlemen finira bien par te plaire.

— Comment peux-tu dire une chose pareille ? Connais-tu Mr Trent, ou le vicomte de Hainey ?

— Ainsley », corrigea Beck.

Il enjamba un rouleau de tissu pour regagner la porte.

« Je n'ai pas besoin de les connaître. Il me suffit de savoir qu'ils ont les moyens de te faire vivre confortablement. Je pars dans le Sussex.

— C'est tout ce que tu as besoin de savoir ? Imagine que tu aies tout arrangé, et que je découvre que ce gentleman et moi ne sommes pas du tout assortis ?

— C'est peu probable.

— Pourquoi ne t'occupes-tu pas de tes propres noces ? Tu pourrais me laisser tranquille ! Je suis très contente de ma situation actuelle !

— Ce n'est pas naturel pour une femme de rester seule. Et, quand je ne serai plus obligé de m'occuper de toi, je songerai sans doute à prendre une épouse. Inutile de discuter, ma chérie ! Tu seras fiancée avant la fin de l'année. »

Sur ces mots, il sortit.

« C'est ce que tu crois », marmonna Caroline en reportant son attention sur les modèles.

Les gentlemen que Beck avait sélectionnés pour elle ne l'intéressaient pas du tout. Et les deux qu'elle n'avait pas encore rencontrés non plus. Même si, en temps normal, elle aurait dû être enchantée. Elle adorait faire la connaissance de nouveaux messieurs et jouer à ses petits jeux de séduction. Combien de temps faudrait-il pour qu'elle leur fasse tourner la tête ? Hollis disait qu'elle était vaniteuse, et Caroline ne l'avait jamais nié. Mais en réalité ce n'était pas cela du tout. Jusqu'à une époque récente, elle n'avait jamais rencontré d'homme qui la mérite vraiment, à qui elle ait eu envie de montrer la face secrète de sa personnalité. Et, quand elle avait fini par rencontrer cet homme, elle avait découvert qu'il était le pire sur terre.

Caroline était terriblement agacée d'être à ce point obsédée par Leopold. Elle avait hâte qu'il quitte le pays. Tant qu'il serait ici, il occuperait toutes ses pensées. C'était une sorte de fièvre, une maladie dont elle ne parvenait pas à guérir. Elle se rappelait sans arrêt cette soirée à Arundel, le contact de ses lèvres sur elle. N'était-il pas absurde de désirer aussi ardemment un homme qui préférait se pavaner avec de pauvres servantes ? Malgré tout ce qui s'était passé à Arundel, elle avait encore envie d'être près de lui. C'était exaspérant.

Caroline ne se comprenait plus elle-même. Elle qui avait toujours su exactement ce qu'elle voulait, qui s'était toujours détournée dès l'instant où un gentleman devenait ennuyeux ! Mais ce prince attisait son désir, elle n'était jamais rassasiée de sa présence. Un peu comme si, après avoir mangé un gâteau aux framboises, elle avait encore eu envie de se mettre à table pour dîner.

Oh ! mais la réputation de cette fripouille était faite. Après l'esclandre d'Arundel, il était devenu *persona non grata* dans toutes les maisons respectables. La rumeur s'était répandue comme une traînée de poudre. Caroline y était sans doute pour quelque chose, car en rentrant à Londres elle s'était rendue directement chez Hollis.

Depuis leur retour, elle n'avait plus du tout de nouvelles de lui. Chaque fois qu'un visiteur se présentait à la porte, elle se précipitait dans la galerie surplombant le hall pour voir qui était là, en se cachant derrière la balustrade comme quand elle était petite, ou comme elle avait pu le faire au palais Constantin. Mais, chaque fois, c'était Beck qui rentrait avec des amis.

Pourquoi ne venait-il pas les voir ? Il aurait pu au moins rendre visite à Beck. Elle aurait voulu demander à son frère s'il avait cessé de voir le prince. Cela ne lui ressemblait pas, mais il pouvait très bien avoir pris cette décision, par principe.

D'un autre côté, elle préférait ne rien demander à Beck, de crainte qu'il ne devine quelles pensées la torturaient.

Quoi qu'il se soit passé entre Beck et Leopold, il

devint évident à la fin de la semaine que les chemins des deux hommes s'étaient séparés. Beck n'avait pas parlé une seule fois du prince, et maintenant il était parti dans le Sussex. Caroline n'avait eu aucune explication. Elle se retrouvait seule, le cœur brisé.

Quand le prince Leopold se décida enfin à rendre visite aux Hawke, il choisit le pire moment pour le faire. L'oncle Hogarth et la tante Clarissa étaient dans le salon, assis de part et d'autre de leur jeune ami, le très beau et très avenant vicomte d'Ainsley. Lord Ladley était venu aussi, dès qu'il avait appris par Beck que les Hogarth étaient à Londres. De toute évidence, il ne tenait pas à se faire devancer par un intrus qui revenait à peine de son voyage en Amérique.

En temps normal, Caroline aurait été folle de joie d'avoir autant de gentlemen rassemblés dans son salon. Rien n'était aussi réjouissant que d'avoir la visite d'un prince, sous les yeux de ses autres prétendants. Mais elle aurait préféré que ce ne soit pas ce prince-là, à ce moment-là. Quand Garrett l'annonça, elle aurait voulu que la terre s'entrouvre pour avaler tous les autres visiteurs.

Les Hogarth, leur ami, Ladley et Caroline devaient dîner chez les Debridge ce soir-là, avec dix autres personnes. Quelqu'un avait suggéré que l'on danserait après le dîner, et Clarissa s'était lamentée, car elle n'avait pas encore appris la dernière danse alucienne en vogue dans les salons. Hogarth avait alors déclaré que Caroline était une excellente danseuse, et pour la joie de tous Caroline était en train de montrer quelques pas à sa tante pendant que les gentlemen savouraient un verre de porto. Ils riaient tous de bon cœur, quand Garrett entra pour annoncer un visiteur.

— Oh ? s'exclama Caroline, interloquée. Qui est-ce ?

— Son Altesse Royale, le prince Leopold.

Le cœur de la jeune femme fit un bond, et elle fut heureuse de se tenir derrière sa tante, car elle sentit ses joues s'enflammer.

— Oh…

Elle aurait voulu parler d'un ton léger et insouciant, mais sa gorge se noua.

— Lui avez-vous dit que Beck était parti dans le Sussex ?

— Oui, madame. Il tient à vous présenter ses respects.

— Eh bien…

— Vous devez le faire entrer, dit sa tante Clarissa.

Garrett regarda Caroline.

— Oui, dit celle-ci avec un sourire contraint. Faites-le entrer. Je vous prie d'excuser cette intrusion, dit-elle aux invités, tandis que Garrett repartait chercher le prince.

— C'est très bien ainsi, lady Caroline, n'ayez aucune inquiétude, dit Ladley.

Lord Ainsley ne semblait pas de cet avis.

— Je serai enchanté de faire sa connaissance, déclara son oncle d'un ton jovial. Malgré tout ce que j'ai entendu à son sujet.

Quand Leopold entra, il parut surpris de voir autant de monde dans le salon mais, son éducation l'ayant habitué à contenir ses sentiments, il n'eut aucun mal à se ressaisir.

— Je suis désolé de vous interrompre.

— Majesté, vous êtes très aimable de nous rendre

visite, après tout ce temps, répondit Caroline en faisant une profonde révérence.

— Merci, je…

— Vous connaissez lord Ladley, poursuivit-elle, sans l'écouter.

Elle présenta également son oncle et sa tante, et lord Ainsley.

— Je regrette, nous allions sortir, ajouta-t-elle quand les présentations furent terminées.

— Oui, nous devrions partir, enchaîna lord Ladley en lui offrant le bras. Le souper est à 21 heures.

— Si j'avais su que vous veniez, je vous aurais évité de vous déranger pour rien. Voulez-vous que je transmette un message à Beck, à son retour ?

Leopold sourit lentement. Elle eut l'impression que son cœur allait exploser.

— Ce ne sera pas nécessaire, je vous remercie. Mais si je puis me permettre… pourrais-je vous dire un mot en privé, lady Caroline ?

— Eh bien…

— Cela ne prendra que quelques minutes.

— Oui, bien sûr, concéda-t-elle en lui faisant signe de parler.

— J'espérais avoir un entretien avec vous en particulier.

— Ah. Eh bien, comme vous pouvez le voir…

— Caro, ma chère, accordez-lui un moment, suggéra Clarissa.

— Naturellement, Caro, ajouta son oncle. Nous vous attendrons. Prenez votre temps.

— Très bien. Je ne vous ferai pas attendre longtemps.

Le prince s'effaça pour la laisser sortir. Elle s'engagea dans le couloir, sans regarder s'il la suivait. Elle était si irritée, si agacée, qu'elle traversa le hall au pas de charge, entra dans le petit salon réservé aux visites et pivota brusquement sur elle-même en croisant les bras.

Leopold entra derrière elle, referma doucement la porte et sourit.

— À en croire l'accueil que je viens de recevoir, ma réputation doit être encore plus pitoyable que je ne le pensais.

— Oh ! elle est abominable.

— Vous m'en voulez à cause de Jacleen.

Caroline le dévisagea avec stupeur, puis se mit à rire.

— Comme c'est astucieux ! Je ne peux croire que vous osiez prononcer son nom.

— Pourquoi pas ? répliqua-t-il en avançant vers elle. Son nom est Jacleen Bouvan. Elle vient des montagnes de Wesloria, à la frontière de l'Alucie.

Caroline fronça les sourcils, perplexe. Pourquoi lui disait-il cela ? Cette femme avait-elle été sa maîtresse avant son départ d'Alucie ? Et pourquoi souriait-il ?

— Croyiez-vous que je trouverais amusant que vous arrachiez une servante à un emploi honnête pour…

— Non. Vous avez une piètre opinion de moi, si vous croyez que je peux éprouver du plaisir en votre compagnie, et quelques heures plus tard profiter d'une pauvre jeune femme.

Caroline aurait préféré ne pas penser du tout à lui. Mais elle voulait désespérément avoir une mauvaise opinion de lui. Cela l'aiderait à se préparer à son départ, qui était imminent.

— Je ne sais pas, Leopold… Êtes-vous si différent des autres hommes ?

— Je suis parti avec Miss Bouvan parce que la

façon dont le duc se servait d'elle me déplaisait. Je voulais l'aider.

Elle ne s'attendait pas à ce qu'il lui dise ce qu'elle savait être vrai. C'est-à-dire que Jacleen était utilisée.

— Et donc ? Le prince est intervenu et l'a sauvée ?

Sa remarque parut le surprendre, et il détourna les yeux un instant, comme s'il réfléchissait.

— Oui, je suppose. Caroline, vous devez me croire. J'ai trop apprécié ces quelques instants en votre compagnie pour tout gâcher avec un rendez-vous dénué de sens.

Caroline poussa un petit soupir de soulagement.

— Et vous, les avez-vous appréciés ?

Elle sentit ses joues s'empourprer. Sa première pensée fut qu'il n'aurait pas dû lui poser cette question, ce n'était pas convenable. Mais il lui posa la main sur le cou.

— Quelle question, murmura-t-elle. Vous savez bien que oui.

— Cependant, j'ai plaisir à vous l'entendre dire.

Elle sentit sa peau s'enflammer sous ses doigts, mais elle évita de montrer son trouble.

— Pourquoi ? Pourquoi vous ? Pourquoi deviez-vous la faire sortir d'Arundel ?

Il s'approcha, sans quitter sa bouche des yeux.

— Pourquoi pas moi ?

Il se pencha pour l'embrasser, mais Caroline lui posa la main sur les lèvres.

— J'ai des visiteurs qui m'attendent au salon.

— Je ne m'attarderai pas, promit-il en lui effleurant les lèvres.

Caroline ferma les yeux. Sa confession ne correspondait pas à l'histoire qu'elle avait créée dans sa tête. Elle aurait dû ne jamais lui pardonner et l'oublier au plus vite. Cependant, sa main glissait sur son torse, sa tête s'inclinait pour mieux s'offrir. Elle pressa son corps contre le sien, sa main remonta sur son bras et jusque sur son épaule. Elle voulait qu'il la séduise, elle voulait sentir ses doigts et ses lèvres sur elle encore une fois.

Mais, quelque part dans son cœur, une alarme se déclencha, un avertissement. Elle avait fièrement défendu sa vertu pendant vingt-six ans. Elle n'allait tout de même pas se laisser fléchir parce qu'il était beau et que ses lèvres étaient douces comme du velours. Ou parce qu'un délicieux parfum de girofle émanait de sa peau.

Posant les mains à plat sur son torse, elle le repoussa.

— Ce n'est pas… Il y a quelque chose…

— … quelque chose qui ne va pas, termina-t-il à sa place. Dans ce que vous ressentez pour moi, et ce que je ressens pour vous. Mais le diable m'emporte si je sais ce qu'il faut faire !

Caroline eut le souffle coupé. Éprouvait-il vraiment quelque chose pour elle ? Ce vertige délicieux qui la faisait tomber à la renverse ?

— Quand vous saurez ce qu'il faut faire, je serai enchantée de l'entendre. En attendant, je dois retourner m'occuper de mes invités. Sinon, ma tante viendra me chercher. Nous allons dîner chez Sir Walter Debridge.

Elle passa devant Leopold, mais il la retint par la main et la fit pivoter vers lui. Il l'enlaça, l'attira et caressa son visage de sa main.

— Caroline…

Il semblait vouloir en dire davantage. Mais finalement il l'embrassa avec une telle passion qu'elle se mit à en trembler. Toutes ses pensées s'envolèrent, elle ne pensa plus qu'au désir qu'elle éprouvait pour cet homme. Et brusquement il relâcha son étreinte. Elle demeura un instant étourdie.

— Passez une magnifique soirée.

Caroline s'obligea à baisser les yeux et lissa les plis de sa robe tout en s'efforçant de se ressaisir. Puis elle toucha ses boucles pour s'assurer que sa coiffure était intacte, et que personne ne devinerait ce qu'elle avait fait.

— Quel effet avez-vous sur moi ? chuchota-t-elle.

— Honnêtement, je ne sais pas.

Elle soupira et sortit du salon d'un pas léger.

— Merci de m'avoir attendue ! lança-t-elle à ses invités, avec un sourire radieux. Oh ! ciel, nous sommes en retard. Partons, voulez-vous ?

Ladley jeta un coup d'œil à Leopold, qui l'avait suivie.

— Oh ! j'avais oublié ! s'exclama-t-elle. J'ai invité Son Altesse à nous accompagner. Sir Walter n'y verra sûrement pas d'inconvénient, ajouta-t-elle, en évitant les regards de ses amis, et de Leopold.

Caroline ne savait pas du tout où tout cela la menait. Il faudrait qu'elle prenne un bain chaud, qu'elle boive un verre de vin et qu'elle ait une conversation avec Hollis, pour analyser tout cela à tête reposée. Après avoir méprisé cet homme, et avoir sombré dans le désespoir, elle se sentait soudain pousser des ailes.

# Chapitre 22

*Il n'y a pas de plus grand casse-tête que l'arrivée inopinée d'un visiteur lors d'un dîner auquel il n'était pas convié. C'est ce qui s'est passé récemment chez un chevalier du royaume. Certains conseilleraient de refuser l'entrée à cet invité inattendu, sous prétexte qu'il n'y aurait pas de mets en quantité suffisante pour un dîneur supplémentaire. Mais, si cette personne occupe un rang très élevé dans la société, cela risque de provoquer de regrettables commérages. Dans une telle situation, nous vous recommandons de faire preuve d'hospitalité et d'endurer stoïquement la situation.*

*Entendrons-nous bientôt les cris d'un nouveau-né ? Il a été remarqué qu'une dame d'excellente réputation mariée à un ecclésiastique a récemment fait élargir certaines de ses jupes en prévision de cet heureux événement.*

*Mesdames, la science nous laisse penser que, si vous ne cédez pas à vos envies pour des aliments inhabituels durant votre grossesse, cette privation risque de se manifester par une tache de naissance sur votre enfant. Quand vous êtes enceinte, n'hésitez donc pas à avoir une alimentation abondante et variée, et ne prêtez pas attention à ceux qui prétendent que vous ne retrouverez jamais votre silhouette après la naissance.*

*Honeycutt's,*
*gazette mode et maison pour ladies*

Une partie des invités fit grise mine en voyant Leo apparaître à l'improviste avec les amis de Caroline. Étant donné la réputation qu'il venait d'acquérir, son arrivée contraria naturellement les dames. Lady Debridge fut aussi consternée en le voyant pénétrer dans le hall que s'il était un ogre venu dévorer ses enfants.

Sir Walter en revanche était très heureux d'avoir un prince d'Alucie à sa table. Il raconta aux autres invités qu'il avait aussi reçu un jour le cousin du prince Albert, et qu'il était enchanté d'ajouter un prince d'Alucie à cette liste courte mais illustre. Il ne parut pas voir les regards désapprobateurs, ne remarqua pas la colère de sa femme et ne vit pas que certaines personnes avaient reculé vers le fond de la salle en voyant entrer Leo. Sir Walter ordonna d'une voix forte et enjouée au majordome d'ajouter un couvert pour leur invité inattendu.

Le pouvoir était la clé de tout, comme Leo le savait, et les relations étaient essentielles pour atteindre le pouvoir.

Lady Debridge entraîna lady Hogarth et Caroline à l'écart. Leo chercha un visage amical, mais n'en trouva aucun. Robert Ladley lui-même, qu'il connaissait pourtant depuis plusieurs années, paraissait contrarié par sa présence. Quand Leo voulut lui parler, Ladley sourit vaguement et prit la fuite.

Leo se retrouva donc isolé, avec son verre de porto. Comment sa vie avait-elle pu prendre cette tournure si étrange ? Quelques semaines plus tôt, c'était lui qui devait éviter les importuns. Des hommes voulaient être ses amis, des femmes espéraient partager sa couche, les autres voulaient simplement qu'il les remarque. Quand il était enfant et qu'il se tenait avec sa famille sur le balcon du palais, la foule massée au-dessous d'eux lui faisait peur. Son père lui mettait la main sur l'épaule et le poussait en avant. « Donne-leur ce qu'ils veulent », disait-il. Toute sa vie, Leo leur avait donné ce qu'ils voulaient. Il avait fini par trouver la paix en se réfugiant au fond d'une bouteille.

Il sirota son porto en réprimant une grimace. Le vin n'avait plus le même pouvoir qu'autrefois. Il ne parvenait plus à masquer son sentiment d'ennui, l'impression de vide. Tout en faisant semblant de boire, il observa furtivement Caroline, qui faisait le tour de la salle.

Il était idiot, parfois. Pourquoi ne l'avait-il pas remarquée dès le début ? Comment avait-il pu ne pas voir qu'elle était exceptionnelle ?

*Eh bien, prince Leopold,* souffla une petite voix intérieure… *Il suffit donc de quelques mots, de quelques baisers, pour modifier votre jugement ?*

Caroline mit un point d'honneur à aller parler à chacun de ses soupirants. Ou, du moins, à ceux qu'il pensait être ses soupirants. Le vicomte était en compagnie d'une très jolie jeune fille, ce qui n'empêcha pas Caroline de parler longuement avec lui. Ainsi entouré, Ainsley ne pouvait se défaire d'un sourire réjoui.

Caroline bavarda également avec Ladley, qui ne la

quittait pas des yeux, et avec un autre gentleman, qui riait trop fort à toutes ses plaisanteries.

Ayant enfin accompli le tour de la salle, elle vint dans sa direction, avec un sourire radieux

— Pourquoi restez-vous seul dans ce coin, Majesté ?

— J'ai l'impression de ne pas être à ma place. Ou, plutôt, je pense que ma place est dans ce coin, rectifia-t-il en sirotant son porto. Oserai-je vous demander si vous avez choisi l'heureux gentleman auquel vous accorderez votre main ?

— Non, pas encore, répondit-elle en survolant la salle du regard.

— Non ? Pourtant, vos soupirants me semblent être des hommes agréables, emplis d'admiration pour vous.

Caroline leva les yeux au ciel.

— Vous croyez vraiment ce que vous dites ? Lord Ladley me connaît depuis des années, et jusqu'à maintenant il ne s'était jamais intéressé à moi.

— Peut-être vous voit-il enfin comme une femme, et non plus comme la petite sœur de Beck ?

— Peut-être ! admit Caroline en riant. Mais il se peut aussi que son père ait contracté une dette considérable que la famille ne peut rembourser. Dans ce cas, une dot comme la mienne tomberait à point nommé.

Leo leva son verre d'un air moqueur.

— C'est tout à fait plausible. Et le vicomte ? Votre oncle semble penser que son voyage en Amérique suffit à faire de lui l'homme de la situation.

La jeune femme gloussa.

— Oncle Hogarth est passionné par tout ce qui est américain. Il a passé son enfance dans ce pays et ne l'a jamais oublié. Ainsley ne manque pas de charme, ajouta-t-elle.

— Vous trouvez ?

— Il est beau, n'est-ce pas ?

Leo n'avait pas envie d'acquiescer, mais lui-même ne pouvait nier que le jeune homme était séduisant.

— Peut-être, marmonna-t-il à regret.

Elle eut un sourire impertinent et lui donna un coup de coude, comme s'ils étaient de vieux camarades.

— *Il a investi tout son argent dans le tabac*, chuchota-t-elle.

— Je vous demande pardon ?

— Hollis m'a parlé de lui. Il est parti en Amérique pour faire fortune, en emportant le produit de la vente de ses domaines qui n'étaient pas inaliénables. C'est-à-dire tout ce qu'il possédait. Vous imaginez ? Apparemment, il voulait investir dans le commerce de tabac. Mais son premier navire s'échoua malencontreusement. L'équipage fut secouru, mais toute la cargaison fut perdue. Tout son investissement se retrouve donc au fond de l'océan.

— Ce n'est pas de chance.

— C'est une terrible tragédie à laquelle ma dot pourrait probablement remédier. Malheureusement pour lui, comme il vient juste de rentrer d'Amérique, lady Katherine Maugham, également connue sous le nom de la Perruche…

— Pardon ?

— La Perruche. Essayez de suivre, Leopold. Nous l'avons surnommée ainsi, Hollis Eliza et moi, car elle parle trop et cherche sans cesse à se faire admirer.

Leo eut un rire étouffé.

— Venant de vous, cela est amusant !

— Eh bien, oui, mais je suis plus forte qu'elle sur ce plan. Elle est là, avec ma tante, vous la voyez ?

Elle désigna un point, à l'autre bout de la salle. Une jolie femme, un peu plus petite que Caroline, était en grande conversation avec sa tante.

— Katherine a des vues sur le vicomte, et elle ne me le laissera pas.

— Est-elle en position de décider ?

— S'il me faisait la cour elle me déclarerait la guerre, croyez-moi sur parole. Oh ! voilà un autre prétendant éventuel, dit-elle en se penchant vers la droite. Mr Bishop. Ne le regardez pas.

Leo se tourna pour regarder.

— Je vous ai dit de ne pas regarder ! s'exclama Caroline en pouffant.

— Comment pourrais-je savoir de qui vous me parlez, si je ne le vois pas ?

— Bon, d'accord. Mais faites vite. Il est grand et mince, avec des cheveux blonds qui s'éclaircissent un peu sur les tempes.

— Cette description correspond à la moitié des hommes de Londres.

— Mais seulement à trois gentlemen présents ici ce soir.

Leo jeta un coup d'œil, repéra l'homme en question et reporta son attention sur Caroline.

— Je l'ai vu, avec ses tempes dégarnies. Que lui manque-t-il pour être un prétendant acceptable ?

— Oh ! rien. Il est très gentil et n'est pas endetté. Malheureusement, il aspire à entrer dans le clergé.

— Oh ! ciel.

— Exactement. Je ne connais aucune femme qui

soit moins faite que moi pour devenir l'épouse d'un pasteur. Et vous ?

— Aucun nom ne me vient à l'esprit.

— Prince Leopold, je crois que vous me connaissez bien. Regardez, lady Debridge vient par ici. Le souper va être servi. Elle va vous placer aussi loin d'elle que possible et vous fera servir par le plus modeste des valets. Passez une bonne soirée, Majesté, ajouta-t-elle avec un clin d'œil.

Et elle s'éloigna, s'arrêtant au passage pour adresser quelques mots à un couple.

Un instant plus tard, Sir Walter annonça que le dîner était servi.

Comme Caroline l'avait prédit, Leo se retrouva tout au bout de la table, à côté de Sir Walter et en face de Mr Franzen, un banquier allemand. À sa droite se trouvait une vieille dame un peu bossue dont il ne parvint pas à comprendre le nom.

Caroline était au milieu de la table, entourée par les personnes les plus jeunes et les plus belles de l'assemblée. Du moins, c'est ce qu'il sembla à Leo. Ladley, assis à sa droite, veillait à prévenir tous ses désirs. À sa gauche se trouvait un gentleman que Leo ne connaissait pas, mais qui semblait captivé par la beauté de la jeune femme.

À moins que Leo n'eût cette impression parce qu'il était fasciné, lui aussi. Peut-être encore plus que tous ces gentlemen réunis. Trop captivé. Cet enchantement risquait de se mettre en travers de sa route quand il devrait penser à ses devoirs et ses objectifs.

Le prince se serait contenté de rester silencieux, plongé dans ses pensées. Mais Sir Walter avait décidé de lui exposer toutes les choses qu'il avait accomplies dans sa vie, et de comparer ses expériences à celles de Leo. Sir Walter était un excellent archer. Leo était-il doué pour le tir à l'arc ?

— Ah… C'est-à-dire que… je dois admettre que mon frère est meilleur que moi dans ce domaine.

— Et le cheval, monsieur ? Je suis sûr que vous êtes un excellent cavalier. Les princes apprennent à monter à cheval dès le plus jeune âge.

— Je suis bon cavalier.

— Avez-vous fait un service militaire ? J'ai passé quatre ans au service de Sa Majesté, dans la marine. Ce furent les meilleures années de ma vie.

— Oui, répondit Leo, lassé par ce jeu. J'ai également passé quatre ans dans la marine.

— Quatre ans ! C'est admirable, Majesté. Et vous êtes en Angleterre depuis… combien de temps ?

Leo avala une gorgée de vin.

— Assez longtemps, en fait. Le moment est venu pour moi de retourner en Alucie.

Mr Franzen eut un petit rire amusé.

— Il arrive toujours un moment où nous devons renoncer aux enfantillages, n'est-ce pas ?

Leo n'aurait su dire si cette remarque le visait directement ou non. Il sentit néanmoins une chaleur envahir son cou. Autrefois, il pouvait plaisanter au sujet de sa vie dissolue. Mais à présent il trouvait triste à vingt-neuf ans de n'avoir rien fait d'autre que s'amuser. Il songea aux Wesloriennes qu'il voulait sauver et à ce qu'elles devaient endurer pendant qu'il menait une existence insouciante.

— Mais n'est-ce pas pour tout le monde un devoir de se marier ?

La question venait d'être posée par la femme que Caroline surnommait « la Perruche ». Les paroles résonnèrent parmi les conversations, et Leo se pencha avec curiosité pour écouter.

— Pourquoi lui posez-vous la question ? demanda lady Debridge. Lady Caroline pense qu'une dame ne doit pas songer au mariage tant qu'elle ne se sent pas absolument prête.

Elle leva les yeux au ciel, afin de faire comprendre ce qu'elle pensait de l'opinion de Caroline.

Sir Walter intervint :

— Lady Debridge, lady Caroline a le droit d'avoir son opinion à ce sujet.

— Eh bien, si c'est ce qu'elle pense, elle est mal inspirée. Les belles années d'une femme sont comptées, et elle ne doit pas se marier trop tard si elle veut donner un héritier à son époux.

Caroline se mit à rire.

— Justement ! Pourquoi devrais-je me marier uniquement pour donner un héritier à mon époux ? Je n'en ai peut-être pas envie !

— Oh ! Seigneur, murmura lady Hogarth. Caroline, ma chérie…

— Que voulez-vous dire, exactement, Caroline ? s'enquit la Perruche en se redressant un peu.

— Ce sujet n'est-il pas trop délicat pour être débattu à table ? suggéra Sir Walter.

— Pas du tout, Walter, dit sa femme. Nous sommes entre adultes, n'est-ce pas ? C'est le sort de la race humaine. On se marie, on a des enfants, et la vie continue. Pourquoi une jeune femme en bonne santé et de bonne moralité voudrait-elle faire autrement ?

Lady Caroline, vous ne voulez pas insinuer que vous ne voulez pas d'enfants ?

— Pas du tout. Je veux en avoir, naturellement.

Mais les paroles ne correspondaient pas à son expression, et Leopold se demanda si elle disait la vérité.

— À vrai dire, je n'y ai pas encore pensé, car je n'ai toujours pas trouvé le gentleman avec lequel j'aimerais vivre ce merveilleux événement.

— Ma chérie, regardez autour de vous, reprit lady Debridge. Il y a des gentlemen ici, ce soir, qui ne demanderaient pas mieux que de le vivre avec vous.

Quelques invités se mirent à rire et Caroline regarda autour d'elle en souriant.

— Des gentlemen admirables. Mais j'aimerais qu'ils s'intéressent à autre chose qu'à ma fortune.

Il y eut quelques exclamations étouffées. Leo retint un rire. Autrefois, il aurait peut-être exprimé son indignation comme les autres, mais ce soir il se cala dans son fauteuil, ravi de l'impertinence de la jeune femme. Il admirait sa volonté de toujours énoncer la vérité.

Elle observa les expressions choquées autour d'elle.

— Je vous demande pardon, me suis-je exprimée avec trop de franchise ? Je n'aurais pas dû dire ce que nous savons tous, ajouta-t-elle en riant.

— Caroline, dit son oncle d'un ton de réprimande, mesurez vos paroles.

— Certainement, mon oncle. Mais qui dois-je épargner ? Si quelqu'un doit se sentir offensé, c'est moi, ne croyez-vous pas ?

— Oh ! mon Dieu ! s'exclama lady Hogarth.

— Ce que vous dites est sans doute vrai, Caroline, déclara la Perruche. Après tout, si tout le monde à

Londres connaît le montant de votre dot, c'est parce que vous l'avez clamé sur tous les toits.

— Pas moi. Mais je ne me porte pas garante de la discrétion de mon frère.

Un rire fusa parmi les convives.

— Eh bien, pour ma part, je ne m'intéresse pas du tout à votre dot, lady Caroline, affirma lord Ladley.

— Je suppose que le prince Leopold non plus, déclara la Perruche en souriant à Leo. La somme doit être dérisoire, en comparaison de ce qu'il possède.

Lady Debridge ricana.

— Le prince n'est pas un prétendant envisageable, Katherine.

— Comme je le disais, reprit Ladley, le montant de votre dot ne m'intéresse pas.

— Je vous remercie, monsieur.

— Je suis d'accord avec lady Caroline, dit tranquillement le vicomte. La dot est un élément important dans les négociations de mariage, et son montant doit être pris en considération. Tout gentleman qui prétend le contraire se couvre de ridicule.

Tout en prononçant ces mots, il regarda Ladley avec insistance.

— Mais une dot ne remplace pas l'amour, fit remarquer lady Hogarth.

— Pas toujours, répondit lord Ainsley.

Leo vit l'expression amusée de Caroline. Elle était contente d'avoir allumé cet incendie.

Quand le repas fut terminé et que les convives furent invités à gagner le salon, Leo prit congé. Il remercia discrètement Sir Walter et lui souhaita une bonne nuit. En sortant du salon, il se trouva tout à coup face à Caroline et une autre femme.

— Oh ! fit Caroline en souriant. Vous partez déjà ?

— Oui.

— Excusez-moi, dit l'autre dame, en pénétrant vivement dans le salon.

Caroline la suivit des yeux avec un petit rire étonné.

— Qu'est-ce que cela veut dire ? J'espère que vous avez passé une bonne soirée, Majesté.

Il eut envie de l'embrasser.

— Excellente, je vous remercie.

Il avait envie de la prendre par la main, pour l'emmener loin d'ici. De la mettre dans son lit et de lui enlever tous ses vêtements.

— Puis-je dire à Beck que vous lui rendrez visite ?

Leo ne répondit pas. Il eut soudain l'impression d'étouffer. Il savait ce qu'elle ignorait encore, c'est-à-dire qu'il allait partir très bientôt, en emmenant cinq femmes, si c'était possible. Il ne reviendrait probablement jamais en Angleterre. Ou bien pas avant très longtemps. Il n'avait aucune raison de retourner au 22, Upper Brook Street, sinon pour l'embrasser. Et il avait tellement envie de le faire que son cœur battait à tout rompre.

Le sourire de Caroline s'élargit, comme si elle avait deviné que les flammes du désir le dévoraient.

— Je viendrai. Il le faut, si je veux que vous m'aidiez à obtenir une invitation au bal des Pennybacker.

— Oh ! ciel. Vous n'avez pas reçu votre invitation ? Seriez-vous un dévoyé ?

— Je plaide coupable.

Elle rit de nouveau, leva le menton et murmura :

— Débrouillez-vous sans moi pour l'invitation.

Et sur ces mots elle lui tourna le dos et prit la direction du salon. Ses doigts effleurèrent ceux de Leo en passant et elle lui lança un sourire par-dessus son épaule avant de franchir le seuil.

Il attendit un instant. Quand il la perdit de vue, il se dirigea vers la porte, où un valet lui donna son chapeau et son manteau.

Leo avait une étrange impression. Comme si quelque chose était en train de s'épanouir dans son cœur.

Comme s'il était en train de tomber amoureux.

# Chapitre 23

*Nul ne sait jamais ce que les vents marins vont apporter à Londres. Pour une perruche souhaitant à tout prix trouver un époux, la brise a peut-être apporté un gentleman resté longtemps éloigné des rivages d'Angleterre. Reste à savoir si le gentleman en question souhaite le mariage.*

*Savile Row, rue connue pour abriter les couturiers les plus raffinés, a ajouté un nouveau tailleur à la liste de ses commerçants. Si votre époux avait besoin d'un habit de soirée, il vous suffira de rendre visite à Mr Henry Poole.*

*Mesdames, les parfums contenant de l'ambre gris contribueront à masquer les odeurs corporelles déplaisantes pendant la saison chaude.*

*Honeycutt's,*
*gazette mode et maison pour ladies*

Au cours des semaines qui suivirent sa terrible maladie, Caroline fit plusieurs robes ravissantes. Ses créations reçurent un si bon accueil qu'elle gagna une impressionnante liste de clientes. Des mannequins, des rouleaux de tissu et d'innombrables bobines de fil encombraient son salon. Beck se plaignait sans cesse, mais il refusait obstinément de discuter avec elle et ne voulait pas entendre parler de l'ouverture d'un atelier de couture.

Caroline réfléchissait à la manière de contourner son interdiction.

« Les dames de la haute société ne font pas de commerce, Caro. Laisse ce genre d'activités à Mrs Honeycutt. »

Caroline n'avait pas cherché à discuter avec son frère. Elle avait appris depuis longtemps qu'il valait mieux parfois faire ce qu'elle voulait, et obtenir ensuite son approbation.

Aujourd'hui, en allant rendre sa visite hebdomadaire à Mr Tricklebank, elle était passée par Savile Row. Pourquoi cette rue aurait-elle été réservée aux tailleurs pour hommes ? Elle aurait beaucoup aimé y avoir une boutique avec une belle vitrine.

La deuxième chose qui lui était arrivée, après le mariage d'Eliza, c'était l'entrée dans sa vie de Leopold. Oh ! mais elle était complètement idiote de s'être intéressée à lui. Si Hollis ou Eliza avait été à sa place, elle l'aurait vivement mise en garde contre ce personnage. En fait, elle avait mis Eliza en garde, mais celle-ci avait tout de même suivi son cœur. Et voilà où elle en était aujourd'hui.

Mais Caroline n'était pas Eliza, Leopold n'était pas son frère, et elle savait qu'elle marchait au bord d'un précipice. Cependant, comme elle l'avait dit, la vie serait très ennuyeuse si on ne prenait pas de risques de temps en temps.

Aujourd'hui, par cette belle journée ensoleillée, elle ne pouvait s'empêcher de rire dès qu'elle pensait à lui.

Quand elle atteignit la modeste demeure du juge, elle sauta de la voiture, monta quatre à quatre les marches du perron et frappa vigoureusement à la porte, déclenchant un concert d'aboiements de Jack et John, les deux terribles terriers du juge. À les entendre, on aurait pu croire qu'il y avait tout un chenil derrière le battant.

Poppy vint lui ouvrir. Poppy était gouvernante chez le juge depuis que Caroline était petite fille, et celle-ci la considérait plus comme une sœur que comme une domestique. Le visage de Poppy s'illumina et elle serra Caroline dans ses bras.

— Oh ! vous nous avez manqué, lady Caroline. Le juge parlait justement de vous hier. « Caro a dû nous oublier », m'a-t-il dit.

— Comment pourrais-je vous oublier ? rétorqua Caroline en se penchant pour caresser les chiens. J'étais très occupée, j'avais tellement d'obligations.

Elle poussa un profond soupir, comme si le fait d'assister à des réceptions était aussi épuisant que de pousser une charrue.

— Poppy, j'avoue que je suis très demandée, cette saison. Cela me rappelle un peu mes débuts dans le monde. Vous vous en souvenez, n'est-ce pas ? J'avais l'impression que les soupirants et les visiteurs tombaient du ciel.

— Non, je ne m'en souviens pas. Mais je ne suis pas étonnée que vous soyez aussi sollicitée. Regardez-vous ! Avez-vous fait cette robe vous-même ? Elle est splendide !

— Oui, c'est une de mes créations. Je vous en ferai

une aussi, Poppy. Je pense qu'un rouge foncé vous irait très bien. Mais il faudra attendre la fin de la saison d'été. Les invitations se succèdent à un rythme incroyable, expliqua-t-elle en suivant Poppy dans le hall.

— Ce doit être compliqué de jongler avec toutes ces invitations.

— Merci, Poppy. Vous êtes la seule à comprendre à quel point cela me pèse.

Elle entra dans le salon et regarda autour d'elle. La pièce, qui lui était aussi familière que celles de sa propre demeure, était telle qu'Eliza l'avait laissée. Deux vieux fauteuils étaient disposés devant la fenêtre en arc de cercle, et les livres et les journaux s'entassaient sur la petite table placée entre eux. Un canapé au siège défoncé trônait au milieu de la pièce. Des horloges en cours de réparation étaient disposées sur le manteau de cheminée. Près de la porte se trouvait un petit bureau, disparaissant sous les documents et les registres. Le fauteuil du juge faisait face à la cheminée. À côté de lui, un large panier de pelotes de laine était posé sur le sol. Priam, le chat noir, y avait élu domicile aujourd'hui. Le juge aimait tricoter, c'était une activité qui ne nécessitait pas d'avoir une bonne vue.

Perchée sur un tabouret devant la bibliothèque, Hollis semblait tenter de mettre de l'ordre sur les étagères. Caroline ne pensait pas qu'il fût possible de ranger une pièce aussi encombrée, mais elle respectait la bonne volonté de son amie.

— C'est Caroline ? s'enquit le juge en posant son tricot.

— Oui, Votre Honneur ! C'est moi, dans toute mon

incomparable splendeur ! Est-ce que je vous ai manqué ? s'exclama-t-elle en allant embrasser le vieil homme.

— Presque autant que ma chère Eliza, dit-il en lui tapotant la joue. Hollis m'a dit que vous étiez accaparée par un autre prince ?

— Certainement pas. Je l'évite, rectifia Caroline en riant.

— Ah ! s'exclama Hollis. Chaque fois que je te vois, tu viens de le rencontrer et tu ne peux pas garder le secret !

— C'est vrai, avoua Caroline en se laissant lourdement tomber sur le canapé.

Elle blottit la tête contre un coussin et posa les pieds sur un des accoudoirs.

— Je suis prise dans un tourbillon d'activités, te dis-je ! C'est épuisant.

Hollis descendit de son tabouret et vint s'asseoir sur le sol, à côté de Caroline.

— Alors ? Quelles sont les nouvelles, aujourd'hui ?

— Eh bien, je donne beaucoup de fil à retordre à Beck.

— C'est splendide ! s'écria Hollis en riant. J'adore quand la vie de ce pauvre Beck devient terriblement compliquée.

— Hollis, ne sois pas ingrate. Beckett Hawke a toujours été très gentil avec toi, dit le juge.

Il s'était remis à son tricot et le chat essayait d'attraper le fil de laine qui pendait de ses aiguilles.

Hollis leva les yeux au ciel.

— Oui, bien sûr. Mais cela ne change rien. Il reste toujours Beck.

— Beck n'était même pas là quand j'ai provoqué une

scène chez les Debridge. Il est parti dans le Sussex pour faire participer son pur-sang d'Alucie à une course. Je ne vous ai pas dit le plus beau ? Je l'ai entendu se vanter d'avoir parié cent livres. Vous imaginez ?

— Pas du tout, dit le juge.

— Poppy ! Pouvez-vous nous apporter du thé, ma chère ? lança Hollis.

La gouvernante répondit depuis le hall, et Hollis reprit :

— Allez, raconte-nous tout.

Caroline posa la joue dans sa main.

— Depuis notre retour d'Alucie, Beck veut absolument que je me marie. Je lui ai dit que personne ne voudrait me faire la cour, car j'avais déjà refusé tous les meilleurs partis de Londres. N'est-ce pas, Hollis ?

— Non, pas tous.

— Savez-vous ce qu'a fait mon frère ? Il a révélé à tous ses amis le montant de ma dot. Et, depuis, tous les gentlemen endettés viennent me rendre visite.

Le juge éclata de rire.

— C'est un bon stratagème.

À ce moment, Poppy entra avec un chariot sur lequel était disposé un vieux service à thé en argent.

— Tout est prêt. Cook a fait de la confiture de groseilles.

— Oh ! je veux la goûter, répondit le juge.

— Servez le thé, ma chérie, et asseyez-vous avec nous. Caro va nous raconter comment elle a réussi à repousser un nombre incalculable de prétendants.

— Oh ! oui, dites-le-nous ! s'exclama Poppy.

Caroline se redressa et caressa le chat, qui était venu se nicher sur ses genoux. Puis elle raconta aux

Tricklebank comment elle avait reçu deux visiteurs, puis un troisième qu'elle n'attendait pas, et comment ils s'étaient rendus tous ensemble au dîner des Debridge, où elle avait annoncé qu'elle voulait un soupirant qui s'intéresse à elle, et non à l'importance de sa dot.

— Seigneur ! Tu n'as pas fait cela ? s'exclama Hollis, à la fois horrifiée et admirative.

— Mais si. Pourquoi pas ? Tout le monde le savait déjà, y compris Katherine Maugham, la Perruche. Une seule personne n'a pas été choquée par ce que je disais. Tu sais qui ?

— Non. Qui ?

— Le prince Leopold. Cela l'a fait rire.

— Papa ! s'exclama Hollis. J'aimerais que vous voyiez l'expression de Caroline. Ses yeux pétillent chaque fois qu'elle prononce le nom du prince. Elle est amoureuse de lui.

Poppy poussa une exclamation.

— Un autre mariage royal ?

— Seigneur, non, grommela le juge.

— Soyez tranquille, il n'y en aura pas d'autre, affirma Caroline avec assurance.

Néanmoins, elle fut parcourue à cette idée d'un long frémissement. Comme pendant le mariage d'Eliza.

— Pourquoi pas ? protesta Hollis. C'est un beau conte de fées, quand une personne ordinaire tombe dans les bras d'un prince.

— C'est en effet un conte de fées, et c'est précisément la raison pour laquelle cela ne se produira pas. Mais cela m'est égal. En réalité je me suis bien amusée, et la triste réalité ne m'a pas empêchée de l'embrasser.

Poppy et Hollis poussèrent toutes deux un petit cri aigu.

— Que Dieu vous pardonne, Caroline Hawke ! déclara le juge, d'un ton désapprobateur. Si vous tenez ce genre de propos, vous finirez par être exclue de la bonne société à laquelle vous aimez justement dicter votre loi.

Mais Caroline rit de plus belle.

— Je ne l'ai pas encore crié sur les toits, Votre Honneur. Et, en réalité, est-ce vraiment si terrible ? Les hommes et les femmes s'embrassent, c'est naturel. Je les ai souvent vus faire. J'ai vu lady Munro embrasser Mr Richard Williams à Kew Gardens, juste avant notre départ pour Helenamar.

— Quoi ? Et tu me le dis seulement maintenant ? se récria Hollis.

— Si vous voulez savoir ce que j'en pense, cela devrait se produire uniquement entre mari et femme, déclara le juge d'un ton sévère. Ou du moins, si vous ne pouvez vous contenir jusqu'au mariage, vous devriez le réserver au gentleman qui sera votre mari. Que dirait lord Hawke s'il vous entendait ?

— Il m'enfermerait à double tour ! Pour l'amour du ciel, vous devez tous jurer de ne jamais lui dire !

— Mais… n'es-tu pas gênée par l'affaire des servantes, Caro ? demanda Hollis.

— Quelles servantes ? interrogea le juge.

— Le prince Leopold a la réputation d'avoir un faible pour les servantes.

— Quoi ? s'exclama Poppy, effarée.

Hollis soupira.

— Personne dans cette maison ne lit donc ma

gazette ? Vous ne savez pas ce qui s'est passé à Arundel avec la servante de Norfolk ?

— Non ! Racontez-nous, dit Poppy en se penchant en avant.

— Hollis ! Tu présentes les choses sous un jour horrible. Le prince m'a tout expliqué. Norfolk a eu un comportement épouvantable. Il rendait visite à cette pauvre fille pendant la nuit, si vous voyez ce que je veux dire. Et il lui dispensait des attentions dont elle ne voulait pas. Le prince l'a aidée à s'enfuir. Elle est weslorienne, et je pense qu'il s'est senti obligé d'agir.

— Pourquoi se sentirait-il obligé d'aider une Weslorienne ? demanda le juge.

— Eh bien…

Caroline se tut brusquement. Elle n'avait pas de réponse à cette question.

— Qu'a-t-il fait d'elle ? lui demanda Hollis.

— Que veux-tu dire ?

— S'il l'a aidée à s'échapper, qu'a-t-il fait d'elle ensuite ? Où est-elle, à présent ?

Caroline ne le savait pas. Elle avait accepté les explications de Leo, sans chercher à en savoir davantage, car elle ne voulait pas avoir une mauvaise opinion de lui.

— Je… je ne sais pas.

Son humeur s'assombrit. Qu'avait-il fait de cette fille ? Et de la première ?

— Caro vous devriez garder vos distances avec cet homme, conseilla le juge. Nul ne sait à quelle activité il se livre en réalité.

— Ne sois pas aussi déçue, ma chérie. Je ne voulais pas te gâcher ta joie d'avoir fait sensation, déclara Hollis d'un ton enjoué. Dis-nous quelle est la prochaine soirée à laquelle tu es invitée ?

— Oh. Le... Le bal des Pennybacker, la semaine prochaine. J'ai une nouvelle robe. La bleue, tu te souviens, Hollis ?

— Elle est très belle. Je porterai la même robe que pour le bal d'Eliza. Oh ! j'allais oublier ! Nous avons reçu une lettre d'elle.

Hollis alla chercher la missive sur le bureau et la tendit à Caroline, qui la lut.

*Mes très chers, j'espère que cette lettre vous trouvera tous en bonne santé. Papa, avez-vous pris vos infusions d'écorce de saule ? Cela devrait soulager vos douleurs articulaires. La reine affirme que ce remède l'a guérie de ses rhumatismes, et elle vous envoie ses vœux de bonne santé.*

*Mon époux et moi avons passé maintenant plusieurs semaines à Tannymeade, et nous commençons à nous y sentir chez nous. J'ai un chien, à présent. Il est très grand, et il ne me quitte pas. Je l'ai appelé Bru, ce qui signifie fidèle en alucien. Il fait très beau ici, mais l'air de l'océan est terriblement iodé et je demande que les fenêtres restent fermées l'après-midi pour nous préserver de cette odeur entêtante. Nous avons trop chaud, mais mon prince m'a promis qu'à l'automne l'odeur finirait par se dissiper. En parlant de mon époux, nous nous efforçons de concevoir un héritier et, avec la bénédiction de Dieu, nous espérons pouvoir vous annoncer bientôt une bonne nouvelle.*

*Nous avons eu vent de rumeurs concernant le*

*comportement du prince Leopold, et le duc s'inquiète. J'espère qu'il verra son frère bientôt, puisque le roi a ordonné à Leopold de regagner l'Alucie au plus vite.*

*Les Aluciens adorent l'anguille et celle-ci figure au menu au moins deux fois par semaine. Ce mets ne convient guère à mon estomac, et un soir je suis devenue si pâle devant mon assiette que mon mari a demandé que l'on m'apporte immédiatement du potage. Le chef des cuisines a essayé plusieurs recettes pour me faire accepter cet affreux animal, mais je ne le tolère pas. J'ai assuré au pauvre homme que j'adorais tout ce qu'il me préparait, en dehors de cette maudite anguille.*

Eliza continuait de décrire Tannymeade et parlait d'une horloge qu'elle avait découverte et qui ne fonctionnait pas correctement. Tout le monde avait été mal à l'aise quand elle avait insisté pour la réparer. La lettre continuait, mais pour une fois Caroline ne la lut pas très attentivement. Le passage concernant Leopold l'avait bouleversée et les mots dansaient devant ses yeux.

Elle finit par prendre congé et elle remonta en voiture très abattue. En dépit de tous les mystères qui entouraient Leopold, elle n'était pas prête à le voir repartir. Elle était assaillie de doutes et de questions, mais elle le désirait toujours. Et, quand elle songeait à son départ, les doutes cédaient la place au désespoir. À quoi ressemblerait sa vie, quand il ne serait plus là ? Qu'est-ce qui pourrait la distraire ? Comment pouvait-elle espérer regarder un autre gentleman et ressentir la même joie, le même bonheur que quand elle le voyait ?

Elle n'était qu'une idiote. Elle savait depuis le mariage

d'Eliza que cela ne pouvait la mener nulle part. Et elle n'avait même pas aimé la façon dont Leo la traitait, à Helenamar. Mais elle s'était obstinée, et maintenant elle l'aimait. Elle le savait au plus profond de son cœur.

Elle serait terriblement peinée quand il partirait, et qu'elle serait obligée d'épouser un inconnu, de faire semblant d'éprouver de l'estime pour lui, alors qu'elle se réveillerait chaque jour en regrettant que son époux ne soit pas Leopold.

C'était le pire destin qu'elle pouvait imaginer.

Caroline était tellement perdue dans ses pensées qu'elle ne remarqua pas les deux gentlemen qui se tenaient devant la maison quand elle descendit de voiture. Elle leur fit un signe de tête en souriant et se dirigea vers le portail. Mais l'un d'eux l'interpella :

— Lady Caroline ?

— Oui ?

— Je suis Mr Drummond, à votre service.

L'homme, grand et imposant, avait l'expression douce d'un grand-père. Il toucha le bord de son chapeau et lui tendit une carte de visite. Elle la lut et vit que ce gentleman appartenait au ministère des Affaires étrangères.

Elle leva les yeux en fronçant les sourcils, et le sourire de Mr Drummond s'adoucit encore.

— Voici Mr Pritchard, dit-il en désignant son compagnon. Nous travaillons dans le même bureau. Auriez-vous l'amabilité de nous recevoir, lady Caroline ?

— Il me semble que vous devriez vous adresser à mon frère.

— Oh ! certainement. Mais nous aimerions échanger quelques mots avec vous également.

Le cœur de Caroline se mit à battre plus vite et elle jeta un coup d'œil au portail.

— Nous pouvons parler ici, si vous préférez. Nous n'en avons pas pour longtemps. Nous aimerions vous poser quelques questions sur l'une de vos connaissances.

— Qui donc ?

— Son Altesse Royale, le prince Leopold d'Alucie.

Caroline fut étonnée elle-même par le calme avec lequel elle accueillit ces paroles. Intérieurement, elle eut l'impression de tomber à la renverse. Elle ignorait ce que voulaient ces hommes, mais elle ne voulait pas avoir cette conversation.

— En quoi vous intéresse-t-il ?

— Une… accusation a été portée contre lui. C'est un peu compliqué, mais le prince est soupçonné de comploter avec les Wesloriens. Plus précisément avec son oncle Félix.

Caroline ne comprenait rien. Qui était cet oncle Félix ? Pourquoi aurait-il comploté ? Oh ! elle regrettait de ne pas avoir écouté plus attentivement les explications de Hollis pendant le voyage vers Helenamar. Celle-ci avait essayé en vain d'intéresser Caroline à l'histoire de l'Alucie.

— Son oncle est le demi-frère de son père, le roi d'Alucie. Vous avez certainement entendu parler de la rivalité entre les deux frères ?

Elle avait effectivement entendu quelque chose à ce sujet, mais elle ne s'en souvenait que très vaguement.

— Nous avons récemment découvert, ici en Angleterre, un complot manigancé par l'oncle du prince, en Wesloria, pour détrôner le roi. Vous vous rappelez sans doute le meurtre de ce gentleman alucien, l'année dernière ?

Incrédule, Caroline dévisagea Mr Drummond.

— Oui.

— Certains détails nous portent à croire que le prince Leopold s'est allié à son oncle.

— C'est impossible.

— Je le pense aussi. Mais, afin de balayer tous les doutes, pourrions-nous vous poser quelques questions ?

Caroline était étourdie, la tête lui tournait. La servante d'Arundel était weslorienne. Mais qu'est-ce qu'une servante pouvait bien avoir à voir avec tout cela ?

— Lady Caroline ? Savez-vous si le prince a rencontré des personnes de nationalité weslorienne ?

Caroline secoua lentement la tête.

— Personne ? Une femme, peut-être ?

Le souffle court, elle fit un signe négatif.

Mr Drummond souriait toujours d'un air paternel. Il fit un pas vers elle.

— Si vous permettez, lady Caroline… Ce complot, s'il existe, pourrait avoir de graves conséquences pour l'Angleterre et particulièrement pour la duchesse de Tannymeade.

— Comment ?

— Imaginez qu'il y ait un coup d'État dans ce pays. Comment les rebelles traiteraient-ils la duchesse ?

Étouffant une exclamation, Caroline agrippa la poignée du portail.

— Pensez-vous pouvoir être attentive à ses conversations ? Nous avons remarqué qu'il se rend plus souvent chez vous que dans n'importe quelle autre maison.

Le sang de Caroline se figea. Qu'avaient-ils remarqué d'autre ? Regardaient-ils par les fenêtres ?

— Vous pourriez peut-être apprendre quelque chose qui nous soit utile ? Dites-vous que vous aidez la duchesse.

Drummond eut son étrange sourire d'aïeul, alors que ses prunelles étaient dures comme du silex.

Caroline avait du mal à respirer. Tout cela était très inquiétant… Mais elle avait conscience que cet homme voulait la manipuler. Elle se retourna vers le portail, craignant qu'ils ne l'empêchent de rentrer, ou même qu'ils n'essayent de l'emmener de force avec eux. Enfin, elle parvint non sans mal à tourner la poignée, franchit la grille et la rabattit derrière elle.

Les deux hommes n'avaient pas bougé. Mr Drummond souleva légèrement le bord de son chapeau.

Caroline monta les marches du perron, entra et s'adossa au battant. Haletante, elle pressa une main contre sa poitrine, puis enfouit le visage entre ses mains en essayant de comprendre ce qui venait de se passer.

Ce qu'ils suggéraient était impossible. Elle pouvait croire beaucoup de choses sur Leopold Chartier, mais pas cela. L'homme était un séducteur impénitent, mais ce n'était pas un traître.

Mais était-ce une coïncidence si la servante était weslorienne ?

Non, de telles coïncidences n'existaient pas.

# *Chapitre 24*

*Nous apprenons que le roi Karl d'Alucie a fait parvenir à son fils un message le sommant de retourner chez lui. Les personnes au fait de la situation estiment que le prince quittera Londres dans moins de quinze jours.*

*Les répercussions des investissements effectués par un partisan enthousiaste des chemins de fer continuent de se faire sentir à Londres. Certains des investisseurs ont perdu jusqu'à deux cents livres dans cette malheureuse aventure.*

*Les dames mariées à la constitution fragile qui souhaitent empêcher que leur famille s'agrandisse trop rapidement peuvent consulter Mrs Bessor de Greenwich Street, une femme médecin, qui leur délivrera une poudre préventive.*

*Honeycutt's,*
*gazette mode et maison pour ladies*

Beckett Hawke avait apparemment décidé de ne pas retirer son amitié à Leo, puisqu'il lui envoya un message à l'hôtel Clarendon pour l'inviter à prendre le thé dans l'après-midi. Leo fut soulagé. Il tenait à son amitié avec Beck et ne voulait pas la perdre à cause des événements d'Arundel. Et il avait surtout besoin d'une excuse pour revoir Caroline.

Avec son départ imminent pour l'Alucie, Leo avait de quoi s'occuper. Il avait remarqué pendant les préparatifs que Josef, Arthur, Kadro et Freddar attendaient avec impatience le jour du départ. C'était naturel, ils n'étaient pas britanniques et avaient hâte de rentrer chez eux.

Pour des raisons évidentes, Leo n'était pas pressé de quitter l'Angleterre. Trois choses l'empêchaient de dormir la nuit. Premièrement, il n'avait pas trouvé le moyen de pénétrer chez les Pennybacker pour secourir Rasa. Deuxièmement, il ne savait toujours pas où se trouvaient Nina et Eowyn. Et, enfin, il ne supportait pas l'idée de devoir quitter Caroline.

Parmi tout ce qu'il appréciait en Angleterre, Caroline était devenue la personne, le sentiment, qui lui manquerait le plus. Il avait désespérément besoin de passer quelques instants avec elle. De l'embrasser encore.

Mais avant cela il avait décidé de rendre visite aux personnes qu'il avait logées chez Cressidian et de les interroger. L'une d'elles se rappellerait peut-être quelque chose qui l'aiderait à retrouver Eowyn ou Nina.

Il envoya un message à Cressidian pour l'avertir de sa visite.

Mais, quand il arriva à Mayfair, le majordome l'informa, en alucien, que son maître avait dû s'absenter pour la journée. Leo fut interloqué. Il s'attendait à ce que ce citoyen d'Alucie reçoive son prince. L'homme qui le payait pour loger ces femmes et les nourrir.

— Dans ce cas, je voudrais voir les servantes, dit-il d'un ton plat.

Le majordome élargit légèrement les yeux.

— Je vous demande pardon, Votre Altesse, mais…

— Mais je suis votre prince ! déclara Leo en franchissant le seuil d'un pas décidé. Et vous allez me laisser voir les pensionnaires qui sont ici. Faites-les venir sur-le-champ.

Passant devant le valet, il pénétra dans la maison. Comme le prince qu'il était.

Les femmes et le jeune garçon furent rassemblés dans une petite pièce à l'arrière de la maison, qui à en juger par l'ameublement sommaire était réservée aux domestiques. Ici, pas de riches tapisseries, ni de tapis, ni de marbre et de dorures, comme on en voyait dans les autres parties de la demeure. Un parquet nu et une longue table avec six chaises en bois brut. Les femmes entrèrent vêtues de leur tenue de servante, ce qui déplut à Leo. Il payait leur pension, elles n'avaient pas besoin de travailler pour subvenir à leurs besoins.

Les mains sur les hanches, il dévisagea les trois rescapés. Isidora et Jacleen se tenaient côte à côte, et Jacleen avait passé les bras autour du garçon, debout devant elle. Leurs regards étaient méfiants, ce qui déstabilisa quelque peu Leo. Après tout, il les avait secourus. Croyaient-ils qu'il était comme les hommes qui les avaient achetés et revendus ?

Il soupira en passant une main dans ses cheveux.

— Ce n'est pas la peine de me regarder comme cela. De quoi avez-vous peur ?

Isidora et Jacleen échangèrent un coup d'œil, et

Isidora fit un pas en avant. Elle s'éclaircit la gorge et s'essuya les mains sur sa jupe.

— Majesté..., commença-t-elle en weslorien. Pouvons-nous vous demander... ce que vous comptez faire de nous ? Mr Cressidian ne veut pas de nous ici et il a dit...

Elle s'interrompit, se tournant vers les autres. Jacleen l'encouragea du regard.

— Il a dit que vous alliez nous emmener en Alucie.

Cette perspective semblait l'inquiéter.

— Vous n'avez pas envie de rentrer chez vous ?

La jeune femme se mordit les lèvres.

— Il n'y a pas de travail en Wesloria, Majesté. Nos familles... ne pourront pas rendre l'argent.

— Elles n'auront pas à le faire. Quand vous aurez témoigné contre les hommes qui vous ont fait cela...

Jacleen poussa un cri qui le fit sursauter. Les deux femmes et le garçon se mirent à parler tous à la fois en weslorien, en alucien et en anglais. La cacophonie devint assourdissante et il leva les mains en leur demandant de se taire.

— Un à la fois, s'il vous plaît. Qu'est-ce qui vous fait autant peur ? s'enquit-il en désignant Jacleen.

Celle-ci agrippa les épaules de son frère.

— Nous ne voulons pas témoigner.

— Pourquoi ?

— Parce qu'ils nous tueront.

— Qui vous tuera ?

— Les hommes qui ont fait cela, répondit Isidora.

— Ils ont dit qu'ils nous tueraient si nous disions la vérité, déclara le garçon.

— Quoi ? Comment t'appelles-tu, petit ?

— Bobbin.

— Bobbin, ils ne te tueront pas.

Mais les deux femmes se remirent à parler en même temps.

— N'avez-vous pas confiance en moi ? En ma parole ?

Isidora soutint son regard, mais Jacleen se mit à contempler le sol. Et Bobbin ne quittait pas sa sœur des yeux. Quel âge pouvait-il avoir ? Sept ans ? Huit ?

— Je suis prince d'Alucie, déclara sobrement Leo. Cela vous aurait-il échappé ? J'ai un certain pouvoir et je suis honnête.

— Mais… mais que pouvez-vous faire, Majesté ? Si nous parlons, ils iront nous chercher chez nous, ils trouveront notre famille…

Leo interrompit la jeune femme d'un geste de la main.

— Non. Ils n'en feront rien, déclara-t-il, en espérant ne pas faire erreur. Est-ce que vous voulez rester ici, dans cette maison ? Est-ce ce que vous voulez, pour vous et pour Bobbin ? Je croyais que vous étiez soulagée d'avoir pu vous échapper d'Arundel.

— Oui, chuchota Jacleen en rougissant.

— Et vous, Isidora ? N'étiez-vous pas contente de quitter la maison de Mrs Mansfield ?

La jeune femme hocha la tête et fit un pas en arrière.

— Voulez-vous que d'autres femmes ou de jeunes enfants découvrent ce qui les attend en Angleterre ?

— Non, murmura Isidora.

Leo se passa une main sur la nuque.

— Je comprends. Je sais que je ne suis pas le prince que vous auriez voulu voir. Je ne suis pas un héros et j'ai mauvaise réputation.

Jacleen hocha la tête, comme s'il énonçait un fait établi.

— Mais je vous donne ma parole que vos familles et vous serez protégés. Si vous ne me croyez pas, vous devez croire mon frère.

— Le prince Sebastian ? dit Isidora en levant brusquement la tête.

— Oui. Le prince Sebastian s'assurera que vous n'avez rien à craindre. Mais vous devez m'aider. Ce qui vous est arrivé est abominable et les responsables devront rendre des comptes. La seule façon de mettre un terme à cet odieux trafic est de faire tomber les hommes qui l'ont mis en place. Pour cela, nous aurons besoin de votre coopération, mon frère et moi.

Les jeunes femmes se dévisagèrent.

— Pouvons-nous compter sur vous ?

— Oui, Majesté, répondit Isidora en regardant les deux autres comme pour les mettre au défi de protester.

Après un court silence, Leo hocha la tête.

— Je dois trouver un moyen de libérer Rasa. Et nous ne quitterons pas le pays sans Eowyn et Nina. Où puis-je les trouver ?

— Mrs Brown, dit Jacleen.

— Qui est-ce ?

— La cuisinière, Majesté. C'est elle qui les prépare.

Avant même d'avoir compris, Leo fut envahi par une sensation de nausée. Il était le plus grand imbécile que la terre ait jamais porté.

— Quoi ? Ici ? Mrs Brown prépare les femmes qui arrivent de Wesloria…

— Et d'Alucie, précisa Isidora.

— Et d'Alucie ? Quand vous dites qu'elle les prépare…

— Pour les vendre, expliqua Jacleen d'un ton plat.

Leo se laissa tomber sur une chaise et les regarda, incrédule.

— Vous voulez dire que les femmes qui sont vendues à des gentlemen anglais passent par cette maison ?

— Nous pensions que vous le saviez, dit Isidora. Comme vous nous avez ramenées ici, nous croyions… que nous allions être revendues.

Cressidian… *Le salaud !* Leo comprenait maintenant pourquoi il était aussi riche. Cette fripouille jouait un double jeu. Tout était clair, à présent. Les jeunes femmes vendues par leurs parents étaient amenées ici. Cressidian les envoyait chez des gentlemen influents, en échange d'un vote favorable, ou d'autre chose. Et Leo, ce héros, les avait ramenées dans la gueule du loup !

Pour elles, il n'était pas le chevalier en armure venu les sauver. Il était juste un homme qui allait les utiliser, comme d'autres avant lui.

— Bien. Nous devons vous faire sortir d'ici. Allez chercher vos affaires. Nous partons.

— Où allons-nous ? s'enquit Jacleen.

Leo eut un petit rire narquois.

— Excellente question. Je ne le sais pas encore, mais vous ne passerez pas un instant de plus dans cette maison.

Curieusement, il n'eut aucune difficulté pour faire sortir les femmes de la maison de Cressidian. Le majordome, imperturbable, regarda Arthur et Kadro entrer, et ressortir avec les deux servantes et le garçon. Leo les rejoignit dans la voiture et s'assit face à elles et à Bobbin. Les trois étaient un peu serrés et ils auraient été plus à l'aise si une des femmes s'était installée sur la banquette à côté de lui, mais il avait le sentiment qu'elles préféraient ne pas l'approcher de trop près.

Il ne leur en voulait pas. Les hommes devaient hanter leurs cauchemars désormais.

— Où allons-nous, Majesté ? demanda Arthur.

Leo avait besoin de temps pour réfléchir.

— Tu as déjà vu le parc ? demanda-t-il à Bobbin. Non ? Allons-y.

Il ordonna à Arthur de leur faire traverser Hyde Park. La voiture fit deux fois le tour du parc, puis ils s'arrêtèrent une demi-heure pour marcher et prendre l'air dans les allées. Leo ne savait toujours pas ce qu'il devait faire.

De toute évidence, Jacleen et Isidora s'en étaient rendu compte. Elles échangeaient des coups d'œil perplexes et regardaient par la fenêtre, sans doute pour essayer de se repérer. Elles songeaient à s'échapper.

— Ne vous inquiétez pas, dit-il doucement.

Il avait besoin d'aide. Or, il ne connaissait qu'une seule personne en qui il pouvait avoir confiance.

— Conduisez-nous au 22, Upper Brook Street, ordonna-t-il au cocher.

Quand la voiture s'arrêta devant la maison, il demanda aux femmes de l'attendre.

— Cela risque d'être un peu long. Mais, je vous en prie, ne descendez pas de la voiture.

Isidora hocha la tête et il espéra qu'elles allaient lui laisser une chance de les secourir. Laissant ses protégés sous la surveillance de Kadro, il alla frapper à la porte.

Leo ne savait plus où il en était. Tout en essayant de mettre de l'ordre dans son esprit, il s'efforça de paraître calme et raisonnable. Surtout, il ne devait pas se laisser submerger par la panique, qui était mauvaise conseillère.

Mais quand il entra dans le salon et vit Caroline assise sur le canapé, enveloppée d'une robe de soie blanche et vaporeuse, les battements de son cœur s'accélérèrent. Tous ses soucis se dissipèrent en un instant, et il se sentit soulagé du poids qui pesait sur ses épaules.

Caroline se leva et fit une révérence avec un petit sourire contraint. Elle semblait sur ses gardes.

C'est alors qu'il remarqua Beck, assis derrière son bureau. Le baron se leva et vint vers lui, la main tendue.

— Son Altesse Royale, le prince Leopold ! s'exclama-t-il d'un ton réjoui. Garrett, servez-nous le thé. Leo, vous semblez en pleine forme !

— Merci…

— Vous tombez à pic. Je suis rentré à Londres depuis vingt-quatre heures, et ma sœur me fait enfin la grâce de m'accorder sa présence.

Caroline se rassit sans mot dire.

— Elle ne m'adresse pas la parole. D'abord parce que j'ai découvert les factures pour de nouveaux rouleaux de tissu. Pourquoi les dames ne peuvent-elles se contenter de deux robes pour tous les jours ? Et ensuite parce que j'ai entendu parler de ce qui s'était passé chez les Debridge en mon absence. Leo, un whisky ?

Leo avait les yeux fixés sur Caroline et il n'avait pas remarqué que Beck s'était approché de la desserte.

— Pardon ? Non, merci.

— Non ? Que vous arrive-t-il, mon vieux ?

Beck se servit une généreuse rasade d'alcool avant de se retourner vers eux.

— Elle a repoussé mon ami Ladley, dit-il à Leo, en levant son verre.

— Je t'avais averti, déclara Caroline.

— Je ne comprends pas pourquoi tu ne veux pas de lui. C'est quelqu'un de bien. Tu ne peux pas refuser tous les bons partis, Caro. Rendez-vous compte, Leo ! Que diraient nos pauvres parents, s'ils savaient que je l'autorise depuis si longtemps à refuser le mariage ?

— Tu m'autorises ?

Leo n'avait pas envie d'assister à une querelle. Caroline non plus, apparemment, car elle se leva subitement pour aller regarder par la fenêtre. Il ne l'avait jamais vue aussi nerveuse.

Beck haussa les épaules.

— Vous avez manqué une course remarquable, mon ami.

Il se lança dans une description enthousiaste de la course que son pur-sang alucien avait remportée. Il ne laissa pas le moindre détail de côté, et Leo fit toutes les remarques appropriées, en l'écoutant d'une oreille distraite. Le thé fut servi. Leo, les poings serrés, réprima l'envie de faire taire son ami.

— Caro, le thé, dit Beck.

Caroline revint vers eux et prit la tasse que Garrett lui tendait.

— J'ai tous les résultats des courses, annonça Hawke. Où sont-ils ? Dans mon bureau, sans doute. Excusez-moi un instant.

Il sortit du salon, et Leo posa sa tasse en regardant Caroline.

— Que se passe-t-il ?

— Rien.

— Je ne vous crois pas.

— J'ai besoin de vous parler, murmura-t-elle.

— Moi aussi.

— Les voilà ! annonça Beck en revenant avec une liasse de documents. Vous serez fier, quand vous verrez les exploits des chevaux aluciens.

Il s'assit à côté de Leo et se mit à passer en revue les résultats de toutes les courses. Caroline posa sa tasse.

— Beck, mon cher. Aurais-tu oublié que nous devons dîner avec lord Ainsley ce soir ? Il va peut-être demander ma main.

Beck tressaillit.

— Seigneur ! Merci de me le rappeler, Caro. Voulez-vous m'excuser, Leo ? Je n'ai pas vu le temps passer. Désolé. Garrett ! cria-t-il en sortant du salon. Envoyez-moi Jones. Je ne veux pas être en retard !

— Je n'ai jamais vu quelqu'un d'aussi obsédé que Beck par les chevaux, dit Caroline en se levant pour retourner à la fenêtre.

Leo la suivit. Le sujet dont il voulait l'entretenir était délicat et il ne savait comment l'aborder.

— Vous cherchez quelqu'un ? s'enquit-il en jetant un coup d'œil dans la rue.

Caroline se retourna et s'adossa au chambranle.

— Puis-je vous demander quelque chose ?

— Bien sûr.

— J'ai entendu dire que vous repartiez bientôt en Alucie. Est-ce vrai ?

Il y avait longtemps que Leo ne s'étonnait plus que tous ses faits et gestes soient connus.

— Qui vous l'a dit ?

— Peu importe. Est-ce vrai ?

Ses yeux plongèrent dans les prunelles vertes de la jeune femme, et il essaya de trouver ses mots. Tant d'émotions tourbillonnaient en lui. Il aurait aimé boire pour les oublier, mais hélas ce n'était plus possible.

— Oui. C'est inévitable. Vous saviez que je finirais par repartir, dit-il en voyant son regard s'éteindre.

— Oui. Mais j'espérais que ce ne serait pas avant la fin de l'été.

Elle se mordit les lèvres et baissa les yeux. Sa réaction le déconcerta.

— Je penserai à vous, murmura-t-il. Chaque jour. Vous ne me croyez pas ? Je vous regretterai plus que vous ne le pensez, Caroline. Votre compagnie m'est devenue indispensable.

— Vraiment ?

Elle le regarda, comme si elle retenait ses larmes.

— Vraiment.

— Puis-je vous demander autre chose ?

— Tout ce que vous voudrez. Que voulez-vous savoir ?

— Ne me mentez pas, je vous en prie. Conspirez-vous avec les Wesloriens pour renverser votre père ?

Il n'aurait pas été plus déboussolé si elle l'avait giflé.

— Quoi ?

— Ce sont des espionnes ? Sont-elles venues ici pour comploter avec vous ? J'ai beau réfléchir, je ne comprends pas. Cela n'a pas de sens.

— De qui parlez-vous ? Quelles espionnes ? Que diable voulez-vous dire ?

— Les servantes ! chuchota-t-elle, en surveillant la porte.

Leo la dévisagea, abasourdi.

— Vous me demandez si les servantes sont des espionnes ? C'est absurde.

— Alors pourquoi, Leopold ? Où sont-elles, à présent ?

Il blêmit, tandis que diverses explications tourbillonnaient dans son esprit. Bon sang, il aurait aimé avoir un verre de whisky pour l'aider, pour atténuer son malaise. Mais il n'était plus le même homme depuis qu'il avait retrouvé Lysander dans le jardin du palais.

— J'ai beaucoup de défauts, Caroline, mais je ne suis pas un traître. Seigneur ! Me croyez-vous capable de comploter pour renverser mon propre père ?

— Alors, expliquez-moi ce qui se passe.

Leo se sentait déchiré. Il aimait Caroline et il voulait la protéger de la laideur du monde. Elle était la lumière, la gaieté, et il ne voulait pas qu'elle soit atteinte par le mal. Mais ce n'était pas tout. Il ne voulait pas non plus qu'elle le prenne en pitié. Qu'elle soupçonne ce que tout le monde savait, c'est-à-dire qu'il était un prince sans talent qui passait son temps à boire. Que la mission qu'il avait à accomplir dépassait ses forces. Qu'il était tellement peu à la hauteur de sa tâche qu'il était obligé de lui demander de l'aide.

— Doux Jésus ! s'exclama-t-elle, c'est donc pire que je ne le pensais ?

— Non, Caroline, non. Ces jeunes filles ne sont pas des espionnes. Ce sont des esclaves. J'ai essayé, maladroitement, de les libérer.

— Des esclaves ?

Leo confirma d'un hochement de tête.

— Où sont-elles ?

— Dehors, dans ma voiture.

— Ici ?

— Asseyez-vous, je vous en prie. Je vais vous expliquer.

Il lui raconta toute l'histoire et fut soulagé de pouvoir enfin se confier à quelqu'un. Il lui expliqua comment il avait eu la liste de noms, et le mal qu'il avait eu à retrouver ces jeunes filles. En tant que prince, il ne pouvait passer inaperçu et il avait découvert récemment qu'il ignorait comment tournait le monde. Il lui raconta comment il s'était retrouvé obligé d'acheter un château en ruine, de dédommager un Alucien qui en réalité l'avait arnaqué, de démasquer un vieil ami qui se comportait comme une canaille, et comment il avait secouru un petit garçon en même temps que les deux servantes.

Et, pour couronner le tout, il avait découvert que le Weslorien impliqué dans ce trafic n'était autre que son futur beau-père.

— Qu'allez-vous faire ? demanda Caroline.

— Je vais ramener ces femmes à Helenamar avec moi et les faire témoigner contre les hommes qui les ont vendues.

— Mais vos fiançailles ? Votre père ne sera pas content.

Son père serait fou de rage, Leo en était certain.

— C'est probable. Je ne sais pas ce qui va se passer, Caroline. Tout ce que je sais, c'est que je veux ramener ces femmes en Alucie. Je veux faire condamner les coupables, quelles que soient les conséquences.

Caroline le regarda longuement, puis ses yeux s'emplirent de larmes.

— Pourquoi pleurez-vous ? demanda-t-il en lui prenant la main.

— Ces pauvres femmes. Et vous, Leopold. Ce que vous faites est si noble. Et pourtant tout le monde croit que…

— Je sais ce qu'ils pensent tous. Mais il se trouve que j'occupe une position privilégiée qui me permet d'accomplir une mission. C'est tout. Vous me croyez ?

— Bien sûr. La duchesse de Norfolk m'a parlé de son mari. Je n'imaginais pas qu'il y avait d'autres filles comme cette pauvre servante. Mais, Leopold, votre réputation est en ruine… Et… Oh ! comme je regrette ! C'est aussi ma faute. J'ai donné des renseignements à Hollis, qu'elle a publiés…

— Caroline chérie, n'y pensez plus. Pour commencer, ma réputation n'a jamais été très bonne.

Caroline secoua la tête.

— Vous dites qu'il y a d'autres femmes ?

— Oui. Il y en a une chez les Pennybacker. Les deux autres… je n'ai pas encore découvert où on les avait envoyées.

— Vous devez assister au bal des Pennybacker, Leopold. Tout cela est arrivé à cause de moi, je dois réparer. Je suis certaine de pouvoir persuader Nancy Pennybacker de vous envoyer une invitation. Laissez-moi faire. Vous viendrez avec Beck et moi. Beck jure qu'il n'ira pas, que les bals ne sont qu'une colossale perte de temps, mais je sais que si vous êtes là il viendra.

— Caroline…

Leopold fut si ému qu'elle lui propose son aide qu'il se pencha et glissa un doux baiser sur sa nuque. Elle le repoussa.

— Garrett va…

— Dieu me pardonne, je ne peux m'en empêcher.

Je vous regretterai, Caroline. Vous avez… éclairé ma vie. Vous m'avez montré ce que c'est d'être libre. Vous m'avez fait éprouver des sentiments que j'ignorais…

— Leopold, ce n'est pas tout, murmura-t-elle. Vous êtes suivi.

# *Chapitre* 25

*Tout Mayfair est en effervescence à la perspective du bal donné chez les Pennybacker. Aucune dépense n'a été épargnée, et curieusement la liste des invités a récemment été allongée puisque le nom d'un certain prince y figure désormais. Plus curieux encore, cet ajout a été fait juste après que la liste des invités chez lord Farrington a été connue. Nous n'avons obtenu aucune explication pour ce changement de dernière minute, mais nous savons tous que certaines rivalités ont la vie dure.*

*Honeycutt's,*
*gazette mode et maison pour ladies*

Étonnamment, Leo ne demanda pas tout de suite par qui il était suivi et pourquoi. Il soupira lourdement, comme si ce n'était pas une surprise pour lui.

Caroline se leva, alla jeter un coup d'œil dans le couloir et ferma doucement la porte du salon.

— Que…

Elle posa un doigt sur ses lèvres et tendit l'oreille.

N'entendant aucun bruit dans le hall, elle respira plus librement et prit place à ses côtés.

— Ces gentlemen disaient appartenir au ministère des Affaires étrangères. Ils m'ont demandé… d'ouvrir l'œil et m'ont dit qu'ils avaient des raisons de croire que vous complotiez avec votre oncle afin de renverser votre père.

— Bon sang !

— Je peux me débarrasser d'eux, affirma-t-elle avec assurance.

— Ma chérie, ceci n'est pas un jeu mondain ! s'exclama-t-il, effaré. Il faut que vous en parliez à Beck.

— Vous êtes fou ? Il ne me quitterait plus des yeux et ne me permettrait pas d'assister au bal des Pennybacker. Écoutez, nous n'avons pas une minute à perdre. Je dois aller rendre visite à Nancy Pennybacker et la persuader de vous envoyer une invitation…

Soudain, Leo l'enlaça, l'attira contre lui et lui posa une main sur la nuque.

— Pour l'amour du ciel, ne faites rien. Je vous ai parlé des filles uniquement parce que je voulais que vous compreniez. Pas pour vous impliquer dans cette affaire. Je vous aime, Caroline. Je ne vous ferai jamais courir le moindre risque.

Caroline se dégagea, avec une force qu'elle ne se soupçonnait pas, et qui était sans doute due au tourbillon d'émotions qu'elle éprouvait. Venait-il vraiment de lui avouer qu'il l'aimait ? Et croyait-il qu'elle se laisserait écarter aussi facilement ? Elle lui prit le visage à deux mains, l'obligeant à la regarder.

— Je vais vous aider, Leopold. Vous ne pouvez pas

m'ordonner de ne pas le faire. Je suis la seule personne qui puisse vous venir en aide.

Il lui caressa la joue de son pouce.

— Vous avez raison. Je suis venu parce que j'ai besoin de vous. En fait, vous êtes la seule personne en qui j'ai confiance. Il faut que je cache ces femmes.

Elle ne s'attendait pas à ce qu'il lui demande ce genre de service.

— Mais où ? Ici ?

— C'est mieux que l'hôtel Clarendon. Vous imaginez les ragots ?

— Oui, bien sûr. Mais pas ici. Beck…

— Bien sûr, dit-il en baissant la tête. Je savais que c'était trop vous demander, mais j'ai tenté ma chance.

— Pas ici. Chez Hollis.

— Je ne veux pas la compromettre non plus, Caroline !

— Vous ne pourrez pas les emmener vous-même, de toute évidence. Mais un de vos gardes pourrait les accompagner ?

— Caroline ! Hollis Honeycutt ne sait rien de cette affaire. Je ne ferai pas cela.

— Vous non, mais moi oui. Hollis fera tout pour m'aider. Elle m'aime, Leopold. Autant que je l'aime.

Il parut vouloir discuter, mais finit par conserver le silence.

— Dieu m'est témoin que je n'ai rien fait pour vous mériter. Je vous aime.

Il ne pouvait savoir l'importance que ces mots revêtaient pour elle. Mais ils étaient douloureux à entendre. Elle ne pouvait supporter l'idée qu'après lui avoir avoué son amour il repartirait en Alucie pour se marier.

— Ne dites pas cela, murmura-t-elle. Je vous en prie, ne le dites pas.

Il ne le répéta pas, mais la serra contre lui pour l'embrasser. Caroline eut l'impression que la pièce se refermait sur eux comme un cocon pour les protéger du monde extérieur. Tout le désir qu'elle éprouvait pour lui depuis le premier soir à Chichester forma un volcan de besoin et d'espoir dans son cœur. Pour la première fois, elle prit conscience de sa beauté, de sa haute taille, de son élégance. Son sourire semblait irradier du plus profond de son être. Son désir s'était amplifié le jour du mariage d'Eliza, quand elle l'avait vu se tenant, majestueux, à côté de son frère.

Et, ces dernières semaines, elle s'était enflammée chaque fois qu'il l'avait touchée ou embrassée. Une fois de plus, ses sentiments pour lui surgissaient, chassaient ses doutes et ses peurs. Plus rien n'existait en dehors d'eux. Elle ne sentait que son profond désir d'être dans ses bras et de l'aimer. Elle voulait désespérément l'aimer.

Elle se pressa contre lui, éprouvant les muscles durs de son corps. Elle toucha le coin de sa bouche du bout des doigts, inclina la tête pour mieux s'offrir à son baiser.

Leo la tenait étroitement serrée contre lui, et elle espéra en secret qu'il ne la lâcherait jamais. Ce baiser ne finirait jamais, ils ne quitteraient plus cette pièce. Mais Leo interrompit leur étreinte. Il lui mordilla les lèvres, lui embrassa la joue, le front, puis releva la tête.

— Caroline, mon amour, nous ne pouvons pas continuer, chuchota-t-il. Trois pauvres hères m'attendent.

Enivrée par sa voix, ses caresses, elle parvint tout de même à hocher la tête. Son corps vibrait de désir, elle aurait pu exploser à son simple contact.

Cela ne devait pas arriver. Mais elle ne voulait pas non plus que ce moment prenne fin. Une fois que la porte serait ouverte, elle ne le reverrait peut-être plus jamais.

Leo se leva et lui tendit la main. Quand elle fut debout, il l'embrassa de nouveau, avec beaucoup de tendresse.

— Si quelqu'un nous trouvait ainsi, notre réputation serait ruinée, chuchota-t-il.

Laissant ses mains retomber, il alla à la porte. Puis il se retourna.

— Ce soir ? À 8 heures ?

Caroline acquiesça d'un signe de tête, croisa les mains et le regarda franchir la porte.

Quand il fut parti, elle leva les yeux et contempla les moulures du plafond en réprimant ses larmes. Elle n'entendit pas Garrett entrer.

— Madame ?

Elle se ressaisit aussitôt.

— Ah, Garrett, vous voilà. Mon manteau, s'il vous plaît. Je dois me rendre chez Hollis. Je ne serai pas là pour le souper.

Elle se connaissait assez pour savoir qu'elle avait un terrible problème. Son cœur allait entrer en collision avec la réalité et éclater en mille morceaux. Hollis avait raison, elle aimait Leopold. Et maintenant il allait tout gâcher en se comportant en honnête homme.

Son cœur serait irrévocablement brisé, elle le savait. Mais elle n'y pouvait rien. Il fallait qu'elle lui vienne en aide.

Une servante fit entrer Caroline. Hollis n'était pas dans son bureau, mais dans le salon. Calée dans un fauteuil devant la cheminée, elle lisait un grand journal, d'un air concentré. Caroline s'assit à côté d'elle et examina la pièce bien rangée. Le contraste avec son bureau était saisissant. Les deux chats se tenaient bien sagement au bout du canapé.

— Où est Donovan ?

— Je ne sais pas, marmonna Hollis.

Caroline se pencha en avant, essayant de croiser son regard.

— Bonsoir, Hollis. Comment vas-tu ? Que fais-tu ?

— Je lis le *Daily News,* répondit Hollis en soupirant. Ce journal est édité par Charles Dickens. Tu le connais ?

— Je ne l'ai jamais rencontré.

— Il publie des choses qui… valent la peine d'être lues, Caro. Des nouvelles qui mériteraient d'être diffusées plus largement. Ce ne sont pas de simples rumeurs. Savais-tu que le Parlement voudrait établir un nouveau système de tribunaux civils ?

— Pas du tout, et je refuse de le savoir ! s'exclama Caroline en riant. Ma chérie, pose ce journal. J'ai besoin de toi.

Hollis battit des paupières.

— Pourquoi ? Que se passe-t-il ?

— Il faut que Leopold soit invité au bal des Pennybacker.

Hollis la dévisagea d'un air ahuri, puis se mit à rire.

— Caro, c'est toi qui as fait en sorte qu'il ne soit pas convié !

— Oui, je le sais, merci, Hollis. Mais je me rends compte à présent que c'était une terrible erreur.

Hollis continuait de rire de bon cœur.

— Tu récoltes ce que tu as semé, ma chérie. Puis-je faire une suggestion ? Tu es amoureuse de lui.

Caroline n'avait pas la patience de faire des mystères aujourd'hui. Le temps était compté.

— Oui. Je suis amoureuse du prince Leopold. Là, tu es contente ? Tu veux bien m'aider ?

— Je suis très contente ! dit Hollis en lui prenant la main. Vous allez très bien ensemble. Bien. Je vais t'aider, mais il va falloir jouer finement.

Hollis se leva et se mit à faire les cent pas, en se tapotant les lèvres du bout de l'index.

— Ah, j'ai une idée. Le mari de lady Farrington a gagné beaucoup d'argent, comme tu dois le savoir.

— Tout le monde le sait. Priscilla fait tout ce qu'il faut pour cela.

— Nancy Pennybacker ne supporte pas que Priscilla ait quelque chose qu'elle n'a pas. Si Nancy apprend que Priscilla a invité le prince à sa table… parce que tu lui auras demandé de le faire, elle invitera le prince à son bal. Peu importe ce qu'elle pense de Leopold, elle ne permettra pas qu'un membre de la famille royale franchisse le seuil de la maison de Priscilla, avant qu'il ne soit venu chez elle.

Un sourire naquit sur les lèvres de Caroline.

— Tu es diabolique, Hollis.

— J'étudie les potins mondains, ma chérie. Mais il faut que tu persuades Priscilla d'inviter le prince.

Caroline se leva.

— Ce sera sans doute la chose la plus facile que j'aurai à faire cette semaine. Mais il y a autre chose, Hollis.

— Non, déclara fermement Hollis en se laissant retomber dans le fauteuil et en posant les pieds sur le pare-feu. Je ne peux rien faire au sujet de lady Norfolk.

— Il ne s'agit pas de cela. J'ai un immense service

à te demander. J'ai besoin que tu accueilles sous ton toit deux jeunes femmes et un petit garçon. Seulement pendant quelque temps, ajouta-t-elle à la hâte.

Hollis se redressa dans le fauteuil.

— Caroline ? Qu'as-tu encore fait ? demanda-t-elle d'un air grave.

— Rien. Du moins, pas encore.

— Dis-moi tout.

Caroline raconta toute l'histoire. Hollis l'écouta en silence, les yeux ronds, la bouche entrouverte. Quand Caroline eut fini, elle se renversa en arrière et contempla longuement le plafond.

— Je n'aurais jamais cru que le prince Leopold se dévouerait pour sauver ces femmes.

— En effet, reconnut Caroline avec un sourire penaud.

Hollis sauta soudain sur ses pieds et se remit à arpenter le salon.

— C'est exactement ce dont je te parlais tout à l'heure, Caroline. Il ne faut plus tolérer un tel niveau de corruption parmi les gens du gouvernement. Il faut dénoncer ce genre de trafics ! Je vais écrire un article…

— Hollis ? Les filles ?

— Quoi ? Ah, oui, oui, Caro. Bien sûr, dit-elle en faisant un geste de la main. Mais tu vois ce que je veux dire ? Au lieu de décrire les toilettes que les dames ont portées, ou de dévoiler quelles sont les invitations les plus convoitées, je devrais écrire sur les vrais scandales. Oh ! Donovan, vous êtes là ? Nous allons avoir des invités. Deux jeunes femmes et un petit garçon.

Donovan venait d'entrer dans le salon. Il déposa

une bouteille de vin et deux verres sur une table, entre les fauteuils.

— Très bien, madame.

— Nous les mettrons dans les deux chambres du premier. Combien de temps vont-elles rester, Caro ?

— Jusqu'au départ du prince.

— Ah. Oui, les deux chambres contiguës, au premier.

— Je m'en occupe.

Donovan tourna les talons et sortit en sifflotant.

Hollis continua d'exposer à Caroline son idée des sujets que devrait traiter un journal sérieux. Enfin, à 8 h 10, le heurtoir de la porte d'entrée résonna dans le hall.

— Les voilà ! chuchota Caroline.

Hollis et elle se levèrent en lissant leur jupe, comme si elles s'apprêtaient à recevoir un membre de la famille royale.

Un instant plus tard, Donovan entra, suivi de deux jeunes filles et d'un garçon.

— Les personnes que vous attendiez, madame.

— Merci, Donovan.

— Je monte leurs affaires dans les chambres.

Les deux femmes paraissaient exténuées. Elles étaient d'une extrême minceur, mais visiblement ce n'était pas par choix. Leur peau était pâle et leurs cheveux ternes. Quant au garçon… le pauvre petit disparaissait sous son manteau. Il s'agrippait à la main de la jeune fille que Caroline avait vue à Arundel.

Tous les trois semblaient apeurés et épuisés. Caroline ne savait rien de la vie qu'ils avaient menée jusqu'à maintenant, mais elle se sentait malade à l'idée de ce qu'ils avaient dû endurer.

Hollis lui posa la main sur le bras.

— Caro, ma chérie, voudrais-tu aller demander à Emily d'apporter du thé et des sandwichs ? Je pense que nos invités doivent avoir faim.

— Oui !

Caroline sortit de la pièce, les yeux brouillés de larmes. Elle éprouvait de la peine pour ces femmes. Mais elle éprouvait aussi un peu de fierté. Pas pour elle, mais pour Leopold, qui avait pris tant de risques pour leur porter secours.

Caroline dormit peu cette nuit-là. Son esprit battait la campagne, elle en revenait sans cesse à Leopold et aux femmes qui dormaient chez Hollis.

Les révélations concernant les maisons qu'elle connaissait bien lui avaient laissé une impression de tristesse et d'amertume. Quand elle pensait à toutes les heures qu'elle avait passées à se tourmenter au sujet de sa tenue lors d'une prochaine réception, alors que des femmes moins gâtées par la vie travaillaient dur pour avoir un toit, elle était envahie de colère. Une colère dirigée contre la vie, contre elle-même qui vivait dans sa bulle de privilégiée, contre la laideur du monde.

Elle voulait désespérément aider Leo à retrouver les autres femmes. Elle avait aussi besoin de s'occuper l'esprit pour ne plus penser à son départ prochain.

Dans l'après-midi, Caroline rendit visite à Priscilla pour un dernier essayage de la robe que son amie voulait porter au bal des Pennybacker. La soie était jaune, et elle se rendit compte que ce n'était pas un bon choix, car la couleur ne flattait pas le teint de Priscilla. Mais cette dernière ne parut pas le voir.

— C'est magnifique, murmura-t-elle, enchantée.

— Tu vas faire des envieuses, Priscilla.

La jeune femme admira son reflet dans le miroir.

— Nancy a choisi une robe lilas. Cette couleur ne la flatte pas, elle lui fait le teint pâle.

Caroline réprima une grimace exaspérée et arrangea les plis de la jupe tout en repoussant les carlins trop curieux qui frétillaient autour d'elle.

— Elle se croit supérieure à tout le monde, tu sais, lui confia Priscilla dans un murmure. Si tu l'avais entendue, chez Mrs Brendan.

— Mrs Brendan ? La modiste ?

— Nous lui avions toutes les deux commandé des gants, et nous nous sommes retrouvées dans son atelier pour prendre les mesures. Pendant que nous attendions que la cliente précédente ait fini son essayage, Nancy s'est mise à claironner que tout Londres voulait assister à son bal. « Nous ne nous attendions pas à ce que ce soit l'événement le plus attendu de la saison, mais c'est ainsi ! » disait-elle. À croire qu'elle est la reine en personne.

— Il faut raccourcir l'ourlet dans le dos. Je vais l'épingler. Aurais-tu un pouf ou un coffre sur lequel tu puisses monter ?

Priscilla agita une ravissante clochette posée sur sa coiffeuse.

— Elle prétend qu'elle n'a pas eu un seul refus. Toutes les réponses qu'elle a reçues étaient affirmatives.

— Mais tout Londres n'assistera pas au bal, n'est-ce pas ? Le prince d'Alucie n'a pas reçu d'invitation.

— Personne ne veut de lui, ma chère, répondit Priscilla en ricanant. C'est toi-même qui nous l'as dit.

En effet. Caroline avait du mal à tenir sa langue, et

elle se rendait compte à présent qu'elle aurait dû être plus réservée.

— Eh bien, dit-elle avec désinvolture en chassant un autre petit chien, il se trouve que je me suis trompée. Le prince a dîné avec l'époux de la reine la semaine dernière.

C'était un mensonge. Caroline espéra que personne ne s'en apercevrait. L'espace d'un instant, elle fut très mal à l'aise de devoir mentir à son amie, mais sa fourberie eut l'effet escompté. La royauté exerçait un attrait extraordinaire sur ceux qui voulaient entrer dans le cercle le plus fermé de la société.

— Vraiment ? Je n'en ai pas entendu parler. Tom l'aurait su, il me semble.

Caroline s'empourpra, un peu paniquée.

— Oui, mais… comment aurait-il pu le savoir, en fait ? Le prince Leopold ne reçoit aucune invitation, sauf de Buckingham. Personne ne sait vraiment ce qu'il fait. En dehors de Beck, bien sûr, ajouta-t-elle en faisant mine d'examiner une couture.

— Vraiment ?

— Hum. J'inviterais moi-même le prince à dîner, si Beck était là plus souvent. Mais il ne cesse de faire des allers et retours entre Londres et le Sussex, avec son fameux pur-sang. Je ne sais jamais quel jour il sera à la maison. En réalité, je crois qu'il préfère dîner avec ses chevaux.

Quelques minutes s'écoulèrent. Caroline craignit que ses allusions ne fussent trop subtiles pour Priscilla. Mais soudain celle-ci s'anima.

— Je pourrais l'inviter à dîner, suggéra-t-elle.

Caroline réprima un petit cri de triomphe.

— Quoi ? Tu ferais cela ?

— Mais oui, pourquoi pas ? répondit son amie d'un ton désinvolte.

— Mais… sa réputation ne te gêne pas ?

— Ma chérie ! Si ce gentleman est jugé digne de dîner avec le prince Albert, il est certainement digne de figurer à ma table, tu ne crois pas ?

Caroline se pencha et caressa un des carlins pour dissimuler un sourire.

— Tu n'as pas de dîner prévu prochainement, il me semble ?

Priscilla leva le menton.

— Depuis qu'il siège au Parlement, Tom souhaite inviter toutes les personnes en vue. Il a de grandes ambitions, tu sais.

Oh oui, Caroline le savait, ainsi que tout le monde à Mayfair. L'ambition de Tom était connue.

— Ton mari est un homme très intelligent. Le prince est exactement le genre de relations qui lui serait utile, n'est-ce pas ?

— Oui, approuva Priscilla, comme si elle l'avait toujours pensé. Où est donc cette fille ?

Elle sonna de nouveau, et une jeune femme brune entra.

— Je vous demande pardon, madame, dit-elle avec un léger accent.

— Apportez-nous un pouf, ma fille, et vite. Nous n'avons pas toute la journée devant nous.

La fille sortit et réapparut un instant plus tard avec un pouf et deux chiens dans son sillage. Elle posa le pouf devant Priscilla. Comme celle-ci ne pouvait pas le voir, en raison de son embonpoint et des petits chiens qui couraient autour d'elle, elle ordonna à la servante de lui donner la main. Celle-ci obéit. Le regard de Caroline fut attiré sur les poignets des deux femmes, et c'est alors qu'elle entrevit un ruban vert épinglé à la manche de la robe noire de la jeune fille.

Le vert forêt des Wesloriens.

La fille recula, les yeux baissés. Qu'avait dit Priscilla, l'autre jour ? Que les domestiques étrangères étaient meilleures que les Anglaises. Des servantes wesloriennes… Cela signifiait-il… que Tom… La gorge de Caroline se noua.

— Qu'en penses-tu ? demanda Priscilla.

— Pardon ? Oh ! elle est splendide. Ce sera parfait pour le bal des Pennybacker.

— Et l'ourlet, ma chérie ?

— Oh ! oui.

Caroline s'agenouilla pour mesurer l'ourlet et prit une épingle dans la pelote accrochée à son poignet.

— Pour ton dîner, je te conseille de porter la robe bleue.

— Tu crois ?

— Personne n'est aussi joli que toi en bleu, Priscilla, dit-elle gaiement en plantant des épingles dans l'ourlet. Et tu sais quoi ? Tu devrais donner ce dîner après le bal des Pennybacker la semaine prochaine, juste avant que les gens ne partent pour la campagne. Ce sera un rafraîchissement après ce bal sinistre, tu ne crois pas ? Et puis il ne faudrait pas que Nancy passe l'été dans le Nord en ignorant que tu as invité le prince à dîner, n'est-ce pas ?

— Oh ! je me moque de ce que pense Nancy

Pennybacker, déclara Priscilla. Mais, si je donne ce dîner la semaine prochaine, qui dois-je inviter d'autre ?

Elle commença à énumérer des noms. La tête de Caroline se mit à tourner, mais elle continua de bavarder, donnant son avis sur chaque invité éventuel. Il lui tardait de transmettre les dernières nouvelles à Leopold.

— Je ferai servir de l'agneau, dit Priscilla en faisant signe à la servante d'approcher. Le boucher de Newgate m'adore et me sert très bien.

Elle prit la main de la jeune fille pour descendre de son perchoir, et Caroline en profita pour examiner de nouveau le ruban vert. Pas de doute, c'était bien le signe de ralliement des Wesloriens.

La servante sortit en emportant le pouf.

— Caroline ! Où es-tu ?

Caroline sursauta, émergeant de sa stupeur. Elle avait retrouvé une des Wesloriennes. Priscilla lui présentait son dos pour qu'elle dégrafe la robe.

— Et, en dessert, des bouchées à la pâte d'amandes. Qu'en penses-tu ?

Comment allaient-ils s'y prendre pour secourir cette pauvre fille ? Leopold était venu lui demander son aide, et elle ne se déroberait pas. Elle devait agir. Pour lui et pour elle-même.

Mais une idée terrible l'effleura. Une fois que Leopold aurait retrouvé toutes les jeunes filles, il partirait…

Ce moment n'avait de cesse de se rapprocher.

# *Chapitre 26*

*Le bal tant annoncé des Pennybacker a eu lieu à Mayfair. Vers minuit, un souper léger fut servi aux invités, avec des glaces pour les rafraîchir.*

*Les plus belles robes d'été purent être admirées au cours de cette soirée, où l'on découvrit la dernière tendance de la mode française, des volants de dentelle tombant en cascade sur le devant de la jupe.*

*Le prince d'Alucie annonce son départ imminent. Il embarquera dans quelques jours pour Helenamar, où il annoncera ses fiançailles officielles avec une héritière de Wesloria. Ce départ ne pouvait pas mieux tomber, car lord Pennybacker accuse le prince d'avoir tenté de séduire l'une de ses servantes pendant le bal.*

*Honeycutt's,*
*gazette mode et maison pour ladies*

Leo constata qu'il était effectivement suivi. Le lendemain de sa conversation avec Caroline, il remarqua un homme marchant derrière lui d'un pas vif. Kadro et Arthur le suivaient aussi à quelques pas, mais soit ils n'avaient pas remarqué le gentleman, soit… Était-il possible qu'ils fassent partie du complot contre lui ? Leo n'aurait jamais cru cela envisageable. Mais il n'aurait jamais cru non plus que quelqu'un tenterait d'enlever son frère, comme cela s'était produit l'année dernière. Pour quelle raison aurait-on répandu ces rumeurs de complot sur lui ? Pour l'empêcher de découvrir l'identité des femmes enlevées ?

Il n'aurait su dire pourquoi, mais il subodorait que tout cela était lié à Cressidian.

Il décida qu'il réfléchirait à cette affaire le moment venu. Pour le moment, il avait une tâche plus urgente à accomplir. Il ne lui restait plus beaucoup de temps pour trouver les deux autres Wesloriennes et libérer Rasa retenue prisonnière chez lord Pennybacker. Impossible de savoir combien d'autres femmes connaissaient le même sort. Des femmes jeunes, misérables, sans défense.

Il espérait mettre rapidement la main sur Rasa. Le bal avait lieu ce soir et Caroline avait réussi, par Dieu sait quelle manœuvre, à le faire inviter.

La semaine dernière, un valet de la maison de Upper Book Street lui avait remis un message.

*Je vous en prie, acceptez toutes les invitations que vous recevrez, quelles qu'elles soient.*

Leo avait trouvé ce conseil étrange, étant donné qu'il ne recevait aucune invitation. Son nom avait été rayé de la liste des personnes respectables. Puis, curieusement, un ou deux jours plus tard, il reçut une invitation à dîner chez les Farrington. Il fut plutôt surpris, car il connaissait à peine lord Farrington. Néanmoins, ce dernier semblait désirer à tout prix faire sa connaissance. La date était fixée au samedi suivant.

L'invitation pour le bal des Pennybacker arriva le lendemain, accompagnée par un message personnel de lady Pennybacker, qui le priait de lui pardonner de ne pas avoir envoyé de carton plus tôt. Le bal devait avoir lieu quatre jours plus tard, c'est-à-dire trois jours avant le dîner chez les Farrington.

Le message précisait que le carton avait été « égaré par inadvertance ».

« Par inadvertance ? » répéta Leo à mi-voix.

Comment diable Caroline s'était-elle débrouillée ?

« Allons-nous accepter ? demanda Josef avec une expression indéchiffrable. C'est mercredi soir, et vous n'avez rien de prévu. »

Leo eut envie de foudroyer le secrétaire du regard, mais il se ressaisit. Bien sûr qu'il devait accepter. Dans les circonstances actuelles, les apparences étaient terriblement importantes.

« Oui. J'apprécierai ce divertissement, avant de quitter le pays. Vous devriez prendre la soirée pour vous, Josef. Aller au théâtre, peut-être ?

— Je vous remercie, Majesté. »

Il obtenait toujours ce genre de réponse vague, de Josef. Jamais un oui ou un non, mais un simple remerciement. Le secrétaire allait-il se rendre au théâtre ? Ou profiter de la soirée pour comploter contre son employeur ?

Leo observait Josef plus attentivement, depuis quelque temps. Il n'avait plus confiance en lui. Josef avait toujours été mystérieux, mais maintenant cette attitude impénétrable lui semblait suspecte. D'autant plus que c'était le secrétaire qui lui avait suggéré de faire appel à Cressidian.

Leo songeait à ce que Sebastian avait ressenti à Londres,

après le meurtre de Mathus. Il n'avait plus confiance en qui que ce soit, à l'exception de Leo et d'une jolie jeune femme qui vivait dans une maison modeste et s'amusait à réparer des horloges. Leo ressemblait de plus en plus à son frère.

« Je préviendrai Freddar que vous aurez besoin d'un habit de soirée ce jour-là », dit Josef en prenant des notes dans son calepin.

Leo était intrigué par ce carnet relié de cuir. Que contenait-il d'autre ?

« Merci, Josef. Vous pouvez disposer. »

Josef leva les yeux. Leo mettait rarement fin à leurs entretiens. En général, Josef se retirait de son propre chef, pour aller régler avec diligence une affaire ou une autre. Il se leva et inclina la tête.

« Faites venir Kadro, ajouta Leo en observant le carton d'invitation.

— Oui, Votre Altesse. »

Kadro entra quelques minutes plus tard et s'inclina.

Leo observa le garde. Kadro était à son service depuis six ans. Il aurait sûrement remarqué quelque chose, si Kadro avait été mêlé à une sale affaire. À moins qu'il n'ait été si occupé à cajoler la bouteille qu'il ne pouvait plus rien discerner ? C'était tout à fait possible.

« Avez-vous constaté que quelqu'un me suivait ?

— Non, Majesté, répondit Kadro, décontenancé.

— Dans la rue, pendant mes déplacements ? »

Kadro fronça les sourcils et secoua la tête.

Leo se leva lentement.

« Eh bien, quelqu'un m'a suivi. Je l'ai vu, et je me demande pourquoi vous ne vous en êtes pas aperçus, Arthur et vous. J'aimerais savoir qui est cet homme. »

L'hésitation, l'inquiétude et le doute se succédèrent sur les traits de Kadro. Mais il se contenta de hocher la tête.

« Oui, Majesté. Nous ferons attention.

— Et gardez un œil sur Josef. »

Kadro cligna les yeux. Il parut sur le point de dire quelque chose. Visiblement, il aurait voulu savoir pourquoi le prince lui donnait cet ordre. Mais Leo n'était pas décidé à lui en dire davantage.

Kadro salua.

« Merci. Vous pouvez disposer », ajouta Leo en tournant le dos.

Il n'était plus lui-même. Il se sentait complètement différent de l'homme qui avait vécu dans sa peau pendant vingt-neuf ans. L'idée de vivre dans le soupçon et d'éprouver sans cesse le besoin de regarder par-dessus son épaule ne lui plaisait pas. Pas du tout.

La veille, il avait reçu une lettre de Hawke :

*Majesté, je vous salue. Je vous écris pour vous inviter à assister au bal des Pennybacker, avec lady Caroline et moi. Ma sœur m'assure que vous avez reçu une invitation, et elle pense que vous ne devriez pas pénétrer seul dans cet « antre de mauvaises langues et de matrones cherchant à marier leurs filles ». J'ai laissé entendre que ma sœur était la première à colporter les commérages, et elle m'a asséné quelques méchantes remarques en retour. Mais je vous transmets cette invitation, car elle le veut, et je ne sais rien lui refuser. Par conséquent, nous serions très honorés si vous acceptiez de vous rendre au bal en notre compagnie, ne serait-ce que pour empêcher le frère et la sœur de se sauter mutuellement à la gorge. En espérant votre réponse favorable, B. H.*

Leo ne put s'empêcher de sourire en imaginant la scène entre Beck et Caroline. Les Hawke étaient le seul point positif dans l'étrange nouveau monde qu'il avait créé autour de lui.

Il avait envoyé une réponse affirmative et se tenait prêt à libérer Rasa.

Néanmoins, une sourde inquiétude le tenaillait. Ses précédentes tentatives pour libérer les servantes ne s'étaient pas bien passées. Une petite partie de lui regrettait de ne pouvoir profiter de ce bal comme il l'aurait fait l'année précédente, en passant la soirée à boire, à danser et à jouer aux cartes.

Pourtant, il était soulagé de ne plus être le même homme.

Il avait encore une chose à faire avant de se présenter chez les Hawke. À la grande consternation de Freddar, il insista pour revêtir un large pardessus sur son costume de soirée et enfoncer sur sa tête un affreux chapeau à larges bords, qui dissimulait son visage. Il avait deux visites à rendre avant de se diriger vers le 22, Upper Brook Street.

Il se rendit tout d'abord chez Cressidian. Il était temps de s'occuper de cette canaille.

Mr Cressidian parut surpris de le voir. Il avait les yeux vitreux, le genre de détail qui trahissait une vie de débauché. Après s'être restauré, Cressidian repartirait sans doute pour une nuit dissipée, comme Leo en avait tant connu auparavant.

— Majesté, dit l'homme d'un ton hésitant, en voyant Leo entrer dans son bureau. Je ne vous attendais pas.

— Je m'en doute. Je ne serai pas long. Par simple curiosité, monsieur… combien vous ont-ils payé pour me calomnier ?

— Je vous demande pardon ?

Leo eut un soupir d'impatience.

— Allons, Mr Cressidian. Vous êtes expert dans l'art de remplir vos poches. Quand vous avez révélé aux hommes qui se livrent à ce trafic de femmes que j'étais au courant, combien vous ont-ils donné pour me diffamer ?

Le sang se retira du visage de Cressidian.

— Je ne sais pas de quoi vous parlez.

— Cela m'étonnerait beaucoup.

— Je vais vous demander de sortir.

L'homme partit ouvrir la porte et jeta un coup d'œil dans le couloir. Il s'attendait sans doute à y trouver des Aluciens, prêts à procéder à son arrestation. Ils viendraient plus tard, Leo ferait ce qu'il fallait pour cela.

Leo gagna également la porte et s'arrêta devant Cressidian. Une odeur aigre de peur et d'alcool émanait de lui.

— Un jour, Mr Cressidian, vous devrez répondre de vos crimes. À votre place, je tomberais à genoux et je demanderais pardon.

— Un bon conseil, venant d'un bon à rien royal. Mettez-vous à genoux vous-même.

— Qui vous dit que je ne l'ai pas fait ? rétorqua Leo, narquois.

Sur ces mots, il envoya un coup de poing rapide et précis dans la mâchoire de Cressidian, qui tomba à la renverse. Leo sortit avec un petit rire, étonné d'avoir été capable d'asséner un pareil coup.

Sa visite suivante fut pour Hollis Honeycutt. Il voulait s'assurer que ses protégés étaient prêts à partir au premier signal. Il frappa à la porte, et un homme vint lui ouvrir. Aussi grand que lui et un peu plus large d'épaules, il était en manches de chemise. C'était certainement l'homme le plus beau que Leo ait jamais vu.

— Oui ? fit l'homme, tandis qu'il le dévisageait, ébahi.

— Pardon. Est-ce que Mrs Honeycutt est chez elle ?

— Oui, répondit le valet, sans pour autant le laisser entrer.

— Qui est là, Donovan ?

Hollis Honeycutt apparut et passa la tête sous le bras du valet, qui était appuyé au chambranle. Elle était habillée pour le bal.

— Oh ! Votre Altesse !

Le valet arqua les sourcils.

— Je vous demande pardon, mais j'avais un moment de libre avant le bal et j'ai pensé que je pourrais voir vos invités ?

— Entrez, répondit Hollis en souriant. Ils sont justement en train de dîner. Ma cuisinière est partie pour le week-end et Donovan a préparé un gigot d'agneau. Il cuisine très bien.

Leo passa à côté du valet et pénétra dans le hall. Un fumet délicieux s'échappait de la cuisine, et il fut médusé en entendant des rires.

Une heure plus tard, Leo arriva à Upper Brook Street en compagnie de Hollis. Il se débarrassa du pardessus et du chapeau, et rajusta un peu sa chemise. Il avait revêtu son plus bel habit de soirée et, pour la première fois depuis le mariage de son frère, il avait pris soin de son apparence. Il portait une écharpe de soie bleue avec toutes ses médailles royales, et avait demandé à Freddar de nouer sa cravate à la mode alucienne. Ses cheveux étaient peignés nettement en arrière, suivant la tradition de son pays natal. S'il devait quitter l'Angleterre dans la disgrâce, il le ferait la tête haute.

Garrett le fit entrer dans le salon, où Beck faisait les cent pas devant la cheminée.

— Voilà une demi-heure que j'attends Caro ! lança-t-il avec impatience. Mais que font donc les femmes dans leur boudoir ? Cela n'est pourtant pas très compliqué, n'est-ce pas ? Un jupon, quelques épingles dans les cheveux, et le tour est joué.

— Vous vous plaignez encore, Beck ?

— Caro ! s'exclama soudain Hollis, alors que la porte s'ouvrait. Ta robe est magnifique !

— Merci, Hollis. Tu es très belle aussi, ma chérie. Tu devrais porter du bleu plus souvent.

Leo eut le souffle coupé. Caroline était très belle. Elle était toujours belle, mais ce soir elle semblait étinceler. Elle portait un diadème d'or et de cristal qui ressemblait à une couronne, et auquel étaient accrochées trois plumes d'or. Sa robe dorée et chatoyante semblait répandre autour d'elle de la poussière d'étoiles. La jupe ample était brodée de minuscules perles de nacre. Elle portait un collier de perles, et une broche de grosses perles ornait son corsage. Un châle de tulle doré enveloppait ses épaules.

Elle était élégante, resplendissante. Il eut l'impression d'être un corbeau amoureux d'une étoile.

— L'attente en valait la peine, reconnut Beck. Vous allez éclipser toutes les autres femmes, Hollis et toi.

— Je ne m'attendais pas à un si gentil compliment de ta part, Beck.

Elle se tourna pour sourire à Leo, et il eut l'impression que ce sourire pénétrait directement son âme.

— Majesté ! Comment allez-vous ? Cette soirée est tellement douce, je pense que les fenêtres resteront ouvertes pendant le bal, n'est-ce pas ?

— Je… je vais bien, merci, balbutia-t-il, ébloui.

Fasciné. Éperdument amoureux.

Le sourire de Caroline s'accentua, comme si elle devinait ses pensées.

— Quand vous aurez fini de vous lancer des regards admiratifs, nous pourrons y aller ! déclara Beck, qui avait déjà gagné la porte avec Hollis.

La demeure des Pennybacker n'était qu'à quelques minutes de chez eux, mais ils durent attendre longtemps, dans la file des carrosses des invités. Quand ils parvinrent enfin devant l'entrée, Beck descendit le premier et aida Hollis et Caroline. Hollis donna le bras à Beck, et Leo escorta Caroline à l'intérieur. C'était la première fois de la soirée qu'il avait une opportunité de lui parler en particulier.

— Vous êtes splendide, murmura-t-il. Je n'ai jamais vu de femme plus belle que vous.

— Et vous êtes très chic aussi, Majesté. Un vrai prince. Toutes les femmes seront jalouses de me voir à votre bras, et je ne sais pas comment nous allons faire pour trouver la servante… Tout le monde aura les yeux braqués sur nous.

Elle sourit, salua des connaissances et chuchota :

— J'ai une idée.

— Je ne veux pas que vous m'aidiez ce soir, Caroline. C'est trop risqué.

— Vraiment ? Et comment espérez-vous vous débrouiller sans moi ? Cette maison est trop grande pour l'explorer. La pauvre fille est sûrement chargée de s'occuper d'une salle de repos.

Elle avait raison. Il y avait tant de monde qu'il lui serait impossible de repérer la servante. Il ne se voyait pas poser des questions sur Rasa, dans cette tenue si identifiable.

— J'ai une surprise pour vous, annonça Caroline.

— Bien. Je suis dévoré de curiosité.

— Je vous dirai tout quand personne ne pourra nous entendre. Pendant que nous danserons, peut-être. Vous aviez l'intention de m'inviter, n'est-ce pas ?

Il regarda ses yeux pétillants, ses lèvres pulpeuses, sa peau de porcelaine. Elle était l'incarnation de tous les rêves d'un homme.

— Naturellement.

Ils attendirent dans la file d'invités qui saluaient le comte et son épouse. Hollis et Beck s'étaient lancés dans une discussion animée. Caroline salua plusieurs personnes, présentant de temps à autre Leo à des amis. Alors qu'ils approchaient de leurs hôtes, elle se pencha vers Leo et chuchota :

— J'en ai découvert une autre.

— Une autre quoi ?

— Une autre Weslorienne !

— Quoi ? Mais où ? Ici ?

— Chez les Farrington, répondit-elle avec un petit sourire satisfait. Tout à fait par hasard ! Je rendais visite à mon amie lady Farrington pour la persuader de vous inviter à dîner. Car il fallait qu'elle vous invite, pour que lady Pennybacker en fasse autant. Et elle était là.

— Pardon ?

Sans répondre, Caroline fit une profonde révérence. Leo se rendit compte qu'ils étaient arrivés à la hauteur des Pennybacker. Pour la deuxième fois de la soirée, il eut l'impression que le monde tournait autour de lui sans qu'il s'en aperçoive, tant il était fasciné par Caroline.

— Lady Caroline, votre présence nous honore. Bienvenue, Majesté, dit Pennybacker en serrant la main de Leo dans les siennes.

— Je vous remercie de votre aimable invitation. Ce sera la dernière occasion pour moi de rencontrer certains amis avant mon départ.

— C'est donc vrai ? Vous retournez en Alucie ?

— Absolument.

— Eh bien ! N'emmenez pas une de mes servantes ! s'exclama Pennybacker en riant de bon cœur.

Leo s'obligea à rire également.

Après qu'il eut salué une lady Pennybacker froide et distante, et qu'ils furent entrés dans la salle, Caroline fut entraînée par trois dames qui voulaient admirer sa robe. Leo se retrouva seul au milieu des invités, qui l'évitaient avec application. Les gens tournaient vers lui des regards curieux, mais personne ne l'approchait. Il était devenu un paria.

Au bout d'un moment, il invita Caroline à danser.

— Avec plaisir, dit-elle. Tout le monde nous regarde, faites semblant de ne pas vous en apercevoir.

— C'est promis, dit-il en souriant.

Il voulait savoir qui était la mystérieuse Weslorienne

qu'elle avait découverte. Mais il avait encore davantage envie de danser avec elle, de la sentir entre ses bras, tournant au rythme de la musique. Il s'inclina devant elle, lui prit la main et l'entraîna dans une valse. Il gardait les yeux fixés sur elle, sans se soucier des curieux.

— Vous êtes un bon danseur, prince Leopold. Je m'en doutais.

— Vous aussi, madame.

— Vous ne devriez pas me regarder ainsi.

— Vous voulez dire avec adoration ?

— Non, il ne faut pas. Les langues vont se délier et toutes les dames seront jalouses.

— Qu'elles se morfondent, cela m'est égal.

— Elles vont se demander si vous m'avez séduite. Si j'ai succombé à votre charme princier et repoussé tous mes autres soupirants pour vous. Elles se diront que vous me séduisez en ce moment même, par votre regard.

— C'est ce que j'essaye de faire. Ai-je réussi ?

— Vous êtes très doué.

Soudain, le sourire de la jeune femme s'évapora.

— Oh ! Leopold… Je ne devrais pas vous le dire, mais vous allez me manquer quand… quand tout cela sera fini.

Il la serra un peu plus fort contre lui en la faisant tournoyer.

— Vous me manquerez aussi, Caroline. Plus que je ne peux l'exprimer.

— Je n'avais jamais rencontré quelqu'un comme vous. À part votre frère, bien sûr. Eliza vous ressemble, elle est aussi libre et insouciante, mais je suis sûre que je ne rencontrerai plus jamais un homme tel que vous. Et cela me rend terriblement triste.

Leo soupira en lui pressant la main.

— Moi non plus, je n'ai jamais connu quelqu'un comme vous. Vous êtes incomparable, madame.

— Voilà exactement le genre de flatterie que j'adore, dit-elle en retrouvant son sourire.

— Et c'est exactement ce que j'aime chez vous.

Elle s'efforça de garder le sourire mais, alors qu'ils virevoltaient sur la piste, elle eut l'impression que les promesses et les non-dits s'envolaient avec eux. Ils étaient seuls sur une petite planète, tournant sur un axe spécial qui leur était réservé.

Alors que la danse se terminait, le regard de Caroline s'assombrit.

— Nous sommes maudits, n'est-ce pas ? Pourquoi est-ce que cela ne nous est pas arrivé, à nous aussi ?

Il ne lui demanda pas ce qu'elle voulait dire, il le savait. Pourquoi ne s'étaient-ils pas rencontrés plus tôt et mariés, comme Sebastian et Eliza ?

— Je regrette plus que tout que cela ne soit pas arrivé, avoua-t-il.

La musique s'arrêta. Caroline recula, fit une révérence et s'éloigna. Elle n'avait pas fait plus de trois pas, quand lord Ainsley surgit devant elle. Ils échangèrent quelques mots, et il la ramena vers la piste de danse. Caroline disparut dans la foule.

Leo avait besoin de prendre l'air. Mais alors qu'il allait sortir de la salle Hollis le rattrapa.

— Vous voilà ! s'exclama-t-elle gaiement en lui prenant le bras. Nous sommes pratiquement frère et sœur. C'est ce que je dis à tout le monde, aussi, personne ne s'étonnera de nous voir nous promener ensemble. Tout le monde vous a regardé danser avec Caroline,

Majesté. Elle attire terriblement l'attention, n'est-ce pas ? C'est ce qu'elle fait en ce moment, en dansant avec le vicomte d'Ainsley, provoquant la colère de la Perruche, qui croit qu'il va lui faire sa demande d'un jour à l'autre. Cela va tenir la curiosité des invités en haleine, pendant un moment. En attendant, j'ai trouvé votre amie.

— Mon amie ? demanda-t-il, interloqué.

— Votre amie, répéta-t-elle. Elle apporte des piles de serviettes dans les salons de repos des dames, et je sais précisément où la trouver. Voulez-vous venir avec moi ?

— Hollis… je ne veux pas vous mêler à cela, dit-il alors qu'elle l'entraînait dans un couloir.

— Je suis déjà impliquée. Croyez-vous que je n'aie pas parlé avec mes trois invités ? Souriez, Majesté. Vous êtes beaucoup trop sérieux. Les gens vont croire que vous avez reçu une mauvaise nouvelle.

Leo plaqua un sourire sur ses lèvres.

Il y avait des domestiques dans le couloir, et deux salons de repos pour les dames. Il y avait aussi un cabinet contenant le linge. Hollis le fit pivoter sur lui-même.

— Faites comme si nous parlions de votre frère et de ma sœur, et je vais guetter… Oh ! la voilà.

S'écartant de Leo, elle barra le passage à une servante aux cheveux roux, dont la coiffe était légèrement de travers.

— Pardon, madame, s'excusa la servante.

— Mademoiselle, j'aimerais vous présenter le prince Leopold d'Alucie. Il aimerait vous dire quelques mots.

— Je vous demande pardon ?

Hollis prit la jeune fille par la main et l'emmena devant Leo.

— Bonsoir, Rasa, dit celui-ci dans la langue de la jeune femme.

Cette dernière laissa tomber ses serviettes. Hollis les ramassa promptement et les lui remit dans les mains.

— Entrez dans le placard à linge ! dit-elle.

— Mais je…

— Entrez, ma chère, répéta fermement Hollis.

La fille obéit. Leo demeura sur le seuil, bloquant l'entrée.

— Pardonnez-nous cette intrusion, mais je suis venu vous chercher, dit-il en weslorien.

— Pourquoi ?

— Je veux vous ramener en Alucie, avec d'autres femmes qui sont venues à Londres en même temps et dans les mêmes conditions que vous.

Elle ouvrit la bouche, en serrant le linge contre sa poitrine.

— Mais pourquoi ?

— Rasa… Vous avez été maltraitée. Vous avez été vendue et je veux vous délivrer. Prenez vos affaires et venez me retrouver…

— Je ne veux pas partir ! J'aime mon emploi ici ! Lord Pennybacker m'a donné les vêtements de sa fille qui ne lui allaient plus.

— Mais… est-ce qu'il ne… Je vous demande pardon, mais je dois parler clairement. Est-ce qu'il n'exige pas de vous quelque chose… en retour ?

La fille ne comprit pas tout de suite. Puis elle poussa une exclamation stupéfaite.

— Non !

— Venez, Majesté, chuchota Hollis. Nous avons de la compagnie.

Leo fit un pas vers la servante.

— Vous comprenez, mon petit ? Vous avez été achetée et revendue par des hommes puissants et malhonnêtes.

— Non ! J'ai supplié mon père d'accepter leur offre, Majesté. Il est malade, et ma mère doit nourrir mes frères et sœurs. Comment pourraient-ils survivre, sans cela ? Et j'aime Londres. J'ai enfin une chambre, des chaussures, un lit !

Leo était déboussolé. Elle n'avait donc pas eu de chaussures, avant de venir en Angleterre ?

— Je vous en prie, laissez-moi, supplia-t-elle. Je ne veux pas retourner en Wesloria. Je préfère rester ici.

Il n'avait pas prévu cette réaction et il ne savait plus quoi dire.

— Ah, Majesté ! s'exclama soudain Hollis. Vous vous êtes encore perdu ? Venez, je vais vous montrer le chemin jusqu'à la salle de bal.

Ignorant Hollis, Leo se pencha en avant.

— Rasa, je vous en prie, réfléchissez.

Mais la servante secoua la tête, en reculant dans le placard à linge.

— Vous cherchez sans doute la salle de jeu, continua Hollis d'un ton haut perché.

Leo se redressa à regret et se tourna vers Hollis. Il eut la désagréable surprise de voir lady Katherine Maugham dans le couloir, les observant avec curiosité.

— Merci, dit-il en faisant mine de s'adresser à Rasa. Mrs Honeycutt va m'aider à retrouver mon chemin. Je m'étais perdu, ajouta-t-il en souriant à lady Katherine.

Celle-ci n'était pas stupide. Elle lui lança un regard aiguisé.

Hollis prit le bras de Leo.

— Vous avez bu un peu trop de bière, n'est-ce pas, Majesté ?

— Oui, beaucoup trop, répondit-il avec entrain, alors qu'il n'avait pas consommé une seule goutte d'alcool.

Lady Katherine fit une courte révérence.

— Bonsoir, Majesté.

— Mrs Honeycutt, conduisez-moi vers la salle de jeu, je vous prie. Une chope de bière sera la bienvenue.

Il fit mine de trébucher, et ils se dirigèrent tous deux vers le hall principal.

— Eh bien ? chuchota Hollis.

— Elle refuse de partir. Son emploi lui plaît, elle affirme qu'elle est bien traitée.

— Oh… Eh bien… peut-être est-elle heureuse ?

Leo ne comprenait pas comment une femme pouvait être heureuse dans de telles conditions. Elle n'était pas libre. Et ce n'était pas parce qu'elle était bien traitée maintenant qu'elle le serait toujours. Mais il préféra ne pas en débattre avec Hollis. Celle-ci en avait fait beaucoup pour lui, il ne voulait plus la mettre à contribution. Parvenu devant la porte de la salle de jeu, il s'inclina.

— Merci pour votre aide. Auriez-vous la gentillesse de transmettre les nouvelles ?

— Bien sûr. Vous aurez essayé. C'est tout ce qui compte.

Leo n'en était pas sûr. Cela ne lui paraissait pas suffisant.

Il regarda Hollis disparaître dans la foule et entra dans la salle, où il retrouva Beck. Son ami avait trop bu, ce qui le rendait volubile.

Leo s'assit. La tête lui tournait, ses pensées tourbillonnaient. Que devait-il faire ?

Pennybacker entra, demanda à Leo ce qu'il voulait à sa servante weslorienne et le pria de quitter la maison sur-le-champ.

# *Chapitre 27*

*Une certaine perruche, dont les plumes se froissent pour un oui ou pour un non, déploie néanmoins son plumage dans l'espoir d'attirer l'attention d'un vicomte à marier. Nous espérons que ce bon parti présentera sa demande à cette oiselle avant qu'elle ne mue.*

*Deux dames ont été remarquées portant des robes créées par lady Caroline Hawke. Il se dit en ville que lady Caroline compte investir dans une boutique afin de faire connaître son talent de styliste à toutes les dames de Londres.*

*Mesdames, il ne devrait pas être nécessaire de préciser que le gris n'est pas une couleur adaptée à un bal d'été. Il devrait sans doute être strictement réservé aux périodes de deuil.*

*Honeycutt's,*
*gazette mode et maison pour ladies*

Il fallut que Leopold et Garrett unissent leurs forces pour transporter Beck dans la maison et le mettre au lit. Caroline les précédait, ôtant les obstacles de leur chemin. Quand il fut enfin sur son lit, une jambe pendant à l'extérieur, Beck se lamenta d'avoir perdu autant d'argent au jeu.

— Occupez-vous de Beck, Garrett, ordonna Caroline. Je vais raccompagner le prince.

— Attendez ! Attendez, attendez, cria Beck en se soulevant sur un coude. Leo… promettez-moi que, s'il m'arrivait quelque chose, vous veilleriez sur Caro.

— Beck ! Il ne t'arrivera rien. Tu es ivre et tu dis n'importe quoi.

— Promettez-moi, mon vieux. Je sais que vous avez un œil sur elle. N'allez pas croire que je n'ai pas remarqué ! souligna-t-il en agitant un doigt.

— Oui, mon ami. C'est promis, dit Leo en souriant.

— Revenez la chercher, s'il le faut. Elle serait mieux en Alucie qu'avec tous ces chacals…

Ses yeux se fermèrent.

— Seigneur, murmura Caroline. Majesté, je vous raccompagne.

Ils sortirent, tandis que Garrett ôtait les bottes de Beck.

Caroline tira la porte de la chambre derrière elle, et Leo s'adossa au mur en souriant tristement. Il avait défait sa cravate et son écharpe de soie avait glissé sur son épaule. Il était si beau qu'elle sentit son cœur battre plus fort. Le prenant par la main, elle l'entraîna dans l'escalier, puis dans le salon.

Le foyer était vide, les rideaux tirés. Caroline saisit une bougie à tâtons et l'alluma. Leo lui prit le chandelier des mains et le posa sur la table.

Puis il l'enlaça.

Caroline ne savait pas ce qu'elle faisait, mais elle ne voulait pas perdre une minute de sa présence.

— Tout est allé de travers, n'est-ce pas ? Hollis m'a raconté ce qui s'était passé. Mais Katherine Maugham était déjà venue me trouver, par pure bonté d'âme. Elle pensait qu'il fallait que je sache qu'elle vous avait vu en train de séduire une servante, et que je ne devais pas croire dans la sincérité de vos attentions.

— Elle vous a dit cela ? fit-il, abasourdi.

— Elle s'est fait un plaisir de me dire la chose, croyez-moi.

— Elle s'est aussi fait un plaisir de le répéter à lord Pennybacker. Mais cela importe peu. Rasa a refusé de partir, elle est contente de son emploi. J'ai raconté à Pennybacker qu'elle avait repoussé mes avances et s'était enfuie.

— Leopold !

— Que vouliez-vous que je lui dise ? Je ne pouvais pas lui faire de tort. J'ai fait de mon mieux, mais je dois accepter l'idée que je ne pourrai pas toutes les sauver. Rasa a refusé de me suivre, et la fille chez les Farrington en fera peut-être autant. Il en manque toujours une autre, dont je n'ai pas retrouvé la trace.

— La servante de Priscilla saura peut-être où elle se trouve ? Je ferai tout mon possible pour vous aider.

Mais Leopold secoua la tête.

— Quoi qu'il arrive au cours du dîner chez les Farrington, je partirai un jour ou deux après, en fonction de la marée.

Il lui caressa la joue du bout du pouce.

La date était donc fixée. Caroline lui prit le poignet.

— Leopold…

Elle ne put se résoudre à prononcer les mots qu'elle avait en tête. Elle noua brusquement les bras autour de son cou pour l'embrasser. Il l'enlaça, en ravalant un rire de gorge. Mais, pour Caroline, rien ne prêtait à rire. Elle avait trouvé l'homme qu'elle voulait. Celui pour qui elle pourrait tout quitter. L'homme qui avait su voir, au-delà des apparences, ce qu'elle avait dans le cœur.

Un désir violent s'empara d'elle. Son adoration pour Leo était si puissante qu'elle était étourdie. Elle avait l'impression de rêver éveillée.

Il resserra les bras autour de sa taille et explora sa bouche.

Son désir enveloppa la jeune femme comme une cape brûlante, son cœur se gonfla et se mit à battre à vive allure. Elle eut l'impression que son armure se craquelait et que la chaleur de Leo pénétrait en elle comme de la lave. Elle s'agrippa à lui, et toutes ses pensées se dissipèrent.

Leo poussa un grognement. Relevant la tête, il serra les doigts sur ses bras.

— Ne faites pas cela, Caroline. Je ne puis continuer comme cela, sans…

— Je n'arrêterai pas, déclara-t-elle en cherchant ses lèvres.

Leo la souleva et l'emmena vers le canapé tout en déposant des baisers le long de son cou.

— Je n'ai pas oublié ce que vous m'avez dit. Vous protégerez votre vertu jusqu'au mariage, murmura-t-il en enfouissant les doigts dans ses boucles.

Caroline le repoussa, l'obligeant à soutenir son regard.

— Ce n'est pas exactement ce que j'ai dit. J'ai dit

que je ne renoncerai pas à ma vertu, à moins d'être amoureuse.

Les prunelles bleues de Leo s'assombrirent.

— L'êtes-vous ?

— Avez-vous vraiment besoin de poser la question ? Je vous aime, Leopold. Je vous admire, je vous adore. Si vous étiez quelqu'un d'autre, je vous supplierais de demander ma main.

L'expression de Leo changea. Il lui prit la main et la posa à plat sur sa poitrine pour lui faire sentir les battements de son cœur. Puis il lui caressa le visage, les épaules, les seins.

— Je vous aime, Caroline. Je ne sais pas comment c'est arrivé, comment vous vous êtes insinuée sous ma peau et dans mon cœur. Dans toutes mes pensées. Cela n'aurait jamais dû arriver.

— Je sais, je sais, mais cela m'est égal, dit-elle, le souffle court. Je sais que je ne peux vous avoir, Leopold. Mais je ne peux vous laisser partir sans vous avouer ce que j'éprouve pour vous. Je suis folle de désir. Pas vous ?

— Je suis fou aussi, marmonna-t-il en lui caressant le visage. Fermez les yeux.

Caroline obéit et se renversa contre le dossier du canapé, cédant à ses pulsions. Il posa les lèvres sur elle, traçant sur sa peau un sillon brûlant. Elle sentit une flamme surgir en elle, et une vague chaude se répandit dans tout son corps, jusqu'au bout de ses doigts.

Leo fit glisser sa main jusque sur sa cheville. Puis ses doigts remontèrent sous sa robe, effleurant son mollet, sa cuisse, son sexe… Les mains accrochées à ses épaules, elle l'embrassa, pressant son corps contre le sien. Elle en voulait davantage, elle le voulait tout entier.

La main de Leo s'insinua entre ses cuisses pour la caresser. Mais cette fois ce n'était plus suffisant pour elle. Sa propre main s'aventura sur le corps de son bien-aimé et se posa sur son sexe dressé. Leo poussa un grognement en se pressant contre elle pour lui faire sentir la force de son désir.

Le désir de la jeune femme était si ardent qu'elle oublia toutes les barrières qu'elle avait érigées pour protéger sa vertu. Il n'avait eu aucun mal à abattre ses défenses et prendre possession de son corps. Caroline n'avait jamais éprouvé de sentiment aussi violent, aussi puissant que sa faim de lui.

Prenant un sein au creux de sa main, il lui embrassa le menton, la gorge et la chair qui dépassait de son corsage. Faisant glisser celui-ci, il lui embrassa le ventre à travers son corset, puis parvint à dégager un sein de son écrin de soie. Il taquina la pointe de ses lèvres et de ses doigts. Caroline poussa un soupir de plaisir.

— Il faut que vous soyez sûre, dit-il en posant le front contre le sien. Vous devez être certaine que c'est ce que vous voulez. Dieu me pardonne, je ne suis pas assez fort pour vous aider à prendre cette décision. Je suis à deux doigts de prendre sauvagement possession de votre corps. Vous me comprenez, Caroline ?

Émue par sa franchise, elle se dressa sur un coude et l'embrassa.

— Je ne vous demande pas de prendre une décision à ma place, Leopold. Je vous demande juste de me procurer le plaisir auquel j'aspire.

Elle crut voir ses yeux étinceler dans la pénombre.

Il murmura quelque chose en alucien et l'embrassa avec tendresse. Mais celle-ci fut très vite balayée par la passion. En un instant, ses mains et ses lèvres furent partout sur elle. Il arracha sa veste, fit passer sa chemise par-dessus sa tête. Pour la première fois, Caroline put poser les paumes sur son torse nu.

Glissant une main virile entre ses cuisses, il la caressa, insinuant délicatement les doigts en elle, l'aidant à s'ouvrir pour lui. Égarée, elle ne savait ce qu'elle devait faire. Sa respiration était saccadée, comme si elle avait couru. Elle sentait la spirale du plaisir se déployer en elle, et elle agrippa la nuque de Leo en l'attirant vers elle pour lui mordiller les lèvres.

— Maintenant, murmura-t-elle.

— Tu me rends fou. Doucement…

Elle ne pouvait se détendre, c'était impossible.

Enfonçant les doigts dans les épaules de Leo, elle ferma les yeux et s'abandonna au plaisir qu'il lui offrait. Ses doigts virils pénétrèrent profondément en elle et se retirèrent, dans un mouvement régulier et instinctif, tandis que ses lèvres glissaient sur ses joues, sa bouche, ses paupières. Quand ses lèvres atteignirent la pointe de son sein nu, elle se sentit basculer dans le vide.

Elle eut conscience qu'il se débarrassait de ses vêtements. Elle poussa un cri étouffé quand il guida sa main vers lui. Puis il pressa son sexe contre les pétales de sa chair. Caroline perdit la tête. La sensation dépassait de loin tout ce qu'elle avait déjà éprouvé dans la vie.

Leo lui ramena les mains au-dessus de la tête et les maintint. Il l'embrassa tendrement tout en pénétrant très lentement en elle.

Le désir et l'amour faisaient battre le cœur de Caroline.

Cette intimité l'emplissait d'une douce euphorie. Mais, alors qu'il s'enfonçait délicatement en elle et se pressait contre son hymen, elle prit conscience que ce moment, avec l'homme qu'elle aimait, était le plus précieux de son existence. Elle n'éprouverait plus jamais de sentiments aussi profonds pour un homme. Jamais elle ne vivrait d'expérience aussi remarquable.

D'un brusque coup de reins, il s'insinua davantage dans son intimité. Elle se tendit et comprit que quelque chose de merveilleux était en train de se produire. Son propre corps s'adaptait à celui de Leo.

Il la caressa et l'embrassa encore, puis se mit à bouger en elle tout en lui susurrant des mots doux d'encouragement. Tout à coup, il cessa de parler. Sa respiration se fit plus profonde, ses gestes devinrent plus lents. Le corps de Caroline suivait son rythme, comme s'il savait ce qu'il fallait faire pour atteindre avec lui le point culminant. Elle se laissa porter.

Alors, glissant une nouvelle fois la main entre ses jambes, il se mit à la caresser. Un instant plus tard, la jouissance la submergea.

Il la suivit aussitôt et se retira au dernier moment. Puis il retomba sur elle.

Caroline pressa les lèvres contre sa chair, les mains sur son torse. Elle était sans voix. Impossible d'imaginer faire cela avec un autre homme que lui. Il ne pouvait y avoir d'autre homme que Leopold.

Ce qui posait un léger problème, auquel Caroline se promit de réfléchir dès le lendemain. Pour le moment, elle voulait seulement se blottir tendrement contre lui.

— Je t'aime, dit-il, les lèvres contre son épaule. Je

veux que tu le saches. Je t'aime, Caroline Hawke. Et quoi qu'il arrive je t'aimerai toujours.

Il faisait trop sombre pour qu'il voie les larmes dans ses yeux.

— Je t'aime, Leopold. Désespérément.

Ils restèrent un long moment blottis l'un contre l'autre. Puis Leopold finit par se lever et rajuster ses vêtements. Le chignon de Caroline s'était défait, sa belle jupe était froissée, son jupon déchiré. Cela lui était égal.

Leo l'aida à se lever et la serra dans ses bras.

— Caroline, je…

Les mots s'éteignirent sur ses lèvres. Elle ne voulait pas l'entendre dire qu'il était obligé de partir, se rappeler que le moment où il la quitterait pour toujours approchait inexorablement.

Il lui embrassa la joue, la bouche, la main, puis de nouveau les lèvres, plus longuement. Puis il gagna la porte. La main sur la poignée, il jeta un coup d'œil derrière lui et soutint son regard. Caroline eut l'impression de vivre une scène irréelle. La bougie était presque éteinte, Leo était dans l'ombre. Tel un rêve. Son rêve d'été.

Elle demeura debout au même endroit, longtemps après qu'il eut franchi la porte. Incapable d'esquisser un geste. C'est à peine si elle parvenait à respirer.

Caroline était toujours dans son lit, le lendemain matin, quand Martha vint l'avertir qu'elle avait de la visite.

— Qui ? demanda-t-elle d'une voix ensommeillée.

— Je ne sais pas, mademoiselle. Garrett m'a dit de monter vous chercher.

Son cœur fit un bond. Était-ce Leopold ? Souriant à cette idée, elle rejeta les couvertures. Elle enfila une robe simple, noua ses cheveux sur sa nuque et dévala l'escalier. Mais quand elle fit irruption dans le salon, celui-là même où elle avait vécu des instants si merveilleux quelques heures plus tôt, elle ne vit pas de Leopold.

Le visiteur, Mr Drummond, du ministère des Affaires étrangères, se tenait à côté d'un Beck au teint verdâtre.

# *Chapitre 28*

*Un dîner donné chez un membre de la Chambre des lords se termina dans la panique générale quand on s'aperçut qu'une servante, nouvelle dans la maison, s'était enfuie au cours de la soirée. Les convives se séparèrent rapidement. Dans les jours qui suivirent, l'hôtesse et sa famille partirent pour leur domaine de campagne. Personne n'a eu de leurs nouvelles depuis lors.*

*Mesdames, un bon plumeau ne suffit pas toujours à déloger la poussière dans les coins. Nous vous conseillons de former une boule avec la mie d'un pain de son, et de vous en servir pour accrocher la poussière. Et le tour sera joué !*

*Honeycutt's,*
*gazette mode et maison pour ladies*

L'ambassadeur Redbane rendit visite à Leo à l'hôtel Clarendon, à l'improviste, le matin précédant le dîner chez les Farrington. Il était aussi agité que s'il avait eu une meute de loups à ses trousses.

— Bonjour, Redbane, dit Leo en levant les yeux de son journal. Est-ce que tout va bien ?

— Majesté, bredouilla Redbane en serrant son chapeau contre sa poitrine. Vous devez impérativement partir pour l'Alucie demain, dès la marée montante. Le navire royal est prêt à vous recevoir à bord.

Leo se figea.

— Demain ? Pourquoi ?

Redbane prit une lettre dans sa poche.

— C'est une requête spéciale qui émane du secrétariat d'État britannique aux Affaires étrangères. Les autorités s'imaginent, de façon tout à fait scandaleuse, que vous complotez avec les Wesloriens contre le roi, ou même que vous êtes impliqué dans une machination encore plus abominable. Ils sont venus me voir, en exigeant que le roi vous rappelle immédiatement à Helenamar.

— Je vous demande pardon ?

Leo posa son journal et se leva. Redbane lui donna la lettre.

Il en parcourut rapidement le contenu. C'était un document officiel, exigeant qu'il quitte le territoire sous prétexte de « conduite inappropriée ».

— Conduite inappropriée ? dit-il à haute voix.

— C'est une excuse plus acceptable que les accusations dont vous faites l'objet. Ils ne veulent pas d'ennuis, Majesté. Il ne faut pas qu'un complot contre votre père soit ourdi à Londres.

— Je ne complote pas contre mon père. Mais, s'ils le croient, il suffit qu'ils me suivent en Alucie, où je révélerai la vérité sur mes activités, rétorqua Leopold d'un ton bref. Un message a-t-il été envoyé à mon père ?

Redbane fit un signe affirmatif.

Leo savait que son père n'accorderait aucun crédit à

l'accusation de trahison. En revanche, il croirait certainement qu'il avait eu une « conduite inappropriée ».

— Il est dans l'intérêt de l'Alucie que vous partiez.

— Très bien, j'ai compris. Mais je ne partirai pas avant lundi.

— Mais Majesté…

— Rien ne me fera changer d'avis, Redbane. J'ai une dernière affaire à régler avant mon départ.

Redbane pinça les lèvres.

— Y a-t-il autre chose ?

— Non, Majesté.

— Dans ce cas, vous pouvez disposer, dit Leo avec agacement.

Cette nouvelle le contrariait. Il n'avait toujours pas réussi à mettre la main sur l'une des femmes, et il ne savait pas ce qui se passerait le soir. Mais c'était surtout le fait de perdre Caroline qui le rendait malade. Il savait que ce moment viendrait et qu'il devrait lui dire adieu. Mais il s'était efforcé de ne pas y penser.

Elle représentait tout pour lui. Elle était la lumière qui guidait son âme. Comment pouvait-il partir et continuer à vivre, en sachant qu'il ne la verrait plus pendant des mois, voire des années ? Quand ils se rencontreraient de nouveau, ce serait en Alucie et il serait marié. À Eulalie ou à quelqu'un d'autre.

Son humeur s'assombrit pour le reste de la journée. Il s'habilla pour le dîner, avec l'impression étrange de ne plus occuper son propre corps. Comme s'il était devenu quelqu'un d'autre, qui ne trouvait plus sa place.

Qu'avait-il fait ? Avait-il dérobé l'honneur d'une femme qu'il aimait pour l'abandonner dès le lendemain ? Sur l'instant, il lui avait paru impossible de faire autrement.

Aujourd'hui, avec ce bannissement suspendu comme une épée de Damoclès au-dessus de sa tête, il avait l'impression de n'avoir été qu'un monstre d'égoïsme.

Il regarda Freddar, qui avait vingt ans de plus que lui.

— Qu'en dites-vous, Freddar ? Êtes-vous prêt à repartir ?

— Oui, Majesté. Ma famille me manque.

La famille ne manquait pas à Leo. En revanche, Caroline allait terriblement lui manquer.

Lord Farrington l'accueillit lui-même à la porte.

— Bienvenue, bienvenue, Majesté ! Merci d'être venu, dit-il tandis que Leo donnait son manteau au valet. Nous sommes en petit comité ce soir, j'espère que cela ne vous fait rien. J'ai hâte de discuter avec vous, car j'ai travaillé en étroite collaboration avec Mr Vinters, d'Alucie.

Leo fit une pause.

— Vraiment ?

C'était le nom que Lysander lui avait communiqué. Le conseiller en qui son père avait entièrement confiance, et qui se livrait au trafic d'êtres humains.

— C'est un homme très intelligent. Je pense que nous pourrons trouver de nombreux terrains d'entente entre nos deux pays. Le commerce, naturellement. Mais aussi les arts. Cette idée me plaît beaucoup.

— Une noble activité, murmura Leo.

Il suivit Farrington dans un vaste salon dont la décoration, à en juger par l'éclat des tapis et des tentures, venait d'être renouvelée. Il fut accueilli par lord Ainsley, lady Katherine Maugham et sa mère lady Maugham. Lady Katherine évita de croiser son regard.

Hollis et son père, le juge Tricklebank, étaient

également là. Il fut présenté à Mr Edward Hancock et son épouse, Felicity Hancock. Et, naturellement, Caroline et Beck. Leo était un acteur médiocre, et il ne put réprimer un sourire quand il la vit. Elle portait une superbe robe, d'un vert pâle et scintillant.

— Très jolie robe, lady Caroline, dit-il poliment en se penchant sur sa main.

— Elle vous plaît ? Je l'ai aussi faite moi-même. Nous ne vous avons pas vu depuis deux jours, Majesté. Vous seriez-vous lassé de nous ?

— Absolument pas. Malheureusement j'ai été très occupé.

Beck intervint avec une certaine brusquerie.

— Caro, va tenir compagnie au juge, s'il te plaît. J'aimerais dire un mot au prince.

— Vraiment ? Quel mot ?

— Si je voulais que tu le saches je t'aurais demandé de rester. Cela me paraît évident ! File, ordonna Beck en agitant les doigts.

Souriant à Leo, elle traversa le salon pour aller retrouver Hollis et son père.

Beck désigna du menton un angle de la pièce.

— Quelque chose ne va pas ? s'enquit Leo, quand ils furent à l'écart des autres invités.

— Vous êtes surveillé, murmura Beck. Des gentlemen du ministère des Affaires étrangères sont venus me voir. Ils semblent croire que Caro sait quelque chose au sujet d'un complot visant à renverser votre père. Ils pensent que vous vous êtes confié à elle. Que diable se passe-t-il, Leo ? Pourquoi pensent-ils que ma sœur connaît vos projets ? Et, en fait, quels sont vos plans ?

— Je n'en ai pas, Beck. Pour l'amour du ciel, je ne

complote pas contre mon père, je l'adore. Je ne connais même pas mon oncle. En fait, l'affaire est totalement différente.

— C'est-à-dire ?

— Il y a eu une trahison dans l'entourage de mon père, mais je ne peux pas en dire plus. Je vous supplie de me faire confiance, Beck.

— Et Caroline ?

Leo déglutit. Il ne pouvait mentir à son ami.

— Elle m'a aidé à rencontrer des gens qui pouvaient m'être utiles.

Beck se rembrunit. Sa réponse était trop vague. Mais Leo refusait d'en dire davantage. Il ne pouvait impliquer Caroline.

— Écoutez, reprit Beck. Je ne sais pas de quoi il s'agit, mais ces hommes ne plaisantent pas. Je vous conseille de quitter le pays au plus vite.

— J'ai l'intention de partir cette semaine.

— Leo, la vérité importe peu. Ce qui compte, c'est ce qu'ils croient. Or, ces gens vous croient corrompu.

— Je comprends.

Ces gens étaient prêts à sacrifier n'importe quel bouc émissaire pour poursuivre ce trafic lucratif. Comment diable s'était-il mis dans ce bourbier ?

— Je l'espère, dit Beck. Pour ma sœur.

Beck tourna le dos et s'éloigna. Leo retourna à regret vers les autres invités. Il aurait voulu dire un mot à Caroline, mais tous les regards étaient fixés sur elle. Naturellement, elle était entourée de sa cour.

Pendant le dîner, il fut placé en face de Caroline. Celle-ci riait et bavardait comme à son habitude. Elle était d'une beauté incomparable et se comportait comme si rien ne s'était passé entre eux. Il aurait pu passer toute la soirée à la regarder, mais lady Katherine Maugham et son amie lady Hancock ne l'entendaient pas de cette oreille. Elles le bombardèrent de questions stupides, et il ne put cacher son ennui.

Sa seule consolation fut de voir de temps à autre Caroline le regarder, les yeux brillants. Il garderait toujours dans son cœur ces yeux et ce sourire délicieux. Il se rappellerait cette nuit, penserait à elle, et à ce que la vie aurait pu leur offrir.

Elle accusa en riant Mr Hancock d'avoir confondu leur carrosse avec le sien, un jour à Park Avenue. Puis elle félicita Mrs Hancock pour sa robe. Ensuite, elle fit rire toute la table en racontant l'histoire de trois très jeunes filles qui, étant sorties sans l'autorisation de leurs parents, s'étaient perdues dans un bosquet.

— Où était-ce ? demanda lady Farrington.

— Chez nous, à Bibury. Nous y passions tous les étés.

— Je me souviens vous avoir sévèrement réprimandées, dit le juge.

— Je ne vous ai jamais vu les réprimander, protesta Beck en riant. Avouez, monsieur, que vous les gâtiez terriblement.

— Je n'étais pas pire que vous, Hawke.

La conversation s'orienta vers les nouveaux tribunaux de campagne, et le juge Tricklebank avoua qu'il aurait aimé exercer dans l'un d'eux.

— Vous ne pouvez pas partir à la campagne ! s'exclama Caroline. Que deviendrions-nous, Hollis et moi ?

— D'ici là, vous serez toutes les deux mariées. C'est mon souhait le plus cher et je prie avec ferveur pour qu'il se réalise.

Tout le monde éclata de rire.

— Vos prières n'ont pas encore donné de résultat, papa, dit Hollis.

Quand les assiettes eurent été retirées, Caroline pria les autres de l'excuser et sortit de la salle à manger.

Sur le seuil, elle lança à Leo un regard si bref qu'il crut l'avoir imaginé. Puis elle disparut. Il baissa les yeux, l'estomac noué par la nervosité. Il ne voulait pas que son séjour se termine ainsi. Mais il était déjà allé si loin… Le risque valait la peine d'être couru, s'il parvenait à sauver encore une fille.

— Les dames vont peut-être se retirer pour laisser les messieurs fumer leurs cigares ? suggéra lady Farrington.

Elles acquiescèrent et sortirent.

Il sembla à Leo que les autres n'en finissaient plus de fumer. Campé devant la fenêtre, il écoutait les gentlemen discuter des sujets qui leur plaisaient. La chasse, les courses, les femmes.

Finalement, se détournant de la fenêtre, il s'excusa et sortit.

— Il y a un pot de chambre dans l'angle, Majesté ! lança Farrington.

Il avait trop bu, comme ses invités, qui éclatèrent de rire.

Leo rit aussi, mais sortit dans le couloir et rabattit la porte derrière lui. Caroline se tenait devant l'entrée du salon. Il comprit qu'elle l'attendait, et elle vint vers lui.

— C'est la dernière porte à droite, chuchota-t-elle. Elle vous attend.

Elle fit mine de retourner dans le salon, mais Leo la retint par la main.

— Caroline, attendez… Il faut que je vous parle.

— Oui, bien sûr. Mais il faut que vous la voyiez d'abord. Elle a peur, mais elle veut s'enfuir.

Caroline dégagea ses doigts, traversa le hall et disparut dans le salon.

Leo regarda la porte qu'elle lui avait désignée. Une de plus à secourir, et il pourrait enfin cesser de jouer les héros.

Caroline était certaine que personne ne l'avait vue s'éclipser. Quand elle entra dans le salon, toutes les dames bavardaient et aucune ne leva les yeux vers elle. Tant mieux. Elle avait les nerfs à vif et était toute chamboulée. Elle se rendit à la fenêtre et regarda à l'extérieur, mais il faisait nuit. Sa respiration était saccadée, elle respirait avec difficulté.

— Ah, vous êtes là, Caroline. Où étiez-vous passée ?

Caroline sursauta et se tourna vers lady Katherine.

— Oh. J'étais dans le salon de repos.

— Ah. J'aimerais me recoiffer avant que les gentlemen nous rejoignent. C'est dans le couloir ?

Caroline fut prise de panique. Il n'y avait rien dans le couloir, à part un bureau où Leo se trouvait en ce moment même avec Eowyn.

— Oh ! ce n'est pas le moment. Les servantes sont en train de faire le ménage.

— Le ménage ? À cette heure-ci ?

— Eh bien…

Caroline fit la grimace et posa la main sur son estomac.

— J'ai mangé quelque chose qui ne m'allait pas. Le poisson, je pense. On ne sait jamais combien de temps il reste sur les étals.

Cet affreux petit mensonge fonctionna à merveille. Katherine parut consternée.

— Oh ! ciel. Mais ils ont dû avoir le temps de nettoyer.

Quelle peste ! songea Caroline. Il fallait toujours qu'elle fourre son nez partout. Elle rêvait de découvrir quelque chose sur Caroline qu'elle pourrait répéter sur tous les toits.

— Peut-être. Je vais vérifier.

— Ce n'est pas nécessaire, répondit Katherine en penchant la tête de côté.

Caroline sourit.

— Je reviens tout de suite, dit-elle.

Elle sortit et courut dans le couloir en regardant derrière elle pour s'assurer que Katherine ne l'avait pas suivie. Alors qu'elle parvenait devant le bureau, elle entendit les gentlemen qui se préparaient à rejoindre les dames. Ils ne mettraient pas longtemps à s'apercevoir que Leo et elle avaient disparu.

Elle fit irruption dans le bureau. Leopold et la jeune fille tressaillirent. Eowyn sanglotait et Leo lui parlait doucement en alucien.

— Ils sont… On vous cherche.

Leo comprit tout de suite, posa une main sur le bras de la servante et continua de lui parler en alucien. Mais des voix résonnaient dans le couloir.

— Ils viennent !

— Allez chercher vos affaires et attendez-moi dehors sur le côté de la maison, ordonna Leo à Eowyn. Ne prenez que le strict nécessaire et ne parlez à personne.

Les voix approchaient. Caroline reconnut celle de Tom, le mari de Priscilla, et aussi celle de Katherine.

— Trop tard ! Eowyn, cachez-vous !

Eowyn plongea derrière un fauteuil, mais cela ne suffisait pas à la dissimuler. Ils allaient la repérer tout de suite et penseraient le pire sur Leopold. Farrington était derrière la porte.

Caroline sut instinctivement que la seule façon de cacher la jeune fille était de créer une diversion. Elle se jeta vers le prince et noua les bras autour de ses épaules. Leo trébucha et se rattrapa de justesse. Caroline l'embrassa au moment où la porte s'ouvrait. Elle mit dans ce baiser tout son désir et tous les regrets qu'elle garderait pendant le restant de ses jours.

Leopold lui rendit son baiser. Ils étaient étroitement enlacés. Leur dernière étreinte, leur dernier baiser.

Puis ce fut le chaos.

Caroline entendit le cri de Katherine. Farrington se mit à hurler.

Caroline s'écarta de Leopold et se rua vers la porte.

— Ce n'est pas ce que vous croyez ! cria-t-elle.

— Majesté, comment osez-vous compromettre cette jeune femme ? cria Farrington.

D'autres invités arrivèrent et Caroline s'approcha de Farrington.

— J'étais consentante ! s'exclama-t-elle en saisissant les revers de sa veste.

— Caroline ! cria Leopold.

Tout le monde sortit dans le hall. Caroline sanglotait en répétant qu'elle n'avait rien fait de mal, qu'elle avait seulement suivi l'élan de son cœur. Leopold priait Farrington de lui pardonner. Tout le monde criait, les carlins de Priscilla aboyaient à tue-tête, et Katherine pleurait, ce qui étonna un peu Caroline.

Hollis, blême et les yeux écarquillés, vint lui prendre la main.

Ce fut Beck qui l'effraya le plus. Elle ne l'avait

jamais vu dans un tel état de fureur. Il lui prit le bras en enfonçant les doigts dans sa chair et l'entraîna avec lui. Elle n'entendit pas ce qu'il dit à leurs hôtes. Farrington continuait de hurler, menaçant Leopold de rompre toute relation entre les deux pays.

Priscilla, sa grande amie, la regardait d'un air horrifié.

— Dans ma maison, Caroline ? Sous mon toit ?

Beck parvint à faire sortir Caroline et il la poussa dans la voiture. Elle attendit, essayant de voir par la fenêtre ce qui se passait. Mais il faisait nuit, elle ne distinguait rien. Plusieurs minutes plus tard, Beck grimpa dans la voiture à son tour et frappa si fort au plafond qu'elle crut qu'il allait le transpercer.

— Je peux tout t'expliquer.

Mais son frère l'arrêta d'un geste.

— Non. Ne dis pas un mot, Caroline. Je ne veux rien entendre.

Ils effectuèrent le trajet en silence. Quand ils arrivèrent, Beck ne l'aida pas à descendre. Il sauta sur le sol, franchit le portail et monta directement dans sa suite. Il fit claquer sa porte si violemment que le bruit résonna dans toute la maison.

Caroline gagna lentement sa chambre. Ses jambes étaient lourdes, son cœur douloureux. Elle se laissa tomber sur son lit, la tête dans l'oreiller. Elle était épuisée. Sa réputation était en ruine, elle ne reverrait sans doute jamais Leopold, et elle ne savait même pas si Eowyn avait réussi à s'échapper.

Ses larmes se mirent enfin à couler. Mais elle ne pleurait pas sur la perte de sa réputation.

Elle pleurait parce qu'elle avait perdu Leopold.

# *Chapitre 29*

*Plusieurs personnes ont été vues entrant et sortant d'une certaine maison de Upper Brook Street, ces deux derniers jours. Nous pourrions croire qu'un des occupants de la maison est malade. Il est fort possible que ce soit vrai. Les événements qui se sont déroulés chez des amis ont provoqué de terribles bouleversements et une grande confusion.*

*Mesdames, si votre époux manifeste une certaine léthargie et peu d'entrain au travail, sachez qu'une cuillerée de bois de réglisse dans son thé lui rendra sa vitalité. Le bois de réglisse Carson est idéal à petites doses, car votre époux ne soupçonnera rien.*

*Honeycutt's,*
*gazette mode et maison pour ladies*

Caroline s'endormit en pleurant et passa une nuit agitée, dans un sommeil léger et entrecoupé de crises de larmes. Le lendemain, elle fut tirée de sa somnolence par un rayon de soleil qui s'était glissé entre les tentures de la fenêtre.

— Quelle heure est-il ? marmonna-t-elle, en pliant un bras sur son front pour se protéger de la lumière.

— 1 heure, répondit Martha, depuis le fond de la chambre.

Caroline ouvrit les yeux. Ses paupières étaient gonflées et ses tempes serrées dans un étau. Elle s'assit lentement, et ses cheveux tombèrent tel un rideau devant son visage.

— Il s'est passé quelque chose de terrible hier soir, Martha.

La femme de chambre ne répondit pas tout de suite. Caroline ferma les yeux, poussa ses cheveux de côté, puis jeta un coup d'œil à Martha.

— Je suis au courant, mademoiselle, dit celle-ci d'un air penaud. Une autre servante a disparu, et l'histoire de sa fuite s'est vite répandue. On dit qu'il s'agit d'un triangle amoureux.

— Un triangle amoureux ?

Martha détourna les yeux.

— Le prince, la servante et vous.

— Oh ! mon Dieu. Ma réputation est ruinée, n'est-ce pas ?

Martha n'essaya pas de la détromper. Elle s'assit à côté d'elle sur le lit et lui passa un bras sur les épaules, comme elle l'avait déjà fait si souvent.

— Ne vous tracassez pas, mademoiselle. Lord Hawke va tout arranger.

Mais Beck n'arrangea rien du tout. Il n'aurait pas pu le faire, même s'il l'avait voulu. Un peu plus tard dans l'après-midi, il la convoqua dans son bureau. Elle le trouva vieilli. La fatigue avait dessiné des cercles mauves sous ses yeux, et les rides sur ses tempes étaient plus profondes qu'elle ne l'avait cru. Elle se tint docilement devant lui, les bras croisés, partagée entre la honte, la fatigue et la crânerie.

Beck soupira.

— Que dois-je faire, Caro ? Dis-le-moi ! Ta réputation est en lambeaux. Je suis passé au club ce matin, et tout le monde avait déjà entendu parler de l'esclandre chez les Farrington.

Un rayon de lumière perça les nuages et tomba entre le frère et la sœur, telle une barrière invisible.

Caroline était aussi lasse que si elle avait gravi une montagne. Ses bras tremblaient, ses jambes étaient flageolantes. Elle s'assit lourdement sur le canapé.

— J'essayais seulement de l'aider.

— En le séduisant ? C'est ce qu'ils vont dire, tu sais. Dans ce genre de situation, la faute retombe toujours sur la femme.

— Je ne l'ai pas séduit. Ce n'est pas cela du tout.

Beck contourna son bureau et tira un fauteuil pour s'asseoir face à elle.

— Que s'est-il passé, alors ? Dis-le-moi, Caro. Aide-moi à comprendre.

Caroline n'eut pas la force de lui épargner les détails. Elle lui dit tout. Le terrible sort des servantes wesloriennes, et tout ce que Leopold avait fait pour les secourir. Elle lui avoua qu'elle était tombée amoureuse de lui, et qu'il éprouvait aussi de l'amour pour elle. Elle expliqua à Beck que la veille, quand elle avait vu la tournure que prenaient les événements, elle avait fait la seule chose qui lui était venue à l'esprit, créant un scandale pour en couvrir un autre.

Quand elle eut fini son récit, Beck avait compris. Il

s'était considérablement adouci. Il se renversa dans son fauteuil en soupirant et regarda par la fenêtre.

— Pourquoi n'as-tu pas dit tout cela à Mr Drummond quand il nous a rendu visite ?

— Je n'étais pas sûre de pouvoir lui faire confiance et je craignais de faire du tort à Leopold.

Beck posa les mains sur ses genoux.

— Bien. Tu vas devoir quitter Londres pendant quelque temps.

— Pourquoi ? Je te promets de ne pas sortir…

— Caro… Tu ne comprends pas ? Cette société que tu aimes tant est semblable à un chien enragé. Ils se retourneront contre toi et te cloueront au pilori à la première opportunité. Tu partiras avec Martha dans notre maison de campagne, à Bibury. Espérons qu'avec le temps les bruits se calmeront.

La gorge de Caroline se serra. Elle ne se voyait pas vivre indéfiniment à la campagne. Que ferait-elle ? Comment survivrait-elle sans ses amis ? Que deviendrait son projet d'ouvrir une boutique de couture ? Allait-elle pouvoir se passer des dîners, des bals, des visiteurs, de tout ce qui constituait la trame de sa vie à Londres ? Que serait-elle sans son style de vie ?

— Mais… et Leopold ?

— Non, Caroline. Je suis désolé, ma chérie, je sais que tu l'aimes. Je m'en doutais depuis quelque temps en réalité. Mais tu ne dois plus penser à lui. Il embarque demain pour Helenamar et il ne reviendra pas. Sa réputation est encore pire que la tienne.

Il se pencha en avant pour lui prendre la main.

— Je te comprends, moi aussi j'ai eu le cœur brisé.

Mais cela s'arrangera avec le temps, et en changeant d'environnement. Peu à peu, tu arriveras à penser à autre chose.

Caroline ne le croyait pas. Elle ne pourrait jamais cesser de penser à son prince.

Hollis leur rendit visite le lendemain matin. Beck la reçut dans le grand hall et lui expliqua que le moment était mal choisi.

— Ce ne sera jamais le bon moment, Beck. Laissez-moi passer.

— Croyez-vous pouvoir entrer chez moi et me donner des ordres, Hollis Honeycutt ?

— Évidemment, Beck ! Caroline est comme une sœur pour moi, et vous ne m'empêcherez pas de la voir.

— Pourquoi n'êtes-vous pas capable de m'écouter ? Pourquoi en êtes-vous toutes incapables ? cria-t-il, alors qu'elle passait devant lui et s'engageait dans l'escalier.

Hollis l'ignora. Elle leva les yeux vers Caroline, qui avait assisté à la scène depuis la galerie.

— Ma chérie !

— Oh ! Caro !

Hollis se précipita, prit Caroline dans ses bras et l'entraîna dans le salon encombré de robes en cours de fabrication. Elle s'assit sur le canapé avec Caroline et lui prit les mains.

— Caro… Il est parti. Il est monté à bord du navire royal ce matin, avec les trois servantes et le petit garçon.

Caroline poussa un soupir de soulagement. Il avait au moins réussi sa mission.

— Comment le sais-tu ?

— J'ai envoyé Donovan pour les aider. Il a dit la vérité à tout le monde avant de partir. Il a fait appeler l'ambassadeur et les hommes du bureau des Affaires étrangères. Mrs Parker était à l'hôtel Clarendon avec son mari quand c'est arrivé, et elle l'a entendu annoncer qu'il avait découvert un terrible trafic. Son mari l'a fait sortir de la salle, aussi, elle n'a pas pu entendre tous les détails. Mais elle sait que le trafic touchait des jeunes femmes. Les hommes du gouvernement ne l'ont pas cru. Ils voulaient le questionner davantage, mais il devait partir à cause de la marée. Il a pris le bateau pour l'Alucie avec ses protégés. Donovan le considère comme un héros.

Pour Caroline cela ne faisait aucun doute. Il était bon, compatissant, sensible.

— Je ne le reverrai jamais, Hollis. Et, même si je le revoyais un beau jour, il serait marié et père de famille, et… Oh ! mon Dieu.

— Ma chérie, il a cherché à te voir, mais Beck le lui a interdit. Il lui a dit qu'il en avait assez fait.

— Il est venu ici ?

— Ce matin, un homme s'est présenté à ma porte. Un de ses gardes personnels, je pense. Il a dit que le prince voulait que je te remette ceci.

Elle pressa un papier dans la main de Caroline. Puis elle se leva, les yeux pleins de larmes.

— Je dois partir. Il faut que je dénonce cette ignoble corruption, dit-elle en se penchant pour embrasser Caroline sur la joue.

La jeune femme se leva, et dans un brouillard elle raccompagna Hollis jusqu'à l'escalier en serrant la lettre dans sa main. Son amie descendit d'un pas rapide, échangea quelques mots avec Beck et, à la grande surprise de Caroline, les deux s'étreignirent. Comme si elle était morte.

Elle regagna son salon, ferma la porte et regarda la lettre. Au bout de quelques secondes, elle se décida à la lire.

*Caroline chérie*

*Quand vous lirez cette lettre je serai en route pour Helenamar. De toute évidence, je ne suis plus le bienvenu en Angleterre. Je regrette amèrement que nous n'ayons pas eu le temps de nous parler avant mon départ.*

*J'aurais beaucoup de choses à dire, mais je suis limité par le temps. Aussi, je vous écrirai simplement ceci : je n'aurais jamais cru que l'amour me trouverait un jour. Je ne pensais pas que, dans ma position, le luxe d'aimer me serait offert. J'ai vécu dans un monde où le plaisir et les privilèges m'aveuglaient. Et puis vous êtes venue, et vous m'avez rendu la vue.*

*Je ne pensais pas avoir la chance de rencontrer un jour une femme comme vous, et encore moins de l'aimer. Je crains que cet amour ne me conduise à la folie. Je pense à vous chaque jour, et il en sera ainsi jusqu'à ma mort. Je garderai précieusement le souvenir des moments que nous avons vécus ensemble. Je n'aurai jamais plus la force d'aimer autant. Je veux que vous sachiez que je vous ai aimée plus que tout, et que je continuerai de vous aimer.*

Elle aussi, elle l'aimait plus que tout, et cet amour la consumerait jusqu'à ce qu'elle quitte ce monde.

En fait, il lui importait peu d'aller s'enterrer à la campagne. Plus rien n'avait d'importance désormais.

# Chapitre 30

*Bibury, dans les Cotswolds*

*Tous ceux qui le pouvaient ont quitté la fournaise londonienne, mais quelques âmes demeurent encore en ville. Parmi celles-ci, une perruche qui a perdu quelques plumes cet été, et qui n'a donc plus assez d'énergie pour voler.*

*Lady Caroline Hawke annonce qu'elle ne prendra aucune commande de robe. Elle a décidé que l'air de Londres ne convenait pas à sa constitution et elle est donc partie se refaire une santé à la campagne.*

*Après le départ scandaleux d'une servante, une certaine dame dont l'époux est une étoile montante de la politique a engagé deux nouvelles femmes de chambre. Ces heureuses jeunes femmes sont londoniennes.*

*Les rumeurs concernant un trafic d'êtres humains touchant les rangs les plus élevés du gouvernement britannique persistent. Nous resterons à l'affût des moindres renseignements sur cette affaire afin de vous les transmettre.*

*Mesdames, de récentes études de santé suggèrent que la culture physique devrait faire partie de la routine quotidienne de toutes les femmes.*

*Honeycutt's,*
*gazette mode et maison pour ladies*

Les trois dames réunies dans le salon de la maison de campagne des Hawke venaient du village voisin. Deux d'entre elles étaient tranquillement assises sur le canapé. La troisième, debout sur un petit banc, se tenait les bras écartés tandis que Caroline prenait ses mesures.

Celle-ci était à la campagne depuis quatre mois. L'été avait depuis longtemps cédé la place à la fraîcheur de l'automne. Elle avait pris l'habitude de se coiffer d'une simple tresse dans le dos. À quoi bon se donner la peine de faire un chignon compliqué, quand elle n'avait personne à impressionner ? Elle revêtait chaque matin une simple jupe sombre et une des vieilles chemises de Beck, sur laquelle elle enfilait un de ses plus vieux chandails, qui lui retombait jusqu'aux genoux.

Partout dans le salon se trouvaient des robes à divers stades de fabrication. Elle n'avait plus envie de les porter, mais le fait de coudre lui permettait de ne pas penser à… autre chose.

— Vous serez ravissante en bleu, Mrs Carter. Est-ce que cette soie bleue vous plaît ?

— Oh ! je la trouve très belle.

— Vous pouvez baisser les bras, dit-elle en jetant un coup d'œil à ses notes. Bien, donc je devrais avoir terminé ces trois robes pour Noël. Une rouge, une à rayures vertes et ivoire, et enfin la bleue.

Les trois femmes hochèrent la tête.

— C'est merveilleux ! Merci d'être venues.

Caroline fit un signe à Martha, qui se leva pour raccompagner les visiteuses. Elle s'arrêta quelques minutes dans le hall pour bavarder avec elles au sujet du nouveau médecin qui venait de s'installer au village. Caroline voyait bien que la vie ici plaisait à Martha. Elle faisait de la pâtisserie et s'était liée d'amitié avec la cuisinière qui venait quatre fois par semaine de Bibury.

Caroline était aussi bien ici qu'ailleurs. Peut-être mieux, en réalité. Bizarrement, la haute société ne lui manquait pas. Elle se demandait même parfois pourquoi ce cercle social avait eu tant d'importance à ses yeux. À présent, ces mondanités lui paraissaient sans intérêt. Elle-même n'avait pas été très intéressante. Elle n'avait pensé qu'à son apparence, redoutant de regarder à l'intérieur d'elle-même.

Beaucoup de choses avaient changé ces derniers mois. Comme si, en étant loin de Londres et du tourbillon des réceptions, elle avait fini par accepter ce qu'elle était réellement. Le cocon qu'elle avait créé autour d'elle lui avait trop longtemps permis d'ignorer ses véritables sentiments.

Depuis le départ de Leopold, elle s'était lentement rendu compte que sa vie avait été superficielle. Désormais elle savait ce qu'elle voulait : un amour comme celui qu'elle avait connu avec lui. Une vie qui ait du sens et que Beck soit enfin fier d'elle. Elle voulait passer ses journées à faire des choses plus importantes que s'habiller, être vue et admirée. Elle voulait aider les autres, avoir des objectifs.

Elle n'avait pas de nouvelles de Leopold. Cela ne l'étonnait guère. C'était un homme honorable, et il ne correspondrait plus avec elle alors qu'il s'apprêtait à épouser une autre femme.

En revanche, elle avait eu de ses nouvelles par l'intermédiaire de Hollis et Eliza.

Eliza leur avait écrit que Leopold était arrivé à Helenamar alors que les rumeurs enflaient sur sa supposée trahison. Mais alors il avait dénoncé le trafic qui consistait à vendre des femmes d'Alucie et de Wesloria comme esclaves, en Grande-Bretagne. Eliza disait qu'il était à présent loué comme un véritable héros pour son action. Toute la Cour ne parlait que de lui en termes élogieux.

Hollis lui apportait des nouvelles de la ville quand elle venait passer quelques jours à ses côtés. Elle avait été très indulgente pour Caroline dans sa gazette, ce qui n'était pas le cas de tout le monde. Toutes sortes de rumeurs avaient vu le jour, concernant son immoralité. Il était question de rendez-vous secrets, de mensonges. Mais, ce qui la peinait le plus, c'était que certains prétendaient qu'elle n'avait jamais fait les robes qu'elle donnait à ses amies, qu'elle utilisait les services d'une couturière professionnelle.

Hollis avait d'autres nouvelles. Lord Ainsley avait demandé la main d'une héritière dont le père avait fait fortune dans le charbon. La pauvre Katherine Maugham était laissée pour compte. Mr Cressidian, le gentleman alucien, allait être jugé pour s'être livré à la traite d'êtres humains. Non seulement il avait tiré parti de ce trafic ignoble, mais il avait été payé pour diffamer le prince.

— C'est horrible, dit Hollis. Sais-tu ce que je trouve le plus remarquable dans cette affaire ? C'est que le prince ait accepté d'être sali, pour pouvoir secourir ces femmes.

— J'ai toujours su qu'il était bon, murmura Caroline.

— Ce n'est pas vrai, ma chérie. Tu le méprisais totalement.

— Oui, concéda Caroline en souriant. Mais, quand j'ai cessé de le mépriser, j'ai toujours su qu'il était quelqu'un de bien. Oh ! mon Dieu, si tu savais comme il me manque.

— Je sais, ma chérie. Mon Percy me manque toujours.

Caroline s'était mise à jardiner vers la fin de l'automne, émerveillée que les roses continuent de fleurir malgré les premières gelées. Eliza lui envoya des nouvelles qui la surprirent et l'emplirent de joie. Les fiançailles avec Eulalie Gaspar étaient rompues, car le père de celle-ci était impliqué dans le trafic de jeunes femmes. Il n'arriverait rien au duc de Brondeny, car les Wesloriens accusaient Leopold d'avoir fabriqué des preuves contre lui. Mr Vinters ne serait pas inquiété non plus, car le roi l'avait gardé comme conseiller. Ce qui déplaisait grandement à Sebastian et à Leopold.

Mais la surprise et la joie ne tardèrent pas à se dissiper. Elle se rendit compte que Leopold allait tout simplement épouser quelqu'un d'autre. Ce ne serait jamais elle. Sa seule consolation était de se dire que lady Eulalie ne devait plus avoir l'air aussi contente d'elle.

Elle continua de faire des robes au début de l'hiver, bien que la demande ne fût pas énorme dans le petit village de Bibury. Elle faisait de longues promenades l'après-midi, et finit même par user les talons de ses bottes. Le temps se refroidissait et elle prit l'habitude de porter les gilets en peau de mouton de Beck, qu'elle ceinturait à la taille. Elle continua de jardiner, plongeant les mains dans la terre, préparant la floraison du printemps.

Beck lui rendait visite de temps en temps. Un soir, il lui fit remarquer qu'elle avait changé.

— Comment cela ? demanda-t-elle, en lui piquant un cigare.

— Tu es plus mûre. Tu as toujours été sûre de toi, ma chérie. Mais à présent tu es… à l'aise. Comme si tu te moquais complètement du fait que fumer un cigare soit inconvenant et de ne plus être invitée où que ce soit à cause de cela.

Elle éclata de rire.

— Je voulais juste essayer, Beck. La vie est si ennuyeuse.

— Es-tu heureuse, Caro ?

Caroline haussa les épaules.

— Je ne suis pas malheureuse. Ne t'inquiète pas pour moi, Beck. Je retombe toujours sur mes pieds.

— Je n'en doute pas, ma chérie.

Les jours raccourcissaient et le froid devenait plus mordant de jour en jour. Caroline enroulait un châle autour de son cou et portait la veste de chasse de Beck pour se promener. Elle avait deux chiens, qu'elle avait trouvés un jour par hasard au marché du village, pour lui tenir compagnie. Ils avaient semblé heureux de croiser son chemin et l'avaient suivie comme s'ils lui appartenaient.

Caroline n'avait pas fait plus d'un kilomètre, quand elle se rendit compte que la neige s'était mise à tomber. Elle fit demi-tour avec les chiens.

Coupant à travers la forêt, elle parvint au sommet

d'une colline depuis laquelle elle pouvait surveiller tout le domaine. Elle vit trois cavaliers approcher de la maison. Les chiens les virent aussi et ils filèrent devant elle en aboyant. Elle espéra que les hommes ne s'arrêteraient pas. Elle n'avait aucune envie d'accueillir des invités par un soir d'hiver. Martha et elle passaient leurs soirées à jouer au gin-rami.

Mais, alors qu'elle descendait la colline, un curieux frémissement lui parcourut le dos. Le premier cavalier éperonna sa monture et partit au galop, devançant ses compagnons. Une vague de chaleur envahit les joues de la jeune femme.

Ce devait être une apparition. Un effet de son imagination. Elle rêvait. Sinon, quelqu'un l'aurait prévenue…

Mais, non, elle ne se trompait pas. C'était bien *l'Imbécile d'Alucie,* son bien-aimé. Elle se mit à courir, glissant sur le chemin enneigé.

Il mit pied à terre et s'élança vers elle, gravissant le chemin, encadré par les chiens qui aboyaient. Caroline se jeta dans ses bras, et il l'embrassa. Il l'embrassa avec tant d'ardeur qu'ils tombèrent et roulèrent sur le sol. Enfin, il releva la tête et lui sourit.

— Comment ? demanda-t-elle.

— C'est une histoire longue et ennuyeuse. Je suis revenu contre la volonté de mon père. Disons que je ne serai plus le bienvenu au palais Constantin désormais.

Caroline s'assit et posa les mains sur son visage, comme pour s'assurer qu'il était bien réel.

— Je suis d'abord allé voir Beck, dit-il. Il m'a révélé où tu étais. Il m'a prévenu que tu avais changé et que tu refuserais peut-être de me voir. Caroline, écoute-moi. J'ai passé les derniers mois à penser à toi chaque jour. Je n'ai pas réussi à t'oublier. Pas une seule minute.

Elle se mit à rire. C'était si fantastique, si extraordinaire. Elle avait toujours rêvé de vivre pareil moment.

Leo lui prit le visage à deux mains.

— Tu comprends pourquoi je suis là ?

— Eliza m'a dit que tu voulais retrouver toutes les femmes qui avaient été enlevées.

Il se leva en riant.

— Et je le ferai. Mais je suis là pour toi, Caroline. Seulement pour toi. Je ne sais pas où nous irons, mais j'ai acheté un vieux château en ruine, et Bobbin est venu avec moi pour me servir de valet. Je ne sais pas ce que je peux t'offrir d'autre, en dehors de mon cœur, de mon amour, de mon éternelle dévotion.

— Beck ne voudra…

— Il le voudra. Il m'a permis de venir te voir quand je lui ai exposé mes intentions.

— C'est un rêve…, murmura-t-elle.

— Non, c'est la réalité. Je suis là, devant toi.

— Mais Leopold… je ne suis plus la même. Regarde-moi. Je suis devenue quelqu'un d'autre. J'ai changé.

— Moi aussi. Désormais je sais ce qui est important et je sais ce que je veux. Et je ne t'ai jamais trouvée aussi belle, Caroline.

Il tomba à genoux devant elle.

— Lady Caroline Hawke. Je suis un prince sans château. Je ne peux vous offrir qu'une maison en ruine, mais je vous aimerai toute ma vie. Vous êtes la femme avec laquelle je veux passer chaque jour, la femme avec laquelle je veux avoir des enfants. Si vous voulez de moi, je serai très heureux de devenir votre époux.

Si c'était un rêve, Caroline ne voulait pas se réveiller. Elle imaginait déjà la robe qu'elle ferait pour son mariage. Souriante, elle tourna le visage vers le ciel. La neige continuait de tomber, les chiens tournaient en rond autour d'eux. Les gardes attendaient sur la route, avec les chevaux.

— La réponse tarde terriblement à venir, dit Leopold.

Elle posa les yeux sur lui et l'entoura de ses bras.

— Oui, Leopold, oui. Pour toujours. Que ce soit dans une ruine ou dans un palais. Dans cette vie et dans la prochaine. *Oui.*

Elle tomba à genoux à son tour et l'embrassa.

# Épilogue

*Un mois plus tard*

*Le mariage de Son Altesse Royale le prince Leopold d'Alucie et de lady Caroline Hawke de Londres s'est tenu dans l'église Ste Mary du village de Bibury. Les routes, à cette époque de l'année, étant rendues impraticables à cause de la neige, seule la famille proche assista à la cérémonie.*

*La mariée portait l'une de ses propres créations : la robe de mariage de sa défunte mère, agrémentée d'une soie ivoire importée de France. Le corsage et la traîne étaient brodés de minuscules boutons de roses.*

*Son Altesse Royale portait un habit traditionnel d'Alucie, orné de médailles. Lord Beckett Hawke servit de témoin au prince, et Mrs Hollis Honeycutt à la mariée. Le couple s'installera dans le domaine des Hawke à Bibury, en attendant que le château de Herstmonceux ait été restauré. Nous prions tous pour que cette imposante demeure ait pu être rendue habitable avant que Dieu ne les rappelle à Lui.*

*Le jeune couple a décidé de financer la construction d'une école à côté de l'église. Ils ont aussi donné de leur temps, aidant les villageois à terminer la construction avant le nouveau trimestre.*

*Le ministère des Affaires étrangères a annoncé cette semaine que Son Altesse Royale la reine d'Angleterre accueillera à la fin de l'année une conférence au sommet afin d'établir un traité de paix entre les royaumes d'Alucie et de Wesloria. Les Aluciens seront représentés par Son Altesse Royale le duc de Tannymeade. Il sera accompagné de la duchesse de Tannymeade et, avec la bénédiction de Dieu, du bébé royal qui devrait venir au monde au printemps.*

*Les Wesloriens n'ont pas encore désigné leur représentant.*

*Grâce aux efforts de notre journal, la Police métropolitaine a annoncé qu'un certain Mr Hemphill de Marylebone avait été inculpé de vol dans l'affaire de la disparition des fonds de la paroisse St Mark de Mayfair.*

*Mesdames, les médecins mettent en garde les personnes qui ont l'habitude de faire des repas trop lourds pendant les soirs d'hiver. Il est recommandé de ne pas gagner le lit conjugal trop tôt après le dîner, car cela risquerait de provoquer une attaque.*

*Honeycutt's,*
*gazette mode et maison pour ladies*

Si vous avez aimé ce roman, retrouvez le premier volume de la série « Royales alliances » de la même autrice :

1/*Aux ordres du prince*

Disponible dès à présent sur harlequin.fr

Retrouvez prochainement,
dans votre collection

# Victoria

Julia London
Quand la flamme s'éveille
*Série : Royales alliances*
*Londres, XIX^e^ siècle*

Trois ans de ragots et de délicieuses rumeurs en tous genres. Trois ans que Hollis occupe son quotidien de jeune veuve en cultivant le scandale dans la gazette que son défunt époux lui a léguée. Pourtant cela ne fait pas son bonheur… Et si, pour une fois, elle rendait service à la société en dévoilant les méfaits du mystérieux et séduisant Marek Brendan, prince héritier du royaume de Wesloria ?

---

Christina Dodd
Courtois chevalier… ou presque
*Angleterre, 1485*

Bannie de la cour de Henri VII, objet des plus viles rumeurs qui lui attribuent la naissance d'un enfant illégitime, Lady Marian a pris l'habitude de cultiver le silence pour protéger le tout jeune Lionel, ainsi qu'elle en a fait la promesse au précédent souverain. Pourtant, face à Griffith – preux chevalier qui a mis son âme en émoi dès le premier regard –, elle sent ses défenses faiblir. Même lorsque la prudence exige qu'elle tienne cet inconnu à distance pour mener à bien sa mission…

La romance historique n'a jamais été aussi moderne.

Retrouvez prochainement,
dans votre collection

*Victoria*

## Audrey Perri
## L'oubliée de Thornwood

*Londres, 1885*

Des missives disparues ? Esme n'en croit pas un mot. Pourquoi Victor Hadden – l'homme qu'elle a autrefois aimé, avant qu'il fasse d'elle la risée de la société – ne peut-il la laisser profiter du bal entre les bras du séduisant Richard Thorne, au lieu de prétendre lui avoir écrit de nombreuses lettres ? Qu'a-t-il donc à la tourmenter, alors qu'elle a eu tant de mal à mettre en sommeil ses sentiments pour lui ? Esme a bien le droit de goûter au bonheur, après six ans de sacrifice à veiller sa sœur désormais disparue… Et ce n'est pas Victor, aussi déstabilisant soit-il devenu dans son costume de riche négociant, qui détruira son bonheur une fois de plus !

---

## PRIX DES BLOGUEURS 2020

En avril, découvrez le lauréat du Prix des blogueurs 2020 de la collection Victoria.

Une romance Victoria plébiscitée par notre cercle de blogueurs.

Pour tout savoir en avant-première rendez-vous sur la page Facebook Harlequin et sur notre site internet !

La romance historique n'a jamais été aussi moderne.